Ullstein Krimi

# Ross Thomas

# Mördermission

Übersetzt von
Wilm W. Elwenspoek

Ullstein Krimi

Ullstein Krimi
Lektorat: Martin Compart
Ullstein Buch Nr. 10320
im Verlag Ullstein GmbH,
Frankfurt/M – Berlin – Wien

Titel der amerikanischen
Originalausgabe:
Missionary Stew

Deutsche Erstausgabe



Umschlaggestaltung &
Fotorealisation:
Welfhard Kraiker & Karin Szekessy

Printed in Germany 1985
Gesamtherstellung:
Ebner Ulm
ISBN 3 548 10320 0

Oktober 1985

Vom selben Autor
in der Reihe der
Ullstein Krimi

Vierzig Riesen für den Zwerg (10060)
Der Ein-Weg-Mensch (10152)
Der Backschischmann (10173)
Der Tod wirft gelbe Schatten (10198)
Sing, sing – Singapur (10214)
Umweg zur Hölle (10232)
Urne oder Sarg, Sir? (10251)
Was ich nicht weiß,
macht mich nicht kalt (10272)
Unsere Stadt muß sauber werden –
Wahlparole Mord – Nur laß dich nicht
erwischen (in 10294; Dreifachband)
Bonbons aus Blei (10297)
Kopfpreis eine Million (10301)
Das Mordpatent Procane (10305)
Ein scharfes Baby (10309)
Schreie im Regen (10313)

CIP-Kurztitelaufnahme
der Deutschen Bibliothek

**Thomas, Ross:**
Mördermission / Ross Thomas. Übers.
von Wilm W. Elwenspoek. – Dt.
Erstausg. – Frankfurt/M; Berlin; Wien:
Ullstein, 1985.
(Ullstein-Buch; Nr. 10320:
Ullstein-Krimi)
Einheitssacht.: Missionary stew <dt.>
ISBN 3-548-10320-0
NE: GT

# 1

An einem kalten, nassen Novembernachmittag flog er in Paris, der Stadt seiner Geburt, ein. Er kam aus Äquatorialafrika, trug eine grüne Polyesterhose, ein weißes T-Shirt, das argwöhnisch die Fragen stellte: »Hast du heute schon deinen Honig gegessen?« und eine maschinengestrickte Wolljacke, deren Farbe, wie er sich schließlich entschied, Mauve war.

Die Kleidungsstücke, vermutlich Abgelegtes aus einer Rotkreuzsammlung, waren ihm von Miss Cecily Tettah von *amnesty international* aus einem grünen Plastiksack überlassen worden, wobei die Spenderin sich weder für die Qualität noch für die Paßform ihrer Gaben entschuldigte. Die mauve Strickjacke mußte einmal einem dicken Mann gehört haben – einem ungewöhnlich großen, dicken Mann. Morgan Citron war annähernd einsfünfundachtzig, aber die Wolljacke reichte ihm fast bis zur Mitte der Oberschenkel und schlotterte um seine ausgemergelten hundertachtundzwanzig Pfund wie die Kutte eines reuigen Sünders. Indessen, sie war aus Wolle, und sie war warm, und Citron kümmerte sich nicht mehr sonderlich um sein Aussehen.

Er war vor einundvierzig Jahren in einem billigen Hotelzimmer in der Nähe der Gare du Nord als Sohn einer völlig mittellosen zwanzigjährigen amerikanischen Studentin aus Holyoke und eines neunundzwanzigjährigen Leutnants der französischen Armee, der im Mai bei den Kämpfen um Sedan gefallen war, geboren worden. Citrons Mutter, von ihrer Armut besessen, hatte ihren Sohn nach einem entfernten Vetter, der irgendwie mit der Bankiersfamilie verbunden war, Morgan genannt. Citron wurde am 14. Juni 1940 geboren. Es war der Tag, an dem die Deutschen in Paris einrollten.

Doch jetzt an diesem kalten Novembernachmittag im Jahr 1981 passierte Citron die Zoll- und Paßkontrolle im Charles-de-Gaulle-Airport, fand ein Taxi und machte es sich auf dem Rücksitz bequem. Als der Fahrer fragte: »Wohin?« antwortete Citron auf französisch: »Nehmen wir an, Sie haben einen Vetter, der auf dem Land lebt.«

»Ah, mein Vetter vom Lande. Ein Bretone, selbstverständlich.«

»Er kommt nach Paris.«

»Aber mein Vetter ist arm.«

»Bedauerlicherweise.«

»Aber er hätte gern eine hübsche, billige Bleibe?«

»Darauf würde er bestehen.«

»Dann würde ich ihm das Siebte Arrondissement empfehlen, Nummer 42 in der Rue Vaneau – Le Bon Hotel.«

»Ich nehme Ihre Empfehlung gern an.«

»Sie haben eine kluge Wahl getroffen«, lobte der Fahrer.

Als sie die Périphérique erreichten, vertraute Citron sich dem Fahrer noch einmal an. »Ich habe einen Diamanten«, sagte er fast nebenbei.

»Einen Diamanten? Sehr gut.«

»Ich würde ihn gern verkaufen.«

»Können Sie ihn ohne weiteres verkaufen?«

»Selbstverständlich.«

»Verstehen Sie etwas von Diamanten?«

»So gut wie nichts«, räumte Citron ein.

»Sie möchten aber nicht gerade übers Ohr gehauen werden.«

»Nein.«

»Dann sollten wir es bei Bassou versuchen. Und Sie sollten ihm sagen, daß ich Sie zu ihm geschickt habe. Er wird mir eine Provision geben. Eine bescheidene, natürlich. Er wird Ihnen auch einen angemessenen Preis bieten. Niedrig, aber angemessen.«

»Gut«, sagte Citron. »Versuchen wir es bei Bassou.«

Drei Tage zuvor hatte Citron in den bereits schwülen frühen afrikanischen Morgenstunden Gaston Bama, den Sergeanten der Wache, beobachtet, wie er jene berüchtigte Mahlzeit brachte und austeilte, die schließlich dazu beitrug, den Kaiser-Präsidenten von seinem Elfenbeinthron zu vertreiben.

Bama war damals ein alter Mann von dreiundfünfzig, fett, korrupt und langsam in seinen Bewegungen, mit drei Winkeln auf seinem Ärmel, die seinen Rang bekundeten, den gleichen Rang, den er seit siebzehn Jahren innehatte. Während nahezu der gesamten vergangenen Dekade war er Oberaufseher der *section d'étranger* des alten Gefängnisses, das die Franzosen bereits 1923 gebaut hatten, lange ehe das Land ein Kaiserreich wurde oder auch nur eine Republik, sondern damals nur ein Territorium von Französisch-Äquatorialafrika gewesen war.

Die Ausländerabteilung war in dem kleinen abgetrennten Ostflügel des Gefängnisses untergebracht. In diesem November beherbergte sie nicht nur Morgan Citron, sondern auch vier erfolglose Schmuggler aus Kamerun, eine Handvoll selbsternannter Politiker, alles Flüchtlinge aus Zaire, sechs Sudanesen, die im Ruf standen, Sklavenhändler zu sein, einen geheimnisvollen Tschechen, der selten sprach, und einen zweiundzwanzigjährigen Amerikaner aus Provo, Utah, der darauf bestand, Mormonenmissionar zu sein, was ihm niemand glaubte. Ferner waren da drei reiche junge Deutsche aus Düsseldorf, die versucht hatten, Afrika auf ihren BMW-Motorrädern zu durchqueren, die aber scheiterten und denen wenige Kilometer vor der Hauptstadt das Geld ausgegangen war. Weil niemand so recht wußte, was man mit ihnen machen sollte, wurden sie ins Gefängnis gesperrt und vergessen. Die reichen jungen Deutschen schrieben jede Woche nach Hause und baten um Geld und eine Intervention bei der UN. Ihre Briefe wurden niemals befördert.

Hauptsächlich weil er zweisprachig war, Französisch und Englisch konnte, war Morgan Citron in die Position eines Sprechers der ausländischen Gefangenen gewählt oder vielleicht auch genötigt worden. Seine einzige andere Qualifikation war seine goldene Armbanduhr, eine kostspielige Rolex, die er 1975 in Zürich gekauft hatte auf Anraten eines gut informierten Barkeepers, der der Meinung war, Gold könne sich als ein Anlageobjekt erweisen. Gerade noch ehe die Geheimpolizisten des Kaiser-Präsidenten in sein Zimmer im Intercontinental gekommen waren, um ihn zu holen, hatte Citron die Uhr vom linken Handgelenk abgenommen und unter der Socke um den rechten Fußknöchel gelegt.

Das war vor annähernd dreizehn Monaten gewesen. Seither hatte er die goldenen Glieder des Metallarmbands, eines nach dem anderen, bei Sergeant Bama gegen zusätzliche Rationen aus Hirse und Maniok und Fisch eingetauscht. Selten, nicht öfter als einmal im Monat, mochte es auch etwas rotes Fleisch geben. Ziege im allgemeinen. Ältere Ziege. Citron teilte alles mit den anderen Gefangenen, und infolgedessen war er nicht in seinem Bett ermordet worden.

Das goldene Armband hatte ursprünglich aus sechsunddreißig Gliedern bestanden. In dreizehn Monaten hatte Citron sich von vierunddreißig getrennt. Er wußte, daß er sich bald auch von der Uhr selbst würde trennen müssen. Sobald das Gold alle war, würde auch seine Amtszeit als Sprecher schnell enden, dessen war Citron sich sicher. Falls er nicht schimpflich davongejagt werden würde, wollte er zurücktreten. Citron war einer von jenen, auf die politische Ämter keinerlei Anziehungskraft ausübten.

Sergeant Bama sah zu, wie der knochige junge Soldat den riesigen Steinguttopf nahe der Bank absetzte, auf der Citron vor seiner Zelle im Schatten saß.

»Da«, sagte Sergeant Bama. »Wie ich versprochen habe. Fleisch.«

Citron schnüffelte und sah in den Topf. »Fleisch«, stimmte er zu. »Wie ich versprochen habe.«

»Was für Fleisch?«

»Ziege. Nein, keine Ziege. Vier junge Zickeln, zart und süß. Versuch, wenn du willst.«

Citron gähnte ausführlich, um sowohl seine Gleichgültigkeit zu demonstrieren als auch mit dem Feilschen zu beginnen. »In der vergangenen Nacht«, sagte er. »Ich konnte nicht schlafen.«

»Ich bin untröstlich.«

»Diese Schreie.«

»Was für Schreie?«

»Die Schreie, die mich nicht schlafen ließen.«

»Ich habe keine Schreie gehört«, sagte Sergeant Bama und wandte sich an den Soldaten. »Hast du heute nacht Schreie gehört? Du bist jung und hast scharfe Ohren.«

Der Soldat sah zur Seite und auf den Boden. »Ich habe nichts gehört«, sagte er und scharrte mit der bloßen Zehe eine Linie in den roten Boden.

»Wer hat denn geschrien?« fragte Citron.

Sergeant Bama lächelte. »Vielleicht irgendein Päderast mit einem unwilligen Partner?« Er hob die Schultern. »Ein Streit zwischen einem Liebespaar? Wer kann das wissen?«

»Sie dauerten eine halbe Stunde lang«, sagte Citron. »Die Schreie.«

»Ich habe keine Schreie gehört«, sagte Sergeant Bama gleichgültig und runzelte dann die Stirn. »Willst du das Fleisch? Vier Kilo.«

»Und der Preis?«

»Die Uhr.«

»Du wirst nicht nur taub auf deine alten Tage, sondern auch senil.«

»Die Uhr«, sagte Sergeant Bama. »Ich muß sie haben.«

Citron schluckte den größten Teil des Speichels, der sich durch den Geruch des Fleisches in seinem Mund angesammelt hatte, herunter. »Ich gebe dir zwei Glieder – die zwei letzten – vorausgesetzt, daß zu dem Fleisch zwei Kilo Reis kommen.«

»Reis! Reis ist sehr teuer. Reis essen nur die Reichen.«

»Zwei Kilo.«

Sergeant Bama wurde finster. Das war ein ausgezeichnetes Geschäft, weit besser als er erwartet hatte. Er vertauschte den finsteren Ausdruck mit einem Lächeln süßer Einsichtigkeit. »Die Uhr.«

»Nein.«

Sergeant Bama wandte sich an den Soldaten. »Hole den Reis. Zwei Kilo.«

Nachdem der Soldat gegangen war, kauerte Sergeant Bama sich neben den Steinguttopf. Er griff mit der rechten Hand in den lauwarmen Inhalt und fischte ein kleines Stück Fleisch heraus. Er bot Citron den Brocken an. Einen Augenblick lang zögerte Citron, ehe er das Fleisch nahm und in den Mund steckte. Er kaute langsam, sorgfältig und schluckte dann.

»Das ist keine Ziege«, sagte Citron.

»Habe ich Ziege gesagt? Ich sagte Zickel – jung und zart. Zergeht es dir nicht auf der Zunge?«

»Das ist auch kein Zickel.«

Sergeant Bama blickte argwöhnisch in den Topf, fischte ein anderes kleines Stück Fleisch heraus, das in der bräunlichen Brühe schwamm, und schnüffelte daran. »Schwein vielleicht?« Wenn es Schwein ist, brauchst du nicht mit den Sudanesen zu teilen; die sind Mohammedaner.«

Citron nahm das Fleisch und kaute es. »Das ist kein Schwein. An Schwein erinnere ich mich.«

»Und dieses?«

»Dieses ist süß und zäh und faserig.«

Sergeant Bama kicherte. »Natürlich. Wie dumm von mir.« Er schlug sich mit der Hand an die Stirn – eine theatralische Geste. »Das kann nur Affe sein. Eine seltene Delikatesse. Süß, hast du gesagt. Affe schmeckt süß. Es gibt nichts Süßeres für die Zunge als frischer junger Affe.«

»Ich habe nie Affenfleisch gegessen.«

»Also, jetzt hast du es.« Der Sergeant lächelte selbstzufrieden und sah sich um. Die anderen Gefangenen kauerten oder hockten im Schatten, keiner näher als sechs Meter, und warteten auf den Ausgang des Handels. Als der Sergeant sich wieder Citron zuwendete, war der finstere Ausdruck wieder da, und seine Stimme hatte einen neuen, schroffen, eindringlichen Klang. »Ich muß die Uhr haben«, sagte er.

»Nein«, sagte Citron. »Dafür nicht.«

Sergeant Bama nickte unbeeindruckt und blinzelte in die heiße Ferne. »Heute nachmittag um 15 Uhr kommt ein Besucher«, sagte er. »Eine schwarze Frau aus England, die eine hohe Funktion in einer Gefangenenorganisation mit einem seltenen Namen hat.«

»Du lügst selbstverständlich«, sagte Citron und wischte sich mit dem Handrücken einen dünnen Fettfilm vom Mund.

Sergeant Bama sah ihn an und hob die Schultern. »Glaube, was du willst, aber sie wird um 15 Uhr hier sein, um das andere ausländische Gesindel zu interviewen. Es ist alles vorbereitet. Du wirst natürlich in den Isolationsblock verlegt und deshalb die schwarze Engländerin nicht zu sehen bekommen. Wie schade. Man hat mir gesagt, daß sie wundervoll anzusehen ist. Selbstverständlich . . .« Das unausgesprochene Angebot ging in einem kunstvollen afro-gallischen Schulterzukken verloren.

»Die Uhr«, sagte Citron, der jetzt verstand.

»Die Uhr.«

Citron studierte Sergeant Bama einige Sekunden lang. Über die linke Schulter des Sergeanten hinweg konnte er den Soldaten mit einem großen Topf Reis kommen sehen. »Also gut«, sagte Citron, »du kriegst die Uhr, aber erst nachdem ich die schwarze Engländerin gesehen habe.«

Er war überrascht, als der Sergeant mit nur einem einzigen Wort zustimmte. »Gut.« Sergeant Bama richtete sich auf und wendete sich den anderen Gefangenen zu. »Kommt essen«, rief er in einem Beinahe-Englisch und fügte in raschem Französisch, dem nicht alle folgen konnten, hinzu: »Wir wollen, daß ihr alle fett und glatt seid, wenn die schwarze Engländerin zu Besuch kommt.«

Die Gefangenen erhoben sich und kamen im Gänsemarsch an den Töpfen mit Fleisch und Reis vorbeimarschiert. Der Sergeant herrschte über das Fleisch, der Soldat über den Reis. Der Sergeant teilte mit einer Kelle aus einem Flaschenkürbis das Fleisch in die Plastikschalen der Gefangenen aus.

»Was ist das für ein Scheiß?« fragte der junge Mormonenmissionar.

»Affe«, antwortete Citron.

»Oh«, sagte der Mormone und zog sich mit seinem Essen schnell in den Schatten zurück, wo er sich hinsetzte und mit den Fingern aß.

Miss Cecily Tettah, die bei der Londoner Zentrale von *amnesty international* arbeitete, war auf einer großen Plantage in Ghana unmittelbar außerhalb von Accra geboren worden. Das war vor zweiundvierzig Jahren gewesen, als Ghana noch Goldküste genannt wurde. Nach dem Krieg war sie von ihrem kakaoreichen Vater zur Ausbildung nach London geschickt worden. Sie war nicht mehr nach Ghana zurückgekehrt, hatte nie geheiratet, und wenn sie gefragt wurde, bezeichnete sie sich im allgemeinen selbst mit ihrem vorzüglichen britischen Akzent als ledige Dame oder als alte Jungfer. Viele hielten sie für hoffnungslos altmodisch. Die wenigen Männer, die im Lauf der Jahre das Glück gehabt hatten, den Weg in ihr Bett zu finden, entdeckten bei ihr nicht nur einen prachtvollen Körper, sondern auch einen beißenden Witz und einen exzellenten Verstand.

Miss Tettah, wie sie sich recht spröde fast gegenüber jedermann selbst vorstellte, war eine unverändert anziehende, ziemlich große Frau mit ergrauendem Haar. Man hatte ihr für die Interviews mit den ausländischen Gefangenen Sergeant Bamas winziges Büro eingeräumt. Sie saß hinter dem nackten Holztisch, vor sich eine dicke, aufgeschlagene Akte. Citron saß auf dem Stuhl ihr gegenüber. Cecily Tettah klopfte mit einem Bleistift auf die offene Akte und blickte Citron aus weitstehenden Augen von der Farbe bitterer Schokolade an. Sie gab sich keine Mühe, weder aus ihrem Ton noch aus ihrem Blick ihren Argwohn fernzuhalten.

»Über Sie sind hier keine Unterlagen«, sagte sie und klopfte mit ihrem Bleistift abschließend auf die Akte. »Über alle anderen gibt es hier Unterlagen, aber nicht über Sie.«

»Nein«, sagte Citron. »Das überrascht mich nicht.«

»Man behauptet, Sie wären ein Spion, entweder ein französischer oder amerikanischer. Sie sind sich nicht sicher, was.«

»Ich bin Reisender«, antwortete Citron.

»Heute morgen hatte ich eine Audienz bei dem Kaiser-Präsidenten.« Sie schniefte. »Vermutlich sollte man es so nennen – eine Audienz. Er hat zugesagt, alle Ausländer zu entlassen – alle außer Ihnen.«

»Warum mich nicht?«

»Weil er Sie für einen Spion hält, wie ich schon sagte. Er will mit Ihnen sprechen. Privat. Sind Sie einverstanden?«

Citron dachte darüber nach und hob die Schulter. »Warum nicht?«

»Kein Grund zur Sorge«, sagte Cecily Tettah. »Wir werden alles klären. Was anderes. Wie hat man Sie behandelt?«

»Nicht schlecht, wenn man alles bedenkt.«

»Wie war die Verpflegung? Sie sehen dünn aus.«

»Es reichte – gerade so eben.«

»Heute, zum Beispiel. Was bekamen Sie heute zu essen?«

»Fleisch und Reis.«

»Was für Fleisch?«

»Affe.«

Cecily Tettah schob billigend die Lippen vor, nickte und machte sich eine Notiz. »Affe ist nicht schlecht«, sagte sie. »Recht nahrhaft. Fast ohne Fett. Hat man Ihnen oft Affe gegeben?«

»Nein«, erwiderte Citron. »Nur einmal.«

Das Vorzimmer des Kaiser-Präsidenten war eine riesige Halle ohne Stühle oder Bänke und hatte einen ehemals prachtvollen Parkettfußboden, der jetzt durch Brandstellen von Zigaretten und Schrammen von Stiefeln ruiniert war. Der Raum war dicht gefüllt von Leuten, die dem Kaiser-Präsidenten Bittgesuche vorlegen wollten, und solchen, die einen Mordanschlag auf ihn verhindern sollten.

Mindestens zwei Dutzend uniformierte Wachen waren anwesend sowie ein weiteres Dutzend Geheimpolizisten. Die Geheimpolizisten trugen alle breite, grelle Krawatten und belauerten durch große dunkle Sonnenbrillen die übrige Welt. Die Wachen und die Geheimpolizisten standen. Die schäbigen Bittsteller hockten auf dem Boden, wie auch eine Schar aufgeputzter Schmeichler und eine Gruppe schläfriger junger Botengänger und ein Paar slawischer Geschäftsleute in steifen Straßenanzügen, die miteinander bulgarisch sprachen und versuchten, respektheischend auszusehen, aber deren feuchte, arglose Augen ihre optimistischen Krämerseelen verrieten.

Auch Citron kauerte auf dem Boden, mit dem Rücken an der Wand und von Sergeant Bama bewacht, der es nicht lassen konnte, immer wieder sein linkes Handgelenk vorzustrecken, um seine neue goldene Rolex zu bewundern. Der Sergeant sah grinsend auf seine Uhr und dann finster auf Citron.

»Du wirst mit ihm allein sein.«

»Ja.«

»Erzähle keine Lügen über mich.«

»Nein.«

»Wenn du lügst, müßte ich vielleicht enthüllen, was heute morgen in dem Fleischtopf gewesen ist. Es gibt Leute, die viel dafür bezahlen würden, wenn sie erfahren könnten, was es war.«

»Affe«, sagte Citron, der wußte, da es das nicht gewesen war.

Der Sergeant zeigte ein sehr grausames Lächeln, von dem Citron glaubte, er würde sich noch jahrelang daran erinnern »Affe war es nicht«, sagte Sergeant Bama.

»Vergangene Nacht«, sagte Citron. »Die Schreie. Sie klangen wie Schreie von Kindern.«

Sergeant Bama zuckte mit den Schultern und gönnte seiner neuen

Uhr wieder einen bewundernden Blick. »Ein paar wurden fortgeschafft.«

»Wer?«

»Das will ich nicht sagen.« Er blickte sich schnell nach allen Seitenum, beugte sich dann näherzu Citron hinab. Das Lächeln erschien wieder, sogar noch schrecklicher als vorher. »Aber ihr habt geholfen, die Beweise zu vernichten«, flüsterte er und kicherte dann. »Ihr habt alle Beweise aufgegessen.«

Während der Audienz stand Citron die ganze Zeit über, während der Kaiser-Präsident sich auf seinem Thron flezte, der aus Ebenholz und Elfenbein in Paris kunstvoll angefertigt worden war. Citron fand, der Thron sähe unbequem aus. Er fand auch, daß der Kaiser-Präsident so aussähe, als ob er einen Kater hätte.

»So«, sagte der Kaiser-Präsident. »Sie verlassen uns also.«

»Ich hoffe es.«

»Manche sagen, Sie sind Franzose, andere sagen Amerikaner. Was sagen Sie?«

»Eine Zeitlang war ich beides. Jetzt bin ich Amerikaner.«

»Wie konnten Sie beides sein?«

»Eine Frage der Papiere.«

»Dokumente?«

»Ja.«

»Ahh.«

Der Kaiser-Präsident schloß die Augen und schien für einen Augenblick etwas einzunicken. Er war ein klobiger Mann, Anfang fünfzig, mit einem dicken Bauch, der unter einem langen weißen Baumwollgewand hüpfte und rollte. Das Gewand erinnerte an ein Nachthemd, und Citron dachte, daß es sowohl kühl wie ungeheuer praktisch sein müßte. Der Kaiser-Präsident öffnete die Augen, die etwas entzündet zu sein schienen, bohrte in der Nase und wischte sich die Finger irgendwo an seinem Thron ab. Dann winkte er Citron. »Kommen Sie näher.«

Citron trat näher.

»Noch näher.«

Citron ging zwei weitere Schritte vor. Der Kaiser-Präsident sah sich mißtrauisch um. Sie waren allein. Er winkte Citron mit einem einzelnen Finger. Citron beugte sich so weit vor, daß er den Gin vom gestrigen Abend riechen konnte. Oder den von heute morgen.

»Ich will an die Präsidenten von Frankreich und von den Vereinigten Staaten eine Botschaft schicken«, flüsterte der Kaiser-Präsident. »Keiner darf etwas davon erfahren. Niemand.«

Er wartete auf Citrons Antwort.

»Ich bin nicht ganz sicher«, antwortete Citron vorsichtig, »wie bald ich sie sprechen werde.«

Der Kaiser-Präsident nickte mit seinem großen Kopf, als ob das die Worte wären, die er von einem Spion zu hören erwartete. »Meine Botschaft ist kurz. Sagen Sie ihnen – sagen Sie ihnen beiden, daß ich zu einer Versöhnung bereit bin – zu ihren Bedingungen.«

»Ich verstehe.«

»Können Sie das behalten?«

»Ja, ich glaube schon.«

»Hier.« Der Kaiser-Präsident fummelte in den Falten seines langen weißen Gewandes, fand die Tasche und zog die geballte Faust wieder heraus. »Strecken Sie Ihre Hand aus.«

Citron streckte die Hand aus.

Citron drehte die Handfläche nach oben. Der Kaiser-Präsident öffnete seine Faust. Ein zweikarätiger Diamant fiel in Citrons geöffnete Hand. Automatisch ballte er die Faust um ihn.

»Ein Pfand«, sagte der Kaiser-Präsident. »Eine Geste.«

»Eine Pfandgeste.«

»Ja. Für Ihre Mühe.«

»Ich verstehe.«

»Sie können jetzt gehen.«

»Ja. Gut. Ich bedanke mich.«

Citron drehte sich um und ging auf die hohe Doppeltür zu, blieb aber stehen, als er die Stimme des Kaiser-Präsidenten hörte. »Warten Sie.« Citron drehte sich um.

»Ich habe gehört, Sie bekamen heute Affenfleisch zu essen.«

Citron nickte nur.

»Hat es Ihnen geschmeckt?«

»Ich habe es gegessen.«

»Ich auch«, sagte der Kaiser-Präsident und begann verhalten zu lachen – lachte in einem so tiefen Baß, daß er aus seinem Bauch heraufzusteigen schien. »Wir haben heute beide Affe gegessen«, sagte der Kaiser-Präsident und begann dann wieder zu lachen. Er lachte immer noch, als Citron durch die hohe Doppeltür hinausging.

Miss Cecily Tettah zählte dreihundert französische Francs auf die nackte Tischplatte, hob sie dann auf und reichte sie Citron. Er nahm sie und schob sie in den Umschlag, der schon seinen Air-France-Flugschein und seinen amerikanischen Paß enthielt.

»Wie war er?« fragte sie. »Sie haben nichts darüber gesagt.«

»Er hat viel gelacht.«

»Sonst nichts?«

»Er hält mich immer noch für einen Spion.«

»Wirklich? Ich dachte, das wäre alles ausgeräumt. Sind Sie immer noch sicher, daß Sie niemand in den Vereinigten Staaten benachrichtigen wollen?«

»Nein, niemand.«

»Nicht einmal Ihre Mutter?«

Citron schüttelte den Kopf. »Ganz besonders sie nicht.«

## 2

Es war auf den Tag fast ein Jahr, nachdem Citron in Paris seinen Diamanten verkauft hatte, daß Draper Haere, der Geldbeschaffer, aus New York kommend, in Denver einflog. Er kam spät an, unmittelbar vor Mitternacht. Da Haere in den vergangenen Jahren mit Taxifahrern in Denver zwei recht unerfreuliche Erfahrungen gemacht hatte, sah er sich den Mann hinter dem Steuer an der Spitze der Taxireihe genau an und war befriedigt, als er entdeckte, daß es ein Mexikaner und ein anscheinend sehr fröhlicher Bursche war.

Vor zwei Jahren, als Haere sich an Denvers Stapleton Airport ein Taxi genommen hatte, erwies der Fahrer sich als ein ehemaliger, davongejagter stellvertretender Gouverneur von Louisiana, der dem Trunk verfallen war, sich jetzt aber auf dem steinigen Weg der Läuterung befand, wie er es nannte, und Haere ausführlich darüber aufklären wollte. Das zweite Mal, fast ein Jahr später, war ein anderer Taxifahrer ein ehemaliger Sekretär der Transportarbeitergewerkschaft aus St. Louis gewesen, der erwischt worden war, als er in die Kasse griff. Der frühere Sekretär nahm es philosophisch. »Was soll's, zum Teufel, Draper«, sagte er. »Ich hab's riskiert und bin geschnappt worden.« Manchmal fragte Haere sich, ob Taxifahren in Denver eine mystische restaurative Erfahrung wäre, die den Gestrauchelten irgendwie halfen, den Stand der Vergebung zu erringen.

Ehe Haere nach Denver geflogen war, hatte er in New York im *Pierre* Station gemacht, um mit einem Mann zu sprechen, der mit dem Gedanken spielte, für die Präsidentschaft zu kandidieren, vorausgesetzt, es kostete nicht zuviel – und vorausgesetzt, seine Mutter gab ihm die Erlaubnis. Aber als der Mann, der Präsident werden wollte, unfähig zu sein schien, zu einem Entschluß zu kommen, traf Haere eine Verabredung mit dessen Mutter.

Sie trafen sich zum Tee im Plaza. Oder richtiger, sie tranken einen Wodka-Martini und Haere trank Tee. Es dauerte nur fünf Minuten, vielleicht auch nur vier, bis sie darin übereinstimmten, daß der dreiundvierzigjährige Sonny noch nicht ganz soweit war, daß er Präsident werden konnte, zumindest nicht 1984 und wahrscheinlich auch 1988 noch nicht. Danach verbrachten sie noch etwa eine weitere angenehme halbe Stunde miteinander und sprachen über Politik.

Haere entdeckte, daß sie einen dieser schockierend brillanten politischen Köpfe besaß, die manchmal in Gegenden wie Texas und Wisconsin oder sogar Nebraska (Norris kam ihm in den Sinn) gediehen, aber nur selten in New York und so gut wie nie in Kalifornien. Sie stammte aus Westvirginia und hatte Großstahl geheiratet. Als Haere ihr sagte, es sei zu schade, daß sie selbst sich nicht um die Präsidentschaft bewerben könnte, hatte sie, mehr als nur etwas geschmeichelt, gelächelt. Haere machte sich nicht die Mühe, Sonny anzurufen, der, wie er überzeugt war, die schlechte Nachricht wahrscheinlich von Mommy erhalten würde.

Der mexikanische Fahrer in Denver, der nicht über irgendein hübsches Geheimnis vor sich hinlächelte und auch der Meinung zu sein schien, daß eine Unterhaltung überflüssig wäre, summte vor sich hin und gab Haere damit Gelegenheit, aus dem Taxifenster hinauszublicken und sich an das Denver seiner Kindheit und frühen Jugend zu erinnern, als es eine stille, schläfrige und merkwürdig grüne Stadt gewesen war, die am Fuß der Rocky Mountains unter den vereinigten Daumen der Banken und der Colorado Fuel and Iron und Great Western Sugar nistete. Damals, erinnerte sich Haere, kamen Schwindsüchtige aus dem Osten noch wegen der Luft nach Denver. Jetzt kam niemand mehr wegen der Luft. Wer saubere Luft haben wollte, blieb in Pittsburgh.

Wie immer freute sich Haere, als er sah, daß mit dem Brown Palace Hotel in den vergangenen neunzig Jahren etwa nicht viel geschehen war – außer dem neuen Westflügel, der in den sechziger Jahren hinzugekommen war. Selbstverständlich hatten die Zimmerpreise sich geändert, und Haere fühlte sich jedesmal unbehaglich, wenn er 100 oder 125 oder 150 Dollar pro Nacht für ein Zimmer bezahlte. Haere war einer der Leute, die immer noch die Preise von allem mit denen verglichen, die sie damals in dem wirtschaftlichen Richtjahr 1965 bezahlt hatten – eine törichte, nicht zu brechende Angewohnheit, die er oft außerordentlich deprimierend fand.

Im Brown Palace hatte sogar ein Page Dienst, ein ältlicher, der Haere in sein Zimmer hinaufgeleitete und die fünf Dollar Trinkgeld mit höflichem Dank annahm. Zwanzig Sekunden, nachdem der Page verschwunden war, klingelte das Telefon. Haere wußte, daß es der Kandidat sein mußte. Es konnte kein anderer sein.

Der Kandidat war de facto der einundvierzig Jahre alte, gerade neugewählte Gouverneur von Kalifornien, der aus seinem Haus in Santa Monica anrief und sich mit seinen Telefongesprächen nach Westen vorarbeitete. In Washington war es jetzt 2 Uhr morgens, in Denver Mitternacht und in Santa Monica 23 Uhr. Bald blieben dem Kandidaten als Anrufpartner nur noch seine kalifornischen Mitbürger übrig.

Haere dachte an den gerade zum Gouverneur gewählten Mann immer nur als »der Kandidat«, denn sobald er in ein neues Amt gewählt worden war, begann er, nach dem nächsten zu gieren. Er hieß Baldwin Hodson – was sich auf kotzen reimte, worauf Haere gern hinwies –, und seit seinem dreiundzwanzigsten Lebensjahr war er vom verdächtig liberalen Westen von Los Angeles in rascher Reihenfolge immer wieder gewählt worden: erst zum Abgeordneten in der Staatsversammlung, dann in den Senat des Staates, dann zum Abgeordneten des Repräsentantenhauses der Vereinigten Staaten und schließlich zum Gouverneur des bevölkerungsreichsten Staates der Vereinigten Staaten. Das Weiße Haus war der einzig denkbare nächste Schritt, und Baldwin Hodson, als neugewählter Gouverneur noch nicht vereidigt, streckte bereits vorsichtig tastend erste Fühler aus.

Nachdem Haere den Hörer abgenommen und Hallo gesagt hatte, fragte der neugewählte Gouverneur: »Nun?«

»Sie ist nicht der Meinung, daß er sich bewerben sollte.«

»Wirklich?«

»Wirklich.«

Es folgte eine Pause. »Ist sie so gescheit, wie man ihr nachsagt?«

»Gescheiter.«

Wieder eine Pause. »Nun, das ist einer weniger.«

»Und ungefähr ein halbes Dutzend sind noch übrig«, sagte Haere.

»Replogle holt dich morgen um neun in der Hotelhalle ab«, sagte Hodson. »Er will in sein Jagdhaus in Breckenridge hinauf.«

»Okay. Wie klang er?«

»Wie ein Mann, der an Krebs stirbt, und dazu auch noch an einem Prostatakarzinom, was nicht gerade die angenehmste Art ist.«

»Glaubt er immer noch, daß das, was er hat, . . . interessant ist?« fragte Haere und wählte seine zweideutigen Worte mit Bedacht.

»Er glaubt, daß man sie damit vierundachtzig in die Luft pusten kann«, sagte Hodson.

Draper Haere seufzte. Trotz wiederholter Bemühungen war es ihm nicht gelungen, Baldwin Hodson davon zu überzeugen, daß das Telefon kein Mittel für eine vertrauliche Verständigung war. Hodson liebte es, Leute anzurufen, um Lob, Ermutigung und geschwätzige, erstaunlich vernünftige Ratschläge zu spenden. Unmittelbar, ehe die Herbstkampagne ernsthaft begonnen hatte, hatten er und Haere das Labour-Day-Wochenende in Hodsons Sommerhaus in French Gulch verbracht. Unter den Leuten, die Hodson angerufen und mit denen er (wenn auch nur kurz) gesprochen hatte, waren ein gewisser Schmidt in Deutschland, de la Madrid in Mexiko, Hussein in Jordanien und Rose aus Philadelphia, der sich in einer Krise befand, gewesen.

»Baldy«, sagte Haere, »soll ich dir mal was sagen?«

»Was?«

»Du redest zuviel«, antwortete Haere und hängte ein. Er wendete sich seiner Reisetasche zu, nahm eine Flasche Scotch heraus und schenkte sich etwas in ein Glas ein, fügte Wasser aus dem Hahn im Badezimmer hinzu, ging zum Fenster hinüber und sah über den Broadway auf das große Bankhaus, das auf dem Grundstück errichtet worden war, von dem man vor langer Zeit das Shirley-Savoy-Hotel abgerissen hatte, ein altes vertrautes Hotel, in dessen Zimmern Haere mehr als nur einige wenige Liebes- und politische Abenteuer erlebt hatte. Aus irgendeinem Grund waren für Haere Sex und Politik immer Hand in Hand aufgetreten.

Er kam zu der Ansicht, daß er in dieser Nacht alte Erinnerungen nicht brauchte oder wünschte, leerte sein Glas, putzte sich die Zähne und legte sich mit seiner gesetzwidrigen Bettlektüre hin, die ihm durch einen Spezialkurier aus Sacramento per Flugzeug nach New York gebracht worden war.

Es war eine geschmuggelte Sonderkopie, frisch aus dem Kopiergerät, der Stimmergebnisse der gerade abgeschlossenen Wahlen in Kalifornien, nach Stimmkreisen aufgegliedert. Es war auch nichts anderes als eine lange, lange Liste mit Namen und Zahlen, dennoch war es für Draper Haere eine wunderbare Geschichte glorreicher

Siege und schmählicher Niederlagen, die er angeregt las, bis er, gerade noch ehe er Ventura County erreicht hatte, einschlief.

Draper Haere wachte am nächsten Morgen um 6.30 Uhr auf, die Zeit, zu der er immer erwachte, ungeachtet aller Zeitverschiebungen durch Jetflüge und Zeitzonen. Mit zweiundvierzig war Haere ein einnehmend wirkender Mann mit dem Gesicht eines Märtyrers über einem von Natur aus athletischen Körper. Das Gesicht hatte sich als nützlich erwiesen, aber der Körper war seit langem weitgehend vernachlässigt worden, weil Haere schon frühzeitig zu der Erkenntnis gekommen war, daß jeder überzogene körperliche Einsatz, außer beim Sex, im großen ganzen Zeitvergeudung wäre. Es war mindestens zwanzig Jahre her, seit er zum letztenmal ein Gewehr abgeschossen, einen Rasen gemäht, ein Auto gewaschen, eine Wand angestrichen, einen Fisch gefangen oder einen Ball, gleich welcher Art, in die Hand genommen hatte. Allerdings ging Haere viel zu Fuß, häufig zehn oder gar zwölf Kilometer am Tag. Er ging zu Fuß, weil das eine vernünftige Art und Weise war, um irgendwo hinzugelangen, weil es ihm Gelegenheit bot nachzudenken und weil er einer der großen Sonderlinge des Lebens war.

Die melancholischen braunen Augen, der müde Mund, die feingeformte Nase und das robuste Kinn waren auf irgendeine Weise zu einer Leidensmiene verschmolzen, die viele für ein Anzeichen durchlittener Tragödien hielten, die aber tatsächlich der Ausdruck chronischer Erbitterung war. Wegen dieses fast an einen Heiligen gemahnenden Äußeren war Haere immer der erste, an den vertrauensselige Fremde sich mit ihren Leidensgeschichten wendeten oder mit der Frage, wie man am besten nach Disneyland käme. Haere hätte ein Bauernfänger von Weltklasse sein können. Statt dessen war er in die Politik gegangen, auf die Seite, wo Nägel mit Köpfen gemacht wurden, und nahezu alle stimmten darin überein, daß er der Beste war, den es auf seinem Spezialgebiet gab, nämlich Briefe zu schreiben, um dafür als Antwort Geldüberweisungen zu erhalten.

Als Haere erwachte, fand er, daß es merkwürdig still war, bis er aus dem Fenster sah und feststellte, daß es in der Nacht geschneit hatte – nicht sehr viel, vielleicht zwölf oder fünfzehn Zentimeter, was in Denver kaum etwas bedeutete, weil gewöhnlich die Sonne herauskam und den Schnee bis zur Mitte des Nachmittags schmolz. In New York hätte der Schnee ein Chaos geschaffen, in Washington Panik ausgelöst und in Los Angeles, also in Los Angeles hätten zehn Zentimeter

Schnee auf den Autostraßen nur den Weltuntergang ankündigen können. In Denver machten die Leute sich nicht einmal die Mühe, Schneeketten anzulegen.

Haere, noch in seinem Jockeyslip, in dem er geschlafen hatte, nahm den Topf für drei Tassen und den Pulverkaffee aus seinem Gepäck. Der Topf brachte drei Tassen Wasser in weniger als sechzig Sekunden zum Kochen. Haere hatte ihn vor fünf Jahren bei Marshall Field's in Chicago gekauft, nachdem er zum erstenmal im Ritz-Carlton für zwei Tassen Kaffee dem Zimmerkellner 12 Dollar plus Trinkgeld bezahlt hatte. Zwar war ihm bewußt, daß aus solch kleinlicher Sparsamkeit geizige Junggesellen gehäkelt werden, dennoch begleitete der Topf ihn jetzt überallhin. Er nahm auch seinen eigenen Becher, Löffel und Zucker mit.

Nach dem Kaffee, drei Zigaretten, der Rasur und der Dusche zog Haere das an, was er immer trug, einen dreiteiligen blauen Nadelstreifenanzug, fuhr mit dem Fahrstuhl hinunter, beglich seine Rechnung, drehte sich um und erlebte seinen ersten Schock dieses Tages: das Dreiviertelprofil von Jack Replogle, der das tat, was jeder im Brown Palace tut – er blickte in den strahlenden Lichthof hinauf, um den das Hotel gebaut worden war.

Replogle hatte Gewicht verloren – mindestens zwanzig oder dreißig Pfund. Er schien sich in seinen Antartex-Mantel hineinzukauern. Er schien auch fünf bis acht Zentimeter seiner Größe eingebüßt zu haben, was ihn auf Haeres eigene Größe von einsachtundsiebzig herunterbrachte. Haere erkannte dann, daß Replogle sich vorneigte, nach unten gebeugt stand und anscheinend nicht aufwärts blicken konnte, indem er den Kopf in den Nacken warf, sondern ihn nur auf dem Hals verdrehte.

Replogles tiefliegende grüne Augen waren noch tiefer in ihre Höhlen gesunken, und unter ihnen befanden sich zwei dunkle Streifen. Seine Haut schien die Farbe und die Struktur von Zeitungspapier zu haben. Er war offensichtlich ein kranker Mann, deshalb ging Haere zu ihm hin und tippte ihn auf die Schulter. Als Replogle sich umdrehte, sagte Haere: »Du siehst verdammt schlecht aus.«

Obwohl die Schmerzen ihre Spuren tief in das Gesicht eingegraben hatten, sah Haere, daß Replogles Lächeln unverändert das gleiche geblieben war – das Lächeln eines Mannes, der seit langem ein sehr komisches Geheimnis kennt und sich endlich dazu entschlossen hat, es dir und keinem anderen zu offenbaren.

Replogle musterte Haere sorgfältig von oben bis unten, nickte, als ob er zufriedengestellt wäre oder zumindest eine Bestätigung erhalten hätte und sagte immer noch lächelnd: »Ich brauche dein Scheißmitgefühl nicht.«

»Tut weh, was?«

»Ja, tut weh. Gehen wir.«

Replogle drehte sich um und ging auf den Westausgang des Hotels zu. Haere folgte ihm mit seiner Reisetasche durch die Tür auf die Straße hinaus, wo ein Jeep-Kombi am Straßenrand parkte. Haere sah, daß es ein Typ mit Vierradantrieb war, der, wie er glaubte, Wagoneer hieß.

Replogle setzte sich hinter das Steuer und schnallte den Sicherheitsgurt an. Das tat Haere nicht. Er tat es nie. Und dann tat Replogle etwas, was er jedesmal gemacht hatte, wenn Haere mit ihm gefahren war – und das reichte immerhin schon über dreißig Jahre zurück, als Haere noch ein Kind gewesen war. Mit einer Hand, der rechten, zog Replogle sich langsam eine angeblich aus dem Zweiten Weltkrieg stammende Fliegerbrille über die Augen. Selbst nach dreißig Jahren löste das bei Haere noch ein Lächeln aus.

Jack Replogle war in diesem lange vergangenen Krieg ein scharfer Pilot bei der Navy gewesen. Als der Krieg vorüber war, hatten Haeres Vater und Replogle entdeckt, daß sie einmal auf einer kleinen Insel der Philippinen nur dreihundert Meter voneinander entfernt gewesen waren: Replogle in seiner Hellcat oben in der Luft, Haeres alter Herr unten auf dem Boden. Beide hatten aufeinander geschossen, Replogle aus Versehen, Haeres alter Herr absichtlich. Jack Replogle beschwor später, daß das Gewehrfeuer der Infanterie an diesem Tag tatsächlich sein Flugzeug getroffen hätte. Es war eine charmante Lüge, und er hatte sie oft wiederholt, und Haeres alter Herr hatte immer so getan, als ob er sie glaubte, aber es war trotzdem eine Lüge, weil, wie Haere senior später seinem Sohn anvertraute, jeder in der D-Company ein miserabler Schütze gewesen war. Haere war sechs Jahre alt, als sein Vater schließlich 1946 aus dem Krieg zurückkam, und er erinnerte sich, es war Jahre später, daß der überalterte ehemalige Gefreite aufgehört hatte, sie jemals anders zu bezeichnen als die Scheißinfanterie, nicht in zwei Wörtern geschrieben, sondern in einem, praktisch untrennbar.

Der Morgenverkehr war sehr dicht, aber Replogle fuhr schnell, sehr gekonnt, offensichtlich unbeeindruckt vom Schnee, der sich bereits in Matsch verwandelte. Sie fuhren nach Süden und bogen dann nach Westen in die Sixth Avenue ab, die sie zur Highway 6 bringen würde, die schließlich in die Interstate 70 einmündete. Die Sonne war durchgekommen, der Dunst verflogen, und vor sich konnten sie die glitzernden Berge bewundern.

Replogle zündete sich eine Zigarette an, die, wie Haere bemerkte, nach wie vor eine filterlose Lucky Strike war, und sagte: »Daß ich Krebs hatte, wußte ich mindestens schon zwei Monate, bevor sie mich unten in Houston aufgeschnitten haben.«

»Woher?«

»Das Wasserwerk hatte Störungen. Ich vermutete, es war die Prostata. Als sie darangingen, stellten sie fest, daß sie da nicht mehr viel machen konnten, so flickten sie mich irgendwie wieder zusammen, bohrten mich aus, und jetzt kommt's mir rückwärts.« Er machte eine Pause. »Abgesehen davon, daß ich in letzter Zeit in der Hinsicht nicht mehr viel zu bieten hatte, obwohl da diese Hübsche ist, die ich seit Jahren kenne und die eine Freundin hat. Einmal in der Woche oder so treffen wir uns zu dritt und veranstalten ein sanftes Spiel à la Lincolns Blockhaus. Ein sehr sanftes. Fast geriatrisch.«

»Na ja, eine Orgie ist eine Orgie, nehme ich an«, sagte Haere. »Wie geht's Maureen?« Maureen war seit siebenundzwanzig Jahren Replogles Frau.

»Maureen?« sagte er. »Laß dir vom Erntedanktag erzählen.«

»Welchem Erntedankfest?«

»Diesem.«

»Das ist doch erst in zwei Wochen.«

»Nicht in meinem Haus. Bei mir zu Hause feierten sie das Erntedankfest am vergangenen Donnerstag, weil sie glaubten, daß ich bis Weihnachten nicht mehr durchhalten würde, was, zum Teufel, mir ganz bestimmt nicht viel ausmachen würde.«

Replogle machte eine Pause und drückte seine Zigarette im Aschenbecher des Wagens aus. »Nun ja, sie waren alle da, Maureens Familie, um den Tisch versammelt – ihre drei Brüder, schon halb vergammelt, mit ihren gräßlichen Frauen, und ein Sortiment von etwa einem halben Dutzend Neffen, alle durch die Bank über einsneunzig groß und ohne Arbeit, und Maureens alter Herr, der über neunzig ist und dauernd bellte, er würde keinen Scheißtruthahn essen, weil das, was er wirklich wollte, Salisbury Steak ist. So nennen sie in Maureens Familie immer Hamburger. Salisbury Steak.«

»Klasse«, sagte Haere.

»So waren sie alle da, der Qualm so dick, daß man ihn in Dosen abfüllen konnte, meine Schwäger mit beschissenen Gesichtern, meine

Schwägerinnen im Streit, welches Fernsehprogramm sie nachher ansehen sollten, Maureens alter Herr dauernd mosernd wegen seinem gottverdammten Salisbury Steak, weil es ihm nicht durchgebraten genug war, und plötzlich verkündete Maureen, wir machten jetzt die Runde um den Tisch, damit jeder sagen könnte, wofür sie dankbar wären, und ich sollte dabei den Anfang machen.«

»Norman Rockwell«, sagte Haere.

»Genau. Also, sie sahen mich alle an, und ich blieb einfach sitzen und sagte eine Weile gar nichts. Und dann sagte ich: ›Für was, verdammter Scheiß, soll ich dankbar sein? Ich habe Krebs.‹ Also, du hättest ihre Gesichter sehen sollen.«

Replogle lachte bei der Erinnerung vor sich hin und sagte dann, ganz als ob er eines seiner Lieblingszitate wiederhole: »Für was, verdammter Scheiß, soll ich dankbar sein? Ich habe Krebs.«

Danach begann er laut herauszulachen und lachte weiter, bis Draper Haere einstimmte. Aus – wie er es später nannte – Notwehr.

## 3

Wenn die Schauspielerin Craigie Grey nicht gewesen wäre, ist es zweifelhaft, ob Draper Haere Morgan Citron je gefunden und in seine Dienste genommen hätte, jenen Morgan Citron, der das vergangene Jahr über von den 6000 Dollar gelebt hatte, die er in Paris bei dem Verkauf eines nicht ganz lupenreinen Diamanten von zwei Karat erzielen konnte.

Bis das Geld verbraucht war, hatte Citron das Jahr über in einer umgebauten Doppelgarage in Venice, Kalifornien, nur zwei Blocks vom Strand entfernt, gelebt. Die Miete für den einen großen Raum mit Zementfußboden, Toilette, Ausguß und einer mit Hilfe eines Gartenschlauchs selbstgebastelten Dusche betrug monatlich 300 Dollar. Für die Heizung und zum Kochen war eine zweiflammige elektrische Kochplatte vorhanden.

Citron verbrachte den größten Teil dieses Jahres in der behaglichen Bibliothek von Santa Monica, wo er alte Reiseberichte las, je älter, desto besser, und alles, was er finden konnte über Kannibalismus, was nicht sehr viel war. Wenn er sich nicht in der Bibliothek aufhielt, befand er sich im allgemeinen unten am Strand, wo er die Menschen beobachtete, aber praktisch mit niemand sprach und behutsam, sogar sparsam, seine tägliche Flasche billigen Rotwein schlürfte. Er sprach praktisch mit niemand, weil seine Krankheit sich noch im Heilungsprozeß befand. Sie hatte angefangen nachzulassen, kurz nachdem er ins Gefängnis gekommen war, und er hatte oft den Verdacht, daß er für immer geheilt wäre. Die Krankheit, unter der Citron nicht länger litt, war Neugier.

Citrons einzige Mahlzeit am Tag wurde abends eingenommen und bestand im allgemeinen aus einer großen Schale eines Gerichts, das er in Gedanken hartnäckig *pot au feu* nannte und das sporadisch auf einer der Kochplatten köchelte. Die Zutaten bestanden aus fragwürdigem Gemüse, Fleisch oder Huhn, die er mit auf dem Schwarzmarkt erworbenen Gutscheinen auf dem zuständigen Markt in Marina del Rey kaufte. Manchmal kaufte Citron auch tagealtes Brot. Einmal schätzte er, daß er von geringfügig mehr im Jahr lebte, als einem Betrag, der um 1000 Dollar unter der von der Bundesregierung amtlich festgesetzten Armutsgrenze von 4680 Dollar jährlich lag.

Nachdem das Geld für den Diamanten endgültig zu Ende ging und Citron bei 32,64 Dollar Barbestand angelangt war, packte er das wenige, was er besaß, in den Kofferraum und auf den Rücksitz des einzigen Luxus, den er sich erlaubte, einen Toyota Corona von 1969, und fuhr nach Norden zu einer Stelle am Pacific Coast Highway, halbwegs zwischen Malibu und Oxnard. Das war der Ort, an dem Cadillac People lebten.

Die Cadillac People, in deren Mitte Citron sich niederließ, wurden so genannt, weil manche von ihnen darin lebten – alten Cadillacs mit zerbeulten Kotflügeln und Roststellen und Rücksitzen, die vollgestopft waren mit Dingen, deren Besitzer es nicht über sich brachten, sich von ihnen zu trennen. Andere Cadillac People lebten in ebenso alten Lincolns und Chrysler Imperials und großen Ford-Kombiwagen und umgebauten Schulbussen und selbstgebastelten Wohnwagen auf Fahrgestellen altersschwacher Laster. Es war in gewisser Weise eine Kommune, eine anarchistisch angehauchte Kommune vielleicht, die sich herausfordernd und gesetzwidrig am äußersten Rand des Kontinents festgesetzt hatte, auf Land, das dem Staat gehörte. Gelegentlich hielt einmal eine Patrouille der Straßenverkehrskontrolle an und scheuchte die Cadillac People halbherzig davon, aber fast alle tauchten sehr bald wieder dort auf.

Manche der Cadillac People tranken, andere nicht. Nahezu alle schliefen in ihren Wagen, und der Ozean diente ihnen als Kombination von Bad und Fernsehempfänger. Sie saßen Tag für Tag im milden Sonnenschein am westlichen Rand des amerikanischen Traums, hörten vorwiegend Country-Western-Musik im Radio wegen der Geschichten, die sie erzählte, trommelten mit gelangweilten Fingern dazu auf den Türrahmen und starrten durch gefärbte Windschutzscheiben auf den Pazifik hinaus, während sie darauf warteten, daß etwas Unausweichliches geschähe – der Tod vielleicht, ganz gewiß kein Besuch von Finanzbeamten oder Steuerfahndern.

Drei Wochen lang hatte Citron mit ihnen gewartet und sich ihre Geschichten angehört, die ganz den Texten der Country-Western-Lieder glichen, die sie bevorzugten, im allgemeinen von betrogenen Liebhabern oder Liebchen, von treulosen Freunden, bösartigen Arbeitgebern und mißratenem Nachwuchs handelten.

»Weißte, wie das ungefähr hier is?« hatte der residierende Philosoph der Cadillac People Citron einmal gefragt. »Das is genauso wie'n richtig schlechtes Kinoprogramm mit zwei Filmen. Da sitzt mer un wartet, daß der erste vorbei is un der anner kömmt, weiß aba vadammt genau, daß der zweite nich besser is als der erste. Aba warten tuste trotzdem.«

Während dieser Lebenspause, wie er diese Periode später manchmal bezeichnete, pumpte er sich irgendwie vier Galonen Benzin, um nach Venice und wieder zurückzufahren und in seinem Postfach nachzusehen. Die Miete für weitere sechs Monate für das Postfach war in zwei Wochen fällig. Citron hatte nicht die Absicht, sie zu bezahlen.

Das Postfach in Venice war Citrons letzter Außenposten, die Ultima ratio seiner Verbindung zur Zivilisation. Dorthin konnten dringende Mahnbriefe geschickt werden; dort konnten Fremde ihn bedrängen, ihre kostspieligen Produkte zu kaufen oder Dienstleistungen zu beanspruchen, dort konnten die ältesten und treuesten Freunde ihm Postanweisungen hinschicken und ihn einladen, zu kommen und immer bei ihnen zu bleiben, dort konnten menschenfreundliche Stiftungen ihm Stipendien anbieten und dort konnte jemand von irgendwoher ihm schreiben, daß sie ihn liebte.

Was Citron fand, waren vier Briefe des Finanzamtes, die er ungeöffnet in den Papierkorb warf. Ferner fand er neunzehn Postwurfsendungen, die gleichfalls beseitigt wurden, sowie zwei Briefe von der American Express Company, nachgeschickt aus Paris, von denen er annahm, daß sie nachdrückliche Zahlungsaufforderungen enthielten, und die ebenso ungeöffnet und ungelesen ihren Weg nahmen.

Der einzige Brief, den Citron öffnete, war handschriftlich mit brauner Tinte ordentlich an ihn adressiert. Es war die Einladung zu einer Spendenveranstaltung der American Civil Liberties Union in Bel Air. Citron vermutete, die ACLU hatte seine Adresse irgendwie von *amnesty international* erfahren.

Citron drehte sich um, um nach der Uhr im Postamt zu sehen. Er besaß immer noch nicht wieder eine Uhr und zweifelte manchmal daran, ob er je wieder eine besitzen würde. Die Uhr im Postamt zeigte auf 16.32 Uhr. Der Empfang der ACLU-Veranstaltung mit ihrem Angebot auf freien Imbiß und Getränke lief von 17 Uhr bis 19.30 Uhr. Citron suchte die öffentliche Toilette auf und musterte sich selbst im Spiegel. Seinen Revolverheldenschnauzer hatte er erst am Tag zuvor gestutzt, gleich nachdem einer der Cadillac People seinem grau durchzogenen braunen Haar kostenlos einen Haarschnitt verpaßt hatte, verbunden mit der tiefempfundenen Schilderung, daß er einmal Frank Sinatras Lieblingsfriseur in Tahoe gewesen sei.

Was die Kleidung betraf, Citron trug ein sauberes blaues Hemd, eine getragene, aber immer noch gute Tweedjacke, verblaßte Jeans und vorzeigbare braune Halbschuhe. Das war die Uniform, die ihn in Los Angeles überall in den Stand setzte, entweder als engagierter Bewährungshelfer oder auch als reicher Produzent akzeptiert zu werden.

Auf der Spendenveranstaltung der ACLU in Bel Air gelang es Citron, ein Viertelpfund Käse verschiedener Sorten zu verdrücken sowie ein halbes Dutzend Cocktailwürstchen, vielleicht fünfzehn Crackers und zwei Gläser Weißwein, ehe er von Craigie Grey, der Schauspielerin, entdeckt, streng verhört und auf der Stelle als Hausverwalter ihres Apartmenthauses am Strand von Malibu engagiert wurde.

Als Craigie Grey 1971 zweiunddreißig geworden war, hatte sie einen langen selbstkritischen Blick auf ihr Bild in ihrem dreiteiligen Spiegel geworfen und eine Woche später jeden Groschen, den sie auftreiben konnte, in eine Anzahlung auf ein zweistöckiges, strandnahes Apartmenthaus mit acht Einheiten am Pacific Coast Highway gesteckt, das etwa einen Block von der Pier entfernt in einem Teil von Malibu lag, der allgemein als etwas weniger schick galt.

Die rothaarige Filmschauspielerin kaufte das Apartmenthaus sowohl als Kapitalanlage als auch als einen Schutzwall gegen das, was sie die drei F nannte – Fett, Fünfzig, Fortgeweht. Sie kaufte auch gerissen und preiswert, handelte den Preis auf weniger als eine dreiviertel Million herunter. Elf Jahre später war es schon vier-, womöglich fünfmal soviel wert wie sie bezahlt hatte. Manche sagten sechsmal.

An diesem saisonwidrig warmen Novemberabend, als sie Citron (ungeachtet seiner gemurmelten Proteste, daß seine Unfähigkeit, irgend etwas Zebrochenes, sei es mechanisch oder seelisch, zu reparieren, an kriminelle Fahrlässigkeit grenze) engagierte, hob Craigie Grey ihr Glas Weißwein an ihren breiten, immer zu einem Lächeln bereiten Mund, schlürfte daran und blickte ihn über den Rand ihres Glases aus ihren kornblumenblauen Augen an. Sie stammte aus Longview im Osten von Texas, das sie vor dreißig Jahren als Zwölfjährige (nach ihren jüngsten Darstellungen als Sechsjährige) verlassen hatte; man konnte ihre Herkunft aber noch an den weichen gequetschten Vokalen erkennen, die sich hin und wieder in ihre Aussprache einschlichen.

»Wie lange waren Sie im ganzen da drin?« fragte sie und senkte ihr Glas.

»Alles in allem nicht ganz dreizehn Monate«, antwortete Citron.

Ihre nächste Frage war voraussehbar – jedenfalls für Citron. Aber erst kam dieses unvermeidliche Zögern, während dem der Kampf gegen die Sensationslust ausgefochten wurde. Wie üblich, gewann die Sensationslust.

»War er wirklich ein Kannibale, wie alle behaupteten?«

Citrons Antwort – oder ihre Verweigerung – bestand in einem Schulterzucken, wie fast immer, wenn ihm diese besondere Frage gestellt wurde. Er griff nach einem weiteren Cracker, auf den er einen großen Brocken Käse placierte, der sich als Monterey Jack erwies. Sie standen an dem Tisch, an dem der Wein und der Käse serviert wurden. Craigie Grey war da, um die Grundsatzrede für die Spendensammlung zu halten. Citron war selbstverständlich wegen der Fütterung gekommen.

»Sie reden wohl nicht gern darüber?« fragte Craigie Grey in einem Ton, in dem sich Verständnis und Enttäuschung mischten.

»Mein Lieblingsthema ist es nicht«, räumte Citron ein.

Craigie Grey nickte und ging zu etwas anderem über. »Sie sind viel herumgekommen, nicht wahr?« fragte sie. »In Übersee – meine ich.«

»Ja, kann man sagen.«

»Warum sind Sie dann hierher zurückgekommen? Nach Los Angeles, meine ich. Sie sind doch nicht von hier.«

»Nein.«

Craigie Grey wartete auf eine Antwort auf ihre Frage. Citron schien darüber nachzudenken. »Das Wetter«, sagte er schließlich so, als ob die Antwort ihn selbst überraschte. »Ich hatte mich an das warme Klima gewöhnt. Kälte mag ich nicht mehr so gern.«

Die Antwort schien sie zu befriedigen, denn sie hob ihr Weinglas wieder an die Lippen, trank, stellte das Glas ab und wendete sich Citron wieder zu. Ihre Haltung war plötzlich forsch und geschäftsmäßig.

»Ich werde Ihnen sagen, was es einbringt«, sagte sie.

»Ja, bitte.«

»Es bringt Ihnen vierhundert monatlich, und sie bekommen das bescheidene Apartment unten, das zum Highway liegt, gratis.«

Citron meinte, er sollte wenigstens so tun, als ob er überlegte. Er zählte bis fünf, ehe er sagte: »Ah, ja. Sehr gut.«

»Wenn etwas kaputtgeht, rufen Sie einen Klempner oder einen Schreiner oder einen Elektriker. Was es gerade ist. Ich gebe Ihnen eine Liste mit Telefonnummern. Es ist billiger auf die Dauer gesehen. Fachgemäße Wartung, meine ich.«

»Richtig.«

»Ich habe nur zwei Regeln, die zu befolgen sind. Vielleicht auch drei. Vermieten Sie an keinen Kokshändler und an keine Strichdamen. Und jeder, der bis zum Zehnten seine Miete nicht bezahlt hat, fliegt unerbittlich raus. Ausnahmslos. Ist das klar?«

Citron nickte. »Vollkommen.«

Aus Loyalität und Dankbarkeit gegenüber seinem neuen Arbeitgeber hörte Citron sich ihre Ansprache an, die sich, wie vorauszusehen, als düster und ungewöhnlich energisch erwies. Als die Karten für die Spendenverpflichtungen verteilt wurden, schob er seine in die Tasche und sagte einer ihm irgendwie bekannt vorkommenden jungen Fernsehschauspielerin, er würde einen Scheck schicken.

## 4

Seine Schecks und Verträge unterschrieb Jack Replogle mit John T. Replogle. Das T stand für Townsend. Er baute Sachen. Oder richtiger, die Replogle Construction Inc. tat das. Mit der Zentrale in Denver und Niederlassungen in Dschidda und Rom und Singapur baute sie überall in der Welt Sachen – Straßen, Docks, Flughäfen, Krankenhäuser, Pipelines, praktisch alles. Replogle war der Präsident des Unternehmens und sein Hauptgeschäftsführer. Er war sowohl sehr reich als auch sehr gescheit, und wenn er ein Hobby hatte, dann war das Politik.

Im Lauf der Jahre war Replogle dazu gekommen, sich auf das Sammeln politischer Fonds zu spezialisieren, was er immer als »den

Bodensatz nach Osten zurückschwemmen« bezeichnete – obwohl zurück nach Osten für Replogle auch Dallas oder Tulsa oder Kansas City oder Chicago bedeuten konnte. Im Lauf der Jahre hatte er so nahezu vierzig Millionen Dollar zurückgeschwemmt.

Es war gegen 10 Uhr, als er und Draper Haere in Idaho Springs Rast machten, um zu frühstücken, eine Mahlzeit, auf die Haere nie hatte verzichten können. Zwar überging Haere das Lunch regelmäßig, aber das Frühstück konnte er sich nie versagen, das unveränderlich immer das gleiche war: zwei Spiegeleier, gerösteter Speck oder Würstchen, Toast und braunes Haschee oder – falls er im Süden war – Grütze. Grütze hatte er in Birmingham schätzengelernt.

Haere bemerkte den schnellen dunkelblauen Lieferwagen, als sie vor dem Restaurant parkten. Es war ein Dodge. Er fiel ihm auf, weil er so schräg auf dem Parkplatz stand, daß man den Aufkleber quer über der hinteren Tür unmöglich übersehen konnte. Der Text lautete: »Gibt es ein Leben nach dem Tod? Wer hier auffährt, kann es feststellen!«

Replogle bestellte nur Kaffee, den er kaum anrührte. Er sagte Haere, daß er nicht mehr viel esse, und daß durch die Medikamente, die er einnehmen müsse, ihm alles wie Pappe schmecke. Aus irgendeinem Grund beeinträchtigten die Drogen jedoch nicht seinen Geschmack an Getränken, deshalb trinke er wahrscheinlich mehr, als er sollte, wenn er auch meine, wer diesen Punkt in seinem Leben erreiche, mache sich nicht mehr die Mühe, das zu kontrollieren.

Als sie wieder in dem Kombi saßen, legte Replogle wieder seinen Sicherheitsgurt an und Haere unterließ es wieder. Diesmal versäumte Replogle, die Vorstellung mit seiner Fliegerbrille zu wiederholen, entweder weil er es vergaß oder weil er vielleicht glaubte, den alten Witz einmal am Tag vorzuführen, sei genug.

Etwa fünf Minuten lang fuhren sie schweigend und bewunderten die Landschaft. Auch in den Bergen hatte es in der Nacht geschneit, und jahreszeitlich bedingt hatte sich auf ebenem Gelände bereits eine Schneedecke von drei bis vier Fuß Höhe angesammelt, doch in Verwehung lag er viel höher. Die Schneepflüge waren an diesem Morgen schon durchgekommen, und die Straße war geräumt und an manchen Stellen, die von der Sonne erreicht wurden, sogar schon trocken.

Replogle zündete sich wieder eine Zigarette an und sagte: »Als sie mir sagten, daß ich mich operieren lassen müßte, entschloß ich mich zu einer kleinen Reise.«

»Wie klein?«

»So klein nun gerade nicht. Rings um die Welt. Ich fing mit Dschidda an, wo ich zwei dieser Nieten feuerte und drei neue einstellte. Dann flog ich nach Rom zurück, wo ich keinen feuerte, weil diese Italiener beim Bau in warmen Gegenden nicht zu schlagen sind. Ich stellte ein paar ein, die sich als wirkliche Fundstücke erwiesen. Dann flog ich weiter nach Singapur. Da ist es dann passiert. In Singapur.«

»Was?«

»Das, was ich dir jetzt erzählen werde, und was der Grund dafür ist, daß du hier bist.«

»Okay.«

»Du weißt über mich und Langley Bescheid.« Es war keine Frage.

»Nein«, widersprach Haere, »ich weiß es nicht.«

»Aber wenigstens vermutest du.«

»Also gut, ich vermute.«

»Du hast nie ein Wort darüber verloren.«

Haere hob die Schultern. »Es ging mich doch nichts an.«

»Wann hat dich das je gestört?«

»Okay«, sagte Haere. »Ich unterstellte.«

Das schien Replogle zu besänftigen. »Okay, sagen wir also, du unterstelltest, daß, ehe in irgendeinem Land irgend etwas gebaut wird, wo das Wetter heiß ist und die Menschen arm sind, geschoben wird – geschmiert, Bakschisch verteilt, wie du es nennen willst. Sonst bekommen die armen Leute ja nicht ihre strahlenden neuen Krankenhäuser ohne Ärzte oder ihre vierbahnigen Autostraßen, die nirgendwo hinführen und ihre nagelneuen internationalen Flughäfen, zu denen sie dann jeden Sonntag, Dienstag und Freitag hinpilgern können und zusehen, wie eine zwanzig Jahre alte DC-8 eintrudelt – vielleicht. Jedenfalls wird keine dieser Sachen – ohne Schmiere – von Replogle Construction gebaut. Statt dessen würde alles von Briten oder Italienern oder diesen verdammten Koreanern gebaut, die zu einer wirklichen Bedrohung werden. So. Ich habe also ein paar Dollar verteilt – klar?«

Er schien irgendeine Antwort zu erwarten, darum sagte Haere: »Klar. Absolut.«

»Und als erstes, wenn man den ständigen Staatssekretär im Ministerium für Arbeit und Fortschritt kennt, der in einem fünf Jahre alten VW zur Arbeit fährt, wenn er gut dran ist, zeigt der sich plötzlich in einem nagelneuen, chauffeurgelenkten BMW, von dem er glaubt, daß das keinem so sehr auffällt, wie ein neuer Mercedes das täte, obwohl es genau das ist, woran er und seine Frau und seine Freundin ihr Herz gehängt haben. Ich nehme an, daß ich mich unmißverständlich ausdrücke, oder?«

»Ich dachte, der Kongreß hätte sie steuerabzugsfähig gemacht. Bestechungen, meine ich.«

»Nicht, wenn es gegen Gesetze in dem Land verstößt, wo man die Schmiere austeilt. Und ich rede nicht von Trinkgeldern für den Oberkellner. Ich rede von Korruption. Von großen Beträgen.«

»Du übertreibst auch.«

»Ein bißchen, aber nicht viel. Nicht sehr viel.«

»Es ist sowieso eine alte Geschichte«, sagte Haere.

»So alt wie die Pyramiden und die Akropolis und das Taj Mahal und die scheißhängenden Gärten von Babylon. Kein öffentliches Gebäude wurde je sauber errichtet. Nicht einmal von der Wohlfahrtsbehörde. Davon bin ich überzeugt.«

»Und was passiert?«

»Daß ich den Kontrakt bekomme. Und vier oder fünf Monate später oder sogar ein Jahr später bin ich wieder mal da draußen, wo es heiß ist, in meiner Suite mit Aircondition im Intercontinental – aus irgendeinem Grund ist es fast immer das Intercontinental – und versuche festzustellen, warum mein Zement immer noch ein bißchen suppig und der Stahl meiner Doppel-T-Träger ein bißchen brüchig ist – und dann klingelt das Telefon.«

»Klingelt das Telefon«, sagte Haere.

»Ja, wenn es an dem Tag funktioniert. Und am Apparat meldet sich der Zweite Sekretär und möchte gern wissen, ob er für eine Minute vorbeikommen kann.«

»Wessen Botschaft?«

»Unserer.«

»Richtig, unserer.«

»Gut, er taucht also in seinem Leinenanzug, mit seiner seidenen schwarzen Strickkrawatte und seinen geschnürten Korduans auf und, nein, er meint nicht, daß er einen Drink möchte, es ist für ihn noch ein bißchen früh, aber ich sollte mir keine Hemmungen auferlegen, wenn ich wirklich einen möchte, und er wäre mit einem Perrier zufrieden, wenn ich einen habe, aber wenn nicht, kein Problem, Klubsoda wäre mindestens ebensogut. Gut, ich bin also schon ein früher Säufer. So schwatzt er also eine Weile über dies und jenes und will dann wissen, ob die Botschaft irgend etwas für mich tun kann, denn wenn das der

Fall ist, dann bräuchte ich nur zu brüllen, aber selbstverständlich sagte er nicht brüllen, denn er war in Yale oder Princeton oder Harvard wie du, und die von Harvard sagen nicht oft brüllen.«

»Ich sage das dauernd.«

»Ja, aber du bist aus der Art geschlagen. Jedenfalls folgt noch einiges Kleinkariertes, und dann, ganz am Schluß, fast als Nebenbemerkung, meint er noch, wäre es übrigens nicht köstlich zu sehen, wie der alte Iskander Soedibio oder Mohammed-al-Harbi oder wie der arme Tropf sonst heißen mag, in seinem neuen BMW herumfährt? Nun, die Boys von Yale haben es selbstverständlich alles – Datum, Tageszeit und wieviel der Saft war, bis auf den letzten Groschen genau.«

»Du meinst den Spinner von der Botschaft?«

»Ja. Den Spinner. Und selbstverständlich, behauptet er, verdient Langley volles Verständnis und ihm seien die Probleme, die sich bei Geschäften in heißen Ländern ergeben, voll bewußt und er wisse, sie richtig einzuschätzen, aber offen gesagt, sie seien ziemlich besorgt, daß weder das Justizministerium noch der Wirtschaftsausschuß oder gar der Kongreß – ganz besonders der Kongreß – sie genauso bereitwillig verstehen würden. So reden sie alle. Na ja, nicht ganz so, aber doch in dieser Weise.«

»Und was dann?« fragte Haere.

»Dann kommt das quid pro quo, was sonst? Ich weiß verdammt genau, was passieren würde, wenn einige von Langleys Gewährsmännern im Senat oder Repräsentantenhaus Unterlagen in die Finger bekämen, daß Replogle Construction Staatssekretäre oder Minister und deren diverse Vettern und Gevatter besticht. Was dann passiert, wäre, daß ich nicht mehr reich sein würde und daß wir, du und ich, nicht mehr alle zwei Jahre einem oder zwei mickrigen, aber halbwegs ehrlichen Burschen dazu verhelfen könnten, in den Kongreß zu kommen. Ich würde ebenso arm werden wie du. Wie hast du das nur geschafft, so arm zu bleiben?«

»Da gibt's einen Trick – genau wie überall sonst.«

»Muß wohl. Also, was sie immer schon von mir wollten –«

»Langley.«

»Ja, Langley. Was sie immer schon von mir gewollt haben, und das ist während der letzten fünfzehn Jahre ungefähr mit Abwandlungen fünf- oder sechsmal passiert, ist, daß ich einen oder zwei von ihren Leuten bei mir einstellte, in Ländern, wo das Wetter warm ist. Kosten würde es mich überhaupt nichts, weil sie mir alles wieder erstatten würden durch die Irgendwas-Corporation in, sagen wir, in Liechtenstein. Und die bei mir eingestellten Langley-Leute würden sogar ein wenig bei mir arbeiten – vielleicht die Bleistiftanspitzer leeren oder so was.«

»Du bietest ihnen also eine Tarnung?«

»Replogle Construction tut das.«

»Wie viele?«

»Jetzt bei mir angestellt? Runde vierzehn.«

Haere dachte einen oder zwei Augenblicke darüber nach und fragte dann: »Wo liegt denn nun das Problem?«

»Mit Langley? Da gibt's keins. Jedenfalls noch nicht. Nur, ich bin draußen in Singapur über etwas gestolpert. Etwas richtig Beschissenes. Etwas, womit man sie vierundachtzig aus dem Weißen Haus rauspusten könnte.« Replogle machte eine Pause, ehe er fortfuhr. »Wenn die Situation normal wäre, könnte ich einfach darauf sitzen bleiben – um meinen eigenen Hintern zu schützen. Aber dann sagte ich mir, zum Teufel, was soll's, du bist ohnehin bald tot, was können sie dir schon tun? Ich habe also gewartet, bis die Wahlen vorbei waren, und dann habe ich Kontakt mit Hodson aufgenommen. Ich dachte mir, Hodson und du, ihr würdet schon wissen, was man damit anfängt.« Replogle sah Haere an, als ob er eine Ermutigung erwarte.

»Und weiter?« sagte Haere.

»Also, es war in Singapur, wie ich schon gesagt habe, und diesmal wohnte ich im Raffles statt im Inter-Continental. Hast du je im Raffles gewohnt?«

»Ich bin nie in Singapur gewesen.«

»Also, ich wohne da manchmal, weil es alt ist und weil es nett ist und weil ich immer hoffe, mal eine überwältigende eurasische Schönheit zu treffen, mit der ich nach Bora Bora entweichen kann, oder wenigstens auf jemand zu stoßen, der tragisch und voller wilder Geschichten ist, aber alles, was man im Raffles heutzutage trifft, sind Japse und das Set der Betuchten aus Santa Barbara, weil das so ungefähr die einzigen sind, die es sich leisten können.«

»Von diesem letzten Mal abgesehen«, sagte Haere.

»Richtig. Er klopfte an meine Tür, und da stand er wie bei Somerset Maugham – schäbiger alter Anzug, drei Tage alter Bart, Gin zum Frühstück – einfach alles.«

»Wer?«

»Meade.«

»Drew Meade?«

Replogle nickte.

»Ach du lieber Himmel!«

Draper Haere war knapp zwölf Jahre alt gewesen, als Drew Meade sich zum erstenmal als getarnter Agent des FBI zu erkennen gab, als er als Starzeuge vor einem Untersuchungsunterausschuß des amerikanischen Senats erschien. Meade beschwor, daß Haeres Vater der überalterte ehemalige Gefreite in der American Division und bereits früher schon ein jugendlicher Leutnant im Lincoln Bataillon (nicht Brigade, Junge, Bataillon) in Spanien gewesen war, damals eingetragenes, Beitrag zahlendes Mitglied der Kommunistischen Partei, USA, wäre und tatsächlich war.

Aus mehr als beiläufiger Neugier hatte Haere im Lauf der Jahre die Spur von Drew Meade verfolgt und schließlich in den späten sechziger Jahren das Interesse an Meade sowie dessen Spur verloren.

»Ich habe gehört, daß er für Langley gearbeitet hätte«, sagte Haere, »und später habe ich gehört, er wäre auf die andere Seite übergelaufen, irgendwann einundsechzig oder zweiundsechzig.«

»Einundsechzig«, bestätigte Replogle. »Neunundsechzig landete er schließlich in Laos, und inzwischen stand er vier oder fünf Jahre vor seiner Pensionierung, doch statt dessen ging er ins Rauschgiftgeschäft, und Langley jagte ihn sehr schnell davon.«

»Er war Dealer?« rief Haere aus, der seine Überraschung nicht verbergen konnte.

Replogle nickte. »In großem Maßstab. Aber als ich mit ihm sprach, saß er völlig auf dem trocknen.«

»Wo war das?«

»In meinem Zimmer im Raffles. Er klopfte an meine Tür, ich machte auf, und da stand er vor mir – genau das, worauf ich immer gehofft hatte: jemand, der mir eine Geschichte erzählen konnte.«

»Wieviel verlangte er dafür?«

»Für seine Geschichte? Fünfzigtausend, aber ich handelte ihn sehr schnell auf zehn Riesen herunter.«

»Es muß trotzdem eine gute Geschichte sein.«

»Ja«, bestätigte Replogle, »das ist sie.« Er schwieg kurz und fuhr dann in seiner präzisesten Technikermanier fort. »Meade kam zu mir, erstens, weil er sich erinnerte, wie eng dein Dad und ich immer miteinander verbunden waren; zweitens, weil er wußte, ich könnte das, was er mir zu erzählen hatte, gebrauchen; und drittens, weil ich dafür bezahlen konnte. Sogar ganz gut bezahlen, was das angeht. Das war das Wichtigste. Nun, ich sollte ihm zuerst das Geld geben, und das bedeutete einen Weg zur Bank. Dann mußte er erst einmal ein paar Drinks haben, ehe er sich schließlich hinsetzen würde, um mir zu erzählen, wie es alles angefangen hatte, vor sechs Monaten unten in Miami, als Langley –«

Replogle konnte seine Geschichte aus zweiter Hand nie beenden, weil der große blaue Didge-Lieferwagen hupte und links von ihnen aufholte. Haere blickte hinüber. In dem Lieferwagen saßen zwei Personen. Beide trugen Skimasken. Der Lieferwagen und der Kombi erreichten eine scharfe Kurve der Gebirgsstraße. Rechterhand befand sich achtzehn oder zwanzig Meter tiefer ein vereister Bach.

Der Lieferwagen schwankte, und sein rechter vorderer Kotflügel rammte gegen den Kombi, der auf einem vereisten Stück der Straße ins Schleudern geriet. Haere meinte später, damit müßten sie gerechnet haben – mit dem Eis. Replogle tat alles, was von ihm erwartet werden konnte. Er hielt seinen Fuß von der Bremse fort. Er steuerte gegen. Er fluchte.

Der Kombi rutschte über die Seite ab. Entweder beim ersten oder zweiten Überrollen sprang die rechte Tür auf und Haere sprang hinaus. Er landete in einer Schneeverwehung. Der Kombi überschlug sich noch zweimal der Länge nach und prallte dann gegen einen riesigen Felsblock am Ufer des Baches. Zwei Sekunden später explodierte der Benzintank.

Haere richtete sich auf und zwang sich, durch den Schnee zu dem brennenden Wagen hinunterzutaumeln. Er versuchte, die linke Vordertür zu öffnen, aber entweder war sie verklemmt oder abgeschlossen. Haere verbrannte sich die Handflächen, als er die Tür zu öffnen versuchte. Schließlich konnte er weder die Hitze noch die Schmerzen ertragen, taumelte rückwärts, stolperte über etwas und setzte sich in eine Schneebank. Er bohrte seine verbrannten Hände tief in den Schnee, saß da und sah zu, wie Jack Replogle verbrannte, falls er nicht bereits tot war. So oder so, es gab nichts, was Draper Haere dagegen hätte tun können.

## 5

Nachdem Draper Haeres Hände von einem Arzt in Idaho Springs behandelt worden waren, sprach er mit einer Dreiergruppe Polizisten, die sich aus einem stellvertretenden Sheriff des Clear Creek County, ein Mann in den Fünfzigern, und zwei schnauzbärtigen, sich sehr ähnlich sehenden Ermittlungsbeamten der Colorado Highway Patrol zusammensetzte.

Haere beschrieb den blauen Dodge-Lieferwagen und die beiden maskierten Insassen so gut er konnte. Er sagte auch, daß es seiner Meinung nach kein Unfall gewesen war, daß, soweit er das beurteilen konnte, der Vorfall vorsätzlich herbeigeführt worden war. Die Polizisten nickten dazu düster, machten nachdenkliche Gesichter und nahmen es als Unfall mit Fahrerflucht auf. Haere erwähnte Jack Replogles Geschichte über den CIA und Singapur und Drew Meade nicht, weil er sich nicht vorstellen konnte, was es für einen Sinn haben sollte.

Da Haere zu keinem Begräbnis mehr ging, blieb er auch nicht, um an der Bestattung von Jack Replogle teilzunehmen. Statt dessen rief er Maureen, Replogles Frau, an, um ihr sein Beileid zu bekunden. Maureen war angemessen tränenreich und wie immer hemmungslos dramatisch.

»Sage mir, daß er nicht gelitten hat, Draper«, schluchzte sie.

»Er hat nicht gelitten, Maureen.«

»Dieser Mann war mein Leben – er war mein ganzes Leben. Wie soll ich ohne ihn weiterleben können? Wie kann ich ohne ihn nur existieren? Wie soll ich es denn ertragen? Draper, ich habe ein paar Schlaftabletten. Die werden mir helfen. Und wenn ich dann aufwache, dann bin ich wieder bei Jack.«

»Ich glaube nicht, daß Jack wirklich wünschen würde, daß du das tust, Maureen. Er wird wünschen, daß du so lange weiterlebst wie möglich.«

Darauf folgte Stille. Schließlich fragte Maureen in sehr zaghaftem Ton: »Glaubst du das wirklich, Draper?«

»Ich bin davon fest überzeugt.«

Wieder eine kurze Stille, und dann flossen die Tränen von neuem. »Weißt du, was ich bin, Draper? Ich bin – o mein Gott – ich bin eine Witwe.«

Ohne sich zu verabschieden, hängte Maureen ein, und Draper Haere stieg in eine Maschine der United und flog nach Los Angeles. Dort, in der ersten Klasse, verlangte und erhielt er, noch ehe die Maschine startete, einen Martini, den er seiner bandagierten Hände wegen durch zwei Strohhalme trank.

Während der zwei Flugstunden nach Los Angeles starrte Haere auf die gelegentlich auftauchenden Lichter zehntausend Meter unter sich und dachte an den Tod und an Sterben und das letzte Begräbnis, an dem er teilgenommen hatte. Das war vor fünfundzwanzig Jahren, die Beerdigung seines Vaters in Birmingham, Alabama, gewesen.

Vater und Sohn waren 1954 von Denver nach Birmingham gezogen, als es Haere senior gelungen war, einen Job als Redakteur bei den *Birmingham News* zu ergattern. Den *News* schien es gleichgültig zu sein, ob Haere senior Kommunist war oder nicht, solange er sich als zuverlässiger Mitarbeiter und billige Arbeitskraft erwies. Haere beendete gerade sein erstes Studienjahr auf der High School, als sein Vater an seinen freien Tagen begann, mit dem Bus nach Sylacauga zu fahren. Zunächst meinte Haere, sein alter Herr habe dort eine Freundin gefunden, bis sein Vater ihn eines Tages aufforderte, mitzukommen. Sie stiegen an der kombinierten Haltestelle von Bus und Bahn bei einem Einheitspreisladen in Trailways aus und wanderten dann noch fünf Kilometer weit aus dem Ort hinaus zu einem kleinen Farmhaus, wo sie auf der vorderen Veranda mit einem Mann im Alter seines Vaters zusammensaßen. Haere trank Limonade. Die beiden Männer tranken Bier. Keiner sprach viel. Auch der andere Mann hatte in Spanien gekämpft und war an seinem linken Bein verwundet worden. Sie saßen dort diesen warmen Frühlingsnachmittag über bei einem nicht unbehaglichen Schweigen, das die sicherlich beiden einzigen Veteranen des Abraham Lincoln Bataillon in Alabama gleichzeitig voneinander trennte und umfing. Am nächsten oder übernächsten Sonntag lehnte Haere ab, als sein Vater ihn fragte, ob er wieder mit ihm nach Sylacauga fahren wolle.

Am 15. März 1957 wurde Haere in das Dienstzimmer des Schulleiters gerufen und man eröffnete ihm, daß ihm für volle vier Jahre ein Stipendium in Harvard angeboten werde. »Das ist in Cambridge«, erklärte der Schulleiter, »in Massachusetts.« Haere antwortete dem Schulleiter, darüber müsse er nachdenken.

Erst Jahre später erfuhr Haere, daß ihm nicht sein glatter Notendurchschnitt A das Stipendium in Harvard einbrachte. Er verdankte die Vergünstigung Jack Replogle, der eine politische Schuld eingetrieben hatte. Replogle hatte Big Ed Johnson von Colorado angerufen, der wiederum mit Big Jim Folsom von Alabama telefonierte, der einen Bankier in Birmingham anrief, der sich seine beiden akademischen Grade – den B.A. sowohl wie auch den M.B.A. – in Harvard erworben hatte. Als Gouverneur unterhielt Big Jim hohe Staatskonten zinslos bei der Bank des Bankiers. Der Banker war einer der inoffiziellen Talentscauts von Harvard und brauchte nur wenige Minuten, um sich zu entscheiden, daß Draper Haere sich hervorragend gut für seine Alma mater eigne.

Als Haere seinem Vater von dem Stipendienangebot erzählte, hatte Haere senior nur gegrinst und gefragt: »Kein Scheiß? Willst du das annehmen?«

»Ich weiß nicht«, antwortete Haere.

»Ich sehe nicht ein, warum nicht.«

»Ich werd's mir überlegen«, sagte Haere.

Er kam vier Wochen später zu einer Entscheidung, als sein Vater an einem Herzversagen starb, als er vor dem Radio sitzend sich eine Rede des von ihm verabscheuten Fulton Lewis jun. anhörte. Er hätte es auch abscheulich gefunden, wenn irgend jemand es Herzversagen genannt hätte. »An Herzversagen stirbt jeder«, sagte er manchmal zu Haere und zitierte eine seiner Lieblingsnachrichten, »aber die Leute sterben an einem Herzanfall oder einem Herzschlag.«

Das vorhandene Geld reichte gerade aus, um ihn auf einem Memorial Park genannten Friedhof zu begraben. Es gab keinerlei Feierlichkeit. Der Mann aus Sylacauga kam zur Beerdigung. Er und Haere fuhren zusammen im Wagen des Bestattungsunternehmers hinter dem Leichenwagen her zum Friedhof. Von der Zeitung kam niemand. Haere erfuhr nie, warum nicht. Vielleicht, sagte er sich, haben sie es nur vergessen.

Im Leichenwagen saßen zwei Angestellte des Bestattungsunternehmens. Die beiden trugen mit Haere und dem Mann aus Sylacauga zusammen den Sarg. Es war der billigste, der zu haben war. Im letzten Augenblick fuhr noch ein Wagen vor, ein Hudson von 1949, und ein Mann von Ende vierzig stieg aus. Wortlos nahm er einen der Sarggriffe und zu fünft trugen sie den Sarg zum offenen Grab, wo ein paar Totengräber ihn hinabließen.

Der Mann, der spät gekommen war, wandte sich an Haere. »Ich kannte Ihren Vater«, sagte er. »Ich habe ihn bewundert.« Der Mann sprach mit irgendeinem europäischen Akzent. Zu dem Mann aus Sylacauga sagte er kein Wort. Haere meinte, daß sie sich vielleicht nicht kannten. Es mochte aber auch sein, daß sie sich wohl kannten, doch der Mann aus Sylacauga ignorierte den Fremden so, wie er fast jeden ignorierte.

»Erlauben Sie, daß ich ein paar Worte sage?« fragte der Mann mit dem Akzent.

»Gewiß«, antwortete Haere, »wenn Sie wollen.«

Der Mann mit dem Akzent bückte sich und hob ein oder zwei Brocken roten Lehm auf und warf die Erde auf den Sarg hinab.

»Ich kannte diesen Genossen«, sagte der Mann mit dem fremden Akzent. »Er war sein ganzes Leben lang unerschütterlich im Streben nach Gerechtigkeit.«

Der Mann aus Sylacauga grunzte angewidert, drehte sich um und ging fort. Draper Haere sah keinen der beiden jemals wieder.

Zu genau der gleichen Zeit, als Draper Haere mit seinen düsteren Gedanken auf dem Weg nach Los Angeles über den Grand Canyon flog, parkte Morgan Citron seinen 1969er Toyota am Straßenrand des Pacific Coast Highway in Malibu.

Von der Straße aus sah Craigie Greys Apartmenthaus, fand Citron, nicht nach sechs Millionen Dollar aus. Auch nicht nach fünf. Nicht einmal nach vier. Es war nur zwei Stockwerke hoch und knapp fünfzehn Meter breit. Die Architektur war moderner Fabrikstil, und gegen Banditen aus dem Valley wurde es durch einen über zwei Meter hohen Zaun aus Rotholz geschützt, in dem sich ein verschlossenes Tor befand. Citron probierte den Schlüssel, den Graigie Grey ihm gegeben hatte, an dem Torschloß und war etwas überrascht, daß er funktionierte.

Er trat durch das Tor in einen kleinen, mit Ziegeln gepflasterten Vorhof. Die Ziegel waren abgetreten und wurden von alten Eisenbahnschwellen in Quadrate unterteilt. Der Vorhof prunkte auch mit einem kleinen grünen Dschungel aus eingetopften Sukkulenten und Farnen und wurde durch einen Flutlichtstrahler beleuchtet, der hauptsächlich auf das Tor gerichtet war. In diesem Licht konnte Citron erkennen, daß das Apartmenthaus aus Rotholz gebaut und geschindelt war und sehr fröhlich brennen würde, wenn einer der periodischen Brände von den Santa-Monica-Bergen herunterfegen und die Fernstraße überspringen sollte. Wenn das Gebäude wirklich vier Millionen Dollar oder viel mehr wert sein sollte, konnte das nur auf das Tosen und Donnern der starken Brandung zurückzuführen sein, die so laut war, daß sie den Verkehrslärm von der Autostraße nahezu übertönte.

Das dürftige hintere Apartment unten schien Einheit A zu sein. Mit demselben Schlüssel, mit dem er das Tor geöffnet hatte, schloß Citron die Tür zu dem Apartment auf und trat ein. Er tastete nach dem Lichtschalter, knipste ihn an und befand sich in einem Einraumstudio mit einem einzigen großen Fenster, durch das man den Vorhof überblickte. Die Ausstattung war spärlich und karg: ein Telefon, eine Couch, von der er annahm, daß sie sich zu einem Bett ausziehen ließ, ein runder Tisch mit einer Kunststoffplatte und vier Stühlen aus gebogenem Metallrohr und gepreßtem Plastik, einem schäbigen Polstersessel mit anscheinend verstellbarer Lehne und einem alten Schwarzweißfernseher mit einem Zweiundfünfzigzentimeterbildschirm von General Electric. Der Boden war mit weiß und gold gescheckten Linoleum bedeckt. An der Stelle vor der Kochnische war es beinahe durchgetreten. An den Wänden befand sich nichts. Nicht einmal ein Werbekalender. Citron brauchte nur zweimal zu seinem Toyota hinauszugehen, um seinen ganzen Besitz hereinzuholen. Als er den letzten seiner drei Aluminiumtöpfe fortstellte, fragte eine weibliche Stimme von der noch offenen Tür her: »Können Sie eine rinnende Toilette richten?«

Ohne sich umzudrehen, antwortete Citron: »Nein.«

»Und was ist mit einem gebrochenen Herzen?«

»Auch nicht«, sagte Citron und drehte sich um.

Sein erster Eindruck war, daß sie zwar noch nicht sehr alt war, aber auch nicht annähernd so jung, wie sie aussah, wonach sie neunzehn, möglicherweise zwanzig hätte sein können. Höchstens einundzwanzig. Irgendwie wußte Citron, daß sie mindestens dreißig war. Es mochte vielleicht wegen der Melancholie sein, die aus ihren Augen blickte, die groß waren und fast die Farbe von Holzrauch hatten. Sie hatte das sonnengebleichte strähnige Haar einer Strandläuferin mit einem ovalen Gesicht, mit einer recht interessanten Nase und einem breiten Mund über einem ziemlich kleinen Kinn, das nichtsdestoweniger trotzig wirkte – oder vielleicht nur eigensinnig. Sie war mühelos hübsch und konnte mit einem bißchen kunstvollen Make-up in einer verletzlichen Weise vielleicht sogar schön sein.

»Ich wohne in Apartment E – nach vorn raus«, sagte sie. »Mein Name ist Keats. Velveta Keats.«

»Velveta.«

»Das klärt Sie beinahe doch auf, oder nicht? Über meine Familie, meine ich. Sie werden sich fragen, was für eine Sorte Leute ihre jüngste Tochter Velveta nennen würde.«

»Sollte ich?«

»Sicher. Die Antwort lautet: meine Sorte Leute. Die Keats. Die Florida-Keats. Oder, um ganz genau zu sein: die Miami-Keats. Meine Familie war in den sechziger und siebziger da drüben sehr groß im Drogenhandel.«

»Aber jetzt nicht mehr?« fragte Citron.

»Sie sind ausgestiegen und gingen zu T-Bills über. Jedenfalls waren sie vor einem Jahr oder so da drin. Inzwischen mögen sie zu städtischen Anleihen übergegangen sein. Ist Ihnen je aufgefallen, wie schnell heutzutage alles geht? Die Keats sind innerhalb einer Generation von hundearm zu schweinereich aufgestiegen. Aber als ich zweiundfünfzig geboren wurde, nannten sie mich Velveta, weil sie damals fanden, daß es hübsch klingt und gut schmeckt.«

»Mögen sie immer noch Velveta?«

»Den Namen?«

»Den Käse.«

»Sie mögen keines von beiden mehr. Mama nennt mich jetzt Vee, und sie sind zu Brie übergegangen. Mama streicht ihn mit Mandelsplittern auf Crackers und legt sie für ein paar Sekunden in den Mikrowellenherd. Falls Sie sich fragen sollten, was ich hier draußen mache, ich bin eine Müßiggängerin. Sind Sie der neue Verwalter?«

»Eigentlich Hausmeister.«

»Wie heißen Sie?«

Citron sagte es ihr.

»Das ist hübsch. Französisch, nicht wahr?«

»Französisch.«

»Also, ich habe diese rinnende Toilette.«

»Wackeln Sie daran.«

»Am Griff?«

»Richtig.«

»Das habe ich getan.«

»Versuchen Sie den Deckel aufzumachen. Da ist so ein runder Ball, der schwimmt oben. Biegen Sie den Stab, der den Ball hält. Biegen Sie ihn nach unten. Manchmal funktioniert das.«

»Das habe ich auch schon gemacht.«

»Haben Sie ein Radio?«

»Sicher.«

»Nun, dann stellen Sie das Radio ins Bad, schalten Sie es ein. Wenn Sie es laut genug einstellen, hören Sie die Toilette nicht mehr.«

Sie kam weiter in das Apartment hinein und sah sich neugierig um. »Darf ich Ihnen eine persönliche Frage stellen?«

»Soviel Sie wollen.« Er deutete auf den Sessel, aber Velveta Keats wählte statt dessen einen der Stahlrohrstühle. Citron nahm aus einem der beiden Pappkartons, die er aus dem Toyota hereingebracht hatte, eine halbe Gallone roten Gallo heraus und schenkte den Wein in zwei nicht zueinanderpassenden Käsegläser von Kraft ein. Eines reichte er Velveta Keats und nahm ihr gegenüber an dem Tisch Platz.

Sie betrachtete ihr Glas. »An die erinnere ich mich. Darin verkauften sie immer Pimentkäse. Die Keats haben immer aus solchen Gläsern und aus Marmeladegläsern getrunken. Damals, als wir arm waren. Sind Sie arm?«

»Im höchsten Maß«, antwortete Citron.

»Was haben Sie getan – ehe Sie arm wurden?« fragte sie. »Das ist meine persönliche Frage.«

»Ich habe geschrieben, und ich bin gereist.«

»Meinen Sie damit, Sie waren ein Reiseschriftsteller? Was geht vor in Omaha. Schönes, unbeflecktes Belize. Tierra del Fuego in einundzwanzig Tagen. Solche Sachen?«

»Ich glaube, ich war eher ein schreibender Reisender.«

»Wo ist der Unterschied?«

»Na ja, ich bin irgendwo hingefahren, wo nicht zu viele Leute hinkommen, lebte dort eine Weile, vielleicht sechs Monate, manchmal länger, und dann habe ich darüber geschrieben, wie es da ist.«

»Tun Sie das hier auch – in Malibu?«

Citron schüttelte den Kopf. »Nein.«

»Was ist passiert?«

»Ich glaube, ich bin schon überall gewesen.«

»Wie lange kennen Sie die Hauswirtin schon?«

»Craigie Grey? Nicht lange.«

»Wie lange ist nicht lange?«

»Etwa fünf Stunden.«

»Da haben Sie recht. Das ist nicht lange.«

Velveta Keats trank ihren Wein aus und stützte ihr Gesicht in die Hände. »Ich war drei Jahre lang mit einem Kubaner verheiratet.«

Citron wartete auf den Rest der Geschichte. Als fast fünfzehn Sekunden lang nichts als Schweigen folgte, sagte er: »Nun ja, einem Kubaner.«

»Seiner Familie hat einmal die ganze Milch in Kuba gehört.«

»Vor Castro?«

»Hm-mm. Ich kann mir nicht vorstellen, wie jemand die ganze Milch in Kuba gehört haben kann, aber das hat er immer gesagt. Als ich ihn heiratete, war er im Drogengeschäft. Das ist in Wirklichkeit der Grund gewesen, weswegen ich ihn geheiratet habe, damit die Keats und die Manerases ihre Operationen kombinieren konnten.

Es ist alles okay gelaufen. In gewisser Weise, nehme ich an. Eine Zeitlang. Waren Sie mal verheiratet?«

»Nein.«

»Warum nicht?«

»Die üblichen Gründe.«

»Nennen Sie mir zwei.«

Citron überlegte einen Augenblick. »Nun, die eine starb, und die andere sagte, nein danke.«

»Dann sind Sie also nicht schwul?«

»Ich glaube nicht.«

»Der Mann, der vor Ihnen hier war, der war schwul. Ich meine, er war oberschwul. Wenn ich deprimiert war, tauchte er mit einem Teller mit was zu futtern auf und dem neuesten Klatsch und brachte mich wieder im Handumdrehen in Form.« Sie betrachtete Citron aufmerksam. »Irgendwie glaube ich, daß Sie nicht der Typ sind, der mit einem Teller mit was zu futtern auftaucht.«

»Wer kann das wissen?« entgegnete Citron.

Velveta Keats stand auf. »Nun denn, danke für den Wein und die Klempnerberatung.«

»Es war mir ein Vergnügen.«

Sie ging zu der noch offenstehenden Tür, blieb stehen und drehte sich um. »Ich bin eine gute Köchin«, sagte sie.

Citron lächelte. »Ich werde es mir merken.«

»Ja«, sagte sie. »Tun Sie das.« Dann wendete sie sich um und ging durch die Tür.

Nachdem Velveta Keats fort war, blieb Citron mit seinem fast leeren Glas weiter am Tisch sitzen. Er fühlte, daß sie sich regte, sich fast entrollte, die ersten schwachen Anzeichen der Krankheit, die eine Milliarde oder noch mehr Unbedachter umgebracht hat. Neugier. Er begann sich zu fragen, wie sich das alles auswirken und wo er in einem Jahr sein würde. Er war es nicht gewöhnt, an die Zukunft in größeren Einheiten als einem Tag oder einer Woche zu denken – einem Monat höchstens. Der Gedanke an ein Jahr war beunruhigend. Das schien wie die Unendlichkeit zu sein. Einen Augenblick lang erwog er, seine zwei Pappkartons wieder zu packen und in die tröstliche Hoffnungslosigkeit der Cadillac People zurückzukehren. Statt dessen stand er auf, spülte die beiden Gläser aus, verwandelte die Couch zu einem Bett, putzte sich die Zähne und legte sich zwischen ein paar, wie es schien, angemessen saubere Laken. Nach etwa fünfzehn Minuten brachte ihn das Rauschen der Brandung in den Schlaf. Er träumte von Afrika.

6

In den vergangenen vierzehn Jahren war Draper Haeres Heim ein zweistöckiges Geschäftshaus aus roten Ziegeln an der Main Avenue am Nordrand von Venice gewesen, fast schon in Ocean Park, einer Gemeinde, die dazu beiträgt, den Unterschied zwischen Venice und Santa Monica zu verstehen.

Noch 1968 war es eine billige Gegend gewesen, ein verwahrlostes Viertel letzten Ranges, mit trüben Aussichten und gedrückten Grundstückspreisen, was dazu beigetragen hatte, daß Haere hier hergezogen war. Es war alles gewesen, was er sich leisten konnte. Er hatte 27500 Dollar für den Altbau bezahlt, davon zehn Prozent bar auf den Tisch. Weniger als dreizehn Jahre später bot ihm ein Iraner 425000 in bar dafür und überzeugte Haere damit, daß Eigentum tatsächlich Diebstahl war.

In den siebziger Jahren entdeckten Spekulanten Venice. Das Übliche spielte sich ab. Die alten pensionierten Juden verschwanden, die alternden Beats, die Studenten, die Maler, die Radikalen, die Süchtigen, die Verrückten, die Bassinreiniger, die beruflichen Reifenwechsler, und es kamen die jungen, betuchten Wendigen, die Haere oft im Verdacht hatte, daß sie ausschließlich von Käse und Chablis existierten.

Das Haere Building war dreizehn Meter breit und über dreißig Meter tief und erstreckte sich vom Bürgersteig bis zur rückwärtigen Straße. Das Untergeschoß stand leer, als er das Haus kaufte. Der letzte Mieter war ein Farbenhändler gewesen, der in Konkurs ging. Das Obergeschoß war in kleine Büros unterteilt und beherbergte zu dieser Zeit einen Vermittler von Kautionen, einen Antwortdienst, eine Kollektion Agenturen, ein paar Zwischenhändler und einen freiberuflichen Buchhalter. Alle waren sie monatlich kündbar. Als Haere andeutete, daß er die Miete um zehn Dollar monatlich würde erhöhen müssen, zogen alle prompt aus.

Nachdem der letzte Mieter fort war, hatte Haere alle Zwischenwände herausreißen lassen. Damit erhielt er einen riesigen Raum, dreizehn mal dreißig Meter, an die vierhundert Quadratmeter. Da er einen großen Teil seines Lebens in möblierten Zimmern verbracht hatte, einschließlich jener in einigen außerordentlich kostspieligen Hotels, beschloß er, vielleicht pervers, sich das riesigste aller Zimmer zu schaffen. Der einzige abgeschlossene Teil sollte ein recht üppig ausgestattetes Bad werden.

Haere begann am hinteren Ende der Seitengasse und richtete dort eine ausgeklügelte Küche ein, die in den Eßbereich überging, der in den Bereich Wohnen und Arbeiten sprang oder stolperte und der mehr oder minder in den Bereich Schlafen hinüberwanderte. Er baute sich auch zahlreiche Bücherregale, Schränke und Vitrinen. Oder richtiger, ließ sie bauen. Es dauerte vier Jahre, bis alles soweit war, denn Haere ging immer wieder das Geld aus. Als er schließlich alles fertig hatte, fand er es prachtvoll. Annähernd jeder andere fand es ungeheuerlich.

Haere wohnte über den Geschäftsräumen. Unten, in dem ehemaligen Farbengeschäft, wo die gemieteten IBM-Computer standen, die die Adressen speicherten, und die kunstvollen Maschinen, die die Jammer- und Bettelbriefe vervielfältigten, die an die Adressen geschickt wurden und um Geld flehten, um die Republik vor dem Ruin zu retten. Haere beschäftigte dreiundzwanzig Spezialisten für Rundschreiben und Computertechnik, die er überbezahlte und die in ihrer Loyalität fanatisch waren. Zum zehnjährigen Bestehen der Haere Company beschenkten ihn seine Mitarbeiter mit einem Ölgemälde, das ihn selbst in seinem üblichen dreiteiligen blauen Nadelstreifenanzug zeigte, wie er neben einem altmodischen Vervielfältigungsgerät stand, auf das er förmlich seine rechte Hand legte. Das kleine Messingschild auf dem Eichenrahmen des Portraits trug die Aufschrift: *Unser Gründer.* Haere hängte das Bild in dem kleinen Empfangsraum des Unternehmens auf.

Haere war nicht nur aus eigenem Entschluß Junggeselle, sondern auch durch Mißgeschick. Seit inzwischen annähernd zehn Jahren unterhielt er ein Liebesverhältnis zu einer verheirateten Frau. Es war eine hoffnungslose Affäre, von der er glaubte, daß sie dazu verdammt war, noch hoffnungsloser zu werden. Selbstverständlich hatte es zwischendurch auch andere gegeben, mindestens sieben Frauen, mit denen es ihm ziemlich ernst gewesen war. Womöglich waren es acht. Eine war gestorben. Vier hatten geheiratet. Zwei waren geflohen, eine nach Rom, die andere nach Costa Rica, und eine war einfach verschwunden – plötzlich, geheimnisvoll, absolut. Spät in der Nacht trauerte Haere oft um sie.

Schließlich tat Haere das, was alle Junggesellen tun, er legte sich eine Katze zu. Sie kostete ihn zehn Dollar im örtlichen Tierheim, und sie kam zu ihm, um mit ihm zu leben, zu der Zeit, als er, eine letzte Konzession an die Eitelkeit, seine Zähne überholen ließ. Das kostete ihn damals, 1975, 2355,00 Dollar, und eine Zeitlang verbrachte Haere beträchtlich viel Zeit damit, daß er seine Zähne im Spiegel bewunderte.

Die Katze war ein außerordentlich geschwätziger, kastrierter, halbsiamesischer Kater, den Haere Hubert nannte. Wenn Haere verreiste, brachte er Hubert im Musette-Katzenhotel in Santa Monica unter, wo es Hubert zu gefallen schien, womöglich, weil er dann endlos vor einem gefangenen Publikum reden konnte.

An dem Abend, als Haere von Denver ankam, nahm er vom Flughafen ein Taxi zu dem Katzenhotel, um Hubert auszulösen, und gab dem Taxifahrer ein Trinkgeld von zehn Dollar dafür, daß er ihm den Katzenkäfig die Treppe hinauftrug, was Haere mit seinen bandagierten Händen nicht unternehmen wollte. Nachdem er Hubert befreit hatte, zog Haere seinen Schlafanzug und Hausmantel und Pantoffeln an. Nächstes Jahr, dachte er, kommt noch eine Schlafmütze mit Quaste dazu.

Der wundertätige Eisbereiter und Wasserkühler seines Kühlschranks ermöglichte es ihm, sich ohne sonderliche Schwierigkeiten einen Scotch mit Wasser zu mixen. Gerade hatte er seinen zweiten großen Schluck getrunken, als der Summer unten an der Haustür erklang. Haere ging zur Sprechanlage hinüber, drückte auf den Knopf und fragte: »Wer ist da?«

»Wir kommen vom FBI, Mr. Haere«, antwortete eine männliche Stimme, die infolge der kleinen Sprechanlage etwas dünn klang. »Wir möchten Sie sprechen.«

»Wer ist wir?«

»Ich bin Sonderagent Yarn. Mein Begleiter ist Sonderagent Tighe.«

»Wie buchstabieren Sie das?«

Die Stimme buchstabierte ihm den Namen.

»Worüber wollen Sie und Sonderagent Tighe um elf Uhr in der Nacht mit mir sprechen?«

»Das möchten wir hier draußen auf der Straße lieber nicht sagen.«

»Wer ist der Leiter Ihrer Dienststelle in San Francisco?«

Sofort wurde ein Name genannt. Er sagte Haere nichts, aber da die Antwort ohne das geringste Zögern erfolgt war, drückte Haere auf einen Knopf, der einen Summer betätigte und gleichzeitig unten die Tür zur Straße öffnete. Einen Augenblick später konnte er Schritte auf der nackten Treppe hören, die zu seiner Wohnung heraufführte.

Agenten des FBI waren für Haere nichts Neues, nicht seit Anfang der fünfziger Jahre, als sie erstmals bei ihm auftauchten, um nach den alten Freunden seines Vaters zu forschen. In den sechziger Jahren waren sie gekommen und wollten wissen, ob einige von Draper Haeres älteren Freunden wirklich geeignet waren, in den oberen Schichten der Regierung unter Kennedy und Johnson zu dienen. In den frühen sechzigern waren sie wieder da, um sich über die Tendenz einiger der Kinder jener älteren Freunde zu informieren, Bomben zu legen.

Aber damals in den fünfzigern waren FBI-Agenten Haere als strenge, ältere Hüter des Gesetzes erschienen, nüchtern, grimmig, furchteinflößend. Im Laufe der Jahre wurden sie selbstverständlich jünger. Die beiden, die an diesem Abend auf Haeres Schwelle erschienen, waren junge Flegel, keiner ein Jahr älter als zweiunddreißig. Der eine war blond, der andere braun.

»Mr. Haere?« fragte der Blonde.

Haere nickte, und darauf schwenkten sie Hüllen mit ihren Dienstausweisen und boten sie zur Kontrolle an. Haere griff mit seinen bandagierten Händen nach beiden und ließ sich Zeit, um sie zu prüfen.

»Ich kannte in Washington einmal einen Mann«, sagte Haere, der immer noch die Ausweise überprüfte, »damals in den späten sechziger Jahren. Er war Psychologe. Er wurde vom FBI engagiert, um die Verhaltensweisen der Agenten zu schulen. Anscheinend mit dem Erfolg, daß manche von euch, wenn sie nach Hause kamen, statt ihre Frau zu küssen, ihren Dienstausweis aus der Tasche zogen und ihr mit den Worten hinhielten: ›Carson, FBI.‹«

Sonderagent Tighe sah Sonderagent Yarn an. »Ich mache das immer so. Du nicht?«

»Natürlich«, bestätigte Yarn. »Jeden Abend.«

Haere reichte ihnen die Ausweise zurück und forderte sie auf, hereinzukommen. Der Blonde war Yarn, John D., Tighes Vorname war Richard. Eine Mittelinitiale führte er nicht. Ihr Haar war weder kurz noch lang. Yarn trug einen Anzug mit Krawatte, Tighe ein graues Fischgrätjackett, eine dunkelgraue Hose und keinen Schlips. Haere bemerkte, daß beide flache Halbschuhe mit Gummiabsätzen trugen. Yarn war etwas über einsachtzig, Tighe etwas darunter. Keiner war sympathisch, keiner war abstoßend. Nur ihre Augen glichen sich: stetig, wachsam und neugierig. Äußerst neugierig. Alle vier Augen, zwei braune und zwei blaue, musterten jetzt Haeres riesigen Raum.

»Nur dieser eine große Raum,« fragte Yarn.

»Das ist alles.«

»Interessant.«

»Ungewöhnlich«, sagte Tighe.

»Nehmen Sie Platz«, sagte Haere.

Yarn setzte sich auf das Ledersofa, das einst mal das Washingtoner Büro von Senator Wayne Morse von Oregon geschmückt hatte. Tighe wählte den gepolsterten Walnußsessel aus Henry Agard Wallace' Büro im Capitol, als er Roosevelts Vizepräsident gewesen war. Haere saß auf dem hochlehnigen Sessel, auf dem er fast immer saß, den Baton-Rouge-Sessel, von dem ein Händler in Opelousas geschworen hatte, es sei der letzte Stuhl gewesen, in dem Huey Long gesessen hatte, ehe er 1935 niedergeschossen worden war. Haere sammelte politische Möbel. Herrenlose politische Möbel, um genau zu sein. Seit einem Jahr feilschte er jetzt mit einem Mann in Tulsa um einen Messingspucknapf, von dem behauptet wurde, daß der fast vergessene Alfalfa Bill Murray von Oklahoma eine besondere Vorliebe für ihn gehabt hätte.

Yarn zog ein schwarzes Notizbuch und einen Kugelschreiber aus der Tasche. Hubert sprang Tighe auf den Schoß und schrie ihm ins Gesicht. Tighe kraulte gedankenverloren Huberts Ohren mit der Miene eines Mannes, der über Katzen alles weiß. »Starker Anteil Siamese vorhanden«, sagte er.

Haere nickte. »Die Hälfte.«

»Wir möchten mit Ihnen über Mr. John T. Replogle sprechen«, sagte Yarn.

»Er ist tot.«

»Das wissen wir. Berichten Sie uns über ihn.«

»Über ihn berichten?«

»Ja, bitte.«

»Nun, Sir«, sagte Haere, »er war ein hart arbeitender, fleißiger Bürger und wahrscheinlich der zuverlässigste und patriotischste Hundesohn, den ich gekannt habe. Was Politik betrifft, er gehörte nie irgendeiner Partei an. Er war Demokrat.«

Yarn schrieb sich nichts davon auf. Tighe kraulte weiter die Ohren des Katers und sagte: »Mr. Dooley?« ohne aufzublicken.

»Will Rogers«, sagte Haere.

»Oh.«

Yarn runzelte etwas die Stirn. »Sie waren bei Mr. Replogle – als er starb?«

»Ja.«

»Schildern Sie uns das.«

»Sie müssen inzwischen den Bericht der Straßenverkehrskontrolle aus Colorado haben.«

»Wir haben ihn bekommen«, sagte Tighe, »aber wir möchten gern Ihre Darstellung haben, wenn es Ihnen recht ist.«

»Warum?«

»Sie sagten aus, es wäre kein Unfall gewesen«, sagte Yarn. »Daß das Unglück vorsätzlich herbeigeführt worden wäre. Wenn das so ist, kann Mr. Replogle ermordet worden sein. Wenn er ermordet wurde, besteht die Möglichkeit, daß gegen seine bürgerlichen Rechte verstoßen worden ist. Wenn das so ist, muß die Behörde sich dafür interessieren – eindeutig, von Amts wegen.«

»Kommen Ihre Anweisungen aus Washington?«

Yarn nickte. »Aus Washington.«

Haere schilderte ihnen die Fahrt vom Brown Palace Hotel bis nach Idaho Springs, wo ihm der blaue Dodge-Lieferwagen aufgefallen war. Dann schilderte er die Fahrt in die Berge, gab seine Schätzung ab, daß sie annähernd fünfzehn bis sechzehn Meilen weit gefahren waren, als es geschah.

»Es war tatsächlich vierzehn Komma drei Meilen hinter Idaho Springs«, sagte Tighe.

Yarn war wieder an der Reihe. »Worüber haben Sie und Mr. Replogle unterwegs gesprochen? Wenn Sie uns die Frage erlauben.«

Haere hob die Schultern. »Über Tod und Sterben. Erntedankfest. Alte Zeiten. Er hatte Krebs im Endstadium. Prostata.«

»Das wissen wir«, sagte Yarn.

»War er verzweifelt, hatte er Angst?« fragte Tighe.

»Man kann nicht sagen, daß er sich geradezu darauf freute.«

»Was ich meinte, schien er zu befürchten, daß jemand versuchte, ihn zu ermorden?«

»Nein.«

Wieder war Yarn an der Reihe. »Erwähnte er Singapur?«

»Er sagte, daß er kürzlich dort gewesen sei.«

»Sind Sie je einem Drew Meade begegnet?«

»Vor langer, langer Zeit.«

»Mr. Replogle kannte ihn.«

»Das stimmt.«

»Hat Mr. Replogle Ihnen erzählt, daß er Mr. Meade in Singapur gesehen hat?«

»Er erwähnte es.«

»Was hat er darüber gesagt? Ganz genau, wenn sie können.«

»Er sagte, Mr. Meade hätte ausgesehen wie eine Figur von Somerset Maugham.«

»Der Casuarina-Baum?« fragte Tighe.
»So spezifisch war er nicht.«
»Worüber haben Sie gesprochen?«
»Geld.«
Yarn zeigte Interesse. »Können Sie uns das etwas detaillierter schildern?«
»Gewiß. Meade hatte keins und wollte, daß Jack Replogle ihm welches leihen sollte.«
»Hat er das getan?«
»Wahrscheinlich. Mr. Replogle war nicht nur ein außerordentlich fleißiger und patriotischer Mitbürger, er hatte auch ein sehr weiches Herz.«
»Er hat also Meade Geld gegeben oder geliehen?« fragte Tighe.
»Das habe ich nicht gesagt. Ich sagte: wahrscheinlich.«
Es folgte eine kurze Stille. Tighe kraulte wieder Huberts Ohren. Yarn schrieb etwas in sein schwarzes Notizbuch. Als er damit fertig war, blickte er zu Haere auf und fragte: »Können Sie sich noch an irgend etwas anderes erinnern, worüber Mr. Replogle und Mr. Meade gesprochen haben?«
Haere log selbstverständlich. »Nein.«
Yarn nickte, als ob das die Antwort gewesen wäre, die er erwartet hatte. »Erzählen Sie uns etwas von sich selbst. Was tun Sie?«
»Ist das Ihr Ernst?«
Wieder nickte Yarn.
»Nun«, sagte Haere, »ich versuche, die Ereignisse zu formen, die unser Leben ändern und erleuchten.«
»Politik.«
»Politik«, stimmte Haere zu.
»Aber Sie sind kein Politiker?«
»Ich bin eher eine der schemenhaften Gestalten, die hinter den Kulissen wirken, ein gesichtsloser Manipulator, der nach den Hebeln der Macht greift. Wenn Sie mehr wissen wollen, das FBI hat eine fette Akte über mich, die annähernd vier Zoll dick ist und die fast dreißig Jahre weit zurückreicht, bis in die Zeit, als ich noch ein Kind war.«
»Das wissen wir«, antwortete Yarn. »Sie ist uns den ganzen Abend über per Fernschreiber durchgegeben worden.«
»Mach's gut, Pussy«, sagte Tighe, während er Hubert sanft auf den Boden setzte, aufstand und Haeres riesigem Raum einen weiteren neugierigen Rundblick gönnte. »Ist mit Politik viel Geld zu machen?«
»Wenn man halbwegs ehrlich ist, nicht.«

Sich immer noch umsehend, nickte Tighe, als ob das, was er sah, für völlige Redlichkeit, aber auch für einen fragwürdigen Geschmack spräche. Auch Yarn war aufgestanden, und beide gingen auf die Tür zu, nachdem sie sich bei Haere für seine Kooperation bedankt hatten. Als sie die Tür erreichten, drehte Yarn sich um.

»Übrigens, noch zu Mr. Meade«, sagte er.

»Was ist mit Mr. Meade?«

»Er scheint verschwunden zu sein.«

»Spurlos«, sagte Tighe.

»In die übliche dünne Luft, nehme ich an«, sagte Haere.

Yarn nickte. »Wohin sonst?«

»Nun ja«, sagte Haere und blickte aus irgendeinem Grund auf seine verbundenen Hände. Tighe bemerkte es.

»Tun sie noch weh?« fragte Tighe.

»Nein«, antwortete Haere. »Nicht sehr.«

Nachdem sie gegangen waren, blieb Haere noch an der Tür stehen und sah auf seine bandagierten Hände hinab. Dann drehte er sich um, ging zum Telefon hinüber, blickte auf die Uhr, nahm dann den Hörer ab und wählte die Nummer von Baldwin Hodson, dem neugewählten Gouverneur.

## 7

Sie trafen sich am nächsten Morgen um 7.30 Uhr zum Frühstück. Sie waren zu dritt: Draper Haere, Baldwin Hodson und seine Frau, die frühere Louisa Guidry aus Crowley, Louisiana, wo sie 1967 im Alter von achtzehn Jahren zur Königin des jährlichen Reisfestivals gekrönt worden war. Zwei Jahre später war sie in Berkeley einer der Hitzköpfe gewesen, die den Marsch im People's Park angeführt hatten. Nach Abschluß ihres Studiums war sie 1972 nach Sacramenta gegangen, wo sie für Baldwin Hodson, damals neugewählter Staatssenator, gearbeitet hatte. Später im gleichen Jahr heirateten sie. Im Herbst 1973 hatten sie und Draper ihre lange, hoffnungslose und oft tränenreiche Liebesaffäre begonnen.

Louisa Hodson schlürfte Tee, und ihr Mann trank schwarzen Kaffee in einer Nische in Kenny's Delikatessenrestaurant am Wilshire Boulevard in Santa Monica. Ihnen gegenüber wischte Draper Haere mit einem Stück Roggentoast den Rest seiner zwei Spiegeleier zusammen. Zwei Nischen weiter saßen zwei Beamte der Staatspolizei, die Leibwache des neugewählten Gouverneurs. Beide waren Ende zwanzig und tranken nie etwas Stärkeres als Orangensaft.

Draper Haere liebte Arbeitsfrühstücke, weil er herausgefunden hatte, daß die meisten Menschen am Morgen nicht in bester Form sind. Das erwies sich manchmal als in gewisser Weise vorteilhaft. Und außerdem mochte er Kenny's Lokal, weil man andere dort so gut belauschen konnte. Eine besondere Vorliebe hatte Haere für psychopathisches Geschwafel, und davon konnte man abends nach zehn bei Kenny's eine Menge hören, wenn die Gruppentherapeuten ihre Sitzungen beendet hatten.

»Sie wollten also wissen, was Replogle wußte«, sagte Hodson.

»Wer?«

»Das FBI.«

»Ich glaube, die wissen schon, was er wußte«, sagte Haere. »Was ich vermute, ist, daß sie versuchen, den Deckel wieder fest zuzumachen und sicherzustellen, daß kein anderer es erfährt.«

Louisa Hodson sah ihren Mann an. »Draper hat recht.«

Hodson nickte. »Vielleicht.«

»Die Frage ist«, sagte Haere, »was du in der Sache unternehmen willst.«

Die Hodsons blickten sich weiter fest an. Sie waren ein ungewöhnliches politisches Paar. Haere dachte oft: sogar bemerkenswert. Louisa hatte sich den strahlenden Glanz einer Schönheitskönigin erhalten: unverändert eine blauäugige, schwarzhaarige Urwaldschöne, die ihren Zauberhauch der Wildheit bewahrt hatte. Hodson selbst war ein großer, hagerer, kantiger, blonder Mann mit berechnenden grauen Augen, einem einnehmenden Lächeln und der perfekten politischen Persönlichkeit, die es ihm sein Leben lang möglich gemacht hatte, an Bushaltestellen mit völlig Fremden in ein Gespräch zu kommen. Sie war der klügere Teil der beiden, war Haeres Meinung, aber Hodson war der gerissenere. In ihrem Ehrgeiz standen sie sich in nichts nach, und der war grenzenlos. Sie brütete oft über Problemen, während er sich voller Optimismus schlafen legte, um noch optimistischer aufzuwachen. Sie besaß unerschütterliche Überzeugungen, während ihr Mann sich lediglich mit gewissen Prinzipien begnügen mußte. Sie waren Kollegen, sogar Freunde, aber selten Liebende. Für Baldwin Hodson war Sex eine gelegentliche Nebenerscheinung. Für Louisa Hodson war es ein primärer Lebensinhalt, und das war der Grund, weshalb sie vor so langer Zeit so bereitwillig in Draper Haeres Bett gestiegen war.

Draper Haere hatte sich nicht ein einziges Mal dazu durchgerungen, Louisa Hodson aufzufordern, ihren Mann zu verlassen. Nicht, weil Haere sie nicht liebte. Er liebte sie verzweifelt. Manchmal, wenn sie etwa einen Monat lang voneinander getrennt gewesen waren und er in ein Zimmer kam, in dem sie sich aufhielt, widerfuhr ihm etwas Merkwürdiges. Etwas jugendlich Unreifes. Er war vorübergehend unfähig zu sprechen. Er bekam leichtes Herzklopfen. Er schwitzte. Er befürchtete sogar, daß er rot würde, obwohl niemals irgend jemand etwas gesagt hatte. Aber alles, was Draper Haere Louisa Hodson zu bieten hatte, war Liebe, Politik und einen Raum über dem ehemaligen Farbenladen. Wenn Luisa Hodson vor der Wahl stehen sollte, über dem Laden zu leben, das war ihm durchaus bewußt, würde sie es vorziehen, im Weißen Haus zu leben.

Die Hodsons sahen sich immer noch fest an, in einer Art wortloser Kommunikation, bis Louisa Hodson sich schließlich Haere zuwandte und sagte: »Okay. Wir sollten es machen.«

Haere nickte. »Also gut.«

»Kannst du das übernehmen?« fragte Hodson.

Haere schüttelte langsam den Kopf. »Ich weiß nicht, wie.«

»Wer könnte es?«

»Ein geschulter Fachmann, vielleicht ein geschickter Reporter, jemand dieser Art.«

Hodson runzelte die Stirn. Offensichtlich ging er in Gedanken die Liste aller ungeeigneten Kandidaten durch. »Wir wollen das doch mit niemand teilen, oder?«

»Nein.«

»Hast du einen Vorschlag?«

»Auf Anhieb nicht«, antwortete Haere.

Louisa Hodson wandte sich ihrem Mann zu. »Gib mir mal etwas Kleingeld.«

»Wen willst du anrufen?« fragte er und wühlte in seiner Hosentasche.

»Craigie Grey. Wenn es so jemand gibt, wie wir ihn suchen, kennt sie ihn. Craigie weiß ungefähr alles.«

Hodson stand auf, um seine Frau vorbeizulassen. »Aber mache ihr gegenüber keine Andeutung, was –«

Louisa Hodson unterbrach ihn. »Baldy, habe ich das je getan?«

»Nein«, antwortete er. »Selbstverständlich nicht. Niemals.«

Die beiden Männer sahen Louisa Hodson nach, als sie mit einem rhythmischen Wiegen der Hüften, wie ein Featureautor es einmal charakterisiert hatte, zum Telefon ging. Sie wendeten sich ab und sahen einander an, und wieder einmal fragte Haere sich, ob Baldwin Hodson wußte, daß er Hörner aufgesetzt bekam. Und wie immer kam Haere zu der gleichen Antwort: Wahrscheinlich, aber offenbar stört ihn das nicht, solange es diskret geschieht. Lieber ich als irgendein anderer.

»Wie war er?« fragte Hodson. »Replogle?«

»Wahrscheinlich sollte man sagen, gelassen resignierend. Die Schmerzen machten ihm zu schaffen.«

»Ihr zwei kanntet euch schon lange, nicht wahr?«

»Seit meiner Kindheit. Er und mein alter Herr waren gute Freunde. Als sie zweiundfünfzig hinter meinem Vater her waren, weil er ein Roter war, war Jack ungefähr der einzige, der zu ihm hielt. So war er eben, Jack, meine ich.«

»Weißt du, diese Nostalgie nach den fünfziger Jahren«, sagte Hodson, »konnte ich nie verstehen. Dieses Gerede über ein ordinäres und verlogenes Jahrzehnt.«

»Ich glaube, das geht zum größten Teil auf Gable zurück.«

»Clark Gable?«

»Richtig«, bestätigte Haere. »Wenn man die Augen zumachte, wenn Eisenhower sprach, klang er genau wie Clark Gable. Das muß für die meisten sehr beruhigend gewesen sein.«

Sie blickten beide auf, als Louisa Hodson mit einem zufriedenen Lächeln zurückkam. Hodson stand auf, um sie auf ihren Platz zu lassen. Sie rutschte in die Nische, sah die beiden Männer an, sagte: »Morgan Citron«, und wartete auf ihre Reaktion.

Haere sprach zuerst. »Die *Chicago Daily News*. Das ist lange her.«

»Nicht so sehr lange«, sagte Hodson. »Elf Jahre. Vielleicht zehn.«

»Wie alt ist er jetzt – fünfzig?« frage Haere.

Louisa Hodson schüttelte den Kopf. »Craigie sagte vierzig oder so – falls überhaupt schon.«

»Ich hätte ihn für älter gehalten«, sagte Haere.

Baldwin Hodson sah zur Decke hinauf. Sein Ausdruck war nachdenklich. »Da war mal so was«, sagte er langsam. »Etwas wegen Pulitzer, stimmt's?«

»Er wurde vorgeschlagen«, bestätigte Louisa Hodson, »und jeder dachte, er bekäme den Preis, aber dann überlegten sie sich das nochmals oder so was.«

»Warum?« fragte Hodson.

»Ich erinnere mich nicht daran.«

»Aber ich erinnere mich an seine Sachen«, sagte Haere. »Da war dieser eine lange Artikel, den er für *The New Yorker* geschrieben hat über Togo und Dahomey – vor vier oder fünf Jahren. Eine sehr traurige, komische Geschichte.«

»Das ist nicht ganz das, was ich mir vorgestellt habe«, sagte Hodson.

»Einen Augenblick«, sagte Louisa Hodson. »Mir fällt es jetzt wieder ein. Wegen dem Pulitzer-Preis. Er war in Vietnam. Es war eine Serie über Korruption, die er geschrieben hatte. Sie haben ihn aus dem Land ausgewiesen.«

»Du hast recht«, bestätigte Haere. »Und wo ist er jetzt?«

»Kennst du Craigies Haus unten am Pacific Coast Highway in Malibu?«

Haere schüttelte den Kopf.

»Also da ist er jetzt. Er ist Craigies neuer Hausmeister.«

»Lieber Himmel«, sagte Hodson.

Sie schlossen den neugewählten Gouverneur von ihrem Besuch bei Morgan Citron aus. Sie taten das aus leicht ersichtlichen Gründen: Damit er bestreiten konnte, daß er irgend etwas davon gewußt habe, damit er eine weitere Verabredung zum Frühstück mit seinem Übernahmeteam im Beverly-Wiltshire wahrnehmen konnte und damit Haere und Louisa Hodson sich eine Stunde stehlen konnten, um sich miteinander im Bett zu wälzen. Hodson war sich zunächst keineswegs sicher, ob sich seine Frau bei der Kontaktaufnahme mit Morgan Citron beteiligen sollte, bis sie ihn ungeniert an ihre eingestandenermaßen unfehlbare Fähigkeit erinnerte, verborgene Mängel im Charakter, Glauben oder der Moral anderer zu entdecken.

»Erinnere dich an diesen Bankier oben in Redding – den du zum Vorsitzenden des Finanzkomitees für deinen Wahlkampf machen wolltest?«

Hodson nickte düster. »Den Kinderschänder.«

»Und? Wer hat ihn auf der Stelle durchschaut?«

Hodson seufzte. »Okay. Geh mit. Nehmt ihn euch vor, du und Draper, und wenn er gut aussieht, engagiert ihn.« Er wandte sich an Haere. »Aber er wird für dich arbeiten – nicht für mich. Verstehst du?«

»Vollkommen«, antwortete Haere.

Morgan Citron schnitzelte Mohrrüben für seine neue Zubereitung eines Pot au feu, als sie an der Tür von Apartment A klopften. Mit dem Messer und der Mohrrübe in der Hand ging er zur Tür und öffnete. Louisa Hodson stand lächelnd vor ihm. Unmittelbar hinter ihr Draper Haere.

»Mr. Citron?« sagte sie.

Citron nickte. »Irgendwie«, sagte er, »habe ich die Vorstellung, daß Sie beide nicht von den Zeugen Jehovas kommen.«

»Ich bin Mrs. Hodson«, antwortete sie und streckte ihre Hand aus. »Mrs. Baldwin Hodson.«

»Ich weiß«, sagte Citron und ergriff ihre Hand.

»Und dies ist mein Freund und Partner, Mr. Haere.«

Citron sah Haere an, der mit seiner rechten, immer noch verbundenen Hand eine kleine um Entschuldigung bittende Geste machte.

»Draper Haere, nicht wahr?« sagte Citron. »Der Geldbeschaffer.« Unwillkürlich fühlte Haere sich geschmeichelt, daß er erkannt wurde. Er lächelte und sagte: »Wir würden gern mit Ihnen sprechen, wenn es Ihnen recht ist.«

»Aber gewiß«, antwortete Citron. »Kommen Sie herein.«

Louisa Hodson und Draper Haere kamen in das Apartment und sahen sich um. Was sie sahen, veranlaßte sie, eine bedacht neutrale Haltung einzunehmen. Citron lächelte. »Entspricht sicher nicht ganz den grundsätzlichen Ansprüchen in Malibu.«

»Genau genommen, nicht ganz«, bestätigte Louisa Hodson.

»Nehmen Sie Platz« sagte Citron und deutete auf den Tisch und die Plastikstühle. »Kaffee?«

»Wenn es keine Mühe macht«, sagte Haere.

»Nur Pulverkaffee«, sagte Citron und ging zu der Kochplatte in der Kochnische, auf der ein Topf mit Wasser kochte. Er löffelte Pulverkaffee in drei Becher, die nicht zueinander paßten, und goß Wasser darauf. »Ich habe Zucker, aber keine Sahne.«

Louisa Hodson sagte, sie trinke ihren Kaffee schwarz, Haere bat um Zucker. Citron brachte den Kaffee zum Tisch, setzte sich und lehnte sich auf seinem Stuhl zurück, lächelte flüchtig und wartete darauf, daß das Gespräch beginnen würde.

»Craigie Grey hat uns gesagt, daß sie sich um ihr Haus kümmern«, sagte Louisa Hodson. »Kennen Sie Craigie schon lange?«

»Nicht sehr lange.«

»Craigie ist – also, Craigie ist einmalig.«

»Das scheint mir so zu sein.«

Haere griff in dieses indirekte Verhör ein. »Vor nicht sehr langer Zeit waren Sie in Afrika.«

»Es ist jetzt etwas länger als ein Jahr her.«

Haere nickte so, als ob er dankbar wäre, in einem nebensächlichen Punkt korrigiert worden zu sein. »Ich erinnere mich, daß ich darüber gelesen habe. Als Sie nach Paris zurückkamen. Es war ein Agenturbericht. AP glaube ich.«

»Sie brachten es alle«, sagte Citron. »AP, UPI, Reuters. Und dann starb die Geschichte. Gott sei Dank.«

»Sie selbst haben aber nie etwas darüber geschrieben, oder doch?« fragte Louisa Hodson und sah sich noch einmal in dem Apartment um. »Das sieht ganz so aus, als könnte man hier gut schreiben. Vielleicht sogar ein Buch.«

»Ich schreibe kein Buch, Mrs. Hodson.«

Haere nickte, diesmal verständnisvoll. »Es muß ein scheußliches Erlebnis gewesen sein – dort im Gefängnis zu sitzen, meine ich.«

»Ja«, stimmte Citron zu. »Das war es.«

»Mein Vater war Journalist«, sagte Haere und wunderte sich selbst, warum er es überhaupt erwähnte. Und dann hängte er, für ihn völlig untypisch, eine weitere autobiographische Bemerkung an. »Unten im Süden. In Birmingham.«

Es war Louisa Hodson, die die Frage stellte, auf die Citron gewartet hatte. »War er – also war er wirklich ein Kannibale?«

Citron hob die Schultern. »Jedenfalls behaupten das eine Menge Leute.«

Louisa Hodson lehnte sich auf ihrem Stuhl zurück. Mit einem flüchtigen Lächeln sah sie Citron an. Haere wertete das als ihre Zustimmung und entschloß sich, zur Sache zu kommen. »Dann haben Sie gegenwärtig also keine bestimmten Pläne?«

»Nein«, sagte Citron. »Nichts Besonderes.«

»Wären Sie daran interessiert, etwas zu übernehmen?«

»Das kommt darauf an.«

»Selbstverständlich. Aber was ich meine, ist, sind Sie frei, etwas zu übernehmen?«

»Ich bin frei.«

Louisa Hodson stützte die Ellbogen auf den Tisch und senkte ihre Stimme zu einer tieferen Tonlage. Ihr Klang wurde dadurch kehlig und vertraulich. Citron klang sie wie die Stimme eines geborenen Verschwörers. »Ein Freund von uns wurde gestern in den Bergen von Colorado ganz nahe bei Denver getötet.« Sie schwieg und sah Haere fragend an. »War das erst gestern?«

Haere nickte.

»Wir glauben, daß er ermordet worden ist.«

»Und weiter«, sagte Citron, weil ihm schien, es wurde von ihm erwartet, daß er etwas sagte.

»Sein Name ist Replogle. Jack Replogle.«

»Replogle Constructions?« fragte Citron.

Haere war überrascht. »Kannten Sie ihn?«

Citron schüttelte den Kopf. »Ich habe seine Firmenschilder oft gesehen in einigen der Länder, in denen ich herumgestromert bin.«

»Die heißen Länder.«

»Ja«, sagte Citron. »Es war in den heißen Ländern.«

Louisa Hodson sah Haere an. »Erzähle ihm, was geschehen ist, Draper.«

Haere wiederholte noch einmal alles, was Jack Replogle ihm aus Singapur und von Drew Meade erzählt hatte, und wie Meade den beiden FBI-Agenten zufolge spurlos verschwunden war. Citron hörte zu, machte sich keine Notizen, aber bat Haere, die Namen der FBI-Agenten zu wiederholen. Nachdem Haere geendet hatte, folgte eine Stille, die erst gebrochen wurde, als Citron seinen Stuhl zurückschob, aufstand und zur Kochnische ging, nach dem Messer und der Mohrrübe griff und begann, den Rest in den *pot au feu* zu schnipseln.

»Riecht gut«, sagte Haere. »Was ist es?«

»Stew«, antwortete Citron, legte das Messer fort, drehte sich um und lehnte sich gegen das Spülbecken, die Arme vor der Brust verschränkt, während er die attraktive, gutangezogene Frau und den Mann mit dem verzweifelnden Gesicht prüfend ansah. Citron spürte, daß sie mehr als nur politische Partner waren. Sie verbrachten zusammen viel Zeit im Bett, sagte er sich, und stellte zu seiner milden Überraschung fest, daß er die Vorstellung billigte. Es war mindestens zwei Jahre her, daß Citron zum letztenmal irgend etwas gebilligt oder mißbilligt hatte.

»Was Sie haben wollen, ist also nur das politische Zeug – das Dynamit, das dieser Meade zu haben behauptete.«

»Ganz richtig«, bestätigte Haere. »Nur das politische Zeug.«

Citron sah Louisa Hodson an. »Für wen würde ich arbeiten? Für Ihren Mann?«

»Für mich«, sagte Haere.

Citron sah weiterhin Louisa Hodson an. »Tatsächlich aber für Ihren Mann – auf einem Umweg.«

»Mein Mann, Mr. Citron, weiß davon überhaupt nichts.«

»Das glaube ich nicht.«

»Wenn Sie es glaubten«, entgegnete sie, »würde Mr. Haere Sie nicht engagieren.«

Citron lächelte. »Ableugbarkeit nennt man das wohl.«

»Oder unseren Hintern schützen«, sagte Haere.

Citron sah Haere an. »Ihnen ist es egal, wer ihn umgebracht hat – Replogle, meine ich?«

»Ich bin betroffen«, entgegnete Haere. »Ich fühle mich sogar sehr tief betroffen, aber Jack Replogle starb an Krebs, und wer immer ihn umgebracht hat, hat ihn aus seinem Elend erlöst. Wir wollen es den Bullen und dem FBI überlassen, ihre Arbeit zu tun, und uns um unsere kümmern. Und wenn das Zeug, das er von Drew Mead gekauft hat, das bewirkt, worauf er gehofft hat, soll das in memoriam für ihn sein.«

»Sind Sie sicher, daß es nicht doch nur ein Unfall mit Fahrerflucht war und nichts anderes?«

Draper Haere sah auf seine verbundenen Hände. »Ich bin sicher.«

Citron kam an den Tisch zurück, setzte sich wieder, griff nach seinem Kaffeebecher und trank den Rest aus. Wieder trat eine Pause in dem Gespräch ein, in der er spürte, daß der Wurm der Neugier sich wieder in ihm regte. Er fragte sich, was er als nächstes sagen würde, und mit einer gewissen Überraschung hörte er sich fragen: »Wieviel?«

»Fünfhundert in der Woche«, schlug Haere vor.

»Bar?«

»Gewiß. Warum nicht? Bar.«

»Ich brauche einen Vorschuß – um mir ein paar Sachen anzuschaffen.«

»Was?«

»Eine Schreibmaschine. Ein kleines Tonbandgerät.« Er machte eine Pause. »Vielleicht einen neuen Anzug. Ich habe nicht viel anzuziehen. Und auch kein Bankkonto.«

»Würden zweitausend reichen?« fragte Haere und fügte hinzu: »Bar, selbstverständlich.«

»Sehr gut«, sagte Citron. Er sah erst Haere und dann Louisa Hodson an. »Sie wissen, was Sie bekommen, nicht wahr?«

»Ich glaube schon«, sagte sie.

»Was Sie bekommen, ist etwas aus der Übung, vielleicht sogar eingerostet. Ich bin mir nicht sicher, ob es überhaupt noch funktioniert.«

Louisa Hodson lächelte, nickte dann zufrieden, als ob das, was sie sah, an Perfektion heranreichte. »Mr. Haere und ich arbeiten schon seit einiger Zeit in diesem besonderen Gewerbe, Mr. Citron – haben

Sie etwas dagegen, wenn ich Sie Morgan nenne? Mr. Haere kann sehr gut Leute richtig einschätzen. Und ich kann es noch besser. Der Mann, den ich da mir gegenüber am Tisch sitzen sehe, gefällt mir, wahrscheinlich, weil Sie so gar nichts Angeberisches an sich haben. Einer, der mir sagt, daß er einen Auftrag von mir annimmt, vorausgesetzt, daß ich ihm einen neuen Anzug finanziere, kann kein großer Angeber sein, und das ist hier bei uns so rar wie grüner Schnee. Aber, was ich wirklich sagen will, wir freuen uns, daß Sie zugesagt haben – nicht wahr, Draper?«

»Genau«, bestätigte Haere. Wie immer bewunderte er, wie es Louisa Hodson gelang, durch Ton und Gesten, wenn nicht durch ihre Worte, Menschen von ihrem eigenen unermeßlichen Wert zu überzeugen und der ungeheuren Hochachtung, die sie ihnen entgegenzubringen schien.

Wieder lächelte Citron, wenn auch nur flüchtig, und sah Haere an: »Wie viele politische Guthaben haben Sie in Washington?«

»Sie meinen, wir drei zusammen?« fragte Louisa Hodson.

Citron nickte.

Sie wandte sich an Haere wegen einer Schätzung. Er überlegte einen Augenblick und antwortete dann vorsichtig: »Würde jede Menge reichen?«

»Vielleicht«, meinte Citron.

Eine Stunde später rief Draper Haeres Sekretärin bei Citron an, um ihn zu informieren, daß sie ihm »botenweise«, um ihre ausgefallene Formulierung zu gebrauchen, zweitausend Dollar in bar bringen lasse. Citron bedankte sich, hängte ein und nahm den Hörer sofort wieder ab. Er wählte die Fernsprechauskunft und ließ sich die Nummer des FBI geben.

Die Nummer war 272-6161. Als die Telefonistin sich mit »FBI« meldete, sagte Citron: »Ich möchte mit Agent Richard Tighe verbunden werden, bitte.«

Es folgte ein kurzes Zögern, und dann sagte die Telefonistin: »Ich verbinde Sie mit der Auskunft.«

Nach einer weiteren Pause meldete sich eine weitere weibliche Stimme: »Auskunft«, und nannte ihren Namen, den Citron nicht verstand.

»Ich möchte Agent Tighe sprechen, bitte, Richard Tighe.«

Diesmal folgte kein Zögern. »Ein Agent mit diesem Namen ist bei uns nicht bekannt«, antwortete die Stimme.

»Ah, so«, sagte Citron. »Wie ist es mit Agent Yarn – Y-A-R-N, Vorname John, Mittelinitiale D.?«

»Bei uns gibt es auch keinen Agenten mit diesem Namen«, erwiderte die Frau von der Auskunft.

Citron bedankte sich, hängte den Hörer ein und war überzeugt, daß er sein Geld bereits verdiente.

## 8

Er hatte sich entschlossen, in Mexicali über die Grenze zu gehen. Die lange Busfahrt von Mexico City hatte ihn ermüdet und ließ ihn sehr viel älter aussehen als seine dreiundsechzig Jahre rechtfertigten, bis er einen Friseur gefunden hatte, der ihn für weniger als zwei Dollar rasierte, ihm das Haar schnitt und eine Gesichtsmassage gab. Auf dem Weg zum Grenzübergang kaufte er sich einen billigen Sombrero, wie ein Tourist ihn sich kaufen mochte, und setzte ihn sich fest auf den Kopf. An dem Spiegelbild, das er in einer Schaufensterscheibe sah, erkannte er, daß er ihn lächerlich erscheinen ließ, was ihn befriedigte, weil es seine Absicht war, genauso auszusehen.

Er schlenderte auf den US-Grenzbeamten zu, der ihm den schnellen, geübten Blick eines erprobten Grenzkontrolleurs gönnte. »Geschäftlich in Mexico?«

»Nur herumgetrieben.«

»Geburtsort?«

»Ohio«, antwortete er und log automatisch. Er war in Indiana geboren. In Terre Haute.

Der Grenzbeamte nickte, und Drew Meade überschritt die Grenze in sein Geburtsland, das Land, von dem er sich verraten fühlte, obwohl er diese Meinung nicht in ganz diesen Worten formulierte. Wenn er sich nachts allein in billigen Hotelzimmern zu stummen Schmähreden hinreißen ließ, schimpfte er darauf, daß man ihm das vollgeschissene Ende der Stange überließ, was, man kann darüber streiten, eine Form des Verrats ist.

Das erste, was Meade nach seiner Rückkehr in die Vereinigten Staaten nach einer Abwesenheit von dreizehn Jahren tat, war, daß er ein McDonald's-Restaurant suchte, sich zwei Big Macs, einen Schokolade-Shake und eine Portion Frits bestellte. Nachdem er das alles heruntergeschlungen hatte, schwatzte er dem mürrischen Sechzehnjährigen hinter der Theke zwei Händevoll Wechselgeld ab und verbrachte dann zwei Stunden damit, in Calexico herumzuwandern und nach einer Telefonzelle zu suchen, die funktionierte.

Es bedurfte einiger Gespräche mit verschiedenen Damen von der Auskunft, aber schließlich bekam Mead die Nummer, die er haben wollte. Während er auf den Ton des Rufzeichens lauschte, warf Meade gegen den strengen Rat der Telefonistin, die das Ferngespräch vermittelte, Vierteldollarstücke im Wert von zwei Dollar in den Apparat. Der Anruf wurde nach dem vierten Klingelzeichen mit einem hohlen Hallo beantwortet.

»Mr. Replogle, bitte.«

»O mein Gott«, sagte die hohle Stimme, die der gerade erst verwitweten Maureen Replogle gehörte.

»Ist Mr. Replogle da?«

»Wissen Sie es noch nicht?«

»Wissen?« grollte Meade. »Was soll ich wissen? Ist er da oder nicht?«

»Jack ist . . . fort.«

»Was heißt fort? Wo ist er hin?«

»Jack ist . . . tot.« Die Antwort kam schluchzend.

»Was? Scheiße!« war Meades Reaktion.

Maureen Replogle weigerte sich, das gehört zu haben. »Die Beerdigung war heute am frühen Nachmittag«, sagte sie. »Erst heute nachmittag. Er hatte sehr viele Freunde. Sie waren alle so teilnahmsvoll. Jetzt bin ich natürlich allein, ganz allein.«

»Wann ist er gestorben, Mrs. Reploge?«

»Erst gestern. Gestern vormittag. Er und Draper waren auf der Fahrt nach Breckenridge. Wir haben da oben eine Hütte, wo Jack gern Ski lief. Aber ich habe mir nie wirklich etwas daraus gemacht. Da war dann der Unfall. Der arme Jack. Der liebe Jack.«

»Was für ein Unfall war das?«

»Ach, Sie wissen schon. Mit dem Auto.«

»Sie haben gesagt, daß Draper bei ihm war. War das Draper Haere?«

»Kennen Sie Draper? Draper ist zur Beerdigung nicht dageblieben. Er geht nicht zu Beerdigungen. Ich habe Draper immer sehr merkwürdig gefunden, sogar schon als Kind.«

»Wo ist Haere jetzt?«

»Er ist nach Kalifornien zurückgeflogen.«

»Frisco, L. A., wohin?«

»Nein, nicht nach Los Angeles, nach Santa Monica, genau nach Venice, nehme ich an. Die Luft ist da so viel besser.«

»Okay. Vielen Dank.«

»Es war sehr freundlich von Ihnen, daß Sie angerufen haben. So viele Leute waren so freundlich.«

Drew Meade hängte ein. Das Telefon klingelte. Er nahm den Hörer ab und meldete sich vorsichtig mit Hallo. Es war die Telefonistin, die sein Ferngespräch verbunden hatte, und sie eröffnete Meade, daß er zusätzlich fünfundsechzig Cents schuldig war. Meade antwortete, das wäre ihm scheißegal und hängte ein.

Vom Busbahnhof Calixco fuhr der nächste Linienbus nach Redlands. Meade löste ein Billett. Von Redlands konnte er weiter aufwärts und nach Santa Barbara hinüber, und dann von Norden her nach Los Angeles hineinkommen. Mit etwas Glück konnte er am späten Abend dort sein oder andernfalls früh am nächsten Morgen. Der Bus nach Redlands sollte in zehn Minuten fahren. Meade kaufte sich seinen Proviant für die Fahrt. Er bestand aus zwei Päckchen Camels, einem Riesenriegel Goodbar-Schokolade und einer Pinte Jim Beam. Den Sombrero steckte er in einen Abfallkübel.

Am frühen Nachmittag hatten sie im Sir Galahad, einem Strandmotel an der Ocean Avenue in Santa Monica, unmittelbar südlich von Pico, ihre akrobatischen Liebesspiele absolviert. Eine Zeitlang hatten sie über einen letztklassigen Film gekichert, den das Motel gegen eine Gebühr von 3 Dollar 50 über ein internes Videobandsystem zur Verfügung stellte. In dem Film war eine Dreiergruppe am Werk, und noch während er lief, hatten sie sich fast dreißig Minuten lang ihren eigenen Liebesspielen gewidmet. Jetzt lagen sie nebeneinander nackt auf dem Bett und sahen aus einer Art klinischer Distanz den Rest des Films an.

»Willst du sehen, wie der Mist ausgeht?« fragte er.

Sie schüttelte den Kopf. »Eigentlich nicht.«

Draper Haere stand auf, ging zu dem Gerät hinüber und schaltete es aus. Er drehte sich um und sah Louisa Hodson lächelnd an. »Du bist ohne jeden Zweifel die bezauberndste nackte Dame, die ich in meinem Leben gesehen habe.«

»Das Hübsche haben wir gerade gehabt.«

»Hübsch und gescheit dazu.«

Louisa Hodson lächelte. »Bei mir zu Hause haben sie das immer gesagt: Sie ist hübsch und gescheit dazu.«

»Ich weiß«, sagte Draper Haere, setzte sich wieder auf die Bettkante und zündete sich eine seiner gelegentlichen Zigaretten an.

»Wie ist es in New York gelaufen?« fragte sie und streckte eine Hand nach ihrem Schlüpfer aus, der auf dem Boden lag. »Alles, was ich aus Baldy herausbekam, war ein befriedigtes Grunzen.«

»Der Junge ist ein Zehentester.«

»Du meinst, er hat mal einen Zeh ins politische Wasser gesteckt und es lauwarm gefunden?«

»Er hielt es für lauwarm, aber seine Mommy meinte, es wäre eiskalt. Wenn er mit einem großen Aufspritzen reingesprungen wäre, hätte sie gesagt: Na wunderbar, und mit ihrem Scheckbuch gewedelt. Aber genau das tat er nicht, und dann wollte sie nicht mehr.«

»Dann ist er also draußen?«

»Er ist draußen.«

Inzwischen zogen sie sich in aller Ruhe an, ohne jede Hast, als ob es früher Morgen wäre und sie zeitig aufgestanden und seit zwanzig Jahren miteinander verheiratet wären.

»Du meinst für vierundachtzig draußen oder ein für allemal?«

Draper Haere schob gerade seine Hemdzipfel in die Hose. Das Hemd war weiß, durchgeknöpft, im Oxfordstil. Es war eigentlich die einzige Art Hemden, die Haere überhaupt trug, abgesehen von solchen in genau gleichem Schnitt in Blau. »Für vierundachtzig draußen«, bestätigte er. »Aber später, wer kann das wissen?«

»Du meinst immer noch, daß Baldy wirklich eine echte Chance hat?« fragte Louisa Hodson, während sie ihre einfache cremefarbene Seidenbluse zuknöpfte, die ausgezeichnet zu dem schlichten, gerade geschnittenen hellgrauen Rock paßte, was beides durch ein schlichtes, zweireihiges dunkelgraues Kaschmirjackett ergänzt wurde. Haere schätzte, daß diese elegante Schlichtheit drei- oder viermal soviel kostete wie einer seiner blauen Nadelstreifen, und Haere gab für seine Anzüge bei Lew Ritter 550 Dollar aus.

»Baldy hat eine Chance«, antwortete Haere, nachdem er kurz darüber nachgedacht hatte. »Keine sehr große Chance, aber immerhin eine Chance – vorausgesetzt, die Dinge entwickeln sich richtig für ihn, und vorausgesetzt, er erweist sich als ein Musterbild von Gouverneur.«

»Aber du sprichst doch von achtundachtzig, nicht von vierundachtzig.«

»Ich rechne damit, daß vierundachtzig sich als Unglücksjahr erweisen wird.«

»Verdammt noch mal, Draper, was...«

»Hör mal zu. Achtundachtzig hat er die günstigsten Aussichten. Vier Jahre erfolgreicher Gouverneur, dann wird er sechsundachtzig wiedergewählt. Er hat eine Karriere hinter sich, die er mit Stolz vorzeigen kann. Die alten Karrengäule sind an Erschöpfung eingegangen, und wie alt wird Baldy sechsundachtzig sein – sechsundvierzig?«

»Siebenundvierzig«, korrigierte sie.

»Nicht zu jung und ganz gewiß nicht zu alt. Sechsundachtzig fängt er an, sich darauf zu konzentrieren und überläßt es dir, dich um sein Amt zu kümmern.«

»Draper«, sagte sie eindringlich. »Er wird nicht warten wollen.«

»Er täte es besser.«

»Okay, was braucht wer, um vierundachtzig nominiert zu werden – außer Geld und Glück? Das Geld kannst du ihm beschaffen und er hat alles Glück in der Welt. Was sollte also noch fehlen?«

»Ich weiß es nicht.«

»Quatsch«, sagte sie. »Was ist mit Replogles Story, hinter der Citron jetzt her ist? Dieses Dynamit, das sie aus dem Weißen Haus raussprengen kann? Hat Jack Replogle nicht so was gesagt?«

Haere seufzte. »Er hat gesagt, es könnte diese Scheißer vierundachtzig aus dem Weißen Haus raussprengen. Das ist sein genauer Wortlaut. Fast jedenfalls.«

»Und du hast ihm geglaubt?«

Haere war dabei, seine Krawatte zu binden. »Wenn es um Politik ging, war Jack Replogle ein Mann, der zur Untertreibung neigte. Er übertrieb in fast allem, aber nicht in der Politik.«

»Dann ist es also Dynamit?«

»Vielleicht.«

»Und genau das ist es, was Baldy braucht!«

»Es würde ihm nichts schaden«, räumte Haere ein, ging zum Bad und blickte hinter die Tür, um festzustellen, daß nichts zurückgeblieben war. Er tat das rein aus Gewohnheit, denn sie waren mit leeren Händen in das Zimmer gekommen. Nach dieser Inspektion sah er auf seine noch verbundenen Hände hinab und sagte: »Mit Dynamit ist das so eine komische Sache.« Er sah zu ihr auf. »Wenn es alt wird, wird es manchmal unberechenbar.«

»Es könnte einem unter den Händen losgehen?«

Haere nickte. »Genau das.«

»Na ja, aber das ist doch das Risiko, das wir eingehen wollen, oder nicht?«

Wieder blickte Haere auf seine Hände hinab, ehe er Louisa Hodson ansah. »Genau das«, wiederholte er.

Morgan Citron kam mit einer großen kräftigen Einkaufstasche durch das Rotholztor. Sie enthielt eine gebrauchte Olivetti Lettera 32, einen neuen Sony-Tonbandrecorder mit verschiedenem Zubehör und einen Karton mit einem hellbraunen Mohairanzug, den er bei einem Ausverkauf im Warenhaus Henshey in Santa Monica für 159 Dollar erworben hatte.

Citron bemerkte den Umschlag auf dem Boden, gleich als er in Apartment A hineinkam. Als er den quadratischen, leicht getönten Umschlag aufhob, erkannte er sofort, daß er von den Leuten bei Crane aus einem sehr kostspieligen Papier gemacht worden war. Auf die Vorderseite hatte jemand mit schwarzer Tinte und einer sehr breiten Feder seinen Namen geschrieben. Die inliegende, sorgfältig geschriebene Mitteilung lautete: »Kommen Sie heute abend um 7 Uhr zum Essen, oder ich stürze mich in den Ozean.« Unterschrieben war diese Botschaft mit »Velveta«.

Citron hängte gerade seinen neuen Anzug in seinen einzigen Schrank, als es an der Apartmenttür klopfte. Er ging zur Tür und öffnete. Der Mann, der davorstand, war schlank, anmutig, eher hübsch als attraktiv und kaum viel älter als vierundzwanzig.

»Mein Name ist Dale Winder«, sagte er, »und ich arbeite für Ihre Mummy.«

»Du lieber Himmel«, sagte Citron.

»Sie möchte Sie gern sehen.«

»Nein, danke.«

»Lieben Sie Ihre Mutter nicht, lieber Freund?«

»Nein«, sagte Citron. »Ich liebe niemand.«

Dale Winder schlug tatsächlich einmal offensichtlich begeistert die Hände zusammen. »Oh, Sie beherrschen den Text genau! Irgendwie habe ich gewußt, daß Sie ihn kennen. Darf ich hineinkommen?«

»Gewiß«, sagte Citron. »Kommen Sie nur.«

Winder glitt in das Apartment und sah sich, die Hände in die Hüften gestemmt, darin um. Er trug einen weißen Kaschmirpullover, aber kein Hemd, sehr enganliegende Jeans und Sandalen, aber keine Socken. Citron hatte den Eindruck, daß Dale Winder meinte, jeder der Sandalen mit Socken trüge, sei hoffnungslos »out«.

»Wunder – einfach Wunder könnten mit diesem Raum vollbracht werden, und das mit so wenig Mühe und Aufwand«, sagte Winder bedauernd und gluckste sogar ein paarmal, als er das abgetretene Linoleum vor der Küchennische bemerkte.

»Wie haben Sie mich gefunden?« fragte Citron.

»Das war nicht schwer.«

»Was will sie von mir?«

»Nur mal guten Tag sagen. Es ist seit dem letzten Mal schließlich schon eine ganze Weile her, oder nicht?«

»Noch nicht lange genug.«

»Aber Sie werden sie doch aufsuchen?«

»Sie ist doch nicht etwa krank, oder?«

»Oh, lieber Himmel, nein! Sie ist kerngesund. Sie kennen Gladys doch. Nun?«

Citron war sich keineswegs sicher, daß er Gladys wirklich kannte, und noch weniger war er sich sicher, ob er sie sehen wollte. Seine Mutter war ihm immer eine ferne Gestalt gewesen, fast die geheimnisvolle Fremde, vor der Eltern angeblich ihre Kinder immer warnen sollen. Vor zwei Monaten hätte er abgelehnt, sie zu sehen. Vor einem Monat noch hätte er gezögert. Jetzt hob er nur die Schultern und sagte: »Okay. Gehen wir.«

»Sie wird sich so sehr freuen. Wollen wir meinen Wagen nehmen? Ich bringe Sie dorthin und zurück. Wir haben so schönes Wetter heute, und ich habe das Verdeck aufgeklappt. Ich liebe Malibu sehr. Sie nicht auch?«

Citron machte sich nicht die Mühe, zu antworten, als er Winder in den Vorhof hinaus folgte. Am Tor drehte Winder sich um und lächelte. Er hatte eine gesunde Sonnenbräune und hübsche weiße Zähne und ein Grübchen auf einer Wange, und sein linkes Auge war etwas blauer als sein rechtes. »Ich sterbe fast und muß Sie unbedingt fragen, war er wirklich ein Kannibale?«

»Selbstverständlich«, antwortete Citron. »Jeden Tag Missionarragout.«

»Oh, mein Gott, das ertrage ich nicht«, sagte Dale Winder und schauderte verzückt.

9

Das Westküstenbüro von *The American Investigator* nahm die halbe zwölfte Etage des dreieckigen Gebäudes ein, das sich in Century City auf dem hinteren Grundstück der alten Fox-Film erhob, aber es ähnelte in keiner Weise den Zeitungs- oder Zeitschriftenredaktionen, die Morgan Citron je gesehen hatte.

Was Citron überraschte, vielleicht sogar etwas traurig stimmte, waren gewiß nicht die Walnußtäfelung oder der dicke maulwurfgraue Teppich oder die schönen blonden Zwillinge, die unten beim Empfang an einem antiken Doppelschreibtisch die Stellung hielten. Er war auch nicht übermäßig beeindruckt von den meisterhaft gefälschten Miros und Chagalls und Braques, die im Empfangsbereich an den Wänden hingen, und nicht einmal von den signierten (echten) Daumierdrucken, die den Korridor schmückten, der zum Büro des Chefs des Westküstenbüros führte. Was Citron eher beunruhigte, war die Grabesstille, als er Dale Winder durch den Korridor folgte. Keine schrillen Telefone, keine klappernden Schreibmaschinen, keine rasselnden Fernschreiber, kein Stimmengewirr. Nur geschlossene Türen waren vorhanden, hinter denen, wie Citron argwöhnte, perfekte, grauenhafte Lügengeschichten sorgfältig ausgeheckt wurden. Er konnte sich nicht versagen, selbst schnell eine auszudenken: KLEINKIND IN KÜHLSCHRANK GESPERRT – ZEHEN SELBST ABGENAGT, war sich aber keineswegs sicher, ob er sie nicht einmal im *Investigator* aufgeschnappt hatte, den er einmal durchblätterte, als er mit Lebensmittelgutscheinen in der Hand vor der Kasse des Boys Market in Marina del Rey in der Schlange gestanden hatte.

Es war ein langer Korridor, und als sie sich seinem Ende näherten, lächelte Dale Winder aufmunternd über die Schulter zurück. »Wir sind fast da«, verkündete er und riß eine Tür auf. Sie führte in ein kleines Vorzimmer, daß an den Wänden nur eine brillante Kopie eines blauen Clowns von Picasso aufwies. Auch hier stand ein antiker Schreibtisch, auf dem nichts zu sehen war, außer den gefalteten Händen einer überwältigend hübschen jungen Chinesin.

»Die Verschwenderin«, sagte Dale Winder.

»Wirklich.« Sie lächelte Citron an. »Gehen Sie bitte hinein, Mr. Citron. Sie werden erwartet.«

»Ich bringe Sie nach Hause, sobald Sie soweit sind«, sagte Dale Winder. »Rufen Sie einfach laut nach mir.«

»Gemacht«, sagte Citron, ging zu der Tür, legte die Hand auf die

Klinke, seufzte, drückte sie herunter, schob die Tür auf und trat in das Büro von Gladys Darlington Citron, die, wie er sofort sah, sich kaum irgendwie verändert hatte.

Sie trug nach wie vor ihre Chanelkostüme, bemerkte er. Sie besaß davon mehr als nur ein Dutzend, und einige waren mindestens zwanzig oder fünfundzwanzig Jahre alt. Das eine, das sie anhatte, war altrosa, und wie immer steckte am Aufschlag das rote Band der Ehrenlegion, das ihr de Gaulle Ende 1946 für ihre bemerkenswert blutigen Dienste in der Résistance persönlich überreicht hatte. Citron wußte, daß das der Grund war, weshalb sie fast immer Kostüme trug: damit sie einen Platz hatte, an dem sie die Auszeichnung zeigen konnte.

Mit zweiundsechzig hatte ihr Haar die Farbe von kostbarem alten Silber. Sie trug es in einer Welle, die dicht über eines ihrer kühlen grünen Augen fiel, ihr linkes, und dann zu einem Chignon zurückgekämmt war, der ungezwungen wirken sollte. Aber nicht eine einzige Strähne war nicht an ihrem Platz. Citron konnte sich nicht erinnern, daß es je der Fall gewesen wäre.

Gladys Citron hatte sich durch Diät und Training ihre Figur erhalten: ausnahmslos aß sie nie mehr als 1350 Kalorien am Tag, und turnte täglich dreißig Minuten streng nach den Gymnastikvorschriften der Canadian Air Force. Sie war mit jenen Backenknochen gesegnet, die verhindern halfen, daß ihre Haut erschlaffte. Es gab ein paar Fältchen und Runzeln, insbesondere um die Augenwinkel, aber das Kinn war fest, der lange Tänzerinnenhals immer noch recht gut, und alles in allem war sie weitgehend eine Schönheit geblieben.

»Du darfst mich küssen, Morgan«, sagte sie, »falls du nicht der Meinung bist, das sei übertrieben demonstrativ.«

Sie bot ihm ihre Wange. Citron küßte sie flüchtig und sagte: »Wie geht es dir, Gladys?«

»Glänzend«, antwortete sie. »Absolut glänzend.«

Sie saß hinter einem fast leeren, zweihundert Jahre alten Schreibtisch, der gestern vom Schreiner abgeliefert worden sein konnte oder vielleicht auch vorgestern. Sie zog eine Schublade auf, nahm ein schmales, graues Etui heraus und schob es Citron hin.

»Setz dich doch bitte, Morgan.«

Citron setzte sich. Sie betrachtete ihn nachdenklich. »Du siehst gut aus. Ein bißchen dünn, aber gut. Und, mein Gott, du siehst genauso aus wie er. Dein Vater.« Sie klopfte auf das schmale Etui. »Für dich. Ein Geschenk zu deinem vierzigsten Geburtstag.«

Citron berührte das Etui nicht. »Ich bin zweiundvierzig, und mein Geburtstag war im Juni.«

Mit einer anmutigen Handbewegung schob sie den Einwand beiseite. »Greif zu. Mach es auf.«

Citron öffnete das Etui. Auf einem Bett aus schwarzem Samt lag eine goldene Rolex Oyster, fast genau die gleiche, die er Stück für Stück bei Sergeant Bama gegen zusätzliche Verpflegung eingetauscht hatte. Citron sah einen langen Augenblick lang auf die Uhr, nahm sie dann aus dem Etui und streifte sie über sein linkes Handgelenk. Noch ehe er sich bei seiner Mutter bedanken konnte, fragte sie: »Wie lange ist es jetzt her? Fünf Jahre oder sechs?«

»Sechs, glaube ich.«

»Du hättest schreiben können.«

»Hätte ich.«

»Ich habe mir Sorgen gemacht.«

»Das tut mir leid.«

»Ich nehme nicht an, daß ich dir eine wirklich gute Mutter gewesen bin, oder doch?«

»Nein«, stimmte Citron zu, »nicht besonders, wenn ich mit zweiundvierzig auch nicht mehr so recht einsehe, ob das noch wichtig ist.«

»Du hast mir aber nie verziehen, oder doch?«

»Was?«

»Daß ich dich den Krieg über zu den Gargants abgeschoben habe.«

Citron hob die Schultern. »Du mußtest diese vielen Deutschen umbringen, und als ich dann fünf war und alt genug, irgend etwas wahrzunehmen, mochte ich die Gargants sehr gern. Sie hatten eine Menge Kühe.«

»Aber später, als du sieben wurdest.«

»Du meinst England?«

»Sie galt als eine sehr gute Schule.«

»Das war sie, aber ich sprach mit einem Akzent wie ein französischer Kellner, und ich habe sie auch vermißt.«

»Die Gargants?«

»Die Kühe.«

»Ich möchte es an dir gutmachen, Morgan.«

»Jetzt?« Er machte eine Pause. In die Verwunderung auf seinem Gesicht mischte sich Argwohn. »Wozu denn bloß?«

»Sie lächelte. »Zur Versöhnung.«

»Was ist dein wahrer Grund, Gladys?«

»Du bist mein Sohn.«

»Ich bin nur irgend jemand, dem du im Lauf der Jahre ein paarmal begegnet bist. Wie hast du mich überhaupt gefunden?«

»Hast du versucht, dich zu verstecken?«

»Nein.«

»Craigie Grey erwähnte deinen Namen gegenüber jemand, der ihn einem anderen gegenüber erwähnte, der ihn mir gegenüber erwähnte. Ich habe seit über einem Jahr versucht, dich zu finden – unermüdlich seit diese Pressemeldungen aus Paris gekommen waren. Ich habe sogar mit einer Miss Tettah von amnesty international in London gesprochen, aber alles, was sie wußte, war ein Postfach in Venice. Dann kamen wir diesem jungen Mann aus Provo auf die Spur.«

»Dem Mormonenmissionar.«

»Er erzählte uns die Geschichte von der Uhr. Er sagte, du wärest ein Heiliger.«

»Die Mormonen finden immer überall Heilige.«

»Er sagte, du hättest ihm das Leben gerettet.«

»Er hat übertrieben.«

Sie nahm einen vergoldeten Brieföffner in die Hand und drückte mit der scharfen Spitze versuchsweise gegen ihren Daumenballen. »War er wirklich ein Kannibale, wie alle behaupten? – Oder war das nur französische Propaganda?«

»Warum fragst du?«

Sie hob wieder die Schultern. »Es wäre eine Geschichte für unser Blatt.«

»›Für den Diktator Menschenleber zum Dinner‹ etwa?«

Sie legte den Brieföffner hin. »Wir bedienen unsere Leser«, entgegnete sie. »Wir müssen um ihre Aufmerksamkeit mit dem Fernsehen konkurrieren. Deshalb müssen unsere Beiträge etwas provokativ sein.«

Citron sah sich in dem großen Büro um. »Dir scheint es nicht ganz schlechtzugehen.«

»Sie bezahlen mir hundertundfünfundzwanzig im Jahr, falls du es unbedingt wissen willst. Dieser junge Mann, den ich nach dir geschickt habe.«

»Er ist reizend.«

»Er ist auch das jüngste Mitglied in unserem Redaktionsstab. Ich bezahle ihm sechzig im Jahr. Hauptsächlich wegen seiner absolut einmaligen Verbindungen.«

»Das kann ich mir vorstellen.«

Sie stand auf, kam um den Schreibtisch herum, blieb gegen ihn gelehnt stehen und blickte auf ihren Sohn hinab. »Ich bezahle dir fünfzigtausend für deine Geschichte, unter deinem Namen.«

»Soviel ist sie nicht wert.«

»Wir würden sie ein bißchen aufmöbeln.«

Citron schüttelte lächelnd den Kopf.

»Ich könnte noch fünftausend zulegen. Das wäre aber das höchste.«

»Tut mir leid.«

Sie ging um den Schreibtisch zurück und setzte sich wieder. »Wir haben bereits ein Vermögen dafür aufgewendet, Morgan. Es ergaben sich einige interessante Aspekte. So gelang es uns zum Beispiel vor drei Monaten, jemand in das Gefängnis einzuschleusen. Ein Aufseher in der *section d'étranger* stand mit einer lächerlich geringen Pension vor dem Ruhestand. Er verkaufte uns ein faszinierendes Gerücht – wie der Kaiser-Präsident ausländische Häftlinge mit Menschenteilen ernährt hat.«

»Ich bin sprachlos«, sagte Citron.

»Nein, das bist du nicht. Bestätige es, und ich kann mein Angebot auf fünfundsiebzigtausend erhöhen.«

»Für ›Mein Sohn, der Kannibale‹, *n'est-ce pas*?«

Als sie nicht antwortete, stand Citron auf, ging um den Schreibtisch, neigte sich zu ihr und küßte sie flüchtig auf die Wange. »Gladys, du hättest den Geheimdienst wirklich nie aufgeben sollen.«

Sie sah zu ihm auf. Ihr Blick war jetzt eiskalt. »Sie haben immerhin für deine gewiß nicht billige Erziehung bezahlt.«

»Und dafür werde ich ewig dankbar sein.«

Er drehte sich um und ging zur Tür, blieb aber stehen, als sie hinter ihm herrief.

»Morgan.«

Er wendete sich nicht um. Er wartete lediglich mit der Hand auf der Klinke.

»Wir haben zuviel investiert, um darauf zu verzichten.«

»Du kannst es sterben lassen.« Als sie nicht antwortete, sagte er: »Also mach's gut, Gladys«, und runzelte dann die Stirn, als ob er versuchte, sich an etwas zu erinnern, das zu sagen er vergessen hatte. »Ah, ja«, sagte er schließlich. »Und Dank für die Uhr.«

Citron verließ die Redaktion von *The American Investigator* und fuhr mit dem Aufzug ins Erdgeschoß hinunter. Er machte sich nicht die Mühe, nach Dale Winder zu rufen. Statt dessen wanderte er ein paar Blocks weit, ging in Harry's Bar hinunter und bestellte sich eine Flasche Beck's Bier.

## 10

Draper Haere saß in seinem winzigen Büro unten im Erdgeschoß und arbeitete an einem seiner Leiden, als Morgan Citron ihn schließlich erreichte. Um seine Mitarbeiter zu beschäftigen und die Gehaltslisten zu decken, übernahm Haere während der politsch stillen Zeiten die Beratung und den Versand von Rundschreiben für ein halbes Dutzend Organisationen, die versuchten, Leute mit Erkrankungen des Herzens, der Lungen, der Augen, des Verstandes und des Nervensystems zu heilen oder ihnen wenigstens zu helfen. Das Schreiben, das er redigiert, als Citron anrief, war für eine Organisation, die behauptete, sie könne die Leiden behinderter Kinder mildern, an die Haere immer als »die kleinen Krüppel« dachte. Es war seine Lieblingskrankheit. Haere übernahm diesen Dienst gegen die Erstattung seiner eigenen Kosten, und im Lauf der Jahre hatte er für die Organisation beachtliche Summen erzielt. Er war sich allerdings keineswegs sicher, daß das Geld sinnvoll ausgegeben wurde.

Als seine Sekretärin ihm meldete, daß Mr. Citron am Telefon sei, nahm Haere den Hörer ab und meldete sich mit Hallo.

»Ich habe versucht, Sie zu erreichen«, sagte Citron.

»Ich war in einer Sitzung«, antwortete Haere und erinnerte sich mit großem Vergnügen und ohne jedes Schuldgefühl an seinen Aufenthalt im Sir Galahad Motel. »Was gibt es denn?«

»Etwas, worüber wir besser persönlich sprechen sollten.«

»Gut. Wo sind Sie jetzt?«

»In Harry's Bar.«

»Lassen Sie mir fünfzehn – sagen wir zwanzig Minuten Zeit.«

»Einverstanden«, sagte Citron.

Haere brauchte fünfunddreißig Minuten, um die Tiefgarage im Komplex des Century City zu erreichen, in dem sich Harry's Bar befand. Er hätte es schneller geschafft, wenn er nicht Probleme gehabt hätte, seinen Wagen zu finden. Weil er soviel zu Fuß ging, benutzte Haere manchmal seinen Wagen tagelang nicht und vergaß oft, wo er ihn geparkt hatte. Der Wagen war ein riesiges, sechzehn Jahre altes, dunkelgrünes Cadillac-Cabriolett, das Haere anstelle eines Honorars von einem seiner ersten Klienten angenommen hatte, einem Kongreßkandidaten, der 1968 vergeblich versucht hatte, gegen die Flutwelle der Republikaner zu schwimmen. Es war erst der zweite Wagen, den Haere je besessen hatte, und weil er bei einem Minimum an Wartung, außer der Batterie, die er immer wieder erneuern mußte, störungsfrei lief, sah Haere keinen Anlaß, ihn zu ersetzen. Autos interessierten Haere wirklich nicht besonders, wenn er sich auch einmal um einen Ford Modell T bemüht hatte, den 1923 angeblich William Jennings Bryan einmal besessen hatte.

Der Mittagsbetrieb war zum größten Teil vorüber, als Haere in Harry's Bar kam und sich zu Morgan Citron an einen Tisch in der Nähe des Eingangs setzte. Citron hatte eine Tasse Kaffee und einen leeren Sandwichteller vor sich.

»Tut mir leid, daß ich so spät komme«, sagte Haere.

»Ich habe inzwischen etwas gegessen. Wollen Sie auch etwas essen?«

Haere schüttelte den Kopf. »Ich übergehe das Lunch im allgemeinen. Er sah sich prüfend um. »Wollen wir uns hier unterhalten?«

»Warum nicht hier?« Citron winkte der Kellnerin, die eine frische Kanne Kaffee und eine Tasse mit Untertasse für Haere brachte.

Als sie wieder fort war, fragte Haere: »Nun?«

»Diese beiden Burschen, die da gestern nacht bei Ihnen aufgekreuzt sind.«

Haere nickte. »Die FBI-Agenten.«

»Ja, aber sie sind keine.«

»Wer sagt das?«

»Die Auskunft des FBI.«

»Hier in Los Angeles?«

»Richtig.«

»Haben Sie da angerufen?«

»Ja.«

Haere lächelte anerkennend. »Sie sind wohl ein mißtrauischer Typ, mein Freund, wie?«

Darauf lächelte Citron, sagte aber nichts.

»Ich habe ihre Ausweise geprüft«, sagte Haere. »Sehr sorgfältig. Im Lauf der Jahre muß ich mir mindestens einhundert genau angesehen haben. Die Burschen sind bei mir ein und aus gegangen, seit ich sechzehn war.«

»Und diese zwei haben sich völlig korrekt verhalten.«

»Sie waren perfekt.«

Citron schenkte ihnen Kaffee nach. »Was wollten sie denn wissen – was war ihnen am wichtigsten?«

»Sie wollten etwas über mich wissen und eine Menge über Jack Replogle und ob er mir etwas anvertraut hätte, ehe wir angefahren wurden.«

»Irgend etwas insbesondere?«

»Drew Meade. Sie wollten wissen, ob Replogle mir erzählt hätte, worüber er und Meade sich unterhalten haben.«

»Interessierte sie das mehr als alles andere?«

Haere dachte über den Besuch am vergangenen Abend nach. »Ich würde sagen, daß sie darauf großes Gewicht gelegt haben.« Haere zog eine Packung Zigaretten aus der Tasche und bot Citron eine an. Citron schüttelte den Kopf. Haere zündete sich eine mit einem Streichholz aus der kleinen Schachtel an, die die Bar zur Verfügung stellte.

Citron wartete, bis sie brannte. »Ich glaube, es wäre angebracht, wenn ich wieder etwas von Ihrem Geld ausgäbe.«

Haere nickte zustimmend. »Wofür?«

»Ein Ferngespräch.«

»Nach Singapur?«

»Richtig, nach Singapur«, stimmte Citron zu. »Ich dachte, ich sollte heute nachmittag da mal anrufen. Wenn Sie mich bei der Hauptpost absetzen, kann ich dort einen Bus nehmen oder es per Anhalter versuchen.«

Haere winkte nach der Rechnung. »Wo ist denn Ihr Wagen?«

»Jemand hat mich zum Century City mitgenommen. Um meine Mutter zu besuchen. Er wollte mich wieder zurückbringen, aber das hat nicht geklappt.«

Haere hatte seine American-Express-Karte beinahe schon aus seiner Brieftasche genommen, als er plötzlich innehielt und Citron prüfend ansah. »Mein Gott, doch nicht Gladys Citron?«

Citron grinste. Es war ein knappes, schiefes Grinsen. »Ich bin mir nicht ganz klar darüber, ob das eine Frage oder eine Beschuldigung sein soll. Aber Sie haben recht, sie ist meine Mutter.

»Mein Gott«, sagte Haere noch einmal.

»Kennen Sie sie?«

»Wir sind uns ein paarmal begegnet.« Haere versuchte, seine Stimme bei seiner nächsten Frage beiläufig klingen zu lassen, aber er hörte selbst, daß sein Ton ihn verriet. »Es hat ihr doch niemand einen Tip über die Geschichte mit Replogle gegeben?«

Citron schüttelte den Kopf. »Nein, sie wollte mir nur mal wieder guten Tag sagen, mir ein Geburtstagsgeschenk übergeben und erfahren, ob ich jemals ein Kannibale war.«

»Das klingt ganz nach Gladys.«

»Ja«, bestätigte Citron, »finden Sie doch auch?«

Da er bis zu seinem nächsten Bus in Santa Barbara fünfunddreißig Minuten Aufenthalt hatte, nahm Drew Meade sich zwanzig Minuten zu einem Rundgang und fand sein Urteil bestätigt, daß es eine mistige Zuckerstadt sei. Die Leute dort waren entweder zu sonnengebräunt oder zu alt, das Wetter zu schön, die Architektur zu geschmäcklerisch. Nirgendwo gab es Gedränge. Jeder schien gerade von seinem Mittagsschlaf aufgestanden zu sein oder im Begriff, sich dazu hinzulegen. Immer noch mistiges Zuckerzeug, dachte er mißmutig, schlenderte die State Street entlang, machte kehrt und ging zum Busbahnhof zurück.

Das richtige war, Städte zu meiden, die nach Heiligen benannt waren: St. Louis, St. Paul, San Diego, alles beschissene Städte. Jetzt sogar San Francisco, nachdem die Tunten sich dort breitmachten. Doch wenn sein Schiff auftauchen würde (Meades Schiff war jetzt schon seit vierzig Jahren mit dem Rumpf hinter dem Horizont verborgen geblieben), dann würde er in New York oder Chicago oder sogar in Cleveland leben wollen, irgendwo ohne Sonnenbräune. Ein Ort mit Anzügen und Krawatten. An einem zivilisierten Ort, verdammt noch mal.

Meade ging in die Herrentoilette des Busbahnhofs, um schnell zwei Schlucke von seiner Pinte Jim Beam zu trinken. Wieder im Warteraum, setzte er sich auf einen der Plastikstühle, nahm eine Schachtel Gummibonbons aus der Tasche und lutschte eines nach dem anderen, sah sich dabei genau seine Mitreisenden an, und alles, was er sah, mißfiel ihm.

Die Zeit ist vorbei, sagte er sich, als man die Leute, die irgendwohin wollten, in drei Klassen einteilen konnte: Busfahrer, Zugfahrer und Flieger. Busfahrer trugen Mäntel und Hosen, die nicht dazu paßten, und bis zum Hals hinauf zugeknöpfte Hemden ohne Krawatten. Zugfahrer kleideten sich etwas besser, wenn auch nicht sehr viel, und hatten Schuhkartons voll gegrillter Hähnchen und harter Eier und mit Dosenfleisch belegte Brote bei sich. Flieger trugen alle Hundertdollaranzüge mit Weste, und wenn ihnen nichts anderes einfiel, kletterten sie auf einen Schuhputzerstuhl und ließen einen Nigger an ihren Füßen herumfummeln. Heutzutage konnte man die Flieger nicht einmal mehr von den Busfahrern unterscheiden. Sie hatten sich alle angeglichen. Es war, als ob sie alle mit einer Planierraupe eingeebnet worden wären.

Wenn jemand Drew Meade darauf hingewiesen hätte, daß er mit seinen dreiundsechzig Jahren als Senior oder auch nur als älterer

Mitbürger angesehen werden könnte, hätte er den Betreffenden aus seinen eisigen haselbraunen Augen wohl verächtlich angesehen und schroff gefragt, wovon, verdammter Scheiß, der überhaupt rede. Wenn er vorher ein Glas getrunken hätte oder auch zwei, und wenn er in großmütiger Stimmung gewesen wäre, hätte er vielleicht zu erklären versucht, daß man nicht alt werden kann, wenn man es nicht selbst bewerkstelligt. Bis dahin kann man es sich nicht erlauben, alt zu sein. Das war Drew Meades Glaube, sein Dogma, sein Credo. Das hatte ihn jung erhalten.

Der Bus nach Los Angeles wurde aufgerufen, gerade als Meade mit seinem letzten Gummibonbon fertig war. Er stand auf und ging zu seinem Bus, ein einssechsundachtzig großer, breitschultriger Mann mit einem schwankenden Gang von täuschender Gemächlichkeit. Weil er auch ein durch und durch mißtrauischer Zeitgenosse war, hob Meade sein von Furchen durchzogenes Gesicht mit dem wuchtigen Kinn zu dem Richtungsschild an der Vorderseite des Busses, um sich zu vergewissern, daß es wirklich der nach Los Angeles war. Befriedigt setzte er seine 207 Pfund ein, um einen kleinen jüngeren Mann aus dem Weg zu schieben, stieg in den Bus, wendete sich nach hinten, um einen Platz und, wenn möglich, eine Bank für sich allein zu finden.

Meade hatte noch 19,47 Dollar in der Tasche, was bedeutete, daß er sich nicht älter als dreiunddreißig fühlen durfte. Er war auf dem Weg nach Los Angeles, um dort sein Glück zu machen, eine Irrfahrt zu beenden, die ihn fast um die ganze Welt geführt hatte. Wenn er das Geschäft abschloß, das ihm vorschwebte, konnte er es sich leisten, sich älter zu fühlen – so um fünfundvierzig etwa. Doch bis dahin war er dreiunddreißig. Vielleicht vierunddreißig. Höchstens.

Er nahm einen Zettel aus der Tasche und studierte wieder einmal die Adresse. Sie war in Beverly Hills, auf der falschen Seite des Wilshire – unten in den Mietshäusern, wo die ursprünglichen Planer die Dienstboten und Händler ansiedeln wollten. Beverly Hills, dachte er. Die Königin aller beschissenen Zuckerstädte.

## 11

Morgan Citron wartete bis kurz nach fünf am Nachmittag, ehe er sein Gespräch nach Singapur anmeldete, wo es seiner Schätzung nach gegen acht Uhr morgens sein mußte. Die Verbindung kam überraschend problemlos zustande, und es dauerte keine fünf Minuten, nachdem Citron den Hörer abgehoben hatte, bis er die sonore, in Cambridge geschulte Stimme von Lionel Lo von Singapurs Kriminalpolizei hörte.

»Morgan! Nach all den Jahren! In einem unserer Lokalblättchen habe ich gelesen, du wärst von Kannibalen gefressen worden oder sonst so etwas Idiotisches. Selbstverständlich habe ich es keine Sekunde lang geglaubt.«

»Wie ist es dir ergangen, Lionel?«

»Es ist gegangen, kann nicht klagen. Und was treibt dich so um? Sicher irgend etwas, bei dem es stinkt, nehme ich an.«

»Ach, ich habe da mit so einer Geschichte zu tun, bei der was rauskommen kann, oder auch nicht.«

Lo kicherte. Das war das einzige, wie Citron aufgefallen war, was zu dem Mann nicht paßte: dieses glucksende Kichern, das manchmal sogar schrille Töne annahm.

»Ich glaube«, sagte Lo, »nein, ich bin eigentlich ganz sicher: das war genau das, was du mir gesagt hast, als – wann war das? Vor zehn Jahren? – sie dich aus Saigon fortjagten und du mit deinen vielen, ach so unschuldigen Fragen bei mir aufgetaucht bist. Was hatte ich damals für Mühe, die Antworten zu finden.«

»Du bist danach befördert worden, Lionel.«

»Nett von dir, daß du mich daran erinnerst.«

»Ich muß dich nach jemand fragen.«

»Nur zu. Frage ruhig.«

»Was kannst du mir, wenn überhaupt etwas, über einen Mann namens Drew Meade sagen?«

Darauf folgte nur Stille. Citron konnte sich Lo vorstellen, der an seinem wohlgeordneten Metallschreibtisch saß, auf dem das Tonbandgerät lief, den Hörer an ein hübsches Ohr gelegt, das linke. Das dichte, schwarze Haar sauber gescheitelt – auf der rechten Seite zwei Zoll lang, auf der linken drei Zoll. Zwei Füllfedern und einen Bleistift in der Brusttasche des kurzärmeligen weißen Hemdes, das gestärkt und, wie es sich gehörte, gebügelt war, die dunkle Krawatte, die sehr dunkle graue Hose mit der tadellosen Bügelfalte, das ovale Gesicht mit der breiten Nase über den dünnen, skeptischen Lippen und diese schwarzen Augen, die zuzuschnappen schienen. Jetzt mindestens fünfundvierzig, und vielleicht ein grauer Schimmer im Haar, vermutlich aber nicht. Und dieser Verstand, dieser unfaßbare, bemerkenswerte Verstand, der selbst die Flinken und Gescheiten träge erscheinen ließ. Dieser Verstand, wußte Citron, arbeitete jetzt, weil nur Stille zu hören war. Citron war im Begriff etwas zu sagen, als er Lo seufzen hörte.

»Ihr Amerikaner.«

»Denk an mich als Franzose, wenn es dir etwas hilft.«

»Ich kann auch die Franzosen nicht leiden.« Lo seufzte wieder. »Was hast du für große Ohren, *grand-père*.«

»Erzähle es mir trotzdem.«

»Wo bist du überhaupt, Morgan?«

»In Los Angeles.«

»Das weiß ich, aber wo in Los Angeles? Bel-Air, Beverly Hills?«

»Malibu.«

»Selbstverständlich. Wo sonst? Also gut, du liegst am Strand in Malibu, und in Singapur wird über irgendwas geflüstert, und plötzlich bist du am Telefon.«

»Bin ich der erste?«

»Also, ja und nein.«

»Wer sonst noch?«

»Die Burschen von eurem Langley. Ein ganzer Schwarm. Überall.«

»Nur sie?«

»Auch noch andere. Einer der Langley-Boys bezeichnete sie als die Rivalen aus dem anderen Stadtviertel.«

»Das FBI.«

»Fast eine Herde, mindestens. Ziemlich seltene Vögel in unserer Gegend. Und das Merkwürdigste bei allem, sie schienen nicht einmal miteinander zu reden.«

Die CIA und das FBI?«

»Genau.«

»Woher weißt du das?«

»Das ist hier mein Revier, Morgan. Ich werde dafür bezahlt, so was zu wissen.«

»Sind sie bei dir gewesen?«

»Zunächst nicht. Darum suchte ich den Lokalchef auf und fragte höflich an, ob wir sie vielleicht bei ihren Nachforschungen unterstützen könnten. Ich erwähnte, nebenbei selbstverständlich, daß wir ein gewisses Maß an Sachkenntnis auf diesem Gebiet hätten und so weiter und so fort.«

»Und was hat er gesagt?«

»Er wurde sehr spitz und sagte, diese Angelegenheit ginge mich einen Scheißdreck was an.«

»Meine Güte.«

»Darum entschloß ich mich herauszufinden, wonach die hier in meinem Revier wühlten. Ich glaube, es dauerte gerade eine Stunde. Beide suchten sie nach diesem Drew Meade.« Er machte eine Pause. »Und was ich dir jetzt sage, Morgan, sollte ich dir wahrscheinlich nicht auf die Nase binden, aber ich war wirklich sehr verärgert und bin es noch.«

Wieder folgte ein Schweigen, aber diesmal brachte Citron es mit: »Und weiter?«

»Na ja, sie boten eine Belohnung für diesen Meade.«

»Eine Belohnung?«

»Ja.«

»Öffentlich? Ich meine, haben sie Flugblätter verteilt?«

Natürlich nicht. Das ging alles ganz unter der Hand. Sie verbreiteten es nur durch Mundpropaganda.«

»Wieviel?«

»Die Belohnung? Siebzehntausendfünfhundert. Amerikanische, selbstverständlich. Ich habe keine Ahnung, wieso dieser krumme Betrag. Vielleicht stehen ihnen schwere Zeiten bevor.«

»Wann war das alles?«

»Etwa vor zwei Wochen.«

»Haben sie ihn gefunden?«

»Nein, aber wir. Das behaupten sie jedenfalls.«

»Da kann ich dir nicht ganz folgen.«

»Da kam ein anonymer Anruf. In schlechtem Kantonesisch. Einer meiner Leute nahm ihn entgegen. Er bekam eine Adresse unten bei den Docks. Als wir hinkamen, fanden wir dort eine Leiche, die im Wasser trieb. Sie war schon ziemlich verwest. Die Fische hatten natürlich dabei mitgeholfen. Aber der Paß und der Führerschein aus Maryland waren in einer Brieftasche vollkommen erhalten, alles ordentlich in einen luftdichten Plastikbeutel verpackt und das Ganze sorgfältig in der zugeknöpften Gesäßtasche verstaut. Und jetzt frage ich dich.«

»Drew Meade, wie?«

»Sowohl die CIA als auch das FBI haben es beschworen. Unabhängig voneinander.«

»Aber du glaubst ihnen nicht?«

»Es fiele mir schwer.«

Citrons Hand schloß sich fester um den Hörer. »Und was glaubst du, Lionel?«

Wieder folgte eine dieser hinhaltenden Pausen von Lo, die wieder mit einem Seufzer endete. »Ich bin dir was schuldig, Morgan, nicht wahr?«

»Eine Kleinigkeit.«

»Also gut. Ich glaube folgendes. Erstens haben sie sich irgendwo eine angelsächsische Leiche beschafft. Zweitens haben sie sie eine Zeitlang im Ozean weichen lassen. Und drittens haben sie sie mit dem Paß und dem Führerschein und anderem Tascheninhalt von Meade gewürzt. Das glaube ich.«

»Und warum haben sie sich die ganze Mühe gemacht?«

»Warum? Weil sie wollen, daß er für tot gehalten wird.«

Diesmal war es Citron, der die Stille eintreten ließ. Es vergingen ganze fünf Sekunden, ehe er fragte: »Und wozu das Ganze?«

Lo kicherte, dann sagte er: »Ich muß jetzt weitermachen, Morgan. Melde dich mal wieder.«

Es klickte, und die Leitung war tot. Langsam legte Citron den Hörer zurück und fragte sich, wie lange er mit Lionel Lo gesprochen hatte. Dann erinnerte er sich an seine neue Uhr. Er blickte darauf und stellte fest, daß das Gespräch neun Minuten gedauert hatte. Was mochte es wohl kosten? Danach begann er über Drew Meade nachzudenken.

Nach fünf Minuten des Nachdenkens und einem Glas Rotwein rief Citron bei der Fernsprechauskunft an, bekam die Nummer, die er haben wollte, und wählte dann New York direkt an. Er rief bei der vermeintlich besten Zeitung der Welt an, was man in Frage stellen konnte. Als sich die Zentrale meldete, verlangte Citron, mit einem Mann verbunden zu werden, den er in solch abgelegenen Gebieten wie Lagos, Belfast, Adis Abeba oder Tananarive gut gekannt hatte. Der Mann hatte fünfundzwanzig Jahre als Auslandskorrespondent verbracht, und Citron erinnerte sich seiner als eines sehr intelligenten Reporters, der zwar nicht gerade sehr brillante, doch sehr schnell knappe und klare Texte schrieb.

Bis zu seiner Pensionierung hätte er ein nützlicher, gut informierter Auslandskorrespondent bleiben können, wenn nicht – wie er es immer nannte – »die Beine ihren Dienst versagt« hätten. Jetzt lebte er in Connecticut, pendelte zur Arbeit, züchtete Rosen und schrieb Nachrufe für berühmte Ausländer, die er gekannt hatte und von denen er erwartete, daß sie bald sterben würden. Oder verhältnismäßig bald. Er selbst hatte bis zu seiner Pensionierung noch vier Jahre vor sich, und als Citron anrief, arbeitete er an dem Nachruf für den immer noch sehr vitalen Häuptling Obafemi Awolowo aus Nigeria.

»Du willst doch nicht deinen eigenen Nachruf durchgeben, Morgan?« fragte er, nachdem sie sich begrüßt hatten.

»Nein, noch nicht.«

»Weißt du, es gibt Leute, die das tun. Sie gehen in den Ruhestand und das Telefon klingelt nicht mehr und sie fangen an, darüber nachzubrüten, wie man sich an sie erinnern wird. Also rufen sie hier an – nur um sicherzugehen, daß wir die Fakten richtig beisammen haben. Was sie aber wirklich beunruhigt, ist, daß wir vergessen könnten, wer und was sie waren und was sie damals 1947 in der Kommission für Energiewirtschaft geleistet haben. Sie werden auch geschwätzig, genau wie ich. Aber was kann ich für dich tun?«

»Drew Meade. Klingelt es da bei dir irgendwo?«

»Meade. Meade. Der Ich-führte-neun-Leben-Meade. Meinst du den?«

»Waren es so viele?«

»Nahe dran. Aber er hat nie soviel dabei herausgeschlagen wie Philbrick. Der führte nur drei Leben, wenn du dich erinnerst, und das können nur wenige außer ein paar überalterten Greisen wie ich. Woran arbeitest du denn? An einem Feature?«

»Ich überlege es mir noch. Lebt er denn noch?«

»Philbrick oder Meade?«

»Meade.«

»Wollen mal nachsehen, was der unfehlbare Computer meint.«

Es folgte das Geräusch wie der Hörer hingelegt und dann wieder aufgenommen wurde. »Starb in Singapur am Tag nach der Wahl. Das wäre nach unserer Zeit der Wahltag gewesen. Wir brachten es in der ersten Ausgabe als Füller und warfen es dann raus, um Platz für die Wahlberichte zu haben. Dadurch war alles, was Meades neun Leben brachte, zwei Absätze von AP.«

»Kannst du sie mir vorlesen?«

»Sicher. ›Die Leiche von Drew Meade, dreiundsechzig, einem ehemaligen Mitarbeiter sowohl des FBI wie der CIA, wurde am Mittwoch von der Polizei in Singapur aufgefunden. Ein Sprecher der Polizei sagte, Mr. Meade sei anscheinend ertrunken.‹ Zweiter Absatz: ›Mitglied des Office of Strategic Services im Zweiten Weltkrieg, wurde Mr. Meade 1947 in das FBI übernommen und später, einem Sprecher der hiesigen Botschaft zufolge, Anfang der sechziger Jahre zur CIA versetzt. Die Vorbereitung der Beisetzung steht bevor.‹ Keine Erwähnung der neun Leben. Auch keine Hinterbliebenen oder Verwandten. Klingt ganz wie eine Verlautbarung der Botschaft.«

»Dann ist er also tot, wie?« fragte Citron.

»Das behauptet AP. Weißt du, Morgan, wenn ich wirklich noch einen Scheiß drauf geben würde, was ich nicht mehr tue, würde ich sagen, du arbeitest an mehr als nur einem Feature.«

»Ich höre mich nur mal eben so um.«

»Jaja, schon recht. Aber laß mich dich was fragen. War der alte – wie heißt er denn noch? – wirklich ein Kannibale?«

»Klar war er das.«

»Du hast meinen Tag gerettet.«

»Das mindeste, was ich für dich tun kann.«

Um 6.07 Uhr nahm Citron seine Rolle als Hauswart wieder auf und tauschte an der Deckenbeleuchtung in Apartment C für Miss Rebecca Clay eine Glühbirne aus, einer sehr schnippischen und sehr kleinen Texterin, die für die Werbeagentur J. Walter Thompson in Century City arbeitete. Miss Clay lud Citron zu einem Glas Weißwein ein, was er annahm. Während sie den Wein tranken, schilderte Miss Clay ihm einige ihrer Abenteuer in der Werbewirtschaft und über das Drehbuch, an dem sie arbeitete, das die gleichen Abenteuer zum Thema hatte. Citron hörte höflich zu, bedankte sich für den Wein und ging in sein eigenes Apartment zurück. Es war 6.37 Uhr.

Um 6.57 Uhr war Citron frisch rasiert, hatte geduscht und seinen neugekauften Anzug angezogen. Er nahm den Nelkenstrauß, den er von einer jungen blonden Frau erworben hatte, die von einem Laster an der Kreuzung Sunset Boulevard und Pacific Coast Highway Blumen verkaufte. Die Nelken hatten 1 Dollar 50 gekostet. Er hatte Draper Haere gebeten, an der Ecke anzuhalten, damit er den Strauß kaufen konnte. Haere hatte gefragt, ob er verabredet wäre oder ob er einfach gern Blumen hätte. Citron erwiderte, er hätte eine Einladung zum Abendessen bei Velveta Keats.

»Velveta wie der Käse?«

»Wie der Käse.«

»Wer ist sie?«

»Eine Müßiggängerin, wie sie sagt.«

»Malibu«, hatte Haere gesagt.

Um 6.59 Uhr klopfte Citron – der selten zu spät und häufig zu früh kam –, seinen Nelkenstrauß in der Hand, an der Tür von Apartment E. Als niemand darauf reagierte, klopfte er noch einmal. Weil er laute Musik hörte, die entweder aus einem Radio oder aus einer Stereoanlage kam, versuchte Citron die Tür. Sie war nicht verschlossen. Er trat ein.

Es waren zwei. Beide trugen schwarze, nasse Anzüge und Tauchermasken, die ihre Gesichter verdeckten. Sie hielten Velveta Keats fest. Der eine mit einem Polizeigriff am rechten Arm. Der andere hatte eine Hand, seine linke, auf ihren Mund gepreßt. Ohne zu überlegen warf Citron mit dem Nelkenstrauß nach ihnen. Sie duckten sich. Velveta Keats biß in die Hand vor ihrem Mund. Die Hand gab ihren Mund frei, und sie begann zu schreien. Sie schrie einmal auf und verstummte sofort, als ihr ein Revolver Kaliber .38 unter das Kinn gedrückt wurde.

»Keinen Laut«, sagte der Mann mit dem Revolver. »Verstanden«; Velveta nickte.

»Sie auch nicht«, sagte der Mann mit dem Revolver zu Citron.

»Okay«, sagte Citron.

Die beiden Männer wichen vorsichtig auf die große gläserne Glastür, die zum Balkon führte, zurück. Der Mann ohne Revolver schob die Tür auf. Beide tasteten sich rückwärts auf den Balkon hinaus. Der Mann ohne Waffe schwang sich über das Geländer und sprang in den Sand hinunter. Der Mann mit der Waffe folgte ihm.

Citron ging vorsichtig auf den Balkon hinaus und beobachtete, wie die beiden Männer in die Brandung hinausliefen. Er sah, daß sie nicht weit zu schwimmen haben würden. Etwa hundert Meter weit draußen ankerte ein kleiner Kabinenkreuzer. Die beiden Männer schwammen bereits darauf zu.

»Vielen Dank für die Blumen«, sagte Velveta Keats.

Citron drehte sich um. Velveta Keats hatte die Nelken vom Boden aufgehoben. »Soll ich die Polizei alarmieren?« fragte er.

Sie schüttelte den Kopf. »Mir wäre es lieber, Sie täten es nicht.«

»Um was ging es denn überhaupt?«

»Hat was mit Papa zu tun, nehme ich an.«

»Soll ich ihn für sie anrufen?«

»Nein.«

»Sind Sie verletzt?«

»Nein, sie haben mir nichts getan.«

»Haben Sie eine Ahnung, wer sie waren?«

»Nein. Keine Idee. Ich nehme an, sie haben aus irgendeinem Grund eine Wut auf Papa.«

»Vielleicht sollte ich ihn doch für Sie anrufen.«

Sie deutete auf den kleinen runden Tisch, der vor der Schiebetür stand. Er war für zwei Personen gedeckt. Die Teller, sah Citron, hatten einen Goldrand. Die Weinkelche waren aus Bleikristall. Die silbernen Bestecke waren korrekt ausgelegt. Die weißen Servietten waren sorgfältig in der Form von Giraffen gefaltet. Sie ragten aus den Weinkelchen heraus. Zwei rote Kerzen mußten noch angezündet werden. Velveta Keats hatte sich nicht geringe Mühe gemacht, darum drehte Citron sich zu ihr um und sagte: »Das haben Sie wirklich alles sehr hübsch gemacht, aber ich meine trotzdem, daß es besser wäre, wenn Sie jemanden benachrichtigten.«

»Es gibt Kalb«, antwortete sie. »Mögen Sie Kalbfleisch?«

»Ja, sehr.«

»Ich dachte, wir essen erst einmal und albern dann vielleicht ein bißchen herum und danach, also vielleicht rufe ich dann jemand an. Wie fänden Sie das?«

»Das klingt sehr gut, finde ich«, antwortete Citron.

»Halten Sie mich, bitte.«

Citron legte ihr seinen Arm um die Schultern. Sie zitterte.

»Halten Sie mich richtig fest«, bat sie.

## 12

Es war kurz nach sieben Uhr abends, als Drew Meade in Los Angeles nahe dem Beverly Wilshire Hotel aus dem Bus stieg, zweieinhalb Blocks weit nach Süden weiterwanderte, bis er den kleinen, im spanischen Missionsstil gebauten, mit Ziegeln gedeckten Bungalow erreichte, an dessen Tor ein Metallschild verkündete, er werde Tag und Nacht von einem privaten, waffentragenden Wach- und Schließdienst beschützt. Das kleine runde Metallschild schimmerte in der Dunkelheit.

Meade blieb auf der anderen Seite unter einer Sycamore stehen und beobachtete den Bungalow. In einem Raum, der der Wohnraum zu sein schien, brannte Licht. Ein dunkelblauer oder schwarzer Mercedes 450 SEL parkte in der Auffahrt. Meade fragte sich, ob in der abseits hinter dem Haus stehenden Garage ein zweiter Wagen stehe.

Er beobachtete noch weitere drei Minuten, fuhr sich dann mit der Hand durch sein dichtes graues Haar, betastete mit der gleichen Hand die Stoppeln in seinem Gesicht, polierte seine Schuhe, einen nach dem anderen, an der Rückseite seiner Hosenbeine, schob seinen Gürtel zurecht und überquerte die Fahrbahn. Er ging durch ein eisernes Gittertor und über einen zementierten Fußweg, der sich aus keinerlei ersichtlichem Grund in Kurven hin und her schlängelte. Auf dem kleinen Vorplatz fand er einen Klingelknopf und drückte darauf. Er konnte innen das Zweitongeläut hören. Er wartete, aber die Tür wurde nicht geöffnet. Er wäre enttäuscht gewesen, wenn sofort aufgemacht worden wäre. Nur Dummköpfe öffneten nachts ohne weiteres ihre Haustür. Meades Besuch galt keinem Dummkopf.

Meade klingelte noch einmal. Eine weibliche Stimme fragte hinter der geschlossenen Tür: »Wer ist da?«

»Ich bin's, Drew.«

»Du lieber Gott!« sagte nach einer kurzen Pause die Stimme der Frau.

Er konnte hören, daß die Sicherheitskette entfernt und die Türriegel zurückgeschoben wurden. Die Tür wurde einen Spalt breit geöffnet. Ein Auge spähte heraus. Dann ging die Tür weiter auf.

»Du lieber Gott«, sagte die Frau noch einmal. »Komm herein.«

»Wie, zum Teufel, geht's dir, Gladys?« fragte Meade, während er durch die Tür und in den Wohnraum ging.

Gladys Citron trug eine elfenbeinfarbene Robe aus Rohseide mit einem hochgeschlossenen chinesischen Kragen. Sie hielt vor Meade Abstand, als er in den Wohnraum kam. »Es wurde behauptet, du wärst tot.«

Meade nickte und sah sich aufmerksam in dem Raum um. »Ja, ich weiß, aber es stimmt nicht.« Er lächelte anerkennend über das, was er in dem Raum sah. »Dir geht's, scheint's, ganz gut. Hast du den Schuppen gemietet, oder was?«

»Gekauft – vor fünf Jahren.«

»Na schön. Scheiß, Gladys, willst du mich nicht fragen, ob ich mich setzen will? Es mir bequem machen? Einen Drink haben? Du siehst übrigens gut aus. Wirklich gut.«

»Na schön, Scheiß, Drew. Setz dich. Mach's dir bequem. Nimm einen Drink. Bourbon?«

»Bourbon.«

Drew Meade wählte einen der beiden Ohrensessel vor dem nicht angezündeten Kamin und setzte sich. Gladys Citron ging zu dem Tablett mit den Flaschen und den Gläsern und schenkte ein: Bourbon für Meade, Weißwein für sich selbst. Sie kam zu Meade zurück, reichte ihm sein Glas und setzte sich in den Ohrensessel ihm gegenüber.

»So«, sagte sie. »Ich habe gehört, du wärest reich geworden.«

»Ja, das stimmt. Für einige Zeit jedenfalls.« Er trank zwei große Schlucke aus seinem Glas und zündete sich eine seiner Camels an.

»Was ist passiert?«

»Ein paar Sachen klappten nicht so ganz, und alles ging in den Eimer.«

»Und dann haben sie dich zum Teufel gejagt.«

»Wer behauptet das?«

»Versuche die Tour doch nicht bei mir, Drew«, entgegnete sie. »Bei mir zieht das doch nicht.«

»Okay, sie haben mich zum Teufel gejagt.«

»Heroin, habe ich gehört.«

»Auch Heroin, aber sehr viel Hasch. Vorwiegend Hasch. Es ging schief durch die falschen Generäle.«

»Das war zu befürchten.«

»Es ging bergab.«

»Ein Jammer.«

»Es ging weit bergab.

»Ein Jammer.«

»Es ging weit bergab. Verdammt tief. Weißt du, was ich in den letzten zehn Jahren gemacht habe?«

»Was denn?«

»Kleinkram. Pfennigfuchsereien, um einen Groschen zu verdienen, Singapur, Hongkong, Bangkok, Djakarta – überall in der Gegend. Opale, ein bißchen Gold, Phantasieaktien. Ein paar Monate lang habe ich in Bangkok sogar den Fremdenführer gemacht. Dem richtigen Bangkok, wenn du weißt, was ich meine.«

»Ich kann's mir vorstellen«, sagte sie. »Und was dann?«

»Dann? – Ja, dann hatte ich mal Glück.«

»Erzähl mir mehr«, forderte sie ihn auf. »Happy-Ends habe ich gern.«

»Was passierte, war, daß mir einer der Brüder Maneras über den Weg lief. Du erinnerst dich doch an die Maneras?«

Sie nickte. »Die von der Bucht in Florida. Sie sollen mit der ersten Welle eingegangen sein, wenn es auch nicht publik wurde.«

»Die Maneras waren immer ganz schön gerissen – für Kubaner.«

»Und welcher ist dir über den Weg gelaufen?«

»Bobby – das ist doch der älteste, oder?«

Wieder nickte sie zustimmend.

»Gut, Bobby brachte sich selbst in einen Schlamassel rein. Alle suchten nach ihm. Die Narkotiks, ein paar harte Burschen, die FBIs, um von den anderen allen nicht zu reden. Ich meine, er war in einer teuflichen Klemme. Und schlimmer noch, er war blank. Als er mir in

Singapur begegnete, lebte er von American-Express-Karten, die er Touristen geklaut hatte. Was soll's, zum Teufel, Gladys. Du kennst mich ja. Ich habe ein Herz so groß wie ein Haus. Ich half ihm weiter.«

»Warum?« fragte sie.

»Hast du noch einen Schluck von dem Bourbon?«

»Bediene dich selbst.«

»Wird gemacht.«

Meade ging zu dem Tablett mit den Flaschen hinüber und goß sich einen weiteren Drink ein. Auf dem Weg zurück zu seinem Sessel widmete er dem Wohnraum einen weiteren abschätzenden Rundblick und ließ sich dann mit einem tiefen, befriedigten Seufzer wieder in den Sessel sinken.

»Warum hast du ihm geholfen?« fragte sie.

»Bobby? Weil er etwas zu verkaufen hatte. Billig.«

»Was?«

»Eine Story.«

Gladys Citron beugte sich unwillkürlich aus ihrem Sessel vor, fing sich aber gleich und lehnte sich wieder zurück. Drew Meade grinste. Sie bemerkte, daß er immer noch alle seine Zähne zu haben schien. Es waren große Zähne, annähernd quadratisch und absolut ebenmäßig. Sie hatten eine sehr merkwürdige blaßgelbe Tönung, die sie damals in Frankreich schon gehabt hatten, als sie ihn kennenlernte, vor dreißig und wieviel? – großer Gott: achtunddreißig – Jahren.

»Was ist das für eine Story?«

»Interessiert sie dich?«

»Vielleicht.«

»Da gibt es doch so ein Blättchen, bei dem du mitarbeitest, Gladys. Ich hab mal ein paar Ausgaben davon gesehen. In einer war diese Geschichte von dem kleinen Mädchen, das von einer fliegenden Untertasse aufgegriffen und zum Mond oder sonst wohin geflogen wurde und da ein Gespräch mit Jesus gehabt hat. Eine tolle Geschichte. Kaufen die Leute wirklich diesen Quatsch?«

»Sechs Millionen Exemplare in der Woche.«

»Ihr bezahlt doch für solche Geschichten, oder?«

»Wir bezahlen dafür.«

»Ihr bezahlt doch ziemlich gut, oder?«

Wir können gelegentlich großzügig sein.«

Meade sah sich noch einmal in dem Wohnraum um, ganz wie sich ein Banker umsehen würde, der einen Kredit gewähren soll. »Wieviel muß man für so ein Haus wie das hier anlegen?«

»Dreifünfzig bis dreifünfundsiebzig. Ich habe dreifünfundzwanzig bezahlt.«

»Scheint mir ein höllischer Haufen Geld zu sein.«

»Wir sind in Beverly Hills.«

»Steigert den Preis, was?«

»Richtig.«

»Ich sollte mir auch so was kaufen. Vielleicht einen Schuppen in New York oder Chicago. Mich niederlassen, verstehst du? Vielleicht meine Memoiren schreiben. Einen Titel habe ich schon. ›Mehr Leben als eine Katze.‹ Was meinst du.«

»Sie werden dir nie erlauben, es zu veröffentlichen.«

»Vielleicht nicht«, sagte er. »Vielleicht aber doch.«

»Erzähle mir mehr von Bobby Maneras und seiner Geschichte.«

Meade zündete sich die nächste Zigarette an der an, die er gerade rauchte und warf den Reststummel in den Kamin.

»Tu' ich gern, Gladys, aber ich habe da ein kleines Problem.«

»Du bist pleite.«

»Das ist ein Teil davon.«

»Das läßt sich regeln.«

»Ich will meine Ruhe haben, verstehst du, was ich meine? Ich habe es satt, mich herumzutreiben. In New York oder Chicago brauche ich fünfzig im Jahr. Das heißt, ich brauche im ganzen eine halbe Million, stimmt's? In Kommunalanleihen angelegt, vielleicht.«

»Du phantasierst, Drew.«

»Selbstverständlich rede ich von Bargeld.«

Sie schüttelte langsam den Kopf. »Das ist unmöglich.«

»Ich dachte, ich könnte bei dir vielleicht hunderttausend herausholen. Für die Zweitrechte, nennt man das, glaube ich.«

»Und wer soll die Erstrechte kaufen?«

»Laß mich erst mal von Bobby erzählen, okay?« Sie nickte. »Bobby war wirklich richtig in der Klemme und saß auf seinem nackten Arsch, und alles, was er zu verkaufen hatte, war diese Story. Also Scheiß, ich hatte selbst kein Geld, und er wollte mir die Geschichte nicht erzählen, solange ich nicht mit was überkam. Also tat ich folgendes: Ich brachte ihn dazu, daß er mir einen Teil der Geschichte erzählte, und ich kann dir nur sagen, das ist eine Geschichte. Jetzt konnte ich mir überlegen, wer mir für das, was ich hatte, was bezahlen würde. Zufällig ergab sich dann, daß einer, der dafür in Frage kam, gerade in Singapur war. Ich kannte ihn flüchtig von früher aus den fünfziger Jahren. Von ihm habe ich dann zehntausend bekommen.«

»Für einen Teil der Geschichte?«

Meade nickte. »So heiß ist die Sache.«

»Wer ist das?«

»Darauf kommen wir noch. Gehen wir erst mal zu Bobby zurück. Also Bobbys Problem war, daß er verschwinden mußte. Was ich dann für ihn tat, war, daß ich ihm einen Filipino-Paß beschaffte, den ich ihm für siebentausendfünfhundert und den Rest der Geschichte anbot. Darauf hat er sich gestürzt, und nach allem, was ich weiß, ist er jetzt in Manila und wird da wahrscheinlich wieder reich.«

»Hat er dir denn den Rest der Geschichte erzählt?«

»Aber ja. Alles, von vorn bis hinten.«

»Und was passierte dann?«

»Dann hielt ich es für ratsam, aus Singapur zu verschwinden.«

»Warum?«

»Sie kamen und suchten nach Bobby.«

»Wer?«

»Alle.« Er machte eine Pause. »Und dann fingen sie an, nach mir zu suchen.« Er machte wieder eine Pause. »Also, ich hatte gerade genug Geld für ein Flugticket nach Santiago und weiter nach Caracas und von da nach Mexico City. Über die Grenze ging ich in Mexicali.«

»Bist du zu Fuß herübergekommen?«

Er nickte. »Ich hatte damit gerechnet, daß ich die ganze Geschichte für ein dickes Bündel an den gleichen verkaufen konnte, der mir in Singapur zehntausend für nur eine Probe gegeben hatte. Darum rief ich aus einer Zelle in Calexico bei ihm an. Und rate mal, wen ich ans Telefon bekam?«

»Raten tue ich nicht. Wen?«

»Seine Witwe.«

Es war ein langer scharfer Blick. Die kühlen grünen Augen waren an die kalten haselbraunen gefesselt. Keiner der beiden wurden unsicher. Als erste sprach dann schließlich Gladys Citron, die eine Frage stellte, deren Antwort sie, wie sie ziemlich sicher war, schon kannte.

»Ist er in seinem Bett gestorben?«

Meade schüttelte den Kopf. »Er kam bei einem Unfall um. Sie sagte, bei einem Verkehrsunfall.«

Sie stand auf und griff auch nach Meades Glas. Als sie bei den Flaschen stand und beide Gläser neu füllte, stellte sie beiläufig, ihm immer noch den Rücken zuwendend, ihre nächste Frage.

»Wer war es?«

»Replogle. Jack Replogle. John T. Replogle.«
»Replogle Constructions«, sagte sie.
»Großes Geld, Gladys.«
»Ein Unfall, sagst du?« fragte sie, während sie sich umdrehte, zum Kamin zurückkam und ihm sein Glas reichte.
»Das behauptete seine Witwe, aber was weiß die schon.«
»Was weißt du denn?«
»Da war noch einer bei ihm.«
»Bei Replogle?«
»Als es zu dem Unfall kam. Einer, der Geld hat. Er blieb unverletzt.«
»Ich verstehe. Und du glaubst, daß der kaufen will?«
»Ich weiß, daß der kaufen will.«
»Und er ist hier – in Los Angeles?«
Meade nickte. »Er hat den Vortritt. Du bekommst das Zweitrecht.«
»Wie heißt er denn?«
Meade trank einen Schluck aus seinem Glas. Dann runzelte er die Stirn. »Ich überlege noch, ob ich dir das sagen soll.«
Gladys Citron lächelte – ein kleines, flüchtiges, zuversichtliches Lächeln.
»Also, warum, zum Teufel, nicht? Er heißt Haere.«
Das Lächeln verschwand. »Draper Haere?«
»Ja. Kennst du ihn?«
»Wir sind uns begegnet, ein- oder zweimal.«
»Er ist ein Geldanschaffer«, sagte Meade. »In der Politik.«
»Ich weiß.«
»Was ich habe, ist so eine Art politische Munition. Sprengstoff kann man sagen.«
»Ich verstehe. Kennst du Draper Haere?«
»Sicher kenne ich ihn. Nicht sehr gut. Ich kannte seinen alten Herrn, ziemlich gut sogar. Er war Kommunist.«
»Woher weißt du das?«
»Woher?« fragte Meade mit einem kalten Grinsen zurück. »Teufel auch, Gladys, ich habe ihn entlarvt.«
»Für den Unterausschuß? Damals in den fünfziger Jahren?« fragte sie.
Meade nickte, grinste immer noch sein kaltes, fast mechanisches Grinsen, das, soweit Gladys Citron entdecken konnte, weder Bedauern verriet noch um Verständnis bat. Es verriet nicht einmal einen Anflug von Humor.

»Ich mache mit, Drew«, sagte sie.

»Damit habe ich gerechnet.« Er runzelte wieder die Stirn, als ob er sie warnen wollte. »Es geht aber dabei um großes Geld, verstehst du?«

Sie hob abschätzig die Schultern. »Ich muß ein paar Telefongespräche führen. Willst du über Nacht hierbleiben? Ich habe ein paar Schlafzimmer für Gäste.«

»Was spricht gegen deins?«

»Mich interessieren jetzt jüngere Männer.«

»Ach, zum Teufel damit. Ich bin erst dreiunddreißig.« Er machte eine Pause und runzelte noch einmal die Stirn. »Vielleicht vierunddreißig.«

Um drei Uhr in dieser Nacht stand Gladys Citron leise von ihrem Bett auf, drehte sich prüfend nach dem schlafenden Drew Meade um und ging barfuß in den Wohnraum hinüber. Im Schlafzimmer öffnete Meade die Augen. Es herrschte absolute Stille im Haus, und er konnte gerade noch die gedämpfte Stimme der Frau wahrnehmen, die am Telefon sprach.

»Ja, so ist es. Er ist hier bei mir«, sagte sie. »Er verlangt hunderttausend für das, was er Zweitrecht nennt.« Es war still, solange sie zuhörte. »Er sagt, er will Draper Haere den Vortritt geben. Das ist H-a-e-r-e.« Sie hörte wieder zu. »Er will es in bar.« Wieder ein kurzes Schweigen, und dann sagte sie: »Ich will sehen, was ich erreichen kann.«

Im dunklen Schlafzimmer reckte Drew Meade sich im Bett und grinste zur Decke hinauf.

## 13

Morgan Citron wachte auf und drehte den Kopf nach der linken Seite dieses Bettes im Königsformat, das den größten Teil des kleinen Zimmers einnahm. Velveta Keats war nicht da. Citron sah auf seine neue Uhr und stellte fest: kurz nach vier. Sie waren etwa um elf Uhr ins Bett gegangen, um sich zu lieben – oder herumzualbern, wie Velveta es wohl lieber nannte – fünfundvierzig Minuten oder eine Stunde lang. Citron hatte nicht auf die genauen Zeiten geachtet. Velveta Keats hatte sich als eine temperamentvolle, einfallsreiche, ja sogar amüsante Bettgefährtin erwiesen, die sehr viel für Akrobatisches und Experimentelles übrig hatte. Trotz der annähernd vier Stunden Schlaf fühlte

Citron sich noch etwas angeschlagen, wenn auch in einer angenehmen Weise.

Er entdeckte einige der verstreuten Kleidungsstücke, darunter seine Unterhose und sein Hemd, zog beides an und ging in den Wohnraum hinüber, wo Velveta vor der großen gläsernen Schiebetür stand und mit der Hand einen Kaffeebecher umklammerte. Sie trug ein leichtes Baumwollgewand und starrte in das bleiche Mondlicht auf dem Pazifischen Ozean hinaus. Sie weinte auch, obwohl sie keinen Laut von sich gab.

Citron legte seine Arme um sie. »Immer noch verängstigt?« fragte er.

Er spürte ihr Nicken an seiner Schulter. »Ich glaube . . . ich glaube, es ist am besten, ich rufe ihn an.«

»Deinen Vater?«

Ein weiteres Nicken an seiner Schulter. »Er sollte es zumindest erfahren.«

»Das meine ich auch.«

Sie sah zu ihm auf. »Wie spät ist es da jetzt?«

»In Miami? Gegen sieben. Ist das noch zu früh?«

Sie schüttelte den Kopf. »Er wird aber nicht mit mir sprechen wollen.«

»Überhaupt nicht?«

Wieder schüttelte sie verneinend den Kopf. »Wahrscheinlich könnte ich mit Mama sprechen, aber sie würde einfach nur überschnappen. Mama kann mit schlechten Nachrichten nichts anfangen.«

»Gibt es denn sonst niemand, mit dem du sprechen kannst – vielleicht einen Bruder oder eine Schwester?«

»Ich hatte mal einen Bruder, aber Jimmy hat ihn umgebracht.«

»Jimmy?«

»Mein Mann. Mein früherer Ehemann. Ich habe dir doch alles von ihm erzählt, oder nicht?«

»Du hast ihn erwähnt. Das war alles.«

»Jimmy überraschte mich mit Cash im Bett.«

»Wer oder was ist Cash?«

»Cash Keats. Mein Bruder. Er war zwei Jahre jünger als ich.« Sie wendete sich von Citron ab und nahm ihre Betrachtung des mondbeschienenen Ozeans wieder auf. »Das riecht sicher nach einer dieser makabren Geschichten von Dekadenz und Inzest des Südens, was?«

»So was soll vorkommen.«

»Hast du jemals mit deiner Schwester oder deiner Mama ins Bett gehen wollen?«

Citron lächelte. »Mit meiner Mutter ganz bestimmt nicht. Eine Schwester habe ich nie gehabt, darum kann ich es dir wirklich nicht sagen.«

»Aber du kannst es dir doch vorstellen?«

»Gewiß. Das ist wirklich nicht schwer.«

»Also Papa konnte es nicht. Er sprach von da an nicht mehr mit mir, packte mich zusammen und schickte mich hierher. Hin und wieder rufe ich Mama mal an, oder sie ruft mich an und sagt mir, daß er unversöhnlich ist – Papa meine ich.«

»Willst du, daß ich mit ihm sprechen soll?«

Sie kaute auf ihrer Unterlippe, ehe sie antwortete. »Ich – ich wäre dir dankbar.«

»Und was soll ich ihm sagen?«

»Erzähle ihm einfach nur, was passiert ist und daß mir nichts fehlt, aber daß ich meine, er sollte über diese beiden Kidnapper, oder was sie sonst waren, Bescheid wissen.«

Das Rufzeichen in Miami ertönte sechsmal, ehe sich jemand mit einem »Allo« meldete. Es war eine männliche Stimme.

»Ich möchte mit Mr. Keats sprechen.«

*»Je ne comprends pas.«*

Citron ging zum Französischen über. »Ich möchte Mr. Keats sprechen. Mein Name ist Citron.«

»Ah, Citron. Sind Sie Franzose?«

»Ist Mr. Keats da?«

»Sie sprechen sehr gut Französisch. Sind Sie aus Paris?«

»Sagen Sie ihm nur, ich möchte mit ihm über seine Tochter sprechen.«

Eine tiefere Stimme dröhnte in der Leitung: »Was ist mit meiner Tochter, Mister?«

»Sind Sie Mr. Keats?«

»Ich bin Keats. Geh aus der Scheißleitung, Jacques.«

Citron konnte das Knacken hören, als der Nebenapparat eingehängt wurde.

»Mein Name ist Citron.«

»Das habe ich alles gehört. Ich kann gerade ein paar Wörter *parlez-vous* sprechen, aber es ist beschissen viel schwerer als Spanisch. Verdammt, jeder kann lernen *habla español*, aber man soll das oben sprechen und ganz vorn vor dem Mund und soll richtig schnell mit der

Zunge herumwühlen beim *parlez-vous*-Französisch. Also, was soll das heißen, daß jemand behauptet, sie wäre meine Tochter?«

»Velveta Keats.«

»Nie von ihr gehört.«

»Dann muß ich eine falsche Verbindung haben.«

»Nein, Sie haben die richtige Verbindung. Reden Sie doch schon, Mann, und erzählen Sie mir was von dieser Tochter, die ich angeblich haben soll.«

Citron konnte im Hintergrund eine weibliche Stimme hören. Und dann schrie Keats sie an. »Gott verdammt noch mal, Francine, ich werde schon feststellen, was da los ist. Ich mach das so, wie ich will.« Keats nahm wieder seinen grollenden Konversationston an. »Jetzt packen Sie endlich mal aus, was Sie zu erzählen haben, Mr. – wie hieß das noch?«

»Citron. Morgan Citron.«

»Citron. So heißen auf französisch Zitronen, stimmt's?«

»Richtig.«

»Okay. Schießen Sie los.«

»Ich bin ein Freund und Nachbar Ihrer Tochter –«

»Wo?«

»In Malibu.«

»Wie ist die Adresse?«

Citron rasselte die fünfstellige Hausnummer am Pacific Coast Highway herunter.

»Okay. Das stimmt. Von welchem Anschluß rufen Sie an?«

Citron las Velveta Keats' Nummer ab.

»Hängen Sie ein. Ich rufe zurück. Und passen Sie auf, daß Sie sich am Telefon melden.«

Die Leitung war tot. Citron hängte ein und sah Velveta an. »Er hat gesagt, er will zurückrufen.«

Sie hob die Schultern. »Papa ist ziemlich mißtrauisch oder so was.«

Schon einen Augenblick später klingelte das Telefon. Citron nahm den Hörer ab und meldete sich mit Hallo.

»Okay, Junge, lassen Sie hören.«

»Wie ich schon sagte, Mr. Keats, ich bin ein Freund und Nachbar Ihrer Tochter.«

»Und weiter?«

»Gestern abend hatte sie mich zum Essen eingeladen. Um sieben Uhr. Ich klopfte an ihre Tür. Niemand antwortete. Die Tür war nicht verschlossen, darum ging ich hinein. Zwei Männer in nassen Anzügen hielten Velveta fest. Ich habe etwas auf die beiden geworfen.«

»Was?«

»Blumen.«

»Sie meinen so was wie Stiefmütterchen oder so ähnlich?«

»Es waren Nelken.«

»Sie müssen Kleister im Gehirn haben, Bruder.«

»Vielleicht haben Sie recht. Jedenfalls zog der eine eine Pistole.«

»Und hat sie erschossen?«

»Nein.«

»Was denn?«

»Sie verschwanden. Velveta hat einen Balkon zum Strand hinunter. Sie sprangen über die Brüstung, rannten in die Brandung hinaus und schwammen zu einem kleinen Kabinenkreuzer.«

»Haben Sie die Polizei gerufen?«

»Nein.«

»Warum nicht?«

»Velveta wollte es nicht.«

»Und das ist heute nacht passiert?«

»Gestern abend. Gegen sieben.«

»Und inzwischen habt ihr dauernd gefickt, was?«

Citron seufzte. »Sie wollte Sie nur benachrichtigen.«

»Teufel, mir ist das doch egal. Sie ist dreißig, wird bald einunddreißig. Sie kann, verdammt noch mal, tun, was sie will. Aber Sie haben gesagt, Sie sind ein Freund von ihr, oder?«

»Das ist richtig.«

»Okay. Ich nehme das nächste Flugzeug rüber nach Los Angeles. Ich will Sie am Flughafen treffen. Sie. Nicht Velveta. Meine Frau ruft zurück und sagt, mit welchem Flug ich komme. Ich will, daß sie mir eine Limousine mit Fahrer mieten und von Hertz einen Ford. Einen großen Ford.«

»Ich habe keine Kreditkarte.«

»Verdammt, dann soll sie das machen. Sie hat jede Menge Kreditkarten.«

»Wozu zwei Wagen?« fragte Citron.

»Weil ich nie allein verreise.«

»Und wer kommt mit Ihnen?«

»Wer?« schnauzte Keats. »Meine beiden französischen Nigger, die kommen mit.«

Es war 7.15 Uhr, als im kritischen Augenblick während Draper Haeres ritueller Zubereitung seines Frühstücks das Telefon klingelte. Er nahm den Hörer des gelben Wandtelefons in der Küche ab, sagte: »Rufen Sie in fünf Minuten wieder an«, hängte ein und griff nach dem Spatel aus rostfreiem Edelstahl, um seine beiden bratenden Eier behutsam in der Pfanne zu wenden.

Um 7.15 Uhr klingelte das Telefon wieder. Haere stand vom Tisch auf, nahm wieder den Hörer mit der langen Schnur ab, diesmal mit der linken Hand, setzte sich wieder, teilte mit der Gabel eines der Eier und stellte zufrieden fest, daß es gerade richtig geraten war. Dann erst sagte er: »Hallo.«

Die männliche Stimme fragte: »Spricht dort Draper Haere?«

»Derselbe.«

»Was?«

»Ja, hier ist Haere«, bestätigte er und schob sich mit der Gabel mit Eigelb vermischte Grütze in den Mund.

»Wie schnell können Sie an eine Telefonzelle kommen?«

Haere klemmte mit der Schulter den Hörer gegen sein Ohr, legte die Gabel hin, nahm ein Brötchen, teilte es und bestrich beide Hälften mit Butter. »Ich weiß nicht«, antwortet er. »Vielleicht in einer Stunde. In einer Stunde. Einem Tag. Oder auch in einer Woche. Warum?« Er biß ein großes Stück von dem mit Butter bestrichenen Brötchen ab und kaute zufrieden. Haere hatte an seiner Kochkunst selten etwas auszusetzen.

»Also, scheiß drauf«, sagte der Mann. »Ich muß es eben riskieren.«

»Was müssen Sie riskieren?«

»Sagen, wer ich bin.«

»Okay. Wer sind Sie?«

»Drew Meade.«

Haere hatte einen guten Bissen selbstgemachter Wurst auf dem halben Weg zum Mund. Er legte die Gabel wieder hin, nahm sie dann doch auf, betrachtete den Wurstbrocken aufmerksam, schob ihn in den Mund und kaute gründlich, ehe er sprach. »Wir sollten uns unterhalten.«

»Sehr gut«, sagte Meade. »Wo?«

»Bei mir, in einer Stunde.«

»Geben Sie mir die Adresse.«

Haere nannte sie ihm.

»Sie erinnern sich noch an mich, wie?«

»Ich kann mich erinnern.«

»Ja«, sagte Meade. »Das hatte ich erwartet.«

Damit war das Gespräch beendet. Haere stand auf und legte den Hörer des gelben Wandtelefons auf die Gabel zurück. Er drehte sich um und blickte auf sein nur teilweise gegessenes Frühstück, nahm den Teller auf und wollte die Reste schon in den Müllschlucker werfen, hielt aber inne. Auf dem Teller lag noch ein unberührtes Brötchen und eine Portion Wurstmett. Er schnitt das Brötchen auf, legte die Wurst zwischen die beiden Hälften und hüllte es in Pergamentpapier ein. Er wußte, daß er später hungrig werden würde, und das Wurstbrötchen würde nicht nur schmecken, sondern auch sättigen. Es war in Birmingham oft genug nicht nur sein Lunch, sondern sogar seine Hauptmahlzeit gewesen. Mein Erbteil, dachte er, drehte den Wasserhahn auf, griff wieder nach dem Teller, schob die noch vorhandenen Reste ins Spülbecken und schaltete den Müllschlucker ein. Er sah zu, wie die Speisereste zermahlen und weggeschwemmt wurden. Haere dachte an seinen toten Vater und an den Mann, der ihn vor langer Zeit der politischen Ketzerei beschuldigt hatte. Haere entdeckte, daß kein Zorn oder auch nur Erbitterung zurückgeblieben war. Nichts als nur eine Art kalter Neugier war noch da. Ihn interessierte es zu sehen, wie Drew Meade die Jahre überstanden hatte. Noch interessanter mochte sein, zu erfahren, was er zu verkaufen hatte. Falls überhaupt etwas. Haere war sich darüber im klaren, daß ein Zeuge nicht nur nützlich sein konnte, sondern sogar unerläßlich war. Er wendete sich wieder dem Wandtelefon zu und rief Morgan Citron an.

Citron meldete sich nach dem ersten Klingeln. »Ich wollte Sie gerade anrufen«, sagte er, nachdem Haere seinen Namen genannt hatte.

»Was haben Sie denn?« fragte Haere.

»Ich habe gestern in Singapur angerufen und auch in New York. Dann habe ich versucht, Sie anzurufen, konnte Sie aber nicht erreichen.«

»Nein, ich war in einer Sitzung«, antwortete Haere.

»Der Mann, mit dem ich in Singapur gesprochen habe, kann entweder als eine in hohem Maß zuverlässige Quelle oder als ein berufener amtlicher Sprecher bezeichnet werden. Suchen Sie es sich aus.«

»Mir gefällt der berufene amtliche Sprecher.«

»Okay. Also ihm zufolge haben sowohl die CIA als auch das FBI überall in Singapur wie vom Teufel geplagt nach Drew Meade gesucht. Als sie ihn nicht finden konnte, kauften sie sich irgendwo eine angelsächsische Leiche, warfen sie in den Ozean, ließen sie auffischen und beschworen dann, daß es der verstorbene Mr. Meade wäre.«

»Warum?«

»Das wollte meine berufene Quelle nicht sagen – oder wußte es vielleicht auch nicht. Jedenfalls ist Meade angeblich tot und begraben. AP machte es durch eine Meldung mit zwei Absätzen, die sie am Wahltag verbreitete, offiziell – oder auch am Tag danach, nach Singapur-Ortszeit. Meine berufene Quelle hat nicht ein Wort davon geglaubt.«

»Womit sie recht hat«, bestätigte Haere. »Ich treffe Meade in etwa fünfundvierzig Minuten in meiner Wohnung.«

»Ich werd' verrückt.«

»Ich brauche einen Zeugen.«

»Mich?«

»Richtig.«

»Sehr gut«, sagte Citron. »Aber ich muß mittags jemand auf dem Flughafen abholen.«

»Hat das was mit unserer Sache zu tun?«

Es folgte eine lange Pause, ehe Citron antwortete. »Das weiß ich wirklich noch nicht«, sagte er dann.

Gladys Citron wendete sich vor ihrem Badezimmerschrank um und reichte Drew Meade ihr Rasierzeug. Er hatte sich bereits mit einer ihrer Reservezahnbürsten die Zähne geputzt. »Hast du überhaupt nichts bei dir?« fragte sie.

»Nur mich, mein Schatz.«

Sie lehnte am Türrahmen zum Badezimmer und sah zu, wie Meade sich das Gesicht einseifte und sich mit schnellen, ungeduldigen Strichen zu rasieren begann. Sie trug eines ihrer Chanelkostüme, das dunkelgraue, fast schwarze. Das Band der Ehrenlegion war an seinem Platz an dem Aufschlag. Meade war bis zur Taille nackt. Sie konnte keinen Mangel an ihm entdecken – nicht einmal mit dreiundsechzig.

»Wie schaffst du das? Trainierst du?«

»Ich? Um Gottes willen, nein!«

»Aber wie hältst du dich in Form?«

»Indem ich nicht nur auf meinem Hintern herumsitze. So mache ich das. Leute geraten aus der Form, weil sie nur auf ihrem Arsch herumhocken. Man muß sich bewegen. Das kannst du von mir getrost behaupten. Ich bin in Bewegung geblieben.«

»Und wann bewegst du dich von hier fort?«

Meade sah sie über die Schulter zurück an und grinste. Der weiße Seifenschaum ließ seine Zähne noch gelber aussehen, als sie wirklich waren. »Was ist los mit dir, Gladys? Nicht daran gewöhnt, einen Mann im Haus zu haben?«

»Im allgemeinen jüngere Männer.«

»Wir haben es heute nacht gar nicht so schlecht gemacht für ein paar alte Klepper. Ich meine, aufs Popowackeln verstehst du dich immer noch ganz gut.« Mit einem Daumen drückte er seine Nase beiseite, um sich darunter zu rasieren. Als er fertig war, spülte er den Rasierapparat ab, legte ihn in das Badezimmerschränkchen zurück und drehte sich um. »Weißt du, ich mußte gerade daran denken, wie du und ich es zum erstenmal zusammen getrieben haben – damals, vierundvierzig bei Dijon. Erinnerst du dich?«

»Vage.«

»Sie hatten dich gerade in den OSS als Verbindungsmann zur Résistance aufgenommen, und ich war dein neuer Funker.«

»Ich erinnere mich.«

»Wir hielten uns auf diesem Hof auf, dem mit der Viehwirtschaft, wo du deinen Buben untergebracht hattest. Was ist überhaupt aus dem geworden?«

»Er lebt hier irgendwo.«

»Ich erinnere mich, daß er damals vier oder fünf war und nur französisch sprach. Später wurde er dann doch Reporter oder so was. 'ne Art Berühmtheit, habe ich gehört.«

»So was war er wohl mal.«

»Damals, ich meine vierundvierzig, schien er dich kaum zu kennen.«

»Heute kennt er mich«, entgegnete sie und wendete sich ab.

»Gladys«, rief er ihr nach.

Sie drehte sich zu ihm um.

»Ich brauche etwas Bargeld, ehe ich Haere aufsuche.«

»Hundert kann ich dir geben. Das ist alles, was ich in der Hand habe, wenn du dir nicht irgendwo einen Scheck einlösen willst.«

»Nein. Keinen Scheck.«

»Wann zeigst du mir eine Probe von dem, was du zu verkaufen hast, Drew?«

Meade überlegte. »Heute um drei.«

»Wo?«

Er griff nach seinem Hemd, das an der Klinke zum Badezimmer hing. »Was spricht dagegen, daß wir es hier machen?«

»Nichts«, antwortete Gladys Citron.«

14

Das, was Drew Meade sah, gefiel ihm nicht sonderlich. Statt einem waren das zwei. Da war der Große, Knochige in dem billigen hellbraunen Anzug und der andere, nicht ganz so große im Blau eines Bankiers, der so aussah, als ob gerade jemand seinen Hund überfahren hätte. Beide waren etwa im gleichen Alter: vierzig, vielleicht sogar einundvierzig. Er sah sich beide genau an, einen nach dem anderen, prägte sich ihr Aussehen genau ein und warf dann einen schnellen, sorgfältig prüfenden Blick auf die Umgebung.

»Nur dieser eine große Raum?« fragte er.

»Richtig«, bestätigte Draper Haere.

»Sie sind Haere?«

Haere nickte.

»Sie sind älter geworden. Ich glaube nicht, daß ich Sie wiedererkannt hätte. Wer ist das?« Meade deutete mit einem Kopfnicken auf Morgan Citron.

»Ein Freund.«

»Wohl der Zeuge? Hat er einen Namen?«

»Mitchell.«

»Und Mitchells Vorname?«

»Mitch.«

»Mitch Mitchell«, sagte Meade und blickte Citron prüfend an. »Mittelinitiale wahrscheinlich M. Okay, damit kann ich leben. Klären wir erst das andere.«

»Was?« fragte Haere.

»Das mit Ihrem alten Herrn. Ich möchte das ausgeräumt haben.«

»Nur zu. Wollen Sie sich nicht setzen?«

»Doch. Natürlich.«

Meade suchte sich den Walnußsessel aus. Er klopfte anerkennend auf die linke Armlehne. »Hübscher alter Stuhl.«

»Er gehörte einmal Henry Wallace«, erklärte Haere und setzte sich auf seinen üblichen Platz in dem Huey-Long-Sessel.

Meade war nicht beeindruckt. »Soso, Wallace. Der alte Schaumschläger.«

Citron setzte sich auf die Ledercouch. Er saß vorgeneigt, die Arme auf die Knie gestützt. Hubert, der Kater, sprang auf die Couch und drängte sich auf Citrons Schoß vor.

»Kommen wir zu meinem alten Herrn«, sagte Haere.

»Er war Kommunist.«

»So? War er das?«

»Klar. Und ich habe ihn entlarvt. Dafür haben sie mich bezahlt. Man konnte davon leben, das war alles. Und nicht mal besonders gut. Neunundvierzig boten sie mir den Job an. Ich nahm ihn, und sie bezahlten mich, und ich hielt mich dran. Ich hatte gar nichts gegen Ihren alten Herrn, persönlich jedenfalls nicht. Genaugenommen war er ein recht netter Mensch. Wir haben oft miteinander gelacht und gelegentlich zusammen ein Bier getrunken.«

»Und dabei haben Sie ihn entlarvt.«

»Ihn und die anderen. Sie sollten nicht vergessen, daß ich mit ihm sechs andere der Mine-Mill-Bande festgenagelt habe. Von Rechts wegen hätte Ihr alter Herr wie die anderen auch eingesperrt werden müssen, wenn Replogle nicht alles darangesetzt und ein paar Drähte gezogen hätte, um ihn freizukriegen. Das wissen Sie, und das weiß ich, aber Teufel auch, was soll's? Das ist alles alter Schnee. Aber wenn Sie sich deswegen Luft machen wollen, nur zu, ich will es nur hinter mir haben.«

Es war völlig still, solange Draper Haere den großen grauhaarigen Mann musterte, der sich in den alten Sessel geflezt hatte, ein langes Bein, das linke, weit von sich gestreckt, das andere, das rechte, ließ er über die gepolsterte Armlehne baumeln. Ein Söldner, war Haeres Ergebnis, der sich immer wieder bei der verlierenden Seite des Lebens verdingte, einer, der immer noch an die verlogenen Versprechungen und müden Überredungskünste der Rekrutenwerber glaubte, im stillen vielleicht aber etwas ratlos geworden war, weshalb sie den Krieg immer noch nicht gewonnen hatten. Selbstverständlich steht auch immer noch die letzte große Schlacht bevor, die Entscheidungsschlacht, die Schlacht, mit der der Sieg errungen wird, und dann, danach erst, gibt es Beute, Siegesprämien und Gewinn für alle.

Haere hatte sich schon seit langem gefragt, was er empfinden würde, wenn er Drew Meade wiedersehen sollte, und jetzt, als er seine Empfindungen überprüfte, überraschte es ihn, daß alles, was er aufbringen konnte, ein Anflug von Mitleid war.

»Möchten Sie ein Frühstücksbier?« fragte er.

»Gern«, antwortete Meade. »Danke.«

Citron scheuchte Hubert sanft auf den Boden und stand auf. »Ich hole es«, sagte er und ging zu dem Wunderwerk von Kühlschrank.

»Sie haben Jack Replogle in Singapur getroffen«, begann Haere.

»Das stimmt. Hat er Ihnen davon erzählt?«

»Er erwähnte es. Ich war mit ihm zusammen, ehe er starb.«

»Das hat mir seine Frau schon gesagt.«

»Er hat gesagt, er hätte Ihnen zehntausend Dollar gegeben. Sie hätten zwar fünfzig gefordert, sich aber mit zehn zufriedengegeben.«

»Hat er Ihnen auch erzählt, was er dafür bekommen hat?«

»Nein«, antwortete Haere und nahm von Citron eine Dose Budweiser entgegen. »Er war gerade im Begriff, darüber zu sprechen, als es passierte.«

»Darüber würde ich gern mehr hören«, sagte Meade und öffnete seine Bierdose.

Haere trank erst einen Schluck Bier. »Er wollte also gerade anfangen, mir darüber zu berichten, als ein blauer Dodge-Lieferwagen uns von der Straße abdrängte, etwa fünfzehn Meilen hinter Idaho Springs. Ich wurde hinausgeschleudert, Replogle nicht. Der Benzintank explodierte, und er verbrannte. Vielleicht war er aber vorher schon tot.«

»Wurden Sie verletzt?«

»Ich versengte mir die Hände. Gestern abend erst wurden die Verbände abgenommen.«

»Replogle hat also überhaupt nichts gesagt?«

»Er meinte, die Geschichte könnte sie vierundachtzig wahrscheinlich aus dem Weißen Haus hinausfegen.«

Meade nickte nachdenklich. »Nun ja, darin hatte er recht. Sie sagten eben, daß er Ihnen gerade berichten wollte, was er von mir bekommen hatte, als sie Sie von der Straße abdrängten?«

Haere nickte.

»Sie müssen Ihnen irgendwie auf die Spur gekommen sein. Jedenfalls Ihrem Wagen. Vielleicht aber auch nicht.«

»Wer?« fragte Citron.

Meade sah Citron ein paar Sekunden lang fest an, dann richtete er seinen Blick wieder auf Haere. Meade deutete mit dem Kopf auf Citron. »Mitch redet wohl nicht sehr viel?«

»Er ist einer von denen, die lieber zuhören.«

»Also die Frage, die Mitch gerade gestellt hat, bringt uns zum Kern der Sache.«

»Geld«, bestätigte Haere.

»Ich überlege noch«, sagte Meade. »Ich dachte so an runde vierundfünfzigtausend.«

»Denken Sie nochmals.«

Meade zog seine Camels aus der Tasche, zündete eine an, blies Rauch aus und lächelte. »Was Replogle von mir gehört hat, war nur eine Kostprobe – weil das alles war, wofür er überkommen wollte. Was ich Ihnen anbiete und selbstverständlich auch Mitch hier, ist die komplette Story. Ist Mitch der Geldanschaffer?«

»Nein«, entgegnete Haere. »Der Geldanschaffer bin ich.«

Hubert, der Kater, wühlte sich den Weg auf Citrons Schoß zurück. Citron kraulte ihn unter dem Kinn, und der Kater schnurrte. Citron sah Meade lächelnd an und sagte: »Man hat Sie in Singapur begraben.«

Meade wendete sich ihm grinsend zu. »Haben mir nachgeforscht, was?«

Citron nickte. »Die hatten da einen Kopfpreis für Sie ausgeschrieben, siebzehntausendfünfhundert Dollar. Doch als das nichts brachte, haben sie sich eine Leiche beschafft, sie begraben und behauptet, das wären Sie gewesen.«

»Kein sehr hoher Preis«, sagte Meade.

»Nein.«

»Tot oder lebendig?«

»Ich habe vergessen, danach zu fragen.« Citron lächelte. »In der *New York Times* haben sie Ihnen zwei Absätze gegönnt.«

»Was Sie nicht sagen! Die würde ich gern mal lesen.«

»Sie haben es aber nur für die erste Ausgabe geschafft.«

Meade hob bedauernd die Schultern. »Immer noch besser als gar nichts. Wie viele schaffen das schon?« Er wendete sich an Haere. »Sie wollen doch das, was ich zu bieten habe, oder nicht?« Und gleichgültig, welchen Preis ich fordere, Sie werden versuchen, ihn herunterzuhandeln. Da kann ich Ihnen keinen Vorwurf machen. Ich täte das auch. Und vielleicht komme ich Ihnen sogar entgegen. Ich will damit nicht sagen, daß ich das tun werde, ich sage nur, vielleicht. Aber zuerst will ich Sie mal riechen lassen. Wenn's Ihnen gefällt, können wir dann ja ernsthaft über Geld reden. Wenn nicht, gehe ich eben anderswo damit hausieren. Einverstanden?«

Haere nickte bedächtig.

»Okay«, sagte Meade. »Vor etwa sechs Monaten führte Washington unten in Mittelamerika einen geheimen Minikrieg. Dabei wurden auf der einen Seite vier umgebracht, auf der anderen Seite fünf. In dem Krieg ging es um ein oder zwei Tonnen Kokain und fünfunddreißig bis fünfzig Millionen Dollar in barem Geld. Als die Schießerei vorbei und der Pulverdampf verweht war, stellte die eine Seite fest, daß sie angeschissen worden war. Ich kann Ihnen Zeit, Ort, Daten und Namen nennen. Sie brauchen nur mit vierhunderttausend in bar überzukommen.«

Es folgte eine langanhaltende Stille. Schließlich sagte Draper Haere: »Eine Frage.«

»Vielleicht kann ich sie beantworten, vielleicht will ich aber auch nicht.«

»Wem gehört das Geld – die fünfunddreißig bis fünfzig Millionen?«

»Habe ich das nicht gesagt? Onkel Sam.«

»In bar?« fragte Citron.

»In bar.«

»Wieviel von dem haben Sie Jack Replogle in Singapur erzählt?«

»Nicht verdammt viel mehr als gerade Ihnen. Ich nannte ihm ein paar Namen, das war alles, und er kam ohne mit einer Wimper zu zucken mit zehntausend über und glaubte auch noch, er hätte das Geschäft des Jahres gemacht. Replogle war schon ein gerissener Hund, doch wem sage ich das?«

»Er ist auch tot«, warf Haere ein.

Wieder ein Schulterzucken von Meade. »Was brauchen Sie noch mehr?« hielt er Haere vor. »Ich meine, ich könnte den ganzen Tag hier herumsitzen und Ihnen den Wert meiner Ware anpreisen, aber das brauche ich nicht. Sie waren dabei, Sie haben gesehen, was er bekam. Teufel, Mann. Sie selbst hat es doch beinahe auch erwischt. Ich weiß wirklich nicht, was für Scheißbeweise für Qualität Sie noch wollen.«

»Also kommen wir jetzt zur Schlüsselfrage«, sagte Haere. »Wer sind sie?«

Meade lächelte nur und schüttelte langsam den Kopf. Haere stand auf. »Trinken wir noch ein Bier«, sagte er, sammelte die leeren Dosen ein und gingen zum Kühlschrank. Während Haere das Bier holte, studierte Meade Citron.

»Sie sehen jemand ähnlich«, sagte er. »Jemand, den ich gekannt habe.«

»Wem?«

Meade antwortete mit einem knappen, gereizten Kopfschütteln. »Ich kriege es nicht ganz zusammen.«

Haere kam mit drei weiteren Dosen Bier zurück, die er ringsum verteilte. Als er Meade eine Dose reichte, sagte er: »Die vierhunderttausend können Sie vergessen oder die dreihundertfünfzig und sogar die dreihundert. Wir könnten – und ich möchte ausdrücklich betonen!

könnten. Also mit einhundert könnten wir vielleicht überkommen, und dann würden wir nur in Partien von je fünfundzwanzigtausend kaufen. Wenn Sie inzwischen trockenlaufen sollten oder uns schließlich nur Phantastereien auftischten, werden wir nicht bezahlen. Das ist unser Angebot, und Sie können es nehmen oder lassen.«

Meade öffnete seine Bierdose, trank, wischte sich mit dem Handrücken über den Mund, rülpste leise, runzelte die Stirn und fragte schließlich: »Bar?«

»Das wird ein Problem werden.«

»Schecks nützen mir nichts.«

»Okay. Bar.«

»Wann?«

»Weiß ich noch nicht«, antwortete Haere. »Ich muß mich umtun. Ich kann es frühestens morgen sagen.«

»Morgen vormittag?«

»Nachmittag.«

»Wo?«

Haere sah Citron an. »Wie ist es bei Ihnen?«

»Das läßt sich machen«, antwortete Citron.

Meade runzelte die Stirn. »Wer sonst noch?«

»Wer sonst noch was?« fragte Haere.

»Wer wird sonst noch dabei sein – wenn wir reden, meine ich?«

»Sonst niemand. Nur Sie, ich und – äh –« Einen Augenblick lang konnte Haere sich nicht an den Decknamen erinnern, den er Citron gegeben hatte.

Meade grinste kalt. »Mitch hier.«

»Ganz richtig«, bestätigte Haere mit einem leichten Lächeln. »Mitch.«

## 15

Der erste Schwarze, der große, hagere mit dem weißen Fleck im rechten Auge, schien über die eigenen Füße zu stolpern und zu fallen. Mit ausgestreckten Armen taumelte er hart gegen Morgan Citron und stieß ihn rücklings über die Motorhaube der gemieteten Cadillac-Limousine. Der zweite Schwarze, der Untersetzte mit der Figur eines fetten Hydranten, kam im Laufschritt dazu und half dem großen Hageren, Morgan Citron wieder auf die Füße zu stellen. Sie klopften ihn ab, entschuldigten sich für ihre Ungeschicklichkeit in einem weichen, fließenden Französisch, und während sie nicht vorhandenen Staub von seinem Anzug abklopften, spürte er, wie sie ihn mit sachkundigen Händen nach verborgenen Waffen abtasteten.

Die gemietete Limousine, der uniformierte Chauffeur fahrbereit hinter dem Steuer, stand vor der Abfertigung der Eastern Airlines auf dem Los Angeles International Airport. Hinter der Limousine parkte der schwarze Ford LTD, den Velveta Keats bei Budget in Malibu mit ihrer Visa-Kreditkarte gemietet hatte. Die Leute, die die Limousine vermieteten, hatten American Express vorgezogen.

»Wenn einer von Ihnen sich entschuldigt, ist es völlig ausreichend«, sagte Citron auf Französisch, während die beiden Schwarzen unermüdlich versuchten, ihn von eingebildeten Staubkörnern zu befreien. »Wenn es zu viele werden, werde ich leicht mißtrauisch.«

»Habe ich es dir nicht gesagt?« fuhr der Hydrant auf die schielende Bohnenstange los. »Spricht er nicht mit perfektem Pariser Akzent?«

»Du hast völlig recht«, stimmte die Bohnenstange zu, drehte sich um und sagte zu dem dreiundfünfzigjährigen Mann mit dem schmalen, sonnenverbrannten Gesicht, der in drei Meter Abstand abwartete: *»Rien.«*

»Rien«, sagte der Mann zu Citron, »bedeutet nichts. Es bedeutet auch, daß Sie mich nicht mit einem Messer oder einem Revolver bedrohen werden. Ich bin Keats, B. S. Keats, B für Byron, S für Shelley. Meine Mama hat unter ihrem Stand geheiratet, und ich scheine Pap nachgeschlagen zu sein.Er war eine prima Nummer, hat's aber zu nichts gebracht. Ist das mein Wagen?«

»Das ist er«, bestätigte Citron.

»Und das mein Ford?« und nickte in Richtung des schwarzen LTD.

»Richtig.«

»Sie können *parlez-vous* besser als ich«, sagte Keats. »Sagen Sie Jacques und Cecilio, sie sollen uns folgen.«

Citron erklärte den beiden Schwarzen, was Keats wünschte. Jacques, die Bohnenstange, lächelte. »Wir wissen es. Wir verstehen viel mehr als er glaubt.«

»Das hatte ich mir schon gedacht«, sagte Citron und gab ihm die Schlüssel für den Ford.

Noch ehe der uniformierte Fahrer der Limousine es schaffen konnte, um den Wagen herumzukommen, hatte Keats bereits die hintere Tür geöffnet und war eingestiegen. Citron folgte ihm. Der Chauffeur saß wieder hinter dem Lenkrad, drehte sich um und fragte: »Wohin, Mr. Citron?«

»Nirgends«, sagte Keats. »Bleiben Sie nur ruhig sitzen, bis meine beiden Nigger das Gepäck bringen. Und rollen Sie die Trennscheibe hoch und stellen Sie die Klimaanlage an.«

»Wir können hier nicht zu lange parken, Sir. Die Flughafenpolizei ist sehr streng.«

»Wenn Sie einen Zettel bekommen, bezahle ich ihn«, sagte Keats. »Rollen Sie endlich die Scheibe hoch.«

Der Fahrer ließ den Motor an und drückte auf Knöpfe, die die Trennscheibe in die Höhe drehten und die Klimaanlage einschalteten. Keats zog zwei kurze, dicke Zigarren aus der Tasche und bot Citron eine an. Citron schüttelte den Kopf.

»Aber ich darf doch?« meinte Keats.

»Selbstverständlich.«

Keats zündete seine Zigarre sorgfältig mit einem großen Küchenzündholz an, das er aus der Tasche seiner sonnenbraunen Kaschmirjacke zog. Unter der Jacke trug er ein blaßgelbes Polohemd, das über den Gürtel einer milchschokoladenfarbenen Leinenhose fiel. An den Füßen trug er Cowboystiefel in Braun und Weiß mit roten Gummisohlen. Das Gelb seiner Socken paßte zum Hemd. Citron fand, daß Keats' Cowboystiefel irgendwie an einen Collegestudenten denken ließen.

Keats setzte seine Zigarre in Brand, blies Rauch aus und richtete seine blaßblauen Augen auf Citron. »Wo haben Sie Französisch gelernt?«

»In Frankreich.«

»Haben Sie da gelebt?«

»Ich wurde da geboren.«

»Wahrscheinlich könnte ich es auch sprechen, wenn ich da geboren worden wäre. Die Koffer haben wir nicht mit ins Flugzeug genommen, weil die Nigger da ihr Zeug drin haben. Cecilio hat eine Achtunddreißiger. Der alte Jacques hat lieber eine Magnum.«

»Will jemand Sie umbringen?«

»Ein paar Leute würden mich gern tot sehen. Was halten Sie von den beiden – Cecilio und Jacques?«

»Sie scheinen ihr Geschäft zu verstehen.«

»Sie stammen aus Haiti. Boat People. Raten Sie mal, wieviel Cecilio in dem Jahr, ehe er zu mir kam, verdient hat?«

»Als er noch in Haiti war?«

Keats nickte.

»Ich habe keine Ahnung.«

»Er machte zweihundertachtundsechzig Dollar – das ganze Scheißjahr über. Wissen Sie, wieviel ich ihm in der Woche bezahle?«

»Zweihundertachtundsechzig Dollar.«

Keats grinste breit. Seine Zähne waren fast austernweiß, und sein Grinsen blieb ein paar Sekunden länger auf seinem Gesicht stehen, als notwendig gewesen wäre, so als ob er manchmal vergäße, daß es noch da war. Sein schütteres Haar war von der Sonne so ausgebleicht, daß nur schwer zu entscheiden war, ob es noch blond oder schon grau wäre, und er trug es in kurzen, zottigen Strähnen glatt in die Stirn gekämmt. Die blaßblauen Augen blinzelten selbst im Schatten zusammengekniffen, als ob er ständig plötzliches grelles Licht befürchte, und die lange Nase ragte vor und aufwärts und wurde von dem grimmigen Mund durch einen sauber gestutzten Schnurrbart getrennt. Unter all dem war ein spitzes Kinn, über das wie ein weißer Fluß eine zackige Narbe mäanderte.

»Das war ganz gut geraten – zweihundertachtundsechzig Dollar – aber ziemlich billig. Ich bezahle ihnen tausend Grüne in der Woche. Jedem. Und jetzt raten Sie mal, wieviel Loyalität mir das einbringt.«

»Soviel, wie zu haben ist?«

»Das ist nahe dran.« Keats machte eine Pause und paffte an seiner Zigarre. »Wissen Sie, was diese Leute aus Haiti sind? Sie sind ehrgeizig. Ich habe noch nie einen getroffen, weiß oder schwarz, der so fleißig arbeitet wie die. Sie wollen einen Graben gegraben haben? Scheiß – die graben ihn – man braucht ihnen nur zu sagen, wie breit er sein soll und wie nahe bis an China heran. Ich stelle keinen anderen mehr ein als Leute aus Haiti, obwohl, verdammt noch mal, ich wünschte, sie würden Amerikanisch lernen.« Wieder ließ er eine Pause eintreten. »Was macht Velveta?«

»Mir scheint soweit alles in Ordnung zu sein.«

»Hat sie Ihnen schon erzählt, daß sie mit ihrem Bruder gefickt hat?«

Ehe Citron antworten konnte, wurde an die Scheibe geklopft. Beide drehten sich danach um. Jacques bückte sich herunter, sah mit einem breiten Lächeln durch das Fenster und deutete auf einen langen runden Koffer aus Büffelleder, den er in der linken Hand trug. Keats nickte, und Jacques verschwand, ging zu dem schwarzen Ford LTD zurück, und Keats drückte auf den Knopf, der die gläserne Trennscheibe senkte.

»Fahren wir los, mein Sohn«, sagte er zu dem Fahrer.

»Ja, Sir. Wohin?«

»Gibt es hier keine Landschaft zu sehen?«

Der Fahrer versuchte, sich an landschaftlich attraktive Strecken zu erinnern. »Nun ja«, sagte er schließlich. »Wir könnten an der Küste entlangfahren.«

»Klingt gut«, sagte Keats und ließ die Trennscheibe wieder hochrollen. Der Fahrer schaltete den Gang der Limousine ein und steuerte sie vorsichtig in den starken Flughafenverkehr hinaus.

»Sie hatte tatsächlich einen Bruder«, sagte Keats, »und der ist, wie sie Ihnen wahrscheinlich auch gesagt hat, tot. Er starb, als sie sieben und er neun Jahre alt war. Er starb an Kinderlähmung im Sommer neunundfünfzig. Damals hatten sie Kinderlähmung schon im Griff, wie es hieß, aber er steckte sich an und starb daran. Vielleicht haben Gash und Velveta ein paarmal miteinander Onkel Doktor gespielt, aber alles andere hat sie erfunden. Inzest! Manche Leute macht das an – haben Sie das gewußt?«

Keats schien keine Antwort zu erwarten, und Citron gab auch keine. Statt dessen sagte er: »Sie hat auch von einem Ehemann gesprochen. Oder hat sie den auch erfunden?«

»Nein, den hat sie sich nicht ausgedacht. Sie war mit Jimmy verheiratet. Mit Jimmy Maneras. Eigentlich Jaime. Er war älter als sie. Ein Kubaner. Die Maneras und ich, wir hatten geschäftlich miteinander zu tun. Hat sie darüber was erzählt?«

»Ja.«

»Habe ich erwartet. Eine schwatzhafte Person. Wir sprechen nicht miteinander, wissen Sie. Eine verdammt dumme Situation, in die ein Mann sich bringen kann, aber es kommt vor. Es kommt einfach vor.« Er seufzte und zog an seiner Zigarre. »Wer waren die beiden?«

»Ich weiß es nicht«, antwortete Citron.

»Halten Sie sie für Kidnapper?«

»Wenn sie das gewesen sein sollten, dann waren sie nicht sehr entschlossen.«

»Weil sie abgehauen sind, nachdem Sie Stiefmütterchen nach ihnen geworfen haben?«

»Nelken.«

»Nelken. Warum haben Sie so was Dämliches gemacht?«

»Reine Reaktion.«

»Noch ehe Sie überlegen konnten, was?«

Citron nickte.

Keats blickte aus dem Fenster. Was er sah, war grau in grau, ödes Marschland. »Keine besonders schöne Gegend«, murrte er. »Es wird besser.«

»Wie sahen die beiden aus? Ich meine, waren sie weiß, schwarz, braun oder was?«

»Weiß. Sie trugen Tauchermasken. Nasse Anzüge. Nach der Art, wie sie sich bewegten, würde ich sagen, sie waren Ende zwanzig, Anfang dreißig.«

»Stimmen?«

»Normale amerikanische.«

»Was sagten sie?«

»Sie sagten: ›Keinen Ton‹ oder ›Geben Sie keinen Laut von sich‹. Ich erinnere mich nicht genau, was, aber das sagten sie zu Ihrer Tochter. Und dann sagten sie zu mir: ›Sie auch nicht.‹ Ich glaube, ich antwortete: ›Okay‹ oder ›In Ordnung‹. Nichts sehr Bemerkenswertes. Aber noch etwas. Sie biß den einen in die Hand.«

»Biß ihn? Bei Gott!« Keats strahlte. »Das hatten Sie mir noch nicht gesagt.«

»Ich hatte es vergessen.«

»Und was tat er?«

»Er hat geschrien.«

»Biß ihn, bei Gott!« Keats nickte und lächelte ein paar Augenblicke vor sich hin, dann drehte er sich um und musterte Citron gründlich.

»Sind Sie verheiratet?«

»Nein.«

»Wovon leben Sie?«

»Ich bin Hauswart und schreibe manchmal.«

»Was schreiben Sie?«

»Reiseberichte.«

»Bringt das was?«

»Nicht viel.«

»Waren Sie auf einem College?«

Citron nickte.

»Haben Sie mal im Gefängnis gesessen?«

»Einmal.«

»Wie lange?«

»Dreizehn Monate.«

»Weshalb?«

»Das habe ich nie genau herausbekommen.«

»Wo?«

»In Afrika.«

»Scheiß, das zählt doch nicht.« Keats blickte wieder aus dem Fenster, runzelte die Stirn über den städtischen Wirrwarr, der den

Lincoln Boulevard säumte und wendete sich, immer noch stirnrunzelnd, wieder Citron zu. »Ich werde Sie nicht fragen, ob Sie mit Velveta ins Bett gegangen sind, weil ich die Antwort darauf weiß, aber ich will Sie folgendes fragen. Was halten Sie von ihr?«

»Ich meine«, entgegnete Citron zögernd, »ich meine, sie ist etwas . . . ratlos.«

Das schien Keats zufriedenzustellen. Er nickte so, als ob er etwas bestätigen wollte, und nach einem Schweigen, das annähernd zwei Blocks weit anhielt, sagte er: »Ich bin reich, ich meine, richtig reich.«

»Das ist mein Eindruck.«

»Habe es alles mit Stoff gemacht. Marihuana erst, und dann stieg ich früh bei Koks ein, machte den großen Coup und kam sauber wieder heraus. Wollen Sie wissen, in was ich jetzt mache?«

»Und was?«

»In Schuhen. Automatisiert, Selbstbedienung, Discount-Schuhläden. Ich habe mich hingesetzt und mir überlegt, was die Leute unbedingt brauchen, ob die Zeiten schlecht sind oder gut. Also landete ich bei Schuhen. Billige, importierte Schuhe. Jetzt habe ich eine Kette Schuhgeschäfte. Ein Dutzend in Florida, fünf in Alabama, und nächstes Jahr geht's weiter nach Mississippi und Louisiana. Aber, Teufel auch, Sie wollen sicher nichts von meinen Schuhgeschäften wissen.«

»Ich kann zuhören«, sagte Citron.

»Nein, was Sie wirklich hören wollen, ist, worauf ich raus will. Und darauf werde ich gleich kommen. Velveta, also Velveta ist ja recht hübsch und halbwegs gescheit, selbst wenn ihr ein paar Groschen zum Taler fehlen, und vor vier oder fünf Jahren habe ich diesen unwiderruflichen Trustfond für sie eingerichtet. Geld ist also da. Aber was ich wissen will, ist, wollen Sie in der nächsten Zeit, für ein paar Wochen wenigstens, also sagen wir so eine Art Bärenführer für sie machen?«

Citron wendete sich Keats zu, um ihn anzustarren. Keats' blaßblaue Augen hatten ihr Zwinkern aufgegeben. Sie waren jetzt annähernd rund und, wie Citron fand, fast ehrlich. »Bärenführer«, sagte er. »Meinen Sie damit ihren Aufpasser?«

Keats lächelte. »Na ja, vielleicht von beidem etwas.«

16

Mit dem angenehmen Nachgeschmack eines Lunch für 32 Dollar plus Trinkgeld in einem anspruchsvollen Chinarestaurant am Rodeo Drive im Mund schloß Drew Meade mit dem Schlüssel, den Gladys Citron ihm gegeben hatte, die Vordertür zu ihrem Haus auf. Er war frühzeitig essen gegangen, genau um zwölf Uhr. Jetzt war es kurz nach eins.

Er ging nicht unbedacht in das Haus hinein. Meade betrat keine Telefonzelle unbedacht. Er hatte den Block einmal zu Fuß umkreist, sich die Wagen genau angesehen, die am Straßenrand und in den Auffahrten zu den benachbarten Häusern parkten. Die meisten waren recht kostspielige ausländische Modelle – BMWs, Volvos und in angemessener Zahl Mercedes. Er bemerkte auch den weißen Ford-Lieferwagen mit der Aufschrift »Cart's Teppichreinigung« und der Telefonnummer darunter und der Adresse am Santa Monica Boulevard. Der Lieferwagen parkte vier Häuser weit von Gladys Citrons Grundstück entfernt, und Meade merkte sich automatisch die Zulassungsnummer. Mit einem eigenen mnemotechnischen System konnte sich Meade Zulassungsnummern mitunter jahrelang merken und Telefonnummern in alle Ewigkeit.

Er schob die Tür auf, betrat den kleinen Vorraum, blieb bewegungslos stehen und lauschte. Nichts war zu hören. Er drehte sich um, schloß die Tür hinter sich, schob die Riegel zu und legte die Sicherheitskette vor.

Sie warteten bereits auf ihn, als er in den Wohnraum trat, die beiden, mit leicht geöffnetem Mund, um lautlos zu atmen, keiner viel älter als dreißig, falls überhaupt schon. Der eine mit blauen Augen, der andere mit braunen. Beide trugen hellbraune Uniformjacken aus Baumwolle, auf deren Brusttasche mit rotem Faden ihre Vornamen eingestickt waren. Der mit den blauen Augen war John, der mit den braunen Dick.

Meade blieb neben dem Tisch mit der chinesischen Lampe stehen. »Wie geht denn das Geschäft mit den Teppichen?« fragte er, ergriff die Lampe und schleuderte sie auf Dick. Noch während die Lampe durch die Luft flog, warf er sich auf John, täuschte einen Tritt ins Gekröse vor, und als John ihm zur Abwehr die Hüfte zuwendete, trieb ihm Meade die linke Faust drei Zoll tief unter dem Gürtel in den Unterleib. Sie traf auf mehr Muskeln, als Meade erwartet hatte. Trotzdem knickte John zusammen und preßte keuchend seine Hände gegen den Bauch. Meade hatte beide Hände geschlossen zusammengeballt, um sie mit voller Wucht auf Johns vorgeneigten Nacken niedersausen zu lassen, aber die Mündung einer Waffe wurde gegen sein eines Ohr gepreßt, und Dicks Stimme sagte: »Nicht doch.«

Meade fuhr herum, riß seinen Unterarm hoch, um die Waffe fortzuschlagen, aber sie war nicht mehr da. Dick kauerte jetzt über einen Meter von ihm entfernt, hielt die Waffe mit beiden Händen und zielte auf Meades Brust, genau wie ihm das irgend jemand irgendwann irgendwo beigebracht hatte.

»So ein Scheiß«, sagte Meade, ging zu einem der beiden Sessel, die vor dem Kamin standen, ließ sich hineinsinken, zog seine Camels aus der Tasche und zündete eine mit Händen, die kaum zitterten, an.

John richtete sich auf, hielt immer noch beide Hände gegen den Unterleib gepreßt. »Ganz gut für einen so alten Furz«, sagte er.

»Sie haben gemeint, so könnte er noch sein«, sagte Dick.

»Und was stellt ihr vor?« fragte Meade.

»Ja, was sind wir heute?« erwiderte Dick, ohne seine Augen von Meade abzuwenden oder sein Ziel aufzugeben. »Ich vergesse es immer.«

»Heute sind wir die Teppichreiniger«, sagte John. »Gestern oder vorgestern vielleicht, waren wir Sonderagent Tighe und Sonderagent Yarn vom FBI. Ich bin Yarn, er ist Tighe.«

Meade nickte nachdenklich. »Die Straßenfeger, was? Die mit Besen und Schaufel.«

»Eigentlich eher Reiniger«, sagte Tighe.

»Was wird aus mir?« fragte Meade.

»Aus Ihnen?« entgegnete Yarn. »Sie sind doch schon tot. Die *New York Times* hat Ihr Ableben ja gemeldet.«

»Davon habe ich gehört.«

»Wenn Sie schon tot sind, haben Sie das Schlimmste doch bereits hinter sich«, meinte Tighe.

»Ja, wenn Sie es so sehen, stimmt das wohl.«

»Sie könnten einfach durch die Tür da gehen und ein neues Leben anfangen.«

»Klingt ganz gut.«

»Selbstverständlich«, sagte Yarn, »müßten wir Ihnen erst ein paar Fragen stellen.«

»Hab nichts dagegen. Fragen Sie nur.«

»Wir haben bemerkt, daß Sie heute mit ein paar Leuten gesprochen haben – heute vormittag«, sagte Tighe.

»Ja, da Sie es erwähnen, das stimmt wohl.«
»Wer war das?«
»Der eine sagte, sein Name wäre Haere, Draper Haere, und der andere behauptete, ein Mitch Mitchell zu sein.«
Yarn seufzte und runzelte die Stirn. »Sehen Sie, jetzt haben wir schon einen schlechten Start.«
»Meinen Sie, er heißt gar nicht Mitchell?«
»Nein.«
»Also, was Sie nicht sagen«, erwiderte Meade.
»Wissen Sie, vielleicht erzählen Sie uns besser etwas über sich selbst, Mr. Meade.«
»Über mich erzählen?«
»Ja.«
»Warum?«
»Nur, um sicherzugehen, daß wir es mit dem richtigen Mann zu tun haben«, erklärte Tighe. »Ich meine damit folgendes. Wir wollen nicht am Ende dastehen und feststellen, daß wir es mit einem Doppelgänger zu tun haben. Das werden Sie verstehen.«
»Gewiß«, räumte Meade ein. »Was wollen Sie denn alles von mir wissen.«
»Geben Sie uns nur einen kurzen Überblick.«
»Na schön. Ich wurde in Terre Haute am 19. November 1919 geboren. Mein Vater war bei der Armee, blieb nach dem Waffenstillstand dabei und brachte aus Frankreich eine französische Frau mit. Auf die Weise habe ich Französisch gelernt – von ihr, meiner Mutter. Als ich 1937 die Schule hinter mir hatte, brachte mein alter Herr mich bei der Western Union in einer Lehrstelle als Telegraphist unter. Das war er auch, Telegraphist. Dann ging ich Ende einundvierzig zur Armee, und wegen meiner Französischkenntnisse und meines Berufs kam ich dann zweiundvierzig zum OSS. Ist das der Scheiß, den Sie wissen wollen?«
»Genau«, bestätigte Yarn.
»Nach dem Krieg habe ich zuerst für die Telegraphistengewerkschaft gearbeitet, erst als Organisator, später als Vertreter, bis sich dann das FBI bei mir meldete und ich dort anfing zu arbeiten.« Er machte eine Pause.
»Getarnt, nicht wahr?«
»Richtig.«
»Sie haben beim Büro verschiedene Tarnnamen geführt, oder nicht?«

»Vier oder fünf.«
»Und weiter?«
»Dann arbeitete ich für Air America, als Einsatzplaner.«
»Die Geisterlinie«, sagte Tighe.
Meade nickte. »Für die habe ich ein paar ganz schön gespenstische Sachen gedreht, und dann schickten sie mich nach Vientiane, um noch so ein paar Dinger zu machen. Flüge nach China und einiges weiter in dieser Preislage.«
»Aber nach China sind Sie nicht gekommen, oder doch?«
»Ich bin das eine oder andere Mal hingeflogen – Rundflüge, verstehen Sie.«
»Und haben da ein paar Leute abgesetzt?« fragte Tighe.
»So etwas war es.«
»Und was dann?«
»Dann bin ich ausgestiegen und habe meine eigenen Geschäfte gemacht.«
»Wo?«
»Hongkong, Djakarta, Bangkok, überall da in der Gegend.«
»Singapur?« fragte Tighe.
»Ja, sicher. Auch Singapur.«
»Und da sind Sie dann unserem gemeinsamen Freund begegnet?« fragte Yarn.
»Wem?«
»Bobby Maneras.«
»Oh, dem? Ja.«
»Der arme Bobby«, sagte Yarn.
»Warum arm?« fragte Meade.
»Nicht arm, wenn Sie Geld meinen«, erklärte Tighe, »aber arm im – wie soll ich das nennen? Im zeitlichen Sinn, vielleicht. Sie kennen doch Boy Howdys Bar in Manila?«
»Ja«, gab Meade zu, »ich bin ein- oder zweimal drin gewesen.«
»Nun ja«, sagte Tighe, »der arme Bobby war da auch drin und hat ein Glas getrunken oder zwei oder drei. Dann ging er, kam irgendwie vom Bürgersteig ab, wurde dabei von einem großen schweren Lastwagen erfaßt und überfahren. Nachher wurde behauptet, er wäre, na ja, Sie wissen schon, betrunken gewesen. Der arme Bobby.«
In diesem Augenblick wußte Meade, daß er nicht mehr lange zu leben hatte. Fünf Minuten vielleicht, sagte er sich, höchstens zehn. Er schüttelte den Kopf über die traurige Nachricht von Bobby

Maneras und sagte: »Haben Sie was dagegen, daß ich noch eine Zigarette rauche?«

»Keineswegs«, sagte Yarn.

Meade ließ seine Hände diesmal absichtlich zittern, als er sich eine seiner Camels mit einem Streichholz aus der Schachtel, die er in dem Chinarestaurant eingesteckt hatte, anzündete. Er wedelte das Streichholz aus, drehte sich um und warf es auf die Feuerstelle des Kamins. Er stellte fest, daß Schüreisen und Feuerzange noch genau an der gleichen Stelle lagen, die er in Erinnerung hatte. Das schaffst du nie, dachte er, als er sich umdrehte, mit einem traurigen Lächeln wieder den Kopf schüttelte und sagte: »Zu bedauerlich, diese Geschichte mit Bobby.«

»Was wir gern wissen möchten, Mr. Meade«, sagte Tighe, »was wir tatsächlich ganz genau wissen müssen, ist, wieviel von dem, was Bobby Ihnen erzählt hat, haben Sie an Draper Haere weitergegeben?«

»Nicht viel«, antwortete er.

»Wieviel?«

»Eine Kostprobe, das war alles, verstehen Sie. Um sein Interesse zu wecken.«

»Und ist Ihnen das gelungen?«

»Ja, ich glaube schon.«

»Was haben Sie ihm genau gesagt?«

»Ich sagte ihm, daß da unten ein kleiner Privatkrieg stattgefunden hat.«

»Da unten?« warf Tighe ein. »Meinen Sie damit Tucamondo?«

»Ich habe ihm nicht gesagt, wo.«

»Sind Sie sicher?«

»Ich bin sicher. Verdammt, wenn ich ihm gesagt hätte, wo, könnte er selbst dorthin fahren und alles ausgraben – oder Mitch, oder wie er sonst heißt, hinschicken.«

»Mitch«, sagte Tighe. »Beinahe hätte ich Mitch vergessen.« Er machte eine Pause. »Wissen Sie, wie Mitch in Wirklichkeit heißt?«

»Wie?«

»Morgan Citron. Verstehen Sie? Citron – wie die Lady, der dieses Haus gehört.«

»Ach du lieber Heiland«, sagte Meade gespielt fassungslos und drehte sich um, angeblich, um seine Zigarettenasche in den Kamin zu schnippen. Statt dessen aber warf er die Zigarette selbst fort, packte das Schüreisen, sagte sich noch einmal, daß er es niemals schaffen könnte, und fuhr wieder herum, nur um festzustellen, daß jetzt ein

Sofakissen über Tighes Waffe lag, die Meade in Gedanken als Schreckschußpistole bezeichnet hatte, eine Browning Automatic Kaliber .25. Keine Chance erkannte Meade, als er sich trotzdem rasch aufrichtete und mit dem Schüreisen zum Schlag ausholte.

Tighe schoß ihn zweimal in die Brust. Die Schüsse der kleinkalibrigen Waffe wurden durch das Kissen sehr gedämpft. Meade ließ das Schüreisen sinken und blickte auf die Zwillingstreffer auf seiner Brust hinunter. Mit einiger Überraschung erkannte er, daß er es wirklich nicht hatte schaffen können und tröstete sich dann mit dem Gedanken, daß er jetzt auch nie wirklich alt werden würde. Man kann nicht alt werden, wenn man es nicht schafft, sagte er sich, und du wirst es nicht mehr schaffen.

Er blickte zu Tighe und Yarn auf, die ihn neugierig betrachteten und darauf warteten, daß er fallen würde. »Diese gottverdammte Gladys«, sagte Meade, trat einen Schritt zurück und sank auf den Ohrensessel. Er hustete einmal, atmete noch dreimal krampfhaft und starb.

Sekunden später kam Gladys durch den Vorraum ins Wohnzimmer, ging zu dem Ohrensessel hinüber und sah auf die Leiche ihres ehemaligen Waffengefährten, in seltenen Fällen Liebhabers und gelegentlichen Freundes hinab. Ihre linke Hand schlich sich zum Aufschlag ihres Kostüms hinauf, wo sie an der Schleife der Ehrenlegion fingerte.

»Es war nicht sehr laut«, sagte sie. »Die Schüsse, meine ich. Ich konnte sie im Schlafzimmer bei geschlossener Tür gerade noch wahrnehmen.« Sie sah Tighe und Yarn an. »Hat er etwas gesagt?«

»Er behauptete, er hätte ihnen nur eine Kostprobe gegeben«, sagte Tighe. »Haere und deinem Sohn. Er wußte allerdings nicht, daß Morgan dein Sohn ist. Der nannte sich aus irgendeinem Grund Mitch Mitchell. Meade glaubte ihm das zwar nicht, aber solange ich ihm nicht gesagt hatte, daß Morgan dein Sohn ist, wußte er es nicht.«

»Was hat er dazu gesagt?« fragte sie, »als ihr ihm das erklärt habt?«

»Ich glaube, er sagte: ›Ach, Scheiß.‹«

»›Ach du lieber Heiland‹, hat er gesagt«, verbesserte Yarn.

»Sonst noch etwas?«

»›Diese gottverfluchte Gladys‹«, antwortete Tighe. »Das war das letzte, was er gesagt hat.«

Sie drehte sich um und sah wieder den toten Mann an. »Armer alter Meade«, sagte sie, ging zu dem Tablett mit den Flaschen hinüber und schenkte sich ein Glas Wein ein.

»Meade hat ihm zuviel erzählt«, sagte Yarn.
»Wem?« fragte sie, als sie das Glas langsam an die Lippen hob.
»Deinem Sohn. Und auch Haere.«
Gladys Citron schien über Yarns Behauptung einige Augenblicke lang nachzudenken. Schließlich drehte sie sich um, sah Yarn an, trank noch einen Schluck aus ihrem Glas und sagte: »Dann, nehme ich an, werden wir in der Sache wohl noch etwas unternehmen müssen, wie?«

## 17

Das Interessanteste, was B. S. Keats auf seiner stundenlangen Vergnügungsfahrt an der kalifornischen Küste entlang zu sehen bekam, war der Lagerplatz der Cadillac Peoples. Der reizte ihn so sehr, daß er dem Fahrer befahl, zu wenden und dort noch einmal zu einer weiteren Besichtigung entlangzufahren. Der Fahrer drosselte das Tempo, und Keats starrte fasziniert auf die Ansammlung altersschwacher Autos und Wohnwagen und ausgedienter Schulbusse, die in heillosem Durcheinander am Ufer des Stillen Ozeans parkten.
»Wie, haben Sie gesagt, nennen die sich?« fragte er Citron.
»Die Cadillac Peoples.«
»Aber sie haben doch nicht alle Cadillacs.«
»Sie nennen sich trotzdem so.«
»Was, zum Teufel, tun sie denn den ganzen Tag?«
»Hören Radio und behalten den Ozean im Auge.«
»Keiner von ihnen arbeitet,«
»Jetzt nicht mehr. Sie sind mehr oder weniger ausgestiegen.«
»Wovon existieren sie – von der Wohlfahrt?«
»Nein.«
»Was wird aus ihnen?«
»Sie warten darauf, das einmal zu erfahren«, antwortete Citron.
»Soll ich Ihnen was sagen,« fragte Keats. »Die machen mir irgendwie Hunger. Kann man hier in der Gegend irgendwo essen?«
»Hinten bei der County-Grenze gibt's ein Lokal. Mögen Sie Fisch?«
»Gewiß.«
»Da haben sie guten Hummer und Krabben. Man ißt im Freien, an Picknicktischen, vorwiegend mit den Fingern.«
»Versuchen wir's mal.«
Citron ließ die Trennscheibe herunter und sagte dem Fahrer, wohin er fahren sollte. Nachdem die Scheibe wieder hochgekurbelt war, sah

Keats Citron lange überlegend an, ehe er fragte: »Haben Sie sich meinen Vorschlag mal überlegt?«

»Den Bärenführer zu spielen?«

»Ich hätte es vielleicht nicht so nennen sollen. Was ich eigentlich von Ihnen will, ist, daß Sie auf Velveta aufpassen. Immer wieder mal mit ihr ins Kino gehen. Vielleicht auch in ein Museum. Gibt's hier eigentlich Museen?«

»Ein Stück weiter da unten ist eines«, antwortete Citron. »Das Getty.«

»Also, sie mag solche Sachen. So was könnten Sie doch machen und dabei so nebenher auf sie aufpassen, dafür sorgen, daß sie richtig ißt, sich ihr Geschwafel anhören, wenn euch danach ist, auch mit ihr ins Bett gehen. Worum ich Sie eigentlich wirklich bitten will, ist, daß Sie ihr bester Freund sind.« Keats ließ eine Pause eintreten. »Ich werde dafür sorgen, daß es sich für Sie lohnt.«

Citron wendete sich um, um sich den Mann mit dem braunen Gesicht genau anzusehen. Die blaßblauen Augen hatten wieder ihre runde Form angenommen und sahen beinahe ehrlich aus. Ihr Ausdruck war durchaus aufrichtig. Citron hatte solche Gesichter schon früher gesehen, an Orten wie Cicero und Marseille und Montevideo. Er hatte auch gelernt, ihnen zu mißtrauen.

»Wer waren sie, Mr. Keats?«

»Sie können mich gern B. S. nennen. Das tun alle anderen auch.«

»Die beiden Burschen, die dann weggelaufen sind? Nur zwei gekaufte Handlanger, mehr nicht. Ich hab da zu Hause ein paar Feinde, und nachdem Sie mich angerufen und mir erzählt haben, was passiert war, na ja, da habe ich ein paarmal telefoniert, und jetzt habe ich einen Feind weniger als vorher.«

Citron nickte bedächtig, als ob die Beseitigung eines weiteren Feindes nur empfehlenswert wäre. »Die kommen also nicht wieder?«

»Nein, Sir, die beiden nicht.«

»Wie sieht es mit anderen aus?«

»Dabei bin ich noch. Flicke meine Zäune, wie man so sagt.«

»Warum engagieren Sie für Velveta nicht einfach eine Leibwache?«

»Sie will es nicht haben, das ist der Grund. Ich hab's versucht, und ihre Mama hat's versucht, aber sie will nichts davon hören. Darum muß ich es auf die heimliche Tour machen, und dafür sind Sie gerade der Richtige.« Darauf folgte eine lange Pause, die anhielt, bis Keats hinzufügte: »Wie gesagt, ich werde dafür sorgen, daß es sich für Sie lohnt.«

»Ich bin eigentlich nicht daran interessiert, es für Geld zu tun.«

Keats Augen wurden wieder schmäler und nahmen ihr gewohntes listiges Blinzeln an. »Aber an etwas anderem sind Sie wohl interessiert, was?«

Citron nickte.

»An was?«

»An Mittelamerika. Haben Sie da nicht ein paar Kontakte?«

»Mag sein den einen oder anderen.«

»Es interessiert mich, etwas über einen geheimen kleinen Krieg zu erfahren, der da unten wegen Kokain und Geld ausgetragen wurde. Sehr viel Geld angeblich. Ich weiß allerdings nicht, wo.«

»Geht's um eine Story?«

Wieder nickte Citron.

Keats versuchte gar nicht erst, seinen gerissenen Ausdruck zu verbergen. »Das ist alles, was Sie wollen – eine Story? Sind Sie sicher?«

»Ich bin sicher.«

»Ach, Scheiß, mein Junge. Bringen Sie mich nach dem Essen zu einem Telefon, und dann wollen wir sehen, was ich herauskriegen kann.«

Der neugewählte Gouverneur legte seine Gabel hin, griff nach seinem Weinglas, trank, stellte das Glas ab und sagte: »Einhunderttausend Dollar.« Sein Ton war ehrfürchtig wie immer, wenn er von Beträgen über 500 Dollar sprach.

»In bar«, ergänzte Draper Haere.

»Die haben wir nicht«, stellte Baldwin Hodson fest.

»Und auch keine Möglichkeit, sie zu bekommen«, fügte seine Frau hinzu.

Louisa Hodson und ihr Mann saßen beim Lunch neben ihrem Swimming-pool hinter dem zweigeschossigen weißen Haus mit den scharfen Kanten und zuviel verwendeten Glasziegeln, das 1938 für eine mexikanische Filmschauspielerin gebaut worden war. Es war das letzte Haus am Ende einer Sackgasse unmittelbar hinter dem Santa Monica Canyon. Es stand auf einem zwei Morgen großen Grundstück und wies als Ergänzung zu dem Swimming-pool einen selten benutzten Tennisplatz auf.

Baldwin Hodson hatte das Haus 1973 auf einen Impuls hin zu einem Schleuderpreis gekauft. Sein Wert war später enorm gestiegen, und es stellte jetzt den Hauptvermögenswert des neugewählten Gouverneurs dar, tatsächlich war es sogar das einzige außer 5000 Dollar, die er in einem E.-F.-Hudson-Anlagefonds investiert hatte. Das gemeinsame Bankkonto der Hodsons wies ein Guthaben von 1452,26 Dollar auf. Weil Politik das einzige Gebiet war, auf dem Hodson je gearbeitet hatte, war er ein verhältnismäßig armer Mann. Seine bescheidenen Verhältnisse hatten sich bei Wahlen immer als nützlich erwiesen, aber als wenig erfreulich, wenn am Ende des Monats die laufenden Rechnungen fällig wurden. Jedoch hatte Hodson vor langer Zeit einen Weg gefunden, seine Probleme teilweise zu lösen. Wann immer er Geld brauchte, wendete er sich an Draper Haere, ihm welches zu beschaffen. Haere hatte es immer gekonnt.

An diesem warmen Novembertag wurde der Lunch von dem mexikanischen Hausmädchen serviert. Es bestand aus warmen Würstchen, gebackenen Bohnen aus der Dose und einem grünen Salat. Als Getränke gab es einen billigen, leicht säuerlichen Rotwein aus dem Napa Valley. Die Hodsons führten das, was Haere immer als eine ordinäre Küche bezeichnete, und er hatte die Einladung, mit ihnen zu essen, abgelehnt und dabei auf seine ständige Gewohnheit hingewiesen, den Lunch zu übergehen.

»Wir brauchen die ganzen Hunderttausend gar nicht, Baldy«, sagte Haere. »Alles, was wir brauchen, sind fünfzig, und die kann ich beschaffen.«

»Wo?« fragte Louisa Hodson.

»Ich will es nicht wissen«, sagte ihr Mann.

»Diesmal doch, Darling«, widersprach sie. »Ich finde, es wäre besser. Meinst du nicht, Draper?«

»Es ist das Schweinefickergeld«, erklärte Haere.

Der neugewählte Gouverneur verzog seinen im allgemeinen liebenswürdigen Mund zu einer Linie fast verdrießlicher Mißbilligung. »Ich dachte, wir hätten vereinbart, das Geld nie anzurühren, außer in einer äußersten Notlage.«

»Und wie nennst du das jetzt?« fragte Haere.

Das Schweinefickergeld waren 50000 Dollar in bar, die Haere in einem Bankschließfach für Hodson aufbewahrte. Es bestand ausschließlich aus Zwanzigern und Fünfzigern – überwiegend Fünfzigern –, und sollte für im letzten Augenblick notwendig werdende Gegenangriffe bei Verleumdungen eingesetzt werden. Seine Herkunft konnte nicht nachgewiesen werden, es war anonymes Geld und stand in einem Notfall zur Verfügung, um zu bestechen und zu korrumpieren. Seinen Namen verdankte es der einzigen Begegnung Haeres mit Lindon

Johnson im Jahr 1970. Damals fragte der ehemalige Präsident Haere bei einer Wahl zum Kongreß, in dem Haeres Kandidat weit zurückzuliegen schien, nach den Aussichten seines Kandidaten. Haere mußte einräumen, daß die Dinge in der Tat schlecht zu stehen schienen, und bat den Weisen um seinen Rat. »Zum Teufel, Draper, das ist doch kein Problem«, hatte der frühere Präsident gesagt. »Beschimpft euren Gegner doch einfach als Schweineficker und laßt ihn dann das Gegenteil beweisen.« Haeres Kandidat befolgte den Rat und verlor die Wahl mit nur weniger als fünfhundert Stimmen als der Gegenkandidat.

»Das gefällt mir nicht«, sagte der neugewählte Gouverneur. »Das gefällt mir überhaupt nicht.«

»Wir kaufen nur Informationen«, entgegnete Louisa Hodson. »Tatsächlich ist es nur Forschung.« Sie sah Haere an. »Allerdings verstehe ich auch nicht, wie du für fünfzigtausend etwas kaufen willst, das für hunderttausend angeboten wird.«

»Ich mache es billig«, antwortete Haere. »Ich habe Meade gesagt, ich würde nur in Partien für fünfundzwanzigtausend kaufen. Er gibt uns das wesentliche Grundmaterial für die ersten fünfzigtausend, und das übrige sind nur Einzelheiten, die Citron uns für fünfhundert in der Woche ausgräbt.«

»Wie macht Citron sich denn?« fragte der neugewählte Gouverneur.

»Gut. Sehr gut. Er ist sehr schnell und sehr intelligent.«

Hodson sah seine Frau fragend an. »Nun?«

Wieder hatten die beiden schweigend ihren vertraulichen Meinungsaustausch. Hodson wendete sich Haere zu. »Okay. Mache es. Aber denke immer an einen wichtigen Punkt. Offensichtlich soll die ganze Geschichte streng geheim bleiben. Wenn sie dahinterkommen, daß wir den Deckel lüften wollen, werden sie mit allen Mitteln versuchen, uns daran zu hindern. Das verstehst du doch, Draper?«

»Ob wir die Geschichte weiterverfolgen oder nicht, hängt ausschließlich von einer Sache ab, Baldy«, erwiderte Haere.

»Und das wäre?«

»Wieviel ist dir an der Nominierung gelegen?«

Hodson warf seine Serviette auf den Tisch. »Ich will sie haben, ganz klar«, sagte er. »Ich will sie unbedingt!« Er stand auf. »Zuerst schien alles so einfach zu sein.«

»Es ist nie einfach«, sagte Haere.

Hodson blickte auf seine Uhr. »Ich habe eine Besprechung mit dem

Übergabeausschuß.« Er sah Haere an. »Bist du zu Fuß gekommen oder gefahren?«

»Ich kam zu Fuß.«

»Soll ich dich mitnehmen?«

»Ich brauche die Bewegung.«

»Wann wirst du zurückkommen?« fragte Louisa Hodson ihren Mann.

»Ich weiß es noch nicht. Spät. Gegen sechs oder halb sieben.« Wieder sah er Haere an. »Du kannst gern noch einen Kaffee trinken. Leiste Louisa Gesellschaft. Vielleicht fällt ihr noch etwas ein, was ich vergessen habe.«

»Mache ich gern«, antwortete Haere.

Der neugewählte Gouverneur nickte, als ob er alles gesagt hätte, was zu sagen war, neigte sich zu seiner Frau hinunter, küßte sie auf die Wange, drehte sich um, wendete sich aber noch mal zurück.

»Halte mich auf dem laufenden, falls etwas passiert«, sagte er.

Haere nickte. Er und Louisa Hodson sahen dem neugewählten Gouverneur nach, wie er sich abwendete, den Patio überquerte und das Haus betrat. Als er verschwunden war, füllte Louisa Hodson Haeres Kaffeetasse. Er bedankte sich und sagte: »Laß uns ins Bett gehen.«

»Ja«, sagte Louisa Hodson, »laß uns.«

B. S. Keats sprach sein gräßliches Spanisch ohne eine Spur von Verlegenheit. Er sprach es laut, bellte es mehr oder minder ohne Rücksicht auf Akzent oder Grammatik ins Telefon. Er ignorierte sowohl die Formen der Vergangenheit wie die der Zukunft und sprach nur in der Gegenwart. Wenn ihm eine spanische Vokabel fehlte, ersetzte er sie durch eine englische, hängte manchmal um des Wohlklangs willen ein »O« oder »A« an. Er schien absolut keine Schwierigkeiten zu haben, sich verständlich zu machen.

Die Gespräche, vier im ganzen, waren alle Auslandsgespräche und wurden bei Anschlüssen angemeldet, deren Nummern B. S. Keats aus einem kleinen Notizbuch ablas. Zwei der Anrufe gingen nach Bogota, einer nach Costa Rica und einer nach Panama. Keine Namen wurden genannt, denn Keats führte alle Gespräche direkt mit den Angerufenen und ließ mit den Gebühren die Kreditkarte bei seiner Telefongesellschaft belasten.

Die Gespräche wurden von Morgan Citrons Apparat geführt und begannen nicht vor 15.30 Uhr. Als die Limousine vor dem Apartmenthaus vorfuhr, ließ Keats Citron zuerst hineingehen, um sicherzustellen, daß Velveta Keats nirgends zu sehen war. »Ich will ihr einfach nicht begegnen, Morgan«, hatte er gesagt. »Das ist vielleicht schwer zu verstehen, aber so ist es nun mal.«

Als Keats sein letztes Telefongespräch beendet hatte, legte er den Hörer auf die Gabel zurück und wendete sich Citron zu. »Tucamondo«, sagte er. »Können Sie das in Ihrem Kopf behalten?«

Citron nickte.

»Also da ist es passiert – unmittelbar bei der Hauptstadt.«

»Ciudad Tucamondo.«

»Richtig. *Mucha muerte, mucha dinero*«, sagte Keats. »Das bedeutet: eine Menge Tote, eine Menge Geld. Das war alles, was sie wußten – oder jedenfalls alles, was sie mir sagen wollten.«

»Haben sie gesagt, wann es gewesen ist?«

»Vor fünf oder sechs Monaten, eine Woche mehr oder weniger muß man rechnen, aber Sie wissen ja, was man von denen da unten zu erwarten hat, wenn es um Zeit geht.«

Keats stand auf, sah auf seine Uhr, schob die linke Hand in seine Hosentasche und zog eine dicke Rolle Banknoten heraus. Citron sah, daß es Hunderter waren. Keats blätterte mindestens ein Dutzend der Scheine ohne sie zu zählen von der Rolle ab. Er bot das Geld Citron an. »Es wird was kosten, Velvetas bester Freund zu sein.«

Citron blickte auf das angebotene Geld und fragte sich verwundert, wo seine Besitzgier geblieben war. Vielleicht wirkte der Stachel der Armut wirklich so, dachte er. Es macht einen gleichgültig statt ehrgeizig. Immer noch auf das Geld blickend, schüttelte er den Kopf. »Nein danke«, sagte er.

»Sind Sie sicher?«

»Ja, bin ich.«

Keats sah sich in dem schäbigen kleinen Apartment um, schüttelte den Kopf, ganz so, als ob er an den Umgang mit Narren nicht gewöhnt wäre, und steckte das Geld in seine Tasche zurück. »Sie passen also auf sie auf, wie wir verabredet haben?«

»Ich werde mich um sie kümmern.«

»Mein Flugzeug geht um sechs.«

»Dann sollten Sie jetzt gehen. Soll ich Velveta einen Gruß ausrichten?«

B. S. Keats überlegte und seine blaßblauen Augen wurden rund und beinahe unschuldig. »Also«, sagte er schließlich, »ich glaube nicht, daß es was schaden kann, oder?«

## 18

Das mexikanische Hausmädchen, die Vertraute und Mitverschworene von Louisa Hodson, weckte das schlafende Paar um 17.15 Uhr. Um 17.30 Uhr war Draper Haere angezogen und aus dem Haus und befand sich auf seinem langen Fußmarsch zurück zu seinem riesigen Wohnraum in Venice. Es war ein Weg von nicht ganz sechs Kilometern, und Haere schaffte ihn in etwas weniger als sechzig Minuten. Die Sonne war gerade untergegangen, als er Louisa Hodson verlassen hatte, und es war seit fast einer Stunde dunkel, als er den Schlüssel in das Schloß zur Seitentür von Haeres Building schob. Hinter ihm wurde eine Wagentür aufgestoßen. Als Haere sich umdrehte, sah er Morgan Citron aus seinem Toyota aussteigen und auf sich zukommen. »Ich habe auf Sie gewartet«, sagte Citron, als er näherkam.

»Ich war in einer Sitzung«, antwortete Haere, öffnete das Schloß, schob die Tür auf und winkte Citron, die Treppe hinauf vorzugehen. Auf dem Vorplatz angekommen, öffnete Haere mit einem anderen Schlüssel die Tür zu seinem riesigen Zimmer. Er trat als erster ein, tastete nach dem Lichtschalter und knipste eine Lampe an. Als er Drew Meade sah, der in dem Huey-Long-Sessel lehnte, sagte er nur »Scheiße«.

»Ist er tot?« fragte Citron hinter ihm. »Er sieht jedenfalls sehr tot aus.«

»Heh, Meade«, sagte Haere mit etwas erhobener Stimme. Als er keine Antwort bekam, sagte Haere: »Er ist tot. Sie haben sogar den Teppich dagelassen.«

Citron blickte hin. Ein billiger blauer Teppich im Format 2,40 zu 3,00 Meter lag sauber aufgerollt neben dem Huey-Long-Sessel. Hubert, der Kater, kauerte neben dem Teppich und benutzte ihn, um seine Krallen zu wetzen. Als er damit fertig war, gähnte er.

»Als Wachhund taugt der Kater nicht viel«, meinte Citron.

»Er hat keine Feinde«, erklärte Haere, drehte sich um, schloß die Tür und ging langsam und behutsam auf den toten Drew Meade zu. Citron folgte ihm dicht auf.

»Ihre Schlösser scheinen ihnen keine Mühe gemacht zu haben«, bemerkte Citron.

»Nicht viel«, bestätigte Haere. Er zog einen Kugelschreiber aus seiner Westentasche und benutzte ihn, um damit Meades nicht zugeknöpftes Jackett beiseite zu schieben. Die beiden Einschüsse der Pistole Kaliber .25 auf dem weißen Hemd waren weniger als einen

Zoll weit voneinander entfernt. Ein Blutfleck in der Größe einer Untertasse hatte sich auf der Hemdbrust ausgebreitet.

»Er hat nicht viel geblutet. Das bedeutet, daß er schnell gestorben ist«, sagte Haere.

»Auf dem Sessel ist auch kein Blut, und der Fleck auf seinem Hemd scheint trocken zu sein. Folglich ist er wohl schon einige Zeit tot, und damit ist der Umfang meiner gerichtsmedizinischen Kenntnisse auch schon erschöpft.«

»Meiner auch«, sagte Haere, als er sich bückte und fast gedankenverloren den Kater auf den Arm nahm, der mit seiner halbsiamesischen Stimme begeistert miaute. Den Kater streichelnd, umkreiste Haere den toten Meade einmal und machte dabei einen weiten Schritt über den aufgerollten Teppich hinweg. »Haben Sie schon einmal einen Toten durchsucht?« fragte er Citron.

»Sollten wir das nicht der Polizei überlassen?«

»Welcher Polizei?« entgegnete Haere, der mit dem Kater auf dem Arm Meade noch einmal umkreiste.

»Ich verstehe. Keine Polizei.«

»Er ist bereits seit einiger Zeit tot und in Singapur begraben. Wir werden ihn einfach irgendwo an einen Laternenpfahl lehnen, vielleicht drüben in Culver City. Die machen sich da mit Leichen nicht soviel Umstände. Sehen Sie mal nach, was er in den Taschen hat.«

»Ich?«

»Ich muß den Kater füttern.«

Mit Hubert auf dem Arm ging Haere in den Küchenbereich, nahm von einem Regal eine Dose Katzenfutter »Sieben Leben« und schnitt den oberen Deckel mit einem elektrischen Büchsenöffner auf. Während Haere Hubert Futter gab, kniete Citron neben dem Huey-Long-Sessel nieder und studierte den Toten.

Drew Meades Augen standen noch offen und aus irgendeinem Grund waren sie auf irgend etwas rechts hinter Citron gerichtet. Unwillkürlich drehte Citron sich um und blickte über die Schulter zurück, aber es gab nichts zu sehen, außer einer von Büchern bedeckten Wand. Er sieht aus, als ob er die Titel liest, dachte Citron, und nicht viel findet, was ihn interessiert. Wenn Meades totes Gesicht einen Ausdruck zeigte, dann den der Enttäuschung vermischt mit Geringschätzung. Der Mund schien mit dem Ansatz zu einem höhnischen Grinsen leicht geöffnet zu sein. Der Kopf war etwas zurückgeneigt und stützte sich gegen die hohe, gepolsterte Rücklehne des Sessels. Die leblosen Hände lagen mit den geöffneten Handflächen nach oben auf seinem Schoß in der hilflosen Stellung eines Bittenden, die sie, wie Citron irgendwie wußte, im Leben niemals eingenommen hatten. Die großen Füße standen fest auf dem Boden. Meade stank nach Tod, das heißt er roch nach Urin und Fäkalien.

Citron seufzte und griff in die Innentasche von Meades Jacke, wie Haere ihn aufgefordert hatte. Er fand einen amerikanischen Paß, den er Haere reichte. In den Außentaschen fand er eine Packung Camels und eine Schachtel Streichhölzer, die den Namen eines Chinarestaurants trug. Er gab beides an Haere weiter. In der Hemdtasche war nichts wie auch in der Gesäßtasche der Hose. In einer der Seitentaschen der Hose, der rechten, fand er eine Rolle Geldscheine, die er Haere gab. Die andere Hosentasche ergab vierundsiebzig Cents in Kleingeld, die er wieder in die Tasche zurücksteckte. Dann betrachtete er Meade ein paar Augenblicke lang, zog die Hosenbeine hoch und rollte die kurzen schwarzen Socken hinunter. Unter ihnen war nichts versteckt, nur eierschalfarbenes Weiß über erstaunlich dünnen Knöcheln. Citron richtete sich auf.

»Das wäre es«, sagte er.

»Er hatte siebenundsechzig Dollar und einen amerikanischen Paß, ausgestellt auf den Namen Donald B. Millrun. Hat er eine Uhr?«

Citron sah nach. »Ja.«

»Nehmen Sie sie ab.«

Citron löste die Uhr vom Arm des Toten, eine sich selbst aufziehende Omega Seamaster aus rostfreiem Stahl. Er gab sie Haere. »Raubüberfall?« fragte er.

»Warum nicht?« antwortete Haere. »Es wird die Bullen glücklich machen.«

»Und was jetzt?«

»Jetzt rollen wir ihn wieder in den Teppich ein, schaffen ihn in Ihren Wagen und bringen ihn nach Culver City hinüber. Irgendwo bei der Fernstraße deponieren wir ihn, meine ich.«

»In meinem Wagen?«

»Gewiß.«

»Warum nicht mit Ihrem?«

»Ich kann mich nicht erinnern, wo ich ihn geparkt habe.«

»Ach du lieber Himmel«, sagte Citron, kniete sich nieder und rollte den Teppich auseinander. Er sah zu Haere auf. »Welches Ende wollen Sie? Den Kopf oder die Füße?«

Haere runzelte die Stirn. »Haben Sie in der Uhrtasche nachgesehen? In New York kannte ich mal einen Polizisten, der mir erzählte, daß manche Leute manchmal was in ihrer Uhrtasche verstecken. Besonders ältere Leute. Er sagte, daß sei immer die Stelle, die er bei Toten als erstes durchsuchte.«

»Da habe ich nicht nachgesehen.«

»Warum tun Sie es nicht noch?«

»Was wollen Sie da finden? Eine zusammengefaltete Tausenddollarnote mit einem Schweizer Nummernkonto drauf?«

»Sehen Sie doch einfach mal nach.«

Citron bohrte seinen Zeigefinger in die kleine Uhrtasche, spürte etwas und zog es mit Daumen und Zeigefinger heraus. Es war eine kleine, zu einem Quadrat zusammengeknickte Geschäftskarte. Citron faltete die Karte auseinander. Auf der Vorderseite stand gedruckt »Drew Meade, Anlageberater«. Es gab keine Adresse oder Telefonnummer. Auf der Rückseite stand mit Bleistift geschrieben: »D. Haere« und dazu Haeres Telefonnummer, daneben mit Kugelschreiber geschrieben: »B. Maneras« und daneben etwas Unleserliches. Citron reichte Haere die Karte.

Haere las die Seite mit dem Anlageberater und drehte die Karte dann um. »Na ja«, sagte er. »Haere kennen wir. Aber wer ist B. Maneras?«

»Vielleicht gerade der, von dem sie wollen, daß wir ihn ausfindig machen.«

»Halten Sie das Ding für untergeschoben?«

Citron hob die Schultern. »Wenn wir es nicht gefunden hätten, würden Sie sich mit der Polizei darüber unterhalten müssen.«

Haere überlegte und schüttelte dann den Kopf. »Mir ist es nicht ganz klar, ob das untergeschoben ist oder nicht.« Er drehte sich um und betrachtete Meade nachdenklich, wendete sich wieder Citron zu. »Was wollen wir Ihrer Meinung nach wegen B. Maneras unternehmen?«

»Wir könnten uns mit dem begnügen, was wir wissen, und die Polizei benachrichtigen – oder wir könnten ausfindig machen, wer B. Maneras ist, was, wie ich meine, nicht zu schwierig sein sollte. Entscheiden Sie es.«

Statt zu antworten, drehte Haere sich noch einmal zu dem toten Drew Meade um und schien ihn noch einmal nachdenklich zu betrachten. Nachdem fünfzehn Sekunden vergangen waren, fragte Citron: »Nun?«

»Ich nehme die Füße«, sagte Haere.

Sie hatten keine Schwierigkeiten, Drew Meade die Treppe hinunterzuschaffen, aber es kostete sie einige Mühe, ihn auf dem Rücksitz von Citrons Toyota, Jahrgag 1969, zu verstauen. Entweder Meade oder der Teppich wollten sich nicht biegen lassen. Schließlich gelang es ihnen, ihn schräg unterzubringen, den Teppich mit dem Kopfende unten auf dem Boden und das Fußende nach oben in Richtung auf das Rückfenster aufragend.

Haere schlug die Hintertür zu. »Also, das wäre geschafft«, sagte er und trat einen Schritt zurück, um zu prüfen, wie das Ganze aussah.

»Sie kommen doch mit, oder?« fragte Citron.

»Haben Sie gedacht, ich wollte nicht?«

»Es ist mir durch den Kopf gegangen.«

»Mir auch«, bekannte Haere, öffnete die Tür auf der Beifahrerseite und stieg ein.

In Culver City fanden sie eine Seitenstraße mit Industriebetrieben und dazwischen einen leeren Bauplatz, auf dem Schrottautos abgestellt worden waren. Dort luden sie Drew Meade aus und ließen ihn, nach wie vor in den billigen Teppich gewickelt, zwischen den Überresten eines 1970er Volvo und eines Ford Fairlane von 1973 liegen.

Als sie wieder auf der Autobahn von Santa Monica waren, meinte Draper Haere, jetzt könne er einen Drink brauchen, und sie entschieden sich für eine Bar in Venice, die sie beide kannten, die *Mainsail*, ein Lokal, das vorzugsweise seriöse Trinker bediente.

Nachdem die Serviererin Haere seinen doppelten Scotch on the Rocks und Citron seinen doppelten Wodka, gleichfalls on the Rocks, serviert hatte, tranken beide und warteten darauf, daß der andere anfinge. Schließlich zündete Haere sich eine seiner gelegentlichen Zigaretten an und sagte: »Sie haben doch sonst noch was? Deshalb haben Sie doch auf mich gewartet.«

»Einen Ort, der Tucamondo heißt.«

Haere nickte, während er in Gedanken eine Karte nachzeichnete und die Lage von Tucamondo eintrug. »Hat er da stattgefunden – der kleine geheime Krieg, den Meade erwähnt hatte?«

»Möglicherweise.«

Haere trank noch einen kleinen Schluck von seinem Scotch. »Wie haben Sie das herausgefunden – wenn ich danach fragen darf?«

»Da gibt es in Miami einen gewissen B. S. Keats. B. S. steht für

Byron und Shelley. Er hat eine müßiggehende Tochter, bei der ich den Babysitter machen soll. Mr. Keats war einmal sehr aktiv am Kokainhandel beteiligt. Er wollte mich für meine Tätigkeit als Babysitter seiner Tochter bezahlen, die irgendwie zum Untergang verdammt ist. Ich sagte zu, aber anstelle der Honorierung in bar bat ich ihn, ein paar Telefongespräche zu führen. Das tat er auch und dabei kam Tucamondo heraus.«

»Ganz einfach so?«

Citron nickte.

Haere seufzte und sagte: »Ich glaube, es ist besser, wenn Sie mir über Mr. Keats und seine Tochter etwas mehr erzählen.«

»Ja«, stimmte Citron zu, »das glaube ich auch.«

Sie waren bei ihrem zweiten Glas, einfache diesmal, als Citron seinen Bericht beendete. Der Bericht erfolgte an einen tief beeindruckten Haere in kurzen Absätzen, keiner länger als zwei Sätze. Citron hatte in nüchternem, fast unbeteiligtem Ton gesprochen, eine Pause am Ende jedes Satzes gemacht, eine etwas längere auch vor jedem neuen Absatz und jeden Namen buchstabiert, ganz als ob er meinte, Haere würde mitschreiben. Die wichtigsten Fakten wurden als erstes zusammengestellt, die übrigen in der Folge ihrer schwindenden Bedeutung und ihres geringeren Interesses vorgebracht. Er gibt einen Bericht durch, dachte Haere bewundernd, als Citron seine Darlegungen mit einer genauen Zusammenstellung dessen, wieviel von Haeres Geld er bisher ausgegeben hatte, abschloß.

Draper Haere schwieg fast eine Minute lang, in der er das Gehörte verdaute. »Die beiden Haitianer gefallen mir ganz gut«, sagte er, »die beiden Leibwächter.« Er überlegte. »Auch dieser Keats. B. S. Keats. B für Byron, S für Shelley. Auch der gefällt mir. Und alles, was er brauchte, waren nur ein paar Telefongespräche?«

»Es waren genau vier.«

»Vier.«

Wieder einmal folgte Stille. Haere beendete seinen zweiten Drink. »War es das?«

»Noch nicht ganz.«

Haere nickte bedächtig. »Ich hatte damit gerechnet, daß noch etwas hinterherkommt. Ein Nachspiel.«

»Velveta Keats.«

»Velveta. Sie gefällt mir auch. Ich meine ihren Namen.«

»Sie war einmal mit einem Mann namens Maneras verheiratet.«

»Etwa R. Maneras?«

»Mit J. Maneras. J für Jimmy – Jaime genau genommen.«

»Maneras. Das ist ein ziemlich weitverbreiteter Name, oder etwa nicht?«

»Etwa ebenso wie, nun, sagen wir Hansen oder Nichols.«

»Trotzdem ein ziemlich alltäglicher Name.«

»Nicht mehr ganz so, wenn man ihn auf einer zusammengeknickten Karte in der Uhrtasche eines Toten findet, gerade nachdem man ein paar Stunden vorher eingewilligt hat, bei einer Dame den Babysitter zu machen, die einmal mit jemand verheiratet war, der Maneras hieß. Ich muß sagen, dadurch wird er zu einem ziemlich ungewöhnlichen Namen.«

Haere klimperte mit dem Eis in seinem sonst leeren Glas. »Wo stehen wir also?«

»Ich finde, wir werden in eine bestimmte Richtung gewiesen. Meinen Sie nicht?«

»Die richtige Richtung?«

»Das weiß ich nicht.«

Haere klimperte wieder mit seinem Eis. »Velveta Keats. Das ist ein hübscher Name, wenn man nicht gerade an Käse denkt.«

»Ich hatte die Absicht, heute abend mit ihr essen zu gehen.«

»In ein hübsches Lokal?«

»Ja.«

»Sie zu einem Glas Wein einladen.«

»Sie trinkt gern Wein.«

»Maneras«, sagte Haere. »Ich möchte wissen, wer B. Maneras ist.«

»Ich will versuchen, es zu erfahren.«

»Wenn Ihnen das gelingt, rufen Sie mich an.«

»Gleichgültig, wie spät?«

»Jederzeit«, sagte Haere.

## 19

An diesem Abend um Viertel vor acht parkten die beiden Männer, die sich gelegentlich Yarn und Tighe nannten, ihren Oldsmobile 88 hinter dem Mercedes auf Gladys Citrons Auffahrt. John D. Yarn saß am Steuer, Richard Tighe neben ihm. Sie musterten das Haus kurz. Im Wohnraum brannte Licht. Auch die Beleuchtung des Vorplatzes war eingeschaltet.

Wortlos stiegen sie aus ihrem Wagen und gingen durch das eiserne

Tor und über den gewundenen Betonweg zur Haustür. Tighe drückte auf die Klingel. Die Tür wurde fast auf der Stelle von Gladys Citron geöffnet. Kein Wort wurde gesprochen. Die beiden Männer gingen durch den kleinen Vorraum in den großen Wohnraum. Gladys Citron folgte ihnen.

Tighe ging sofort zu dem Tablett mit den Flaschen und Gläsern. Über die Schulter zurück, fragte er Yarn: »Was willst du haben? Scotch?«

»Scotch.«

»Gladys?«

»Nichts«, antwortete sie.

Tighe mixte die zwei Drinks, drehte sich um und reichte das eine Glas Yarn. Gladys Citron ging zu den Ohrensesseln hinüber, zögerte kurz und setzte sich dann in den, in dem Drew Meade gestorben war. Sie trug ein langes, elegantes Kleid aus dunkelblauer Seide. Es paßte gut zu ihrem Haar. Sie lehnte den Kopf gegen die Lehne zurück, schloß die Augen und sagte herausfordernd: »Nun?«

Tighe setzte sich in den Sessel ihr gegenüber, trank einen Schluck aus seinem Glas. Yarn blieb stehen, schlürfte von seinem Scotch und sagte: »Das gefällt mir, Gladys, wie du es dir in dem Sessel von dem alten Drew bequem machst.«

»Es ist immer noch mein Sessel«, antwortete sie mit noch geschlossenen Augen. »Er ist nur darin gestorben.«

»Nun ja, es ist etwa so gegangen, wie wir es uns gedacht hatten«, sagte Tighe. »Sie haben ihn drüben in Culver City abgeladen.«

»Und?«

»Sie haben die Karte gefunden.«

»Bist du sicher?« faßte sie nach.

»Jedenfalls war sie fort.«

»Ich möchte wissen, welcher?« sagte Tighe.

Yarn sah ihn fragend an. »Welcher was?«

»Sie gefunden hat.«

»Haere würde ich sagen. Haere.«

»Warum?«

»Ich weiß nicht«, antwortete Yarn. »Vielleicht weil er der Gerissenere der beiden ist.«

Gladys Citron öffnete die Augen. »Ich will nicht, daß ihm etwas passiert.«

Tighe sah sie lächelnd an. »Daran hättest du früher denken sollen, Gladys.«

»Er ist und bleibt mein Sohn. Sie dürfen ihm nichts tun.«

»Wir werden sie darauf aufmerksam machen, nicht wahr?« sagte Tighe zu Yarn.

Yarn nickte grinsend. »Vielleicht können wir ihm ein Schild um den Hals hängen ›Vorsicht! Zerbrechlich!‹ Irgend so was.«

Gladys Citron beugte sich in ihrem Sessel vor. Als sie sprach, war ihr Ton überraschend sanft, aber ihr Blick war hart und unerbittlich. »Ich brauche wohl nicht deutlicher zu werden.«

Tighe leerte sein Glas. »Ganz gewiß nicht, Gladys. Du spielst die besorgte Mammi – vielleicht vierzig Jahre zu spät, aber du spielst sie sehr gut. Eines mußt du allerdings begreifen. Wenn es dazu kommt, zwischen deinem Sohn und uns zu wählen, und ich spreche von uns allen, dann muß eine harte Wahl getroffen werden. Ich meine folgendes, wenn es darum geht, wir oder er, für wen entscheiden wir uns dann?«

Gladys Citron lehnte sich wieder zurück und schloß die Augen. »Ich habe eine Migräne«, sagte sie. »Warum geht ihr zwei jetzt nicht irgendwohin spielen.«

»Wer, Gladys?« beharrte Yarn.

»Dazu braucht es nicht zu kommen«, antwortete sie mit immer noch geschlossenen Augen.

»Aber wenn es dazu kommt?«

Sie öffnete die Augen und starrte zur Decke hinauf. »Er war ein sehr hübsches Baby. Eins der hübschesten, die ich je gesehen habe. Aber andererseits war ich nie eine besonders gute Mutter.«

»Er war aber auch nie ein besonders guter Sohn, oder?« hielt ihr Yarn entgegen.

»Es dauerte einige Augenblicke, ehe Gladys Citron antwortete, die mit ihrem Blick immer noch die Decke fixierte. »Nein«, sagte sie, »kein besonders guter.«

Sie fuhren in Velveta Keats stumpfgelbem Porsche 911, den sie von ihrer Mutter zu ihrem dreißigsten Geburtstag geschenkt bekommen hatte, zu dem Restaurant in Santa Monica.

»Ich bin an diesem Tag nur heruntergegangen, um nach der Post zu sehen«, erklärte sie Morgan Citron, »und im Briefkasten fand ich die Schlüssel mit einem Kärtchen ›Herzliche Glückwünsche zum Geburtstag, mein Schatz, und liebe Grüße – Mama‹. Aber selbstverständlich hat Papa ihn ausgesucht und besorgt und all das.«

Sie war keine gute Fahrerin. An der Kreuzung Pacific Coast

Highway und Topanga Canyon fuhr sie bei Rot über die Ampel und entging knapp einem Kleinlaster, der zwei große braune Hunde transportierte. Die Hunde bellten wütend, als sie rechts gerade noch an ihnen vorbeikam. Citron schloß automatisch die Augen und öffnete sie erst wieder, als er sicher war, daß keine Gefahr mehr bestand. »Wann war das?« fragte er.

»Mein Geburtstag? Im August, am neunten August genau. Es war mein dreißigster. Was hast du für ein Gefühl gehabt, als du dreißig wurdest?«

»Weiß ich nicht mehr«, antwortete er. »Ein Tag wie jeder andere.«

»Und wie war's bei vierzig?«

»Vierzig? Also, das war nicht so besonders.«

»Wo warst du da?«

»Im Gefängnis. In Afrika.«

»Und was hast du getan?«

»An meinem vierzigsten Geburtstag?«

»Hmm.«

»Ich glaube, ich habe geweint«, antwortete er. »Ich bin ziemlich sicher, daß ich geweint habe.«

»Hast du das oft getan? Geweint, meine ich.«

»Nein«, antwortete Citron. »Nur dieses eine Mal.«

Annähernd eine Minute lang fuhren sie schweigend weiter, bis sie das Schweigen mit der Frage brach: »Hat er irgend etwas von mir gesagt?«

»Dein Vater?«

Velveta Keats nickte, während sie gerade vor sich hinstarrte, die Kiefer zusammengebissen, die Hände fest um das Lenkrad gekrampft. Ihre plötzliche Anspannung war fast fühlbar, und Citron glaubte zuerst, es wäre, weil sie sich vor dem Wagen fürchtete, aber dann erkannte er, daß sie als Fahrerin nicht gut genug war, um sich davor zu fürchten, dieses Auto zu fahren. Was sie wirklich fürchtete, war seine Antwort. Er antwortete vorsichtig.

»Wir haben ziemlich viel von dir gesprochen, dein Vater und ich.«

»Er hat dir gesagt, daß ich das von Cash und mir alles erfunden hätte, du weißt schon, daß wir zusammen ins Bett gegangen sind.«

»Er sagte mir, dein Bruder wäre gestorben, als du sieben und er, glaube ich, neun Jahre alt war.«

»Mein alter Herr«, erwiderte sie langsam und wählte jedes Wort sorgfältig, »ist ein Scheißlügner.«

»Ah, so.«

»Jimmy – ich hab dir von ihm erzählt – daß er mein Mann gewesen ist?«

»Richtig. Maneras, so hieß er doch. Jaime Maneras, der, dessen Familie die ganze Milch in Kuba gehörte.«

Zustimmend nickend, sagte sie: »Also, es war genauso, wie ich es dir erzählt habe. Jimmy erwischte uns im Bett und hat Cash erschossen. Mit einer Pistole. Dann brachte Papa Jimmy um oder ließ ihn umbringen, nehme ich an, und mich schoben sie hierher ab, um die Witwe zu spielen.«

»Wann war das alles?« fragte Citron. »Das hast du mir, glaube ich, nicht gesagt.«

»Vergangenes Frühjahr. Im Juni. In der ersten Hälfte Juni.«

»Hast du je einen Mann namens Maneras gekannt, dessen Vorname mit R anfing?«

Sie schüttelte nur kurz und scharf den Kopf. »Der einzige andere Maneras, den ich je gekannt habe, war Jimmys Bruder Bobby.«

»Roberto vielleicht?«

Sie wendete die Augen von der Straße ab und blickte ihn an. »Ja, das könnte sein richtiger Name sein, oder nicht? Aber niemand, den ich kannte, hat ihn je so genannt. Alle nannten ihn immer nur Bobby.«

»Was hat Bobby gemacht?«

»In Koks hat er gemacht, mit Jimmy und Papa. Das habe ich dir doch alles erzählt, oder nicht?«

»Nicht von Bobby.«

»Er war älter als Jimmy. Vielleicht fünf oder sechs Jahre.«

»Wo ist er jetzt?«

»Vermutlich in Miami. Jedenfalls war er da, als ich zum letztenmal etwas über ihn hörte. Warum?«

»Jemand erwähnte mir gegenüber seinen Namen.«

»Papa?«

»Nein, der nicht.«

»Hat er, Papa, meine ich, hat er, also, hat er etwas über mich gesagt – überhaupt irgend etwas?«

»Er sagte, ich sollte von ihm grüßen.« Citron machte eine kurze Pause, ehe er sich entschloß, die beiläufige Bemerkung ihres Vaters über seine exilierte Tochter etwas auszuschmücken. »Ich sollte sehr herzlich von ihm grüßen, hat er gesagt.«

Wieder wendete Velveta Keats sich ihm zu, um ihn anzustarren. Ihr Ton und ihr Gesicht verrieten Unglauben. »Hat er das wirklich gesagt?«

»Paß auf die Straße auf«, mahnte Citron und fügte hinzu: »Das hat er wirklich gesagt.«

Sie aßen im vorderen Speiseraum bei Vickie's, wie der Name eines kostspieligen Restaurants an der Südseite von Santa Monica lautete. Die Speisekarte rühmte in kleinem Kursivdruck, daß Vickie's nach der viktorianischen Prachtvilla benannt war, die das Lokal behauste, ein 1910 errichtetes Haus mit sechzehn Zimmern, das 1977 mit peinlicher Sorgfalt von Boyle Heights in Los Angeles auf sein gegenwärtiges Grundstück verlegt worden war, wo man es, der Notiz in kursiv zufolge, »liebevoll restauriert« hatte.

Das alles las Velveta Keats Citron vor, während sie darauf warteten, daß der Kellner wiederkäme, um ihre Bestellung aufzunehmen.

»Wenn es 1910 gebaut worden ist«, sagte Velveta Keats, »kann es wirklich nicht viktorianisch sein, oder? Sie ist doch schon viel früher gestorben. Königin Victoria, meine ich.«

»1901, glaube ich.«

»Dann ist es doch Edwardisch. Und statt Vickie's sollten sie es Eddie's nennen, oder?«

Velveta Keats' schüchterner Versuch in Humor, der erste, den Citron registrierte, verwandelte sie. Sie lächelte breit, und ihre Augen schlossen sich halb zu schmalen Bögen, durch die so etwas wie listige Fröhlichkeit funkelte. Sie lachte sogar, obwohl es eigentlich mehr ein glucksendes Schmunzeln war, das, wenn auch selten gebraucht, keineswegs rostig klang. Der Eindruck »trauriges armes Ding«, wie Citron ihn genannt hatte, war verschwunden und an seine Stelle fast ein Strahlen getreten, das an Schönheit nahe herankam.

Noch mit diesem Lächeln im Gesicht sah sie ihn an und fragte: »Weißt du, was ich früher mal sehr oft getan habe? Ich habe viel gekichert.«

Er erwiderte ihr Lächeln. »Das solltest du dir wieder angewöhnen.«

Das Lächeln verschwand, wenn auch langsam, als sie wieder nach der Speisekarte griff und sie studierte. »Vielleicht tue ich das«, antwortete sie, blickte auf, lächelte wieder und fragte: »Spricht etwas dagegen, daß ich mich für Seezunge entscheide?«

Die Seezunge war ausgezeichnet, wie auch Citrons Steak, und gemeinsam leerten sie anderthalb Flaschen Wein. Als der Kaffee kam, lehnte sie den Brandy ab und neigte sich, nackte, sonnenbraune Ellbogen auf dem Tisch, Citron entgegen. Der Wein oder vielleicht der Abend hatten ihrem Gesicht kräftigere Farbe verliehen, die eher

Leuchten als Röte war. Auch in ihren Augen glänzte etwas, entweder Vergnügen oder Erregung oder womöglich Erwartung. Citron meinte, es könnte sogar alles drei beteiligt sein.

»Kann ich über etwas mit dir sprechen?« fragte sie. »Etwas, worüber ich vielleicht schon früher mit dir hätte reden sollen.«

»Gewiß.«

»Es ist wegen gestern abend, als du mit den Blumen gekommen bist und diese beiden Männer da waren.« Sie ließ eine Pause eintreten. »Kann ich darüber mit dir sprechen?«

»Ich könnte nicht verstehen, warum nicht – wenn du das möchtest.«

»Also, sie kamen vom Strand über den Balkon herauf und durch die Schiebetür herein. Sie hatten diese nassen Anzüge an und trugenMasken und hatten selbstverständlich eine Waffe. Aber sie sagten überhaupt nichts.«

»Gar nichts?«

»Zu mir nicht – nicht ein Wort. Der eine richtete die Waffe auf mich und der andere sah nur auf seine Uhr, wie, also, du weißt schon, so als ob er auf jemand wartet.«

»Dann klopfte ich.«

Sie nickte. »Dann hast du geklopft und kamst herein und hast mit den Blumen nach ihnen geworfen. Sie hätten dich erschießen können.«

»Ich weiß.«

»Aber das haben sie nicht getan. Alles, was sie taten, war, daß sie verschwanden. Dann bekam ich es wirklich mit der Angst, und du warst so großartig und alles und ich sagte einfach überhaupt nichts über die beiden, nur – du weißt schon – ich wartete auf dich. Ich meine, also, ich hätte, oder hätte ich nicht? – etwas sagen sollen?«

Citron lächelte. »Ich weiß nicht«, antwortete er. »Vielleicht. Aber andererseits, vielleicht auch nicht.«

»Also, jetzt habe ich etwas gesagt. Ist damit alles in Ordnung?«

»Damit ist alles perfekt«, log Citron und versuchte zu erkennen, was es war, was das kalte Prickeln hinten in seinem Nacken verursachte. Ungewißheit, fragte er sich, Beklemmung? Dann erkannte er, daß es keines von beiden war. Es war etwas viel Einfacheres, viel Elementareres, und so vertraut, daß Citron es beinahe mit einem Hallo begrüßte. Es war Angst.

Zwei Männer von Bekins Möbelspedition waren erforderlich, um das Ding die Treppe hinauf und in Haeres riesiges Zimmer zu bringen. Die beiden Männer, gereizt, weil sie so spät noch Überstunden machen mußten, waren inzwischen gegangen, durch zwei Zwanzigdollarnoten besänftigt, die ihnen der weißhaarige Herr in dem Achthundertdollaranzug in die Hände gedrückt hatte und der jetzt dabeistand und mit breitem Grinsen beobachtete, wie Draper Haere langsam um den über zwei Meter hohen Garderobenständer herumschritt.

Er war aus schwarzem Kirschbaum gefertigt, mit tiefen gußeisernen Schalen als Gewichte am Fußende, in die die Spitzen nasser Regenschirme zum Abtropfen gestellt werden konnten. Zwei schräg vorstehende, geschwungene Arme aus Schmiedeeisen dienten als Halter für die Schirme. Der Hauptteil, ausladend und kunstvoll mit Schnitzereien verziert, trug einen ovalen Spiegel. Rings um den Spiegel waren sechs vorstehende Arme aus gedrehten Eisenstäben angeordnet, die in Porzellanköpfen endeten, an denen Mäntel und Hüte aufgehängt werden konnten. Es war ein imposantes, ja sogar dominierendes, absolut häßliches Möbelstück, und Draper Haere fand es einfach prachtvoll.

Haere umkreiste den Garderobenständer noch zweimal, ehe er sich dann an den weißhaarigen Herrn wendete. »Wo hast du das nur ausgegraben?« fragte er.

»Draußen in Alexandria. Ich habe mal an einem Samstagnachmittag da draußen rumgestöbert, und dabei bin ich darauf gestoßen, rein zufällig stand es irgendwo herum.«

»Und du hast es wiedererkannt?«

»Draper, also das kann ich nicht beschwören. Aber es kam mir gleich so bekannt vor. Du weißt, daß ich ein- oder zweimal bei ihm draußen gewesen bin, als junger Kerl, nicht älter als sechsundzwanzig, siebenundzwanzig. Darum habe ich mich danach erkundigt, und als man mir sagte, daß es John L. gehört hätte, also, da dachte ich gleich an dich, habe ein bißchen gehandelt und es schließlich gekauft.« Der weißhaarige Herr streckte die Hand aus und berührte einen der Halter mit den Porzellanköpfen. »Hieran hing der Hut, den John L. Lewis auf dem Kopf getragen hat. Sicher, der alte John L. war nicht gerade ein Politiker in dem Sinn, daß er sich je um ein öffentliches Amt beworben hat. Aber als großer Gewerkschaftsboß war er schließlich auch was.«

»Er genügt mir«, sagte Haere und wischte mit dem Ärmel seiner Jacke über einen der gebogenen Arme. »Er genügt mir völlig.«

Der weißhaarige Herr war um 19.45 Uhr unangemeldet und unerwartet gekommen, als Haere gerade mit nahezu religiöser Inbrunst die Sendung mit MacNeil-Lehrer verfolgte, obwohl er das Paar insgeheim, wenn auch nicht unfreundlich, als »die Langweiler« bezeichnete. Nachdem der weißhaarige Herr unten auf den Summer gedrückt hatte, hatte Haere über die Sprechanlage gefragt, wer denn da sei.

»Das bin ich, Draper, Dave Slipper, und ich habe ein paar nette Burschen bei mir, die für dich etwas die Treppe raufschleppen wollen, wenn du mal eben auf den Türöffner drückst.«

Haere drückte auf den entsprechenden Knopf, trat dann auf den kleinen Vorplatz hinaus und sah überrascht zu, wie die beiden Männer von der Spedition Bekins unter der Aufsicht von David Slipper den Garderobenständer die Treppe heraufwuchteten.

Der weißhaarige Herr, inzwischen einundsiebzig Jahre alt, war 1935 nach seiner Graduierung in Swarthmore und einem weiteren Studienjahr an der London School of Economics nach Washington gekommen. Er war zu verschiedenen Zeiten während des New Deal Mitarbeiter im Weißen Haus oder, wenn man ihn hörte, »Bürobote bei Harry Hopkins«, gewesen, im Krieg eine Art Spion im Office of Strategic Services, Kolumnist für ein Pressesyndikat mit 121 Tageszeitungen, Biograph von Thomas Brackett (Zar) Reed, dem Sprecher des Repräsentantenhauses mit dem eisernen Willen, Sekretär im Landwirtschaftsministerium (sechs Monate), stellvertretender Unterstaatssekretär im Innenministerium (neunzig Tage), Botschafter im Tschad (ein Jahr, »das längste Jahr meines Lebens«, sagte er später) und in den vergangenen fünfzehn Jahren ein politischer Macher und Berater, der für seine vernünftigen und nüchternen Ratschläge unverschämte Honorare verlangte.

Viele in Washington hielten David Slipper für den Weisen des Dorfes. Er lebte in einem kleinen Landhaus hinter dem Obersten Gerichtshof, in dem er seit 1936 immer wieder gewohnt hatte. Joe McCarthy war einmal sein Nachbar gewesen. Er war ein Mann mit unendlichem Charme und südstaatlicher Grandezza, was manche nicht hinderte, ihn wegen seiner Eleganz zu verabscheuen. Slipper hatte sich einen Anflug seines aus Memphis stammenden Akzents erhalten, der ganz dem Ernst der Situation entsprechend kam oder ging. Und wenn man schlechte Nachrichten zu übermitteln hatte, betraute man damit gern und oft David Slipper. Und wie ein alter Karrengaul der Partei aus Boston zu Haere einmal gesagt hatte: »Wenn der alte Dave dir die Kehle durchschneidet, Draper, riechst du keine Scheißmagnolien.«

Haere beendete einen weiteren bewundernden Rundgang um den Garderobenständer. »Wie, zum Teufel, hast du das Ding nur hierher bekommen?«

Slipper hob die Schultern. »Oxy schickten einen ihrer 727er leer hier heraus. Da habe ich ein paarmal telefoniert und die haben es mitgenommen.« Mit Oxy meinte er selbstverständlich Occidental Petroleum.

»Bist du nur hier, um mich zu besuchen?«

»Unter anderem. Hast du schon gegessen?«

»Noch nicht.«

»Hast du Eier im Haus?«

»Aber ja.«

»Dann werde ich uns ein Omelett brutzeln.«

Das Omelett war perfekt wie auch der Salat, den Slipper aus einem Kopf von recht fragwürdigem Eissalat, Knoblauch und etwas heißem, ausgelassenem Speck schuf. Sie aßen an dem narbenbedeckten Bibliothekstisch im Eßbereich und teilten sich dazu eine Flasche Wein. Der Tisch hatte einmal das Arbeitszimmer von Vito Marcantonio, demokratisches Mitglied des Repräsentantenhauses fur New York, geziert. Jedenfalls hatte das der Antiquitätenhändler in Brooklyn behauptet, der ihn Haere verkauft hatte.

Slipper legte seine Gabel hin, betupfte sich die Lippen mit einer Papierserviette und sagte: »So. Und wie geht es dem Kandidaten?«

»Hodson geht es gut.«

»Und der bezaubernden Louisa?«

»Großartig.«

Slipper zog ein flaches silbernes Zigarettenetui im Format eines großen Briefumschlags aus der Tasche. Er bot es Haere an, der dankend den Kopf schüttelte. Slipper wählte sich eine hellbraune Zigarette, die er mit einem goldenen Ronson anzündete, von dem Haere wußte, daß es vierzig Jahre alt war, zog den Rauch ein, blies ihn wieder aus und lächelte. »Ich habe dich auf Jacks Beerdigung nicht gesehen«, sagte er, »aber du gehst ja nicht zu Beerdigungen.«

»Nein«, bestätigte Haere, »tue ich nicht.«

»Es war ein Ereignis, eine prächtige Veranstaltung. Der Pfarrer von den Unitariern erwähnte in seiner Predigt Gott nur einmal – beiläufig selbstverständlich –, und Maureen war furchtbar, aber das war Maureen ja schon immer.«

»Ich habe mit ihr telefoniert. Sie war etwas aus der Fassung geraten, weil sie Witwe geworden war.«

»Bleib bei deiner Regelung, Draper, und halte dich von Beerdigungen fern. Sie erinnern einen nur an die Vergänglichkeit, und, weiß Gott, in meinem Alter braucht man daran nicht mehr erinnert zu werden. Aber ich gehe hin, ja, ich gehe hin, und das Überraschende ist, sie werden alle immer jünger – die Gestorbenen, meine ich. Wie alt war Jack? So um die sechzig wohl.«

»Ja, das muß er etwa gewesen sein.«

»In meiner Jugend war man mit sechzig alt. Und was ist es heute? Mittleres Mittelalter? Roosevelt zum Beispiel. Der war erst dreiundsechzig, als er starb. Nach heutigen Normen beinahe noch ein junger Mann. Aber damals alt. Alt und müde und verbraucht.« Er schüttelte betrübt den Kopf. »Der Krieg, nehme ich an.« Sein Augenblick der Trauer war vorüber, und Slipper sah Haere wieder an. »Jack war doch im Krieg, nicht wahr?«

»Pilot bei der Navy.«

Slipper nickte zustimmend, als ob er sich erinnere. »Was war es denn? Ein Verkehrsunfall mit Fahrerflucht? Du warst doch dabei, Draper. Was ist deine Meinung – ehrlich?«

Haere seufzte, griff nach seinen eigenen Zigaretten und zündete sich eine an. »Slippery, wenn du so anfängst, verkrampfen sich bei mir sämtliche Rippen und warten darauf, daß ein Messer zwischen sie gestoßen wird. Aber erst möchte ich mich noch bei dir für den Garderobenständer von John L. bedanken. Er ist eine schöne Bereicherung, und ich bin dir wirklich dankbar. Und du kannst ein Omelett machen, das einmalig ist. Aber komm' jetzt damit über. Mit deiner Neuigkeit. Was es auch ist.«

Slipper lächelte. »Hast du zufällig einen Tropfen Cognac?«

»Martell.«

»Trinken wir doch einen Schluck. Und eine Tasse Kaffee, wenn es nicht zuviel Mühe macht.«

Während Haere aus der Kaffeemaschine zwei Tassen füllte und die beiden Cognacs einschenkte, wanderte Slippers Blick durch das riesige Zimmer. »Ein bemerkenswerter Raum, Draper. Er muß einmalig sein. Hast du immer noch diese boshafte Katze?«

»Irgendwo muß er sein«, antwortete Haere und stellte die Kaffeetassen auf den Tisch.

»Hubert heißt er doch?«

»Hubert«, bestätigte Haere und servierte die beiden kleinen Cognacschwenker. Er setzte sich wieder.

»Wie ging es in New York?« fragte Slipper. »Ich bin neugierig.«

»Der Junge konnte sich nicht entscheiden, darum habe ich seine Mamy aufgesucht. Sie meinte, ich sollte das Ganze vergessen.«

»Bemerkenswerte Frau«, sagte Slipper. »Sie und ich, wir hatten mal ein kleines Projekt im Sinn. Mein Gott, das muß Ende der vierziger Jahre gewesen sein oder um diese Zeit. Wir planten ein Treffen, ein Zusammensein, in Hershey, Pennsylvania, ausgerechnet. Ich fuhr selbstverständlich hin, aber sie kam nicht.« Er holte tief Luft. »Ich erinnere mich noch genau an den Schokoladengeruch, der über ganz Hershey lag.« Er seufzte. »Das wäre also einer weniger«, stellte er dann fest.

»Das habe ich Hodson erklärt.«

»Was räumst du ihm wirklich für eine Chance ein?«

»Für neunzehnvierundachtzig? Null.«

»Ich weiß nicht... also, da bin ich nicht so sicher«, entgegnete Slipper vorsichtig. »Sein Name ist immer wieder mal hier und da bei den interessantesten Stellen gefallen. Schließlich stellt Kalifornien zwanzig Prozent der Delegierten. Das ist eine gesunde Basis. Er hat Zeit – zwei Jahre. Geld sollte kein Problem sein, meinst du nicht? Ach, verdammt noch mal, Draper, das kriegst du doch hin. Und, die Sterne sind meine Zeugen, man kann ihn doch vorzeigen, wenn er für meinen Geschmack auch ein bißchen zu geleckt ist, aber das sind sie heutzutage alle. Geleckt, meine ich. Das müssen sie sein. Ein Muffel, einer der nur Hemhem oder Haha sagt, kommt doch nicht an. Im Fernsehen doch nicht. Das einzige ist...« Slipper ließ seinen Satz verklingen, ohne ihn zu beenden.

Haere fragte ihn nicht, was das einzige wäre. Statt dessen ließ er die Stille wachsen. Hubert kam herübergewandert, miaute und sprang auf den Tisch. Haere kraulte ihm die Ohren und fragte dann: »Wer hat dich geschickt, Slippery?«

Slipper nippte an seinem Cognac. »Also weißt du... tatsächlich... also, das ist wirklich schwer zu sagen.«

»Wer?« fragte Haere noch einmal.

»Wilde, Harrington und Litz«, antwortete Slipper und nannte die Namen der Gründer einer Anwaltskanzlei mit Sitz in New York, Washington und Paris, von denen nur noch einer lebte. Er gab den Namen einen spöttisch betont feierlichen Klang. Zu den Seniorteilhabern von Wilde, Harrington und Litz gehörten jetzt sechs ehemalige Mitglieder des amerikanischen Senats, drei ehemalige Kabinettsmitglieder und ein durchgefallener Präsidentschaftskandidat.

Slipper seufzte. »Tatsächlich war es der alte Gene Litz persönlich, auf den Tag siebenundachtzig. Er tauchte um Punkt acht Uhr morgens bei mir auf. Keinerlei Vorwarnung. Ich glaube, wir brauchten eine halbe Stunde, um ihn aus diesem albernen alten Packard, in dem er immer noch herumkutschiert, heraus- und ihn – schlurf, schlurf, schlurf – in mein Haus hineinzubekommen. Soviel über den Kadaver, aber der Geist! Ah, dieser Geist! Er wurde fünfundneunzig geboren, Draper, und er hat keine Mahlzeit, die er je eingenommen hat, keinen Quatsch, den irgend jemand ihm je aufbinden wollte, keine Person, der er je begegnet ist, und kein Wort, das er je gelesen hat, vergessen. Und trotzdem muß ich zugeben, daß er der schlimmste Langweiler der ganzen Welt bleibt. Bist du ihm mal begegnet?«

»Nein.«

»Ich will versuchen, dir eine blasse Vorstellung von dem zu geben, was passierte. Er kommt in mein Haus, sieht sich um, nickt und sagt zur Begrüßung: ›Immer noch im Hinterhof, wie ich sehe.‹ Nun, seinem Chauffeur und mir gelang es schließlich, ihn in einem Sessel unterzubringen. Er sieht zu dem Chauffeur auf und sagt nur das eine Wort: ›Raus.‹ Der Chauffeur geht. Der alte Gene sieht mich an und sagt: ›Ich nehme einen Grog mit einem Löffel Zucker. Ich will das Wasser gerade kurz vorm Kochen.‹ Na ja, ich mache also den Grog, und er nimmt ein Schlückchen. Dann sagte er: ›Da gibt es ein ernstes Problem, das gelöst werden muß. Sie sind beauftragt, nach Kalifornien zu reisen. Dort werden Sie mit dem neugewählten Gouverneur verhandeln. Kennen Sie ihn?‹ Ich sagte, ja, daß ich ihn kenne. ›Dachte mir's‹, sagte er. ›Wußte es, genau genommen. Sie werden den jungen Hodson informieren, falls er hoffen sollte, durch die Partei entweder vierundachtzig oder achtundachtzig nominiert zu werden, hat er sofort alle Nachforschungen nach den Umständen des Todes von John T. Replogle aufzugeben. Ist das klar?‹«

»Was hast du gesagt?«

»Ich fragte ihn, wer sein Klient wäre, und er kommt mir mit einer seiner delphischen Antworten. ›Die Nation‹, sagte er. ›Wohlgemerkt, nicht diese Regierung. Ich gebe keinen Deut für diese Regierung. Verrückte, Schurken und Komödianten. Aber wir wollen nicht zusehen, daß die Nation geschädigt wird.‹ Darauf frage ich: ›Wer ist wir?‹ Seine Antwort ist eine weitere Frage. ›Sie kannten Replogle selbstverständlich?‹ Ich sagte ihm, ich sei gerade erst von seinem Begräbnis zurückgekommen. Nun, er starrte mich mit diesen Augen, die er hat, an, die einem das Mark gefrieren lassen und sagt: ›Die ihn beseitigt haben, werden von uns beseitigt werden. Sagen Sie dem jungen Hodson das, und auch dem anderen jungen Mann da draußen, diesem Haere, dessen Vater ein Radikaler war. Sagen Sie ihnen, wir werden uns zu gegebener Zeit der Sache annehmen. Wenn der junge Hodson sich weigert, unserer Forderung nachzukommen, informieren Sie ihn, daß er niemals... niemals... niemals die Nominierung gewinnen wird.‹ Dann sagte er: ›Rufen Sie meinen Mann und helfen Sie mir auf.‹ Also rief ich den Chauffeur herein, und wir fingen an, ihn zu seinem Packard hinauszuschleppen. Doch noch ehe wir bis zur Tür gekommen waren, hält er an und sagt: ›Ihr Honorar für diesen besonderen Auftrag beträgt einhunderttausend Dollar. Der Betrag bringt die tiefe Besorgnis meiner Auftraggeber zum Ausdruck.‹ Und dann setzten wir den Weg zur Tür fort, aber wieder hält er inne und sieht sich um: ›Ich habe Ihre Frau gar nicht gesehen‹, sagte er. ›Sie ist seit zwanzig Jahren tot, Gene‹, antwortete ich. ›Das ist unmöglich‹, erwiderte er, schlurft zur Tür hinaus und zu seinem Packard und fährt fort.«

David Slipper stand auf, ging zu dem Flaschenbord, nahm die Cognacflasche in die Hand, las das Etikett, stellte sie wieder hin, kam zum Tisch zurück und nahm seinen Platz wieder ein. »Willst du meinen Rat, Draper? Pfeife Hodson zurück. Wenn er auf dich nicht hören will, dann laß ihn durch Louisa bearbeiten.«

»Nein«, entgegnete Haere.

Slipper seufzte bedrückt. »Dann muß ich also selbst zu ihm und es ihm klarmachen.«

»Sag denen in Washington, Slippery, wenn Hodson aussteigt, mache ich es allein.«

»Warum?«

»Weil ich zu tief drinstecke.«

»Schon?«

Haere nickte.

»Und Hodson?«

»Nein«, antwortete Haere. »Er noch nicht.«

»Dann ist es wohl angebracht, daß ich ihn mir vornehme.«

»Du wirst ein Problem mit Louisa haben.«

»Wirst du mir helfen?«

»Nein.«

Wieder stand Slipper auf, wendete sich dem Flaschenbord zu, nahm die Cognacflasche und dieses Mal schenkte er in beide Gläser ein. »Es geht nicht nur um das Geld, Draper.«

»Wirklich nicht?«

Slipper schüttelte den Kopf, als er sich wieder setzte. »Ich habe genug Geld. Mehr als genug. Um was es mir geht, wenn du einem alten Mann ein verlegenes Geständnis erlaubst, ist, daß ich wissen muß, ob ich noch dazu beitragen kann, die Dinge zu ändern.«

»Ob du noch etwas zu bieten hast?«

»Richtig. Ob ich noch etwas zu bieten habe.«

»Du hast noch etwas zu bieten, Slippery, du hast dich nur auf die falsche Seite geschlagen.«

David Slipper nickte mit einem schiefen Lächeln und stand auf. »Nun, das wäre nicht das erste Mal.« Er blickte weiterlächelnd auf Haere hinab. »Diese Geschichte wird interessant, Draper, wie?«

»Sehr«, bestätigte Haere, während er sich erhob. »Ich möchte dir noch einmal für den Garderobenständer danken. Das war verdammt nett von dir. Soll ich dir ein Taxi rufen?«

»Ich habe einen Wagen, der auf mich wartet.« Er blieb vor dem Garderobenständer stehen, der noch in der Mitte des Raumes stand. »Sie werden dir jemand schicken, Draper. Jemand, der gefährlich ist. Aber das weißt du wohl, oder nicht?«

»Ich weiß es.«

»Nun, nur gut, wenn du es weißt.« David Slipper drehte sich um, zeigte sein charmantestes Lächeln und streckte die Hand aus. Draper ergriff sie, ohne zu zögern.

»Paß auf dich auf, Slippery«, sagte er.

Der weißhaarige Herr winkte, wendete sich ab und war gegangen. Haere lauschte auf seine Schritte, als er die Treppe hinuntereilte, immer zwei Stufen auf einmal nehmend.

## 21

Auf der Heimfahrt von dem Restaurant offenbarte Velveta Keats, während sie fuhr, mit leiser Stimme zögernd ein halbes Dutzend ihrer recht ausgefallenen sexuellen Wunschvorstellungen. Sie wollte wissen, ob Morgan Citron interessiert sei, ihr zu helfen, einige davon zu verwirklichen. Citron gestand, daß er die beiden ersten reizvoll finde, die dritte aber, bei der reichlich Ahornsirup verwendet werden sollte, ihm zu klebrig vorkomme. Und die drei übrigen versprächen zwar reizvolle Möglichkeiten, er sei sich aber nicht ganz sicher, ob sie alle an einem Abend verwirklicht werden könnten. Velveta Keats schlug daraufhin vor, sich auf die ersten zwei oder drei zu beschränken und dann zu entscheiden, was weiter geschehen könnte. Citron sagte, das erscheine ihm vernünftig.

»Ich bin dir also nicht unheimlich?« fragte sie.

»Keineswegs.«

»Diese Einfälle kommen mir einfach so.«

»Deine eigenen Ideen?«

»Hmm. Findest du nicht, daß sie schrecklich sind?«

»Ich finde sie fein«, sagte er, »außer der Geschichte mit dem Ahornsirup. Die sagt mir nicht sehr zu.«

Sie runzelte nachdenklich die Stirn, doch dann erhellte sich ihr Gesicht. »Vielleicht sollten wir es statt dessen mit Massageöl versuchen.«

Citron meinte, das könnte eine Möglichkeit sein.

Es war beinahe Mitternacht, als Citron sich sanft aus der engen Umklammerung von Velveta Keats löste, sich auf der Kante ihres Bettes aufsetzte und seine Unterhose anzog.

Sie regte sich, erwachte und lächelte schläfrig. »Willst du gehen?«

»Ich habe noch einiges zu erledigen.«

»Ich bin dir für den wirklich wunderbaren Abend sehr dankbar.«

»Es war mal etwas anderes«, sagte er, während er den Reißverschluß seiner Hose zuzog. Velveta Keats kicherte zustimmend, als Citron sein Hemd überstreifte und zuknöpfte. »Hast du einen Paß?« fragte er.

»Gewiß. Warum?«

»Ich muß vielleicht verreisen. Würdest du eventuell mit mir kommen?«

»Wohin?«

»Mittelamerika.«

»Wann?«

»Morgen oder übermorgen.«

»Für wie lange?«

»Eine Woche. Höchstens zehn Tage.«

»Willst du einen deiner Reiseberichte schreiben?«

»Vorwiegend geht es wohl um Materialbeschaffung.«

Sie lächelte. Citron erkannte es als ein glückliches, vertrauensvolles Lächeln voller Erwartungen, aber es verschwand fast augenblicklich wieder.

»Ist das seine Idee – Papas, meine ich – oder deine?«

Das ist schon besser, dachte Citron. Traue ihnen nicht, traue mir nicht, traue Papa hinter diesem Baum da nicht. »Meine«, versicherte er. »Ganz und gar meine.«

»Ist das auch wahr?«

»Ganz eindeutig. Es ist nichts als ein Ferientrip – alle Kosten werden erstattet. Wir fliegen da runter, sehen uns ein bißchen in der Gegend um und kommen dann zurück.«

»Und du willst wirklich, daß ich mitkomme?«

»Sehr gern.« Er wartete darauf, daß sie nein sagen würde. Bitte sage nein, dachte er, dann werde ich mich entschuldigen, sehr höflich sogar, meinen Kram in meinen Toyota packen und nach Norden fahren. Vielleicht haben die Cadillac Peoples oben in Oregon oder im Staat Washington eine Zweigniederlassung. Er rang sich ein Lächeln ab und versuchte ihr zu suggerieren, abzulehnen.

»Aber sicher, Darling«, sagte sie. »Ich fahre sehr gern mit.«

Um neun Minuten nach Mitternacht rief Citron Draper Haere an. Er meldete sich mitten im zweiten Rufzeichen.

»Sie sind noch auf?« fragte Citron.

»Ich bin noch auf.«

»Wir müssen miteinander reden.«

»Paßt es Ihnen hier bei mir?«

»Geben Sie mir zwanzig Minuten.«

»Fein. Sie können mir helfen, den Garderobenständer richtig aufzustellen.«

»Was für einen Garderobenständer?«

»Den von John L. Lewis«, erklärte Haere und hängte ein.

Gemeinsam schoben Haere und Citron den schweren Garderobenständer an eine Stelle, wo er jedem Besucher als erstes ins Auge fiel. Haere rückte ihn noch ein paarmal hin und her, bis er glaubte, ihn am richtigen Fleck zu haben, trat zurück, betrachtete ihn bewundernd und fragte: »Also, was meinen Sie?«

»Er ist . . . na ja, schließlich«, antwortete Citron.

Haere lächelte beglückt. »Ja, nicht wahr?« Das Lächeln verschwand, als er sich Citron zuwendete und fragte: »Und was bringen Sie?«

»Eine Antwort, vielleicht auch zwei, ein paar Fragen, ein gewisses Maß an Paranoia und eine Idee.«

»Das ist für den Anfang etwas. Möchten Sie ein Bier oder sonst etwas?«

»Ein Bier wäre gut.«

Citron saß auf der alten Ledercouch, als Haere ihm eine Dose Bier und ein Glas reichte. Haere nahm seinen üblichen Platz in dem Huey-Long-Sessel ein, in dem Drew Meade zuletzt gesessen hatte. »Womit wollen Sie anfangen?« fragte Haere.

»Mit meiner Hauswirtin.«

»Craigie Grey?«

Citron nickte, schenkte sich Bier in sein Glas, probierte es und sagte: »Wie gut kennen Sie sie?«

»Nicht besonders. Sie ist ein engagierter Typ, leicht links angehaucht, hält gute Propagandareden, arbeitet fleißig und ist, soviel ich weiß, eine sehr geschickte Geschäftsfrau. Außerdem halte ich sie für keine schlechte Schauspielerin.«

»Und hat mich Ihnen empfohlen?«

Haere schüttelte den Kopf. »Louisa Hodson, nicht mir. Sie und Louisa sind sehr gut miteinander bekannt.«

Es trat eine längere schweigsame Pause ein, während der Citron das Bier in seinem Glas zu studieren schien. Haere wurde ungeduldig. »Nun packen Sie schon aus.«

Citron blickte auf. »Als das Ganze anfing, war ich vollkommen blank und lebte in meinem Auto. Die Miete für mein Postschließfach war fällig, aber ich konnte nicht einmal die aufbringen. Ich entschloß mich, ein letztes Mal mein Schließfach auszuleeren. Darin befand sich unter anderem eine Einladung zu einer Spendenveranstaltung der ACLU. Angeboten wurden freie Bewirtung einschließlich Getränken, darum ging ich hin. Aus dem blauen Himmel heraus bot mir Craigie Grey diesen Job als Hauswart in ihrem Haus in Malibu an. Der erste Mensch, dem ich dort begegnete, in Malibu wohlgemerkt, war Velveta Keats.«

Haere nickte.

»Ich hatte sie heute abend zum Essen eingeladen.«

»Das haben Sie mir schon gesagt. Wo waren Sie denn?«

»Bei Vickie's.«

»Hübsches Lokal.«

»Und hübsch teuer«, sagte Citron. »Auf dem Weg dorthin sprachen wir unter anderem auch über ihren Schwager. Er heißt Bobby. Oder Roberto. Oder B. Maneras.«

»O Scheiß«, sagte Haere und griff nach dem Telefon neben dem

Huey-Long-Sessel. Er drückte eine Nummer. Als sich nach fünfmaligem Klingeln die Stimme einer Frau meldete, sagte Haere: »Louisa?«

»Lieber Gott«, sagte sie. »Ich habe beinahe schon geschlafen.«

»Wo ist Baldy?«

»Noch bei einer Besprechung.«

»Arbeitet Craigie Grey gegenwärtig?«

Sie schwieg kurz. »Ich versuche, mich zu erinnern. Nein, ich glaube nicht. Warum?«

»Verabrede dich morgen mit ihr zum Lunch. Kannst du das?«

»Ich kann es versuchen.«

»Versuchen genügt nicht.«

»Also, ich kann mich wahrscheinlich irgendwann mit ihr treffen. Zum Kaffee oder zu einem Drink oder sonst was. Was willst du von ihr?«

»Sprich mit ihr über Citron. Mache alles ausfindig, was du erfahren kannst. Warum er zu einer Spendenveranstaltung der ACLU eingeladen worden ist. Warum sie ihm diesen Job angeboten hat. Wer sie dazu aufgefordert hat – falls es jemand anderes war. Alles, was du herauskriegen kannst.«

»Ist Citron was passiert?«

»Nein. Er ist okay. Er ist jetzt hier bei mir. Vielleicht hat er einen leichten Anfall von Paranoia.«

»Wie soll ich mich verhalten, wenn ich mit Craigie spreche? Subtil, hartnäckig, offen, verschlagen oder wie sonst?«

»So, wie es notwendig ist.«

»Ich rufe sie morgen früh als erstes an. Aber da wir von anrufen reden. Weißt du, daß der alte Dave Slipper hier ist?«

»Ja, ich weiß.«

»Er hat Baldy angerufen, und jetzt ist er mit ihm zusammen – mit Slippery. Um was geht es dabei eigentlich?«

»Hat Baldy dir das nicht gesagt?«

»Nein, er hat nur gesagt, es wäre sehr wichtig.«

»Sie wollen, daß Baldy es aufgibt.«

»Was?« rief Louisa Hodson aus. »Dann ist es wohl besser, wenn ich doch warte, bis er nach Hause kommt.«

»Ja, das wäre womöglich ganz gut«, meinte Haere, verabschiedete sich und hängte den Hörer ein. Er wendete sich Citron zu. »Louisa wird es morgen aus ihr herausholen.«

Citron nickte. »Gut. Aber sagen Sie mir mal ganz etwas anderes.«

»Und das wäre?«

»Angenommen, ich finde etwas ganz besonders Scheußliches heraus – einen politischen Skandal allerhöchster Ordnung – was würden Sie damit anfangen?«

»Versuchen, daß jemand zum Präsidenten gewählt wird, der gescheit und geschickt ist wie Hodson.«

»Keinen, der brillant ist?«

Haere schüttelte den Kopf. »Früher habe ich einmal geglaubt, wir bräuchten einen brillanten Präsidenten, doch dann erkannte ich, jemand, der brillant ist und trotzdem Präsident werden will, bei dem müßten wahrscheinlich ein paar Schrauben lose sein.«

»Und das ist alles, was Sie wollen?«

»Mein Gott, ist das nicht genug?«

Citron gab sich nicht die Mühe, darauf zu antworten. Statt dessen sagte er: »Morgen oder übermorgen will ich nach Tucamondo fliegen. Dabei müßte ich zwei Dinge mitnehmen.«

»Was?«

»Geld. Eine ganze Menge.«

Haere nickte. »Das ist kein Problem.«

»Und eine gewisse Rückversicherung.«

»Was für eine Rückversicherung?«

»Velveta Keats.«

Haere verfiel in ein lange anhaltendens Schweigen. Sein normalerweise trauriger Gesichtsausdruck vertiefte sich zu einem, der der Verzweiflung nahekam. Citron hatte inzwischen gelernt, ihn als höchstes Interesse zu deuten. »Irgendwie hängt das alles miteinander zusammen. Meinen Sie nicht auch?« fragte Haere. »Einfach alles.«

Citron nickte. »Das meine ich auch.«

»Ja«, sagte Haere. »Es muß einfach so sein.«

## 22

Sie hatten vereinbart, sich in der Polo Lounge zum Brunch, wie Craigie Grey es nannte, zu treffen. Louisa Hodson wurde zum Beverly Hills Hotel von Charlie gebracht, einem der beiden Beamten der Staatspolizei, die dem neugewählten Gouverneur und seiner Frau als Leibwachen zugeteilt worden waren. Charlie war ein Flirt. Als er aus dem Wagen stieg und um ihn herum ging, um Louisa Hodson die Wagentür zu öffnen, sagte sie ihm, er könne für die nächste Stunde in den Park gehen und mit seinem Hulareifen spielen.

»Hulareifen«, sagte Charlie, der drei Jahre jünger als die Frau des neugewählten Gouverneurs war. »Ich hab Bilder von Hulareifen in Büchern gesehen. Hat man damals damit gespielt, als sie noch ein Kind waren, Mrs. Hodson?«

»Sie kamen außer Mode, gerade ehe die Skateboards aufkamen, Charlie«, antwortete sie.

»Die gute alte Zeit«, sagte Charlie. »Sie muß wundervoll gewesen sein.«

»Das war sie«, bestätigte sie. »Seien Sie in einer Stunde wieder da.«

»Jawohl, Ma'am«, sagte Charlie und war der Meinung, er habe gerade genügend Zeit, bei einer Stewardeß der PanAm vorbeizuschauen, die er gut kannte und die in Hillcrest, einen Block weit vom Sunset Boulevard entfernt, wohnte.

Einige Leute grüßten Louisa Hodson mit einem Winken, als sie in die Polo Lounge kam und in die Ecknische schlüpfte, in der Craigie Grey bereits wartete. Die beiden Frauen berührten flüchtig ihre Wangen und studierten dann die Speisekarte. Als der Ober mit dem Kaffee kam, bestellte Craigie Grey Grapefruit mit einer Scheibe Vollkornweizentoast. Louisa Hodson sagte, sie nehme Honigmelone, aber keinen Toast.

»Wie geht es dem neugewählten Gouverneur?« fragte Craigie Grey, als sie ihre Grapefruit in Angriff nahm.

»Er versucht gouverneurial aufzutreten.«

Craigie Grey blickte spöttisch auf. »Nicht präsidential?«

»Jedes Ding zu seiner Zeit, Craigie.«

»Die Leute reden.«

»Das ist gut.«

»Zielt er wirklich darauf ab?«

»Er sagt immer wieder, wahrscheinlich seien die Leute der Ansicht, sie hätten für einige Zeit genug Präsidenten aus Kalifornien gehabt.« Louisa Hodson trennte ein Stück ihrer Melone mit dem Löffel ab, schob es in den Mund und kaute nachdenklich. »Morgan Citron«, sagte sie dann, »meinst du, daß er einen guten Pressesekretär abgeben würde?«

»Guter Gott, Schatz, das weiß ich wirklich nicht. Denkt Baldy etwa dran?«

Louisa Hodson hob die Schultern. »Draper Haere schnitt die Frage neulich abends an. Du kennst Draper doch?«

Craigie Grey nickte.

»Also Citron erledigt dank deiner Hilfe für Draper ein paar Kleinigkeiten, und als wir neulich abends beisammen saßen, Baldy, Draper und ich, brachte Draper Citrons Namen ins Gespräch. Als Pressesekretär. Schließlich hat er einmal beinahe den Pulitzer-Preis gewonnen, und du weißt, wie gern Baldy das Unerwartete tut. Was meinst du? Du hast ihn für dich engagiert.«

»Ich weiß wirklich nicht, Louisa. Ich habe ihn überhaupt nur dieses eine Mal getroffen.«

»Wo war denn das?«

»Bei dieser großen Spendenaktion für den ACLU-Fonds in der vergangenen Woche. Diese Veranstaltung, für die ihr verhindert wart. Ich hielt meine Brandrede gegen den Personalausweiszwang, die, bei der ich wirklich immer richtig in Fahrt komme.«

»Ich weiß«, sagte Louisa Hodson. »Ich habe sie gehört. Was hat er getan, als du ihn einstelltest?«

»Nichts, soviel wie ich weiß.«

»Wer hatte ihn eingeladen?«

»Zu der ACLU-Veranstaltung?«

Louisa Hodson nickte.

»Also, ich habe ihn einfach aus so einer Art Impuls engagiert, verstehst du, aber dann fing ich an, mich ein bißchen nach dem Wie und Was umzutun, nicht gerade viel, aber immerhin, und es hat den Anschein, als ob seine Mama uns einen Scheck geschickt hätte und eine Liste mit Leuten, von denen sie glaubte, sie könnten vielleicht Mitglieder werden oder wenigstens Spenden geben. Darum schickten wir an alle Genannten Einladungen, und eine davon ging an ihn.«

»Seine Mama, sagst du?«

»Gladys Citron.«

»Mach keine Witze. Die ist seine Mama? Die eisige Lady?«

»M-hmm.«

»Lieber Himmel.«

»Ich glaube nicht, daß sie sehr gut miteinander auskommen, er und seine Mama.«

»Also, ich weiß nicht«, sagte Louisa Hodson.

»Was weißt du nicht?«

»Ich meine, einen als Pressesekretär zu engagieren, dessen Mama an der Westküste Herausgeber von *The American Investigator* ist, das wäre nicht gerade der geschickteste Schachzug, den ich mir vorstellen kann.«

»Aber das ist doch nicht seine Schuld.«

»Craigie, laß dir von mir etwas sagen. Du kannst es dir leisten,

Vagabunden aufzulesen. Baldy kann das nicht. Wie hast du das überhaupt gemacht? Bist auf ihn zugegangen und hast gesagt: ›Hallo, Sie da? Ich bin Craigie Grey, und wollen Sie nicht mein neuer Hausmeister werden?‹«

»Also nein. Ganz so war es natürlich nicht. Aber du kennst mich ja, Schatz. Jemand bei dem Empfang wies mich auf ihn hin, und da stand er am kalten Buffet und futterte drauflos und sah aus, als ob er seit neun Tagen nicht mehr was Anständiges zu essen bekommen hätte, und ich ging zu ihm hinüber, und wir kamen ins Gespräch, und ich fand ihn so nett und höflich und, also, einsam, und dann wurde ich neugierig und fragte ihn nach Afrika, weil ich darüber was gelesen hatte, und ob dieser Kaiser-Präsident oder was er war, wirklich ein Kannibale war, und dann, nun ja, warum auch nicht, ich brauchte jemand, darum fragte ich ihn, ob er mein neuer Hausverwalter werden wollte, weil der kleine Kerl, der es bis dahin gewesen war, sich gerade nach San Francisco abgesetzt hatte.«

»Und er hat angenommen?«

Craigie Grey nickte. »Und am nächsten Tag, ich glaube, es war schon am nächsten Tag, hast du angerufen und mich gefragt, ob ich irgendeinen wendigen Reporter wüßte, und ich habe gesagt, ja, wie wäre es denn mit Morgan Citron? Habe ich nicht so was gesagt?«

»Doch, das hast du gesagt«, bestätigte Louisa Hodson und schüttelte bedauernd den Kopf.

»Was ist denn mit ihm?«

»Ach, ich wünschte nur, daß nicht ausgerechnet Gladys Citron seine Mama wäre.«

»Na ja, Schatz, dazu kann ich nur sagen, daß das nicht meine Schuld ist.«

»Nein«, sagte Luisa Hodson, »aber das ist der Grund, weshalb er für den Posten nicht in Frage kommt.«

Zusammen verließen sie das Hotel. Louisa Hodson drehte sich noch einmal um, winkte zum Abschied und stieg hinten in den schwarzen Mercury ein, der, wie Craigie Grey bemerkte, von einem blonden jungen Mann gesteuert wurde, dessen blaue Augen prüfend über die Auffahrt und den Eingang des Hotels schweiften, ehe er die Tür zumachte und um den Wagen herum zur Fahrerseite ging. Craigie Grey blieb auf der obersten Stufe zum Eingang stehen, bis der Mercury abgefahren war. Sie wendete sich um, ging zurück in das Hotel und strebte auf die Telefonzellen zu. Sie warf eine Münze in einen Apparat und wählte eine Nummer. Als sich eine weibliche Stimme meldete, sagte sie: »Gladys Citron bitte. Hier spricht Craigie Grey.«

Gladys Citron lehnte sich, den Hörer am Ohr, in ihren Sessel zurück und lauschte geduldig Craigie Greys ausschweifender Schilderung ihres Brunch mit Louisa Hodson. Schließlich kam Craigie Grey zum Schluß und endete mit: »Das ist alles, was ich gesagt habe.«

»Was hat sie angehabt?« wollte Gladys Citron wissen.

»Dieses wirklich hübsche Grünseidene, das sie sich im vergangenen Herbst bei Neiman-Markus gekauft hat. Das mit den Dolman-Ärmeln.«

»Darin habe ich sie im Fernsehen gesehen.«

»Sie trägt es sehr oft.«

»Und das war alles, was du ihr gesagt hast?« fragte Gladys Citron noch einmal.

»Das war alles. Ich schwöre es.«

»Das hast du dann sehr gut gemacht.«

»Gladys?«

»Ja.«

»Bedeutet das, daß du diese Sache da – du weißt schon – nicht bringen wirst?«

»Selbstverständlich.«

Der Anruf von Baldwin Hodson war eher eine Vorladung als eine Einladung. Nachdem Draper Haere zugesagt hatte, in einer Viertelstunde bei ihm zu sein und den Telefonhörer eingehängt hatte, wendete er sich der Frau des Mannes zu, mit dem er gerade gesprochen hatte. Louisa Hodson streifte sich ihr grünes Seidenkleid über den Kopf. Haere hatte erst seine Jockey-Shorts und ein noch nicht zugeknöpftes weißes Hemd an.

»Er will, daß ich in fünfzehn Minuten bei ihm bin«, sagte Haere.

»Ich hab's mitbekommen«, sagte Louisa Hodson und strich ihr Kleid über der Brust und den Hüften glatt.

»Er wollte wissen, ob ich dich gesehen hätte. Er meinte, du solltest auch dabei sein.«

»Das bedeutet, daß er aussteigen will.«

Haere nahm seine Hose von der Stuhllehne und begann, sie anzuziehen. »Ich dachte, du hättest ihn an der Leine halten können.«

»Das war heute nacht um drei«, sagte sie und pickte ein paar Katzenhaare vom Ärmel ihres Kleides. »Ich wünschte, daß dieser verdammte Hubert von meinen Kleidern bliebe.«

»Du könntest sie aufhängen.«

»Leidenschaft läßt sie immer wieder zu Boden sinken«, entgegnete sie und sah Haere an. »Um drei Uhr glaubte ich, ich hätte Baldy überzeugt, aber er hat vielleicht nur so getan, um mich zum Schweigen zu bringen. Er wollte nicht viel sagen, aber ich vermute, daß Dave Slipper ihn auf den Gipfel des Berges geführt und ihm gezeigt hat, was alles unten im Tal auf ihn wartet.«

»Darin ist Slippery sehr gut«, sagte Haere, griff nach einer Krawatte und prüfte sie kritisch. »Tatsächlich ist er auf diesem Gebiet Klasse, das Beste, was es gibt.« Haere zog die Krawatte unter dem Kragen hin und her und begann sie zu knüpfen. »Ach, zum Teufel«, sagte er, ging zum Telefon, nahm den Hörer ab und wählte aus dem Gedächtnis eine Nummer. Als sich jemand meldete, sagte er: »Hier ist Draper Haere, Carlotta. Welche Flüge gehen morgen nach Tucamondo ab?«

Er lauschte auf die Antwort und sagte dann: »Ich würde lieber in Houston umsteigen als in Miami.« Auf eine Frage antwortete er: »Zwei. Erster Klasse. Belasten Sie meine American-Express-Karte damit. Die Namen sind Morgan Citron und Velveta Keats. Velveta wie der Käse.« Er hörte wieder zu, als seine Angaben wiederholt wurden. »Gut so«, sagte er, »und vielen Dank. Ich werde sie von jemand abholen lassen.«

Haere hängte das Telefon ein und widmete sich wieder dem Knüpfen seiner Krawatte. Louisa Hodson sah ihn mit plötzlich traurig gewordenen Augen an. Um ihre Lippen spielte ein schwaches, halbes Lächeln. »Du erwartest, daß das für uns die Kreuzung ist, an der sich unsere Wege trennen?«

Haere zog den Knoten der fertig geknüpften Krawatte zurecht, ehe er antwortete. Nachdem der Knoten zu seiner Zufriedenheit saß, sagte er: »Du könntest ihn verlassen.«

»Ist das ein Antrag oder eine Einladung oder was?«

»Beides.«

»Dann würde ich niemals im Weißen Haus leben können?«

»Das wirst du sowieso nicht.«

Sie blickte sich in dem riesigen Raum um, als ob sie ihn das erste Mal sähe. Haere konnte nicht erkennen, ob sie das, was sie sah, trist oder einfach nur lächerlich fand.

»Ich könnte einfach hier bei dir und dem dummen alten Hubert einziehen?«

»Hubert ist so schlecht nicht.«

»Aber dann würde ich niemals der Queen vorgestellt werden oder mein Südstaatler-Französisch an Mitterand ausprobieren können oder etwas dieser Art?«

Haere lächelte flüchtig. Die Möglichkeit, daß Louisa Hodson der Königin von England begegnen würde, war einer ihrer ältesten privaten Scherze. »Wir könnten heiraten«, sagte Haere und fügte schnell hinzu: »Und wenn du dafür sterben würdest, Mitterand zu begegnen, dann könnte ich das wahrscheinlich irgendwie arrangieren.«

Louisa Hodson starrte ihn für einen langen Augenblick an, ehe sie flüsterte: »Und was wäre mit der Queen?«

»Daß ich das schaffen könnte, glaube ich nicht.«

»Du bist süß.«

»Aber?«

»Weißt du, was wir in fünf Jahren sein würden?«

»Gelangweilt etwa?«

»Niemals gelangweilt, Draper. Nur wunderlich.«

»Und was wäre daran auszusetzen? Ich bin jetzt schon in gewisser Weise wunderlich.«

»Sie lächelte. Es war ein melancholisches Lächeln der Komplizenschaft und des Versprechens und der Liebe, das Haere beinahe überzeugte, daß er sie nie verlieren würde. Dann lag sie in seinen Armen, und sie küßten sich hemmungslos. Als sie mit ihren Küssen fertig waren, sagte sie: »Mein Gott, Draper, mein Gott, mein Gott, mein Gott.«

»Ich mußte dich fragen.«

Sie beugte sich zurück, um ihn anzusehen. Das Lächeln war noch da und die Tränen rannen ihr jetzt über das Gesicht zu den Mundwinkeln hinunter, wo sie sie, wie er wußte, auflecken würde. Das tat sie immer.

»Soll ich dir etwas sagen?«

»Was?«

»Als du mich gefragt hast, hätte ich beinahe – eine Sekunde lang war ich soweit – hätte ich beinahe ja gesagt.«

Haere lächelte, aber nur ein wenig, und mit dem Zeigefinger tupfte er eine ihrer Tränen auf. Er versuchte sie. »Salzig, wie immer behauptet wird.« Er küßte sie noch einmal, diesmal auf die Nasenspitze. »Die Queen wird dir gefallen«, sagte er.

## 23

Der übergroße Wohnraum, in dem Baldwin und Louisa Hodson ihre Gäste und Besucher überwiegend empfingen und bewirteten, wies ein Minimum an Möblierung auf und entbehrte fast vollständig der Farbe, abgesehen von einigen seltsamen Gemälden von einem lange verstorbenen mexikanischen Künstler. Die Bilder hingen bei der mit Fliesen verkleideten Betontreppe, die sich in einem S-förmigen Bogen vom Obergeschoß herunterschwang. Eine Glaswand bot Ausblick auf den Patio, den Swimming-pool, den Tennisplatz und einen schönen alten Baumbestand aus Pinien und Eukalyptus. Die Bäume hätten helfen müssen. Statt dessen hielten sie nur die Sonne ab und machten den Raum düster und gruftähnlich und beinahe sogar bedrohlich. Es war ein Raum, der die Gäste verleitete, bei den seltenen Partys, die darin stattfanden, zuviel zu trinken und zu wenig zu sagen. Louisa Hodson haßte den Raum. Ihr Mann fand ihn, wenn er überhaupt an ihn dachte, was selten geschah, generell nur trist, wenn auch nicht trist genug, um Geld in ihn hineinzustecken.

Die Sandalen des mexikanischen Hausmädchens klapperten auf den großen quadratischen, rötlichen Fliesen, als sie von einem silbernen Tablett die Getränke servierte. Bis das Mädchen den Raum verlassen hatte, herrschte völlige Stille. Dann hob David Slipper sein Glas mit Bourbon und Wasser und sagte: »Nun denn, auf unser aller Wohl.«

Slipper saß in einem cremefarbigen, kistenförmigen Sessel. Draper Haere betrachtete ihn kalt und wendete dann seinen Blick auf den neugewählten Gouverneur, der in der einen Ecke des langen cremefarbigen Sofas saß. In der anderen Ecke saß seine Frau. Der neugewählte Gouverneur drehte ein Glas Weißwein in den Händen. Louisa Hodson hielt ein Glas Wodka on the Rocks an die Lippen. Sie hatte das Gefühl, daß sie ihn brauchen würde.

»Okay, Baldy«, sagte Haere. »Laß hören.«

Hodson war bemüht, dem kalten Blick Haeres mit einem ebenso kalten Blick standzuhalten. Ehe er sprach, war sein Mund zu einer festen Linie zusammengepreßt. Sein großes Kinn sah kühn und entschlossen aus. Das ist sein Heil-dem-Führer-Gesicht, dachte Haere.

»Ich habe entschieden, daß wir unsere kleinen Nachforschungen einstellen, ehe sie noch weiter gedeihen, als sie es bereits sind«, sagte Hodson.

Haere nickte nachdenklich, ohne seinen Blick von Hodson abzuwenden. »Du hast entschieden.«

»Jawohl«, bestätigte Hodson.

Haere sah David Slipper an. »Was hast du ihm versprochen, Slippery? Außer dem Mond und den Sternen und dem Schlüssel zum Panzerschrank?«

Der weißhaarige Herr hob abwehrend die Schultern und lächelte. »Ich verspreche nie etwas, Draper. Das weißt du doch. Ich habe lediglich Hinweise gegeben . . . auf Möglichkeiten.«

Haere lächelte bedrückt und wendete sich wieder Hodson zu. »Baldy, laß mich nur eine Frage stellen. Woraufhin bildest du dir ein, du könntest es abbrechen?«

Hodson befürchtete eine Falle und bemühte sich um sein herzlichstes verlogenes Grinsen. »Ich meinte nur, Draper, daß ich nicht weiter daran beteiligt sein werde, was, wie du zugeben mußt, schon immer minimal gewesen war.« Er ließ eine Pause eintreten. »Von jetzt an«, fügte er schroff hinzu.

Haere saß auf einem Sessel aus verchromten Rohren und Lederbespannung. Er beugte sich vor, die Arme auf die Knie gestützt, beide Hände umschlossen sein Bierglas. Es war eine ernsthafte Haltung und die gleiche, die die meisten einnehmen, wenn sie auf der Toilette sitzen. »Baldy«, sagte er sanft, »du steckst bis über den Hals in der Geschichte drin. Es war von Anfang an deine Idee. Jack Replogle kam als erstes zu dir, nicht zu mir. Aber der Zug, in den du da eingestiegen bist, ist in voller Fahrt. Es kann bestimmt nicht dein Wunsch sein, in ihm sitzenzubleiben, aber du kannst, verdammt noch mal, auch nicht von ihm abspringen.«

»Ich rate zum Abspringen, Gouverneur«, sagte Slipper.

»Halt den Mund, Slippery«, sagte Haere, und zu Hodson gewendet: »Ich habe einen Ruch von dem mitbekommen, was an der Geschichte dran sein könnte. Nur einen kurzen Blick darauf – aus dem Augenwinkel, irgendwo. Ich bin beinahe fest überzeugt, daß es riesig, grauenhaft und absolut ungeheuerlich ist, und ich vermute – vermute nur –, daß es in den Annalen irgendwo zwischen der Boston Tea Party und Watergate einzuordnen ist. Falls ich recht haben sollte, würde ich mir nicht erlauben, dir zu raten, ob du sie benutzen solltest. Sie könnte dich direkt ins Weiße Haus tragen. Vielleicht sogar schon vierundachtzig. Aber ungeachtet, was du tust, Baldy, ich bleibe dran – wenn es sein muß, auf eigene Faust. Es gibt reichlich viel andere Präsidentschaftsanwärter, die wissen würden, was sie damit machen sollten –

aber ich gebe nun einmal dir den Vorzug, Gott allein weiß, warum. Was ich dir also anbiete, ist deine letzte aussichtsreichste Chance, ins Weiße Haus einzuziehen. Rein oder raus?«

Es dauerte fünfzehn Sekunden, ehe der offensichtlich in Versuchung geratene Baldwin Hodson mit einem Wort seine Antwort gab. »Raus«, sagte er.

»Ach, Scheiße«, sagte Louisa Hodson.

Er wendete sich ihr zu, überrascht, vielleicht sogar verletzt. »Du bist wohl überhaupt nicht meiner Meinung?«

»Ich meine nur, daß du zu früh aufgibst. Du könntest abwarten und sehen, was Draper herausbekommt, sehen, ob es wirklich etwas wert ist, und dich dann entschließen.«

»Das wäre etwas zu spät, fürchte ich, Louisa«, sagte Slipper um die Zigarre herum, die er gerade bedächtig anzündete. »Die – äh – Möglichkeiten, die ich Baldwin gegenüber erwähnt habe, setzen unausweichlich für ihn voraus, daß er sich sofort davon, also sagen wir – distanziert.« Slipper zeigte ein behagliches, zuversichtliches Lächeln, das zu signalisieren schien, daß er annähernd erreicht hatte, was zu tun er ausgeschickt worden war. Oder vielleicht auch, dachte Haere, daß er gerade festgestellt hatte, er würde letzten Endes noch eine Rolle spielen.

Haere erhob sich langsam aus dem Sessel aus Chrom und Leder und blickte auf Hodson hinab. »Im nächsten Juni, Baldy, wird niemand mehr wissen, wer du bist. Im nächsten Juli wird nicht einmal Slippery hier für dich am Telefon zu sprechen sein.«

»Ich bin draußen«, sagte Hodson.

Slipper erhob sich mit einer auffälligen Demonstration flinker, beweglicher Anmut aus dem kistenförmigen Sitzmöbel. Er trat vor Haere und forschte in dessen Gesicht nach etwas, das er anscheinend nicht entdecken konnte. »Draper, ich mag dich, das weißt du.« Er machte eine Pause, und fuhr dann in sanftem, fast flehendem Ton fort: »Und ich bewundere dich. Bei Gott, das tue ich. Jetzt bitte ich dich inständig, mit dieser Geschichte nicht weiterzumachen. Ich bitte dich darum. Wenn ich glaubte, daß es etwas nützen würde, würde ich niederknien und dich darum anflehen.«

»Weißt du, was es ist, Slippery?« fragte Haere. »Weißt du, was wirklich dahintersteckt?«

Der weißhaarige Herr schüttelte den Kopf. »Was es ist, spielt keine Rolle, Draper. Aber es ist riesig und es ist ungeheuerlich, gerade wie du gesagt hast. Ich beurteile den Grad der Ungeheuerlichkeit nach den Leuten, die mich geschickt haben und die irrsinnig wütend sein werden, wenn ich zurückkomme und ihnen berichten muß, was du beabsichtigst.«

»Wie wütend?« fragte Louisa Hodson.

Slipper sah sie an und hob dann die Schultern. »Sie werden jemand anderen ausschicken. Und das wird dann nicht so ein alter Trottel wie ich sein.«

»Wer?« drängte Louisa Hodson und erhob sich schnell. Ihr Gesicht verriet ihre Besorgnis. »Wen werden sie schicken?«

»Louisa«, antwortete Slipper. »Daran möchte ich nicht einmal denken.«

Sie wendete sich schnell zu Haere. Ihr Gesicht war plötzlich blaß, ihre Hände umklammerten ihr Glas, als ob sie damit verhindern wollte, daß sie zitterten. »Das hast du gewußt, nicht wahr?«

Haere nickte. »Slippery hat das schon ganz deutlich gemacht, als wir uns zum erstenmal unterhielten.«

Sie wendete sich an ihren Mann. »Veranlasse, daß er es aufgibt.« Der neugewählte Gouverneur wich nur ihrem Blick aus. Louisa Hodson wendete sich wieder an Haere. »Verdammt, Draper, gib es auf!«

Haere lächelte flüchtig. »Entweder kann ich es nicht oder will ich es nicht«, antwortete er. »Ich weiß nicht, welches von beiden.« Er drehte sich um und ging aus dem Raum. Die drei anderen – zwei standen, einer saß – sahen ihm nach. Kein weiteres Wort wurde gesagt. Keiner versuchte, ihn aufzuhalten.

Auf dem Heimweg erledigte Haere zwei Besorgungen. Das erste war ein Besuch in dem Reisebüro nahe der Kreuzung Seventh Avenue und Wilshire Boulevard in Santa Monica, wo er die beiden Flugscheine erster Klasse nach Tucamondo abholte. Carlotta Preciado, die hübsche Sechsundzwanzigjährige, die ihm die Flugscheine zusammen mit seiner American-Express-Karte aushändigte, sah ihn mißbilligend an.

»Was stimmt denn nicht?« fragte Haere.

»Sie sehen heute nicht sehr überzeugend aus, Draper.«

»So sehe ich doch immer aus.«

»Nein. Im allgemeinen sehen Sie so aus, als ob nächsten Monat die Welt untergehen sollte, heute sehen Sie aber so aus, als hätten Sie gerade erfahren, daß der Termin eine Woche vorverlegt wurde.«

Er lächelte. »Ist es so besser?«

»Nicht viel.« Sie deutete auf die beiden Flugscheine, die er in der Hand hielt. »Wissen Sie, da fährt doch niemand mehr hin. Seit über zwei Monaten habe ich diesen Flug nicht mehr gebucht. Warum kann da überhaupt jemand hinwollen?«

»Hochzeitsreise«, antwortete Haere.

»Ich kann denen etwas wirklich Gutes in Jamaica vermitteln.«

»Die suchen nach etwas Aufregung.«

»Aufregung«, entgegnete sie. »Also, man kann da erschossen werden oder verschleppt und spurlos verschwinden. Das kann man da erwarten.«

»Das ist genau das, worauf die aus sind.«

Carlotta Preciado verzog die Nase. »Velveta. Wer, um alles in der Welt, bringt es nur fertig, ein Kind Velveta zu nennen.«

»Fonduefans.«

»Sie können Ihren Hochzeitsreisenden einen Rat von mir geben, Draper. Sagen Sie ihnen, wenn ihnen Jamaica nicht gefällt, dann kann ich ihnen etwas wirklich Schönes auf den Barbados empfehlen. Und wenn sie Aufregung suchen, können sie zu den Hahnenkämpfen gehen und zusehen, wie zwei Gockel aufeinander loshacken.«

Haere grinste. »Bis bald, Carlotta.

»Velveta«, sagte sie nur. »Mein Gott.«

Haeres nächstes Ziel war der Parkplatz der Crocker Bank. Er öffnete das Handschuhfach des alten Cadillac-Coupés, wühlte darin herum, bis er schließlich eine weiße Tüte fand, in der einmal etwas eingepackt gewesen war, was er bei Brooks Brothers gekauft hatte. Er steckte die zusammengefaltete Tüte in seine Hüfttasche, betrat die Bank und wurde dort in einem kleinen Raum mit seiner Schließfachkassette allein gelassen. Er nahm einen Scheck aus seinem Scheckbuch, benutzte die Rückseite als Schuldschein und schrieb »I.O.U. Dollar 10000« unterschrieb mit seinem Namen und setzte noch das Datum dazu. Er öffnete die Kassette, zählte von dem Schweinefickerfonds 10000 Dollar in Fünfzigerscheinen ab. Er steckte das Geld in die Brooks-Brothers-Tüte, faltete sie so zusammen, daß sie aussah, als ob sie sein Frühstück enthielte. Er legte den Schuldschein in die Kassette und brachte sie wieder an dem ihr zustehenden Platz im Safe unter, stimmte mit dem Wachmann darin überein, daß es für November wirklich warm wäre, ging zu seinem Auto zurück und verschloß das Geld im Kofferraum.

Als er nur einen Block weit von seinem Haus entfernt einen Parkplatz fand, notierte er sich die Stelle auf einer Karte in seiner

Brieftasche. Er nahm das Geld aus dem Kofferraum, ging zu seinem Haus, stieg die Treppe hinauf und fand in seinem riesigen Zimmer John D. Yarn und Richard Tighe, die auf ihn warteten.

»Sieh an«, sagte Haere, »da sind Sie ja wieder.« Er drehte sich um, schloß die Tür und legte die Tüte mit dem Geld auf einem kleinen Tisch ab.

»Da sind wir wieder«, stimmte Tighe zu. Er saß auf dem gleichen Platz wie schon einmal, dem Sessel, der von Henry Wallace stammte. Yarn saß wieder auf der Couch von Wayne Morse. Hubert, der Kater, kauerte bei Yarn auf dem Schoß und schlief beinahe.

»Wir warten schon eine ganze Weile«, sagte Yarn. »Wir waren fast schon entschlossen zu gehen und Ihnen eine Nachricht zu hinterlassen. Wir wollten Ihrer Pussy das Genick brechen. Das hätte Sie doch sicher aufmerksam werden lassen, meinen Sie nicht auch?«

»Sie brauchen ihm nicht das Genick zu brechen«, sagte Haere. »Sie haben meine volle Aufmerksamkeit.«

»Diese schmutzige Geschichte, in der Sie herumstochern, seit Mr. Replogle da oben in den Bergen zu Tode gekommen ist und wir zu Ihnen kamen und uns als FBI-Agenten ausgaben.« Tighe unterbrach sich und zog spöttisch fragend die Augenbrauen hoch. »Sie sind wohl dahintergekommen, daß wir nicht vom FBI sind?«

»Es dämmerte mir.«

»Wir haben damit gerechnet«, sagte Tighe. »Nun, Sie werden zugeben, daß die Geschichte, in der Sie da herumstochern, wirklich eine Schweinerei ist, stimmt's?«

Haere nickte. »Eine richtige Schweinerei.«

»Dabei geht aber auch mehr durcheinander, als für Sie vielleicht zu erkennen ist. Bündnisse werden geschlossen, gebrochen, erneuert, aufgelöst und wieder geschlossen.«

»Ich verstehe nicht, was Sie damit sagen wollen.«

»Das ist ihm gleichgültig«, sagte Yarn. »Was er versucht, ist, Ihnen eine Botschaft zu übermitteln.«

»Und die besagt?«

»Lassen Sie Ihre Finger von dieser Geschichte«, sagte Tighe. »Wir fordern Sie auf, die ganze Sache völlig zu vergessen.«

»Na schön«, sagte Haere, »dann werde ich das tun.«

Yarn lächelte. »Ich glaube Ihnen nicht, Mr. Haere.«

Tighe ergriff den Kater hinter den Vorderbeinen und blickte in dessen schläfrige blaue Augen. »Am Ende müssen wir dir vielleicht doch das Genick brechen, Pussy.«

»Mr. Tighe glaubt Ihnen auch nicht«, sagte Yarn.
»Ich bin kein Schauspieler«, sagte Haere.
»Nein, natürlich nicht«, sagte Tighe und setzte Hubert behutsam auf den Boden. »Aber Sie verstehen, daß wir es sehr ernst meinen.«
Haere nickte. »Das glaube ich durchaus.«
»Gut«, sagte Yarn gutgelaunt und wendete sich an Tighe. »Nun haben wir unsere Bitte vorgetragen, unsere Drohung ausgesprochen, dann können wir wohl gehen.« Er deutete mit einem Kopfnicken auf die Brooks-Brothers-Tüte. »Was haben Sie da in der Tüte?«
»Zehntausend in bar«, antwortete Haere und sah, daß sie ihm nicht glaubten.
Beide standen auf und gingen zur Tür, begleitet von Hubert. Haere folgte ihnen dichtauf. »Halten Sie sich draußen, Mr. Haere«, sagte Yarn. »In Ihrem eigenen Interesse.«
Haere nickte, sagte aber nichts.
»Mach's gut, Pussy«, sagte Yarn und öffnete die Tür. Tighe ging hindurch. Yarn wollte ihm schon folgen, doch hielt er dann noch einmal inne. »Beinahe hätte ich es vergessen«, sagte er, drehte sich blitzschnell um und rammte seine linke Faust Haere fest in den Bauch. Haere knickte zusammen. Yarn stand vor ihm und beobachtete ihn einen Augenblick lang. »Nur um sicherzugehen, daß wir Ihre Aufmerksamkeit gefunden haben«, sagte er und ging hinaus.
Haere richtete sich langsam auf, hielt sich den Leib und holte keuchend Luft. Langsam trat er auf den Vorplatz hinaus und sah den beiden Männern nach, die den Fuß der Treppe erreichten und durch die Haustür hinaus auf die Straße gingen. Haere drehte sich um und stolperte mühsam in den riesigen Raum zurück. Wieder überfiel ihn der Schmerz, warf ihn beinahe um. Er richtete sich auf und näherte sich langsam Schritt für Schritt dem Telefon, nahm den Hörer ab und wählte eine Nummer. »Carlotta?« sagte er, als sich eine weibliche Stimme meldete. »Hier ist Draper noch einmal. Dieser Hochzeitsflug nach Tucamondo morgen. Buchen Sie für mich bitte auch einen Platz, ja?«

## 24

Mit dreißig redete Velveta Keats ihre Mutter immer noch mit »Ma'am« an. Seit fast zwanzig Minuten führte sie jetzt schon ein Ferngespräch mit ihr. Velveta Keats starrte auf den Pazifik hinaus, ihre Mutter, Francine Keats, auf die Biscayne-Bucht. In Kalifornien betrug die Temperatur 22 Grad, und es war trocken, in Florida herrschten 29 Grad Wärme und eine Luftfeuchtigkeit von 75 Prozent.

Nach einer fünfzehn Sekunden langen Pause sprach Francine Keats wieder. »Und du bist sicher, daß dieser Mr. Citron ein netter Junge ist, Vee?«

»Ja-mämm, allerdings ist er eigentlich kein Junge. Er ist mindestens vierzig.«

»Na ja, du weißt, was ich meine.«

»Ja-mämm, ich weiß. Aber Papa hat ihn kennengelernt. Frag Papa nach ihm.«

»Also, ich weiß nicht, mit jemand da nach Mittelamerika hinunterzufliegen, den du gerade erst kennengelernt hast, das könnte doch –, also, du weißt selbst, in was für Klemmen du geraten kannst.«

»Ja-mämm.«

»Wie ist das Wetter bei euch da drüben?«

»Richtig schön, Mama.«

»Hier ist es warm.« Wieder trat eine Stille ein und dann kam ein langer Seufzer aus Florida. »Wann wirst du denn abfliegen?«

»Sofort.«

»Und wie lange willst du fortbleiben?«

»Er sagte etwas von ungefähr zehn Tagen oder so.«

»Und was hast du gesagt, wovon dieser Mr. Citron lebt?«

»Er ist Schriftsteller, Mama. Er schreibt Reiseartikel.«

»Was ist er?« fragte Francine Keats. Ihre hörbare Mißbilligung war total. »Also.« Wieder eine Pause. »Also, dann amüsiert euch mal gut.«

»Ja-mämm. Das werden wir.«

»Und ich werde Papa grüßen.«

»Ja-mämm, tue das.«

»Also.« Wieder eine Pause. »Schreib mir mal eine Karte, hörst du?«

»Ja-mämm.«

»Also, dann auf Wiedersehen.«

»Auf Wiedersehen, Mama.«

Nachdem Francine Keats den Hörer zurückgelegt hatte, starrte sie weiter auf die Bucht hinaus, wo ein weißer Sechsundfünfzigfußkreuzer in den Atlantik auslief. Sie kannte das Boot. Es war die *Sea Savvy*. Es gehörte diesem New Yorker Ehepaar weiter unten an der Straße, diesem eingebildeten jüdischen Rechtsanwalt und seiner Frau, der Person mit dem vollen roten Haar, die behauptete, sie sei aus

Charleston. Lieber Gott, wer behauptete heutzutage nicht, daß er aus Charleston stamme. Francine Keats wendete sich vom Fenster ab, seufzte wieder und betrachtete sich kritisch im Spiegel. Sie legte ihre beiden Zeigefinger unmittelbar vor die Ohrläppchen und drückte sie nach oben. Die Falten verschwanden. Mit ihnen verschwanden zehn Jahre. Mindestens zehn, dachte sie. Aber sie mußten einen betäuben, um es zu machen und B. S. würde das niemals zulassen, weil er wußte, daß sie reden würde, genauso wie sie im Schlaf redete, und der Himmel mochte wissen, was sie dann alles ausplauderte. Aber vielleicht konnte sie in Mexico City oder Buenos Aires einen Chirurgen ausfindig machen, oder sonst wo, der kein Englisch verstand und es machen konnte. Es lohnte sich bestimmt, dieser Möglichkeit nachzugehen.

Sie wendete sich vom Spiegel ab und durchquerte den großen Raum, den sie ihren Salon nannte, weil sich das hübsch anhörte, ging durch die Tür und durch einen langen Korridor zur letzten Tür an dessen Ende. Dort saß der Mann, an den sie immer als den knochigen französischen Nigger dachte, der, den alle Jacques nannten. Er las in einem amerikanischen Comic-Heft, aber wahrscheinlich sah er sich nur die Bilder an. Jacques hob seine Augen von seinem Comic-Heft und lächelte.

»Ich ... muß ... ihn ... sprechen«, sagte Francine Keats mit erhobener Stimme und sprach jedes Wort einzeln und sehr deutlich aus, damit er ihr Englisch verstand.

*»Oui, madame«,* sagte Jacques, erhob sich, drehte sich um und klopfte behutsam an die Tür und wartete auf das »Herein«. Er öffnete die Tür, und Francine ging in den Raum, den sie das Arbeitszimmer ihres Mannes nannte. Der Mann war noch da, den B. S. mit General ansprach, obwohl Francine Keats fand, daß er gar nicht wie ein General aussah. Er sah wie dieser Mr. Bilgere aus, der sie, als sie elf Jahre alt war, in der Sonntagsschule in der Calvary-Baptist-Kirche unterrichtet hatte.

»Tut mir leid, daß ich stören muß, B. S., aber –« Sie hielt inne und sah schüchtern auf den General.

»Aber was?« sagte Keats.

Der General hatte sich erhoben. Er verneigte sich sogar leicht. Francine Keats gefiel das. Sie schätzte jede Demonstration guter Manieren.

»Ich habe gerade mit Vee gesprochen und –«

Keats unterbrach seine Frau. »Bist du sicher, daß das nicht warten kann, Schatz. Wir sind hier sehr beschäftigt.«

Francine Keats erwiderte sehr hastig: »Ich meinte nur, es wäre besser, wenn du weißt, daß Vee nach Tucamondo hinunterfliegt, mit dem Mr. Citron, den du draußen in Kalifornien getroffen hast. Du weißt schon, dieser Junge, von dem du mir erzählt hast.«

Keats stand hinter seinem großen Teakholzschreibtisch auf und beugte sich seiner Frau entgegen, die Hände fest auf die mit Leder bespannte Schreibtischplatte gestützt. Als er sprach, klang seine Stimme gelassen, so gelassen und gedämpft und hart, daß Francine Keats unwillkürlich zur Tür zurückwich. »Wann?« fragte Keats. »Wann fliegt Velveta?« Er sah mit einem flüchtigen, um Verständnis bittenden Lächeln den General an. »Velveta ist meine Tochter.«

Der General nickte.

»Nun, sofort, hat sie gesagt.«

»Sofort kann in zwei Stunden heißen, Schatz, vielleicht auch am nächsten Tag.«

»Ich hatte den Eindruck, als ob sie auf dem Weg zum Flughafen wäre.«

»Ah, so«, sagte Keats. »Nun, vielen Dank, Francine. Danke, daß du gekommen bist und es mir gesagt hast. Ich weiß es zu schätzen.«

»Ich dachte, du würdest es vielleicht wissen wollen«, sagte sie noch, wendete sich ab und verließ schnell den Raum.

Als sie fort war, setzte der sanftmütig wirkende General sich wieder und schlug die Beine übereinander. Er trug einen zweireihigen blauen Blazer und eine graue Hose aus sehr feinem leichten Flanell. An den Füßen hatte er schwarze, glatte Halbschuhe, die er sich noch in London hatte anfertigen lassen. Die haselnußbraunen Augen eines Sonntagsschullehrers bedeckte eine randlose Brille mit Doppelschliffgläsern. Sein Gesicht war rund und unauffällig. Sein graues Haar war dünn. Nur seine Stimme war bemerkenswert, ein tiefer, klarer Baß.

»Sie sagte doch Citron, glaube ich. Ihre Frau.«

Keats nickte und setzte sich wieder hinter seinen Schreibtisch.

»Der Sohn von Gladys, nehme ich an.«

Wieder nickte Keats. »Ja, er ist wirklich der Sohn von Gladys.«

»Nun«, sagte der General. »Das stellt uns noch vor ein weiteres Problem, hemm.«

»Sie meinen, meine Tochter?«

»Das Problem – oder die Frage – ist, wie ich es sehe, warum hat der junge Citron ihre Tochter aufgefordert, ihn zu begleiten, hemm?« Dieses angehängte »hemm« war eine Angewohnheit, die er von einem älteren Semester auf dem Militärinstitut von Virginia übernommen hatte, wohin sein Vater, der selbst General gewesen war, ihn geschickt hatte, nachdem er seiner Augen wegen in West Point nicht aufgenommen worden war. Tatsächlich war der General ein Generaloberst, und er hieß Rafael Carrasco-Cortes. Er war sechsundfünfzig Jahre alt und sah einem ungewöhnlich angenehmen Ruhestand entgegen. Jedoch schien die Finanzierung seiner Pension fast völlig von dem Mann abzuhängen, der hinter dem großen Schreibtisch in dem Raum mit von Büchern bedeckten Wänden saß. Der General war überzeugt, daß die Bücher alle ungelesen, wahrscheinlich niemals aufgeschlagen worden waren. Für den General war B. S. Keats gesellschaftlich minderwertig, gerissen vielleicht, aber grobschlächtig und unwissend und selbstverständlich gefährlich. B. S. Keats dachte an den General unweigerlich immer als den Bananengeneral. Ihre gegenseitige Verachtung gedieh in einer merkwürdig effektiven Partnerschaft.

»Sie wollen wissen, warum Citron meine Tochter mitgenommen hat«, fragte Keats. »Also, das ist doch ganz einfach. Vermutlich wird er sie noch ein paarmal ficken wollen, das ist der Grund.« Keats lächelte, als der General peinlich berührt sein Gesicht verzog, und fuhr fort: »Das ist das eine, und zweitens würde ich sagen, könnte er meinen, daß sie ihm vielleicht als eine Art Geisel nützlich ist. Ich rechne nicht damit, daß der Bursche mir völlig vertraut, trotz all der Mühe, die ich mir gegeben habe, ihn weich zu machen.«

»Wir stehen dicht vor dem erfolgreichen Abschluß«, sagte der General im Ton tiefsten Bedauerns. »Wirklich ganz dicht davor.«

»Zum Teufel, Ralphie, wir werden es schon schaffen«, antwortete Keats. »Aber zwischen uns beiden sollten wir eine Sache ganz klarstellen. Da unten wird meiner Tochter nichts passieren. Ist das klar?«

Der General nickte zustimmend. »Wir haben da aber noch das Problem mit dem jungen Mr. Citron, nicht, hemm?«

»Ja, Sir, das haben wir noch.«

Der General seufzte. »Gladys wird das selbstverständlich nicht gefallen. Es wird ihr ganz und gar nicht gefallen.«

»Na ja, für Gladys ist das natürlich eine verdammte Scheiße«, stimmte B. S. Keats zu, grinste mit grauen Zähnen sein kaltes Grinsen und fügte nur zum Hohn hinzu: »Hemm?«

Sie begegneten sich zum erstenmal vor der Tür des dürftigen Apartments im Erdgeschoß, die große grauhaarige Frau in dem blauen Kostüm und die junge blonde Frau mit den von der Sonne ausgebleichten Strähnen und der tiefen Sonnenbräune, die in Jeans und mit einem Hemd bekleidet war und in der rechten Hand einen kleinen kostspieligen Koffer aus gebleichtem Schweinsleder trug.

Gladys Citron wollte gerade an die Tür von Apartment A klopfen, als Velveta Keats hinter ihr sagt: »Ich würde wetten, daß Sie seine Mama sind. Ihr zwei seht euch zum Verwechseln ähnlich.«

Gladys Citron drehte sich um. »Ich bin Mrs. Citron.«

Velveta Keats lächelte, nahm ihren Koffer in die linke Hand und streckte ihre rechte aus. »Ich bin Velveta Keats, und Morgan und ich machen uns gerade fertig, um zum Flughafen zu fahren.«

»Velveta«, sagte Gladys Citron und ergriff die angebotene Hand.

»Wie der Käse«, sagte die jüngere Frau.

»Ah, so«, sagte Gladys Citron, lächelte ihr sprödestes Lächeln und wendete sich wieder der Tür zu. »Sehen wir mal nach, ob er uns empfängt.«

Sie klopfte. Einen Augenblick später wurde die Tür von Morgan Citron geöffnet, der seinen neuen hellbraunen Anzug trug. Er sah erst seine Mutter, dann Velveta Keats an. »Ich nehme an, daß ihr zwei euch kennt.«

»Wir haben uns miteinander bekanntgemacht«, sagte Gladys Citron.

»Kommt herein.« Er trat von der Tür zurück.

Velveta zog sich zögernd ein oder zwei Schritte zurück. »Ich komme später, falls ihr beide gern –«

Citron unterbrach sie. »Mach dir keine Sorgen, Velveta. Komm nur herein. Bitte.«

Gladys Citron war inzwischen in dem Apartment und sah sich kritisch darin um. »Ich war gerade hier in der Gegend und dachte, ich könnte mal vorbeikommen, um zu sehen, wo du wohnst.«

»Möchtet ihr einen Schluck Wein?« fragte er, während Velveta Keats auch hereinkam und ihren Koffer abstellte.

»Ja, bitte«, sagte seine Mutter. »Ganz gern.«

»Im allgemeinen sitzen wir hier am Tisch«, sagte Velveta Keats und schob einen der Stahlrohrstühle zurecht.

»Wie gemütlich«, sagte Gladys Citron und setzte sich auf den Stuhl, den die jüngere Frau ihr hinschob. Sie lächelte zum Dank und fragte: »Womit beschäftigen Sie sich, Miss Keats?«

»Ich treibe mich nur so herum.«

»Velveta ist eine Müßiggängerin«, erklärte Citron, während er drei Käsegläser von Kraft mit Rotwein auf den Tisch stellte und sich zwischen die beiden Frauen setzte.

»Wirklich?« sagte Gladys Citron. »Wie faszinierend. Wenn Sie eine Müßiggängerin sind, dann sind Sie aber nicht aus Kalifornien, oder doch?«

Velveta schüttelte den Kopf. »Aus Miami.«

Gladys Citron wendete sich an ihren Sohn. »Ihr beide geht auf eine Reise, habe ich gehört?«

»Ja, das stimmt.«

»Darf ich fragen, wohin?«

»Nach Tucamondo.«

»Ah, so«, sagte sie. »Gegenwärtig die Peng-peng-Hauptstadt der Welt. Das überrascht mich.«

»Warum?«

»Es ist nicht gerade deine übliche Art stiller Nebengewässer, Morgan, ganz merkwürdig und ausgefallen. Die Leute werden dort niedergeschossen und geköpft und verschleppt und wer weiß was. Gar nicht ein Land nach deinem Geschmack.«

Citron trank einen Schluck von seinem Wein, lächelte seiner Mutter gleichgültig zu und wendete sich an Velveta. »Meine Mutter ist eine Autorität für Gefahren und Gewalttätigkeiten. Im Krieg war sie bei der Resistance in Frankreich.«

»War das im Zweiten Weltkrieg?«

Citron nickte. »Siehst du diese Schleife?« Er berührte sie. »Das ist die Ehrenlegion. Sie bekam sie von de Gaulle persönlich für all die Deutschen, die sie getötet hat. Runde drei Dutzend. Waren es nicht so viele, Gladys?«

»Ungefähr so viele waren es.«

»Sie ist wirklich stolz darauf.«

»Da mache ich ihr keinen Vorwurf«, sagte Velveta Keats. »Gottchen, das muß wirklich was gewesen sein.«

Citron wendete sich wieder an seine Mutter. »Komm, Gladys, was ist der wirkliche Grund, warum Velveta und ich nicht nach Tucamondo runterfliegen sollten?«

Sie starrten sich mehrere Sekunden lang an, bis Gladys Citron die Schultern hob und den Blick abwendete. »Eigentlich kein besonderer – wenn keiner von euch beiden was dagegen hat, daß auf ihn geschossen oder er zusammengeschlagen oder verschleppt wird und verschwindet. Wie ich gehört habe, soll das Klima da unten zu dieser Jahreszeit sehr angenehm sein. Nicht zu warm.« Nach einer kleinen Pause fragte sie so beiläufig wie sie vermochte: »Fahrt nur ihr beide dorthin?«

»Ja«, log Citron.
»Also, wenn ihr da unten etwas Ungewöhnliches entdeckt, was eine Geschichte hergibt, Morgan, dann denke an deine liebe alte Mutter. Wir bezahlen schrecklich gut, wie du weißt.«
»Soll geschehen.«
»Wo werdet ihr wohnen?«
»Ich nehme an im Intercontinental, wenn es da eins gibt.«
»Gibt es«, sagte Gladys Citron, während sie aufstand. »Überall, wo die Leute einen großen Teil ihrer Zeit damit verbringen, aufeinander zu schießen, scheint es ein Intercontinental zu geben.« Sie lächelte Velveta Keats an. »Es hat mich gefreut, Sie kennenzulernen, Miss Keats. Ich glaube nicht, daß ich schon einmal einer Müßiggängerin begegnet bin. Ich hoffe, daß wir uns öfter sehen werden.«
Citron stand auf, als seine Mutter zur Tür ging, sie öffnete und sich noch einmal umdrehte. »Gute Reise, Morgan, und sei ja vorsichtig.«
»Danke. Werde ich.«
Gladys Citron sagte noch etwas sehr schnell auf französisch, sah ihren Sohn lange und aufmerksam an, ging dann und schloß die Tür hinter sich. Citron nahm seinen Platz am Tisch wieder ein. Velveta Keats sah ihn neugierig an. »Was hat sie denn noch gesagt – auf französisch, meine ich?«
»Grob übersetzt hat sie gesagt, das Leben sei für die Unvorsichtigen voller Fallgruben.«
Velveta Keats starrte ihn weiter an. Schließlich sagte sie mit sehr leiser, trauriger Stimme: »Mein Gott, ihr beide haßt euch wohl ganz schrecklich, oder?«
Citron dachte darüber nach. »Ja«, gab er schließlich zu, verwundert, warum zwei Menschen, die einander völlig fremd waren, sich hassen sollten. »Ich glaube schon.«

## 25

Velveta Keats traf Draper Haere zum erstenmal in seinem riesigen Zimmer, das sie mit großen Augen entzückt und verwundert betrachtete. Sie verstauten Hubert in seinem Transportkorb, lieferten ihn im Katzenhotel Musette ab und fuhren dann in Citrons Toyota zum Los Angeles International Airport, stellten den Wagen auf einem Parkplatz ab und meldeten sich am Schalter der American Airlines zum Flug 451 nach Houston mit Anschluß nach Tucamondo.

Sie hatten dreißig Minuten Aufenthalt, bis ihr Flug aufgerufen wurde, und Draper Haere schlug einen Drink vor. Velveta Keats bat Citron, für sie eine Bloody Mary zu bestellen und entschuldigte sich dann damit, daß sie unbedingt ganz dringend auf die Toilette müßte.

Nachdem die Getränke gekommen waren, nahm Haere einen Schluck aus seinem Glas und sagte dann: »Mein Kandidat hat gekniffen.«

»Oh«, sagte Citron, dachte darüber nach und fragte dann nach dem Warum.

»Sie haben aus Washington einen geschickt, der ihm den Arm umgedreht hat. Einen alten Profi, der meinem Kandidaten versprach, wenn er die Tucamondo-Affäre aufgäbe, würden sie ihm die Nominierung für achtundachtzig auf dem Präsentierteller überreichen oder vielleicht sogar schon für vierundachtzig.«

»Hat Hodson das geglaubt?«

»Nicht so ganz. Aber es war eine versteckte Drohung damit verbunden; wenn er ihrer Bitte – oder Forderung – nicht nachkäme, würde er nach Beendigung seiner Amtsperiode politisch eine tote Ente sein und für seinen Lebensunterhalt vielleicht sogar arbeiten müssen oder etwas ähnlich Unvorstellbares.«

Citron nickte nachdenklich. »Ich glaube nicht, daß ich fragen muß, wer das war.«

»Nein.«

»Tatsächlich gehören Sie selbst doch auch zu ihnen, oder etwa nicht?«

»Ich bin nur ein Wasserträger, ein Holzhacker. Sie sind die weisen Könige.«

»Was ist mit der Frau des Kandidaten, der schönen Louisa?«

»Mir ihr?«

»Ja.«

Haere trank noch einen Schluck von seinem Bier. »Sagen wir, sie stand loyal zur Entscheidung ihres Mannes.«

»Ich verstehe.« Citron trank auch einen Schluck Bier und sagte dann: »Was sonst noch?«

»Die beiden angeblichen FBI-Typen, die Sie entlarvt haben. Sie haben sich noch einmal gezeigt.«

»Wann?«

»Gestern nachmittag. Gegen Abend.«

»Und?«

»Sie rieten mir, ich sollte aufgeben.«

»Und wenn Sie es nicht tun?«

»Werden sie meinem Kater das Genick brechen und dann mir und dann vielleicht auch Ihnen.«

Citron studierte das Bier in seinem Glas. »Ich verstehe.«

»Sie können noch aussteigen. Ich würde Ihnen bestimmt keinen Vorwurf machen.«

»Nein«, sagte Citron. »Ich glaube, das werde ich nicht.«

»Warum nicht? Das Geld kann es doch nicht sein. So viel ist es nicht.«

Citron trank wieder einen Schluck von seinem Bier, ehe er antwortete. »Es ist einfach, weil ich jetzt über zwei Jahre fort gewesen bin und ich schließlich angefangen habe, zurückzufinden. Ich habe das Gefühl, wenn ich jetzt nicht weitermache, werde ich es nie mehr schaffen. Zurückfinden, meine ich.«

»Von wo zurück?«

Citron hob die Schultern. »Wer weiß das? Einem wilden Wahnsinn?« Er sah Haere an und grinste etwas. »Sie stört es doch nicht, daß ich ein bißchen verrückt bin?«

»Überhaupt nicht. Was war es – Afrika?«

»Das – und vielleicht, daß ich der letzte amerikanische Kannibale bin.«

»Kein Quatsch?« entgegnete Haere, und versuchte sich zu entscheiden, ob er überrascht oder schockiert aussehen sollte, aber es gelang ihm nur, amüsiert auszusehen.

»Jedenfalls einer der letzten«, sagte Citron, der sich an den jungen Mormonenmissionar aus Provo erinnerte.

»Haben Sie noch damit zu schaffen?«

»Es hat mir nie zu schaffen gemacht – nicht richtig – weil ich sehr schnell auf die treffende Erklärung gekommen bin – oder die Rechtfertigung. Es war das übliche.«

»Was?«

»Ganz einfach. Ich hatte Hunger.«

Er lächelte wieder, und in diesem Lächeln war nichts Wahnsinniges, das Haere hätte entdecken können, nur diese äußerst fremde Ruhe, die manchmal auf absolute Verzweiflung folgt.

An dem Schalter der Tucamondo Airlines in Houston wartete keine Schlange, aber der im Dienst befindliche Angestellte brauchte ewig lange, um die Visa zu überprüfen, die Carlotta Preciado vom Reisebüro beim Konsulat von Tucamondo in Los Angeles besorgt hatte.

Der Angestellte, der selbst aus Tucamondo stammte, war kaum älter als fünfundzwanzig und trug auf der Oberlippe einen üppigen Schnauzbart, der so sorgfältig gehegt und gepflegt war, daß es sich nur um sein Hobby handeln konnte. »Fliegen Sie in Geschäften oder als Tourist?« fragte er Haere.

»Als Tourist.«

»Dort gibt es nichts zu bewundern«, sagte der Angestellte absolut überzeugt und klatschte die Pässe und Flugscheine auf seinen Tresen.

»Erfolgt der Abflug pünktlich?« fragte Haere, der die Papiere an sich nahm.

»Ja, pünktlich. Warum auch nicht? An Bord werden mehr Mitglieder der Crew als Passagiere sein. Sie drei und noch zwei weitere werden eine ganze DC 8 für sich haben. Sie haben Ihr Geld verschwendet, als Sie Tickets erster Klasse gekauft haben.«

»Er ist in solchen Dingen die reine Unschuld«, erklärte Citron dem Angestellten in einem Spanisch, das einen leichten, angenehmen französischen Akzent hatte.

»Natürlich«, sagte der Angestellte, »Sie sind alle Unschuldige. Wer sonst würde in mein Land reisen außer Narren, Unschuldigen und Missionaren?« Er nahm von irgendwo unter dem Tresen einen kleinen Handspiegel und musterte seinen Schnauzbart. »Der Flug wird in fünfundvierzig Minuten aufgerufen«, sagte er und zwirbelte das eine Ende seines Bartes zur Spitze einer Nadel. »Wenn Sie ihn verpassen sollten, könnte ich es verstehen.«

Als die drei Reisenden sich von dem Schalter abwendeten, schwenkte der große Mann mit den großen Ohren und den beinahe grünen Augen mit einem Lächeln, einem Nicken und fast auch einem Blinzeln seinen Stetson. »Hallo, hallo, Leute«, sagte er und machte vor Velveta Keats so etwas wie eine Andeutung einer höflichen Verbeugung. »Miss Keats, nicht wahr? Und Sie sind Mr. Haere, wette ich, und Sie müssen Mr. Citron sein. Willkommen in Houston.«

»Wer, zum Teufel, sind Sie?« fragte Haere.

»MacAdoo, Bill MacAdoo, und ich bin Ihr Einmannempfangskomitee und hoffe, daß ich Sie im Captains Country Club zu einem erfrischenden Drink und, wenn Sie mögen, einem Bissen zu essen begrüßen kann.« Er machte eine Pause, um ein weiteres Lächeln und Nicken anbringen zu können. »Ich hoffe wirklich, daß Sie sich mir anschließen, weil ich ein paar Informationen an Sie weitergeben muß, die für Sie von besonderem Interesse und gemeinsamem Nutzen sein könnten.«

»MacAdoo«, sagte Haere und sah sich den großen Mann von oben bis unten genau an. »Irgendwie verwandt mit dem MacAdoo, der Al Smith daran hinderte, Präsident zu werden?«

MacAdoo strahlte. »Entfernt verwandt, Mr. Haere. Sehr entfernt.«

»Und da der mit Ihnen verwandte MacAdoo Woodrow Wilsons Tochter Elly heiratete«, fuhr Haere fort, »bedeutet das, daß Sie, wenn auch noch entfernter, mit Wilson verwandt sind. Dann müssen Sie also trotz Ihrer albernen Texasschau in Princeton studiert haben, und von Princeton wohin? Das kann beinahe nur Langley gewesen sein.«

Das breite MacAdoo-Lächeln verschwand und mit ihm die Handelskammerfreundlichkeit. Die fröhlichen, beinahe grünen Augen verengten sich zu argwöhnischen Schlitzen. Die große Nase nahm einen schlechten Geruch wahr. Die dröhnende Stimme verlor ihren sonoren Klang und wurde kalt und ostküstenhaft. »Sie haben da einen hübschen Gedankensprung vollzogen, Mr. Haere«, sagte MacAdoo. »Können wir miteinander reden?«

Haere wendete sich an Citron. »Wollen Sie sich mit der CIA unterhalten?«

»Nicht besonders gern.«

»Er gibt einen Drink aus.«

Citron hob die Schultern. »Okay. Hören wir uns an, was er zu sagen hat.«

Sie fuhren mit der Rolltreppe eine Etage höher zum Captains Country Club, wo alles aus dunkler Täfelung, tiefen Ledersesseln und schlurfenden alten weißen Kellnern mit tadellosen Manieren und Kellnerfräcken bestand. Es war die Houstonversion eines Herrenklubs durch die Hollywoodbrille gesehen.

Nachdem eines der alten Faktoten ihre Bestellung entgegengenommen hatte, sah Velveta Keats sich verstohlen nach allen Seiten um, senkte die Stimme und fragte MacAdoo: »Sind Sie wirklich beim CIA, Mr. MacAdoo?«

»Ich arbeite für meine Regierung, Miss Keats.«

Sie verstand das als ein Ja und sagte: »Morgans Mama war eine Art Spion bei der Résistance in Frankreich im Zweiten Weltkrieg, nicht wahr, Morgan?« Noch ehe er antworten konnte, lächelte sie MacAdoo zu und fuhr fort: »Ich habe sie erst heute kennengelernt, Morgans Mama, und sie hat mir alles darüber erzählt. Also eigentlich nicht alles, aber einen Teil.«

»Gladys Citron, nicht wahr?« fragte MacAdoo den Sohn.

»Richtig.«

»Sie ist immer noch eine Art Legende, Ihre Mutter«, sagte MacAdoo.

»Oder ein Mythos«, sagte Citron.

Der alte Kellner erschien wieder und servierte mit begleitendem Murmeln die Drinks. Biere gingen an Citron und Haere, eine weitere Bloody Mary an Velveta Keats und an MacAdoo ein Dewar's mit Wasser. MacAdoo hatte seine gewohnte Marke Bourbon bestellt.

Nachdem der Kellner fort war, sagte Haere: »Okay, lassen Sie hören.«

»Es ist wirklich ganz einfach«, sagte MacAdoo. »Es wäre besser, wenn Sie Ihre Reise nach Tucamondo nicht fortsetzten.«

»Besser für wen?«

»Für alle.«

»Warum?«

»Was wissen Sie von Tucamondo? Ich meine, was wissen Sie an Tatsachen?«

Haere sah Citron an. »Sie sind der Reiseschriftsteller.«

»Nun, es ist größer als El Salvador, kleiner als Belize, viel ärmer als beide und befindet sich in einem schaurigen Zustand. Aber in diesem Zustand hat es sich immer befunden, seit die Spanier fünfzehnhundertundirgendwas dort zum erstenmal Anker geworfen haben.«

MacAdoo schüttelte den Kopf. »Es ist mehr als ein schauriger Zustand. Es herrscht praktisch völlige Anarchie. Ich meine das wörtlich. Eine Regierung gibt es nicht.«

»Es gibt die Generäle«, sagte Haere.

MacAdoo fing wieder an, den Kopf zu schütteln. »Es gibt zweiunddreißig Generäle, die wie Lehnsherren über ihre Fürstentümer herrschen, manche sind fünfzig Quadratmeilen groß, einige so klein, daß sie nur zwölf städtische Häuserblocks umfassen. Es gibt keinerlei Recht, überhaupt keins. Keine anerkannte Währung außer dem amerikanischen Dollar, Gold und Drogen. Die Soldaten sind Straßenräuber geworden, Wegelagerer, nennen Sie sie, wie Sie wollen. Das offene Land ist eine Todesfalle. Nur die Hauptstadt ist verhältnismäßig sicher, und das nur, weil sie von einem Generaloberst mit Namen Carrasco-Cortes beherrscht wird. Er hat das Geld, um seine Soldaten zu bezahlen.«

»Wo hat er das her?« fragte Haere.

MacAdoo hob die Schultern. »Wir schätzen, daß Carrasco-Cortes genug Geld hat, um noch drei Wochen durchzuhalten, vielleicht auch nur noch zwei.«

»Und was dann?«

Wieder hob MacAdoo die Schulter. »Chaos.«

»Sie haben die Frage von Haere nicht beantwortet«, sagte Citron, »darum will ich sie anders herum noch einmal stellen. Wo konnte dieser Generaloberst, dieser Carrasco-Cortes, seine Hände auf genügend Geld legen, um seine Truppen zu bezahlen?«

»Ich habe keine Ahnung. Nicht die geringste.«

»Sie wissen es«, entgegnete Citron. »Sie müssen es wissen.« Er wendete sich an Haere. »Und wir wissen jetzt das, was wir nicht wissen sollen.«

»Alles, was wir haben, sind ein paar Fragen, aber keine Antworten.«

»Das ist das gleiche.«

»Mag sein«, sagte Haere und wendete sich wieder an MacAdoo. »Was sind Sie eigentlich? Der Bremser? Notbremser?«

MacAdoo produzierte wieder sein gelöstes Texasgrinsen. Er hatte sehr weiße Zähne, die fast vollkommen zu sein schienen. »Ich bin nur vorsorglicher Warner, Mr. Haere. Ich bin nur hier, um euch Leute anzuregen, wieder nach Hause zu fliegen und alles über dieses kleine unwesentliche Land da unten zu vergessen, für das ohnehin selbst der Teufel keinen Deut gibt.«

»Sie können uns doch ganz leicht daran hindern«, sagte Citron. »Sie bräuchten doch nur durch die Behörden unsere Pässe beschlagnahmen zu lassen.«

»Nun, Sir, wenn wir das täten, könnte Mr. Haere bei allen möglichen Leuten großen Krach schlagen. Stimmt's, Mr. Haere?«

»Das könnte schon sein.«

»Was ich wirklich nicht verstehe«, sagte Citron nachdenklich, »ist, warum Sie uns überhaupt soviel gesagt haben wie Sie uns gesagt haben. Sie müssen doch wissen, was wir suchen, und jetzt haben Sie uns so gut wie verraten, wie wir es finden können.«

MacAdoo stellte sein abschließendes Lächeln zur Schau. Das ist sein Lebewohllächeln, dachte Haere, ganz dünn und eiskalt, ganz Princeton und Presbyteraner. Es war ein Lächeln voll düsterer Vorahnungen eines bitteren Endes.

»Wir geben uns völlig damit zufrieden, daß wir Sie gewarnt haben«, sagte MacAdoo, und ein Hoch von Mitleid schlich sich in seinen Ton ein, aus dem wieder jede Spur Texanisches verschwunden war.

»Zufrieden«, sagte Haere. »Das ist hier ein komisches Wort.«

»Unsere Zufriedenheit, Mr. Haere, entspricht unserer absoluten

Gewißheit, daß, wenn Sie drei Ihre Reise nach Tucamondo fortsetzen, dann – also, dann werden wir uns nie wieder mit Ihnen zu befassen haben.« MacAdoo blickte auf seine Uhr und stand auf. Er runzelte bedauernd die Stirn, als ob er zu einer weniger erfreulichen Verpflichtung zu spät kommen würde, betrachtete jeden des sitzenden Trios der Reihe nach, schien von dem, was er sah, betrübt zu sein, und sagte dann: »Leben Sie wohl, Sie alle.« Danach drehte er sich um und verließ den getäfelten Raum mit langen Schritten, die fast wie ein Galopp wirkten.

Haere wendete sich an Citron. »Nun, was halten Sie davon?«

»Ich finde, wir sollten noch etwas trinken.«

Als Haere dem alten Kellner winkte, wendete Velveta Keats sich an Citron, hörte auf, an ihrer Unterlippe zu nagen und sagte: »Ich weiß nicht, Morgan, vielleicht hätte ich doch etwas sagen sollen.«

»Worüber?«

»Über diesen Generaloberst, von dem er gesprochen hat.«

»Warum?« fragte Citron. »Ich meine, was hättest du schon über ihn sagen können?«

»Ich habe heute morgen mit Mama in Miami telefoniert.« Velveta Keats ließ es wie eine Frage klingen. Citron nickte. Sie sah Haere an, der ihr jetzt seine volle Aufmerksamkeit widmete, und dann wieder Citron. »Also, ich habe sie nach Papa gefragt, wie ich das immer tue, und sie sagte, er wäre in einer Besprechung und –« Sie brach ab, um wieder an ihrer Unterlippe zu nagen.

»Ja, und was weiter?« fragte Citron.

»Also, Mama sagte, Papa wäre in einer Besprechung mit einem Mann, und der Mann wäre ein General und sein Name wäre Carrasco-Cortes.«

»Du lieber Himmel«, sagte Draper Haere.

## 26

Als am gleichen Tag mittags um 13 Uhr in Gladys Citrons Wohnraum das Telefon klingelte, stand der blauäugige Mann, der sich manchmal John D. Yarn nannte, von dem Ohrensessel auf, in dem Drew Meade gestorben war, ging zum Telefon hinüber und meldete sich mit Hallo. Die Stimme, die ihm ins Ohr gellte, ließ ihn zurückfahren, den Hörer herunternehmen und gegen seine Brust pressen. Er wendete sich Gladys Citron zu.

»Das ist er«, sagte er. »Er klingt nicht sehr fröhlich.«

Gladys Citron sah erst den braunäugigen Mann an, der auf der Couch saß, den Mann, der sich mitunter Richard Tighe nannte. Er hob die Schultern. Sie stellte ihr Glas hin, stand auf, ging zum Apparat und nahm den Hörer von Yarn entgegen. Sie nahm ihren Perlohrring ab, legte den Hörer an ihr linkes Ohr und sagte: »Nun?«

»Gottverdammt, Gladys!« Die Stimme war laut genug, um als schreiend bezeichnet zu werden, und sie gehörte B. S. Keats, der aus Florida herüberschrie.

»›Gottverdammt, Gladys‹ bringt uns überhaupt nichts, B. S.«, antwortete sie und winkte Yarn, ihr ihr Glas zu reichen, das sie abgestellt hatte. Yarn gab ihr das Glas, zündete eine Zigarette an und reichte sie ihr auch.

»Du hast behauptet, der Bengel, den du hast, der wäre gaga«, begann Keats mit fast kreischender Stimme, »daß er Rührei im Kopf hätte statt einem Gehirn.« Das Kreischen verringerte sich zu simplem Schreien. Tighe war von der Couch aufgestanden und neben Yarn getreten. Gladys Citron hielt den Hörer in einem Abstand von ihrem Ohr und beide Männer hörten die Stimme von Keats deutlich. Sie klang wie Blech, das zerrissen wurde.

»Ich habe dir gesagt, daß er gestört ist, B. S., daß er unter Depressionen litt.«

»Soso, Depressionen? Also, dein melancholisches Baby, das angeblich nicht fähig war, mit beiden Händen seinen Hintern zu finden, scheint wieder aufgewacht zu sein. Weißt du, wo er jetzt gerade ist?«

»Wahrscheinlich in einem Flugzeug.«

»Und weißt du auch, wer bei ihm ist?«

»Deine Tochter.«

»Meine Tochter, die spinnende.«

»Ich habe sie heute morgen kennengelernt.« Gladys Citron machte eine Pause, um einen Schluck aus ihrem Glas zu trinken. »Ich fand sie sehr reizend und auf eine eigenartige Weise direkt charmant.«

»Fandest du?«

»Ja.«

»Also dann rate mal, wen sie sich mitgenommen haben zum Aufpassen, mein Sahnetörtchen von Tochter und dein Tränenkloß von Sohn.«

»Als Aufpasser?«

»Ganz richtig, als Aufpasser.«

»Wen?«

»Draper Haere.«

Es folgte eine lange Pause, die erst beendet wurde, als Gladys Citron sagte: »Ich verstehe.«

»Du hast Scheiße gebaut, Gladys.« Keats schrie nicht länger. Seine Stimme war milde geworden, fast zärtlich. Gladys deutete den neuen Ton als Drohung, eine durchaus ernsthafte Drohung.

»Wir haben Haere gewarnt«, entgegnete sie.

»Wir? Meinst du deine beiden Gigolos? Scheiß, die könnten nicht einmal eine Fliege vom Obst verscheuchen.«

»Du irrst dich.«

Keats seufzte. »Ich sage das nicht gern, Gladys, aber es sieht genauso aus, als ob du alles verpatzt und richtig Scheiße gebaut hättest.«

»Ich baue keine Scheiße, B. S. Ich bringe Ordnung in den Schlamassel. Laß dich an das eine oder andere erinnern. An einiges. Als deine Tochter Maria die Wahnsinnige spielen und unten in Miami zur Polizei rennen wollte, habe ich sie durch die Einladung einer Filmschauspielerin mit einem Haus hierher gelockt, um in Malibu am Strand zu leben. Und nach der Sache in Colorado, als wir den Verdacht hatten, daß Draper Haere nach einem professionellen Schnüffler suchte, habe ich arrangiert, daß er auf meinen Sohn verfiel, der, wie ich da meinte und jetzt noch meine, emotionell so gestört ist, daß er praktisch unbrauchbar ist. Und dann wollen wir den alten Drew Meade nicht vergessen. Dieses kleine Problem habe ich auch gelöst. Und jetzt haben wir ein neues: Draper Haere. Aber der ist wirklich kein großes Problem. Meine Leute können noch heute nachmittag abfliegen und morgen ganz früh schon in Tucamondo sein.«

In Florida folgte für eine kurze Weile Stille, und dann sagte Keats: »Also klar, du hast selbst deinen Jungen eingesetzt, das muß ich einräumen.«

»Und noch etwas, B. S. Ich habe dich in dieses Geschäft hineingebracht, und das ist noch ein Punkt, an den du dich gelegentlich erinnern solltest.«

»Ich vergesse nie etwas.« Wieder folgte eine kurze Pause, die anhielt, bis Keats sagte: »Das muß ich dir zugestehen, Gladys, es ist ein ganz hübsches Geschäft.«

»Wie geht es dem General?«

»Mit dem ist alles klar, und er ist auf dem Weg zurück.«

»Dann besteht also kein Grund, daß wir nicht weitermachen können?«

»Keiner, außer diesem Burschen Haere.«
»Um den werde ich mich kümmern.«
»Gladys.«
»Was?«
»Ich will nicht, daß Velveta etwas zustößt.«
»Nein. Selbstverständlich nicht.«
»Ich meine, ich verlange, daß sie nicht angetastet wird.«
»Es wird ihr nichts passieren.«
»Also, nur um sicherzugehen. Ich schicke meine zwei französischen Nigger heute abend da runter, und du solltest genau wissen, wenn Velveta irgend etwas passiert, nehmen meine beiden Nigger sich deinen Knaben vor.«
»Ich verstehe.« Sie blickte nach oben, studierte ein paar Sekunden lang genau die Decke, seufzte dann und sagte: »B. S., ich werde dir jetzt etwas ganz Einfaches sagen und möchte, daß du mir genau zuhörst.«
»Also rede schon.«
»Wenn deine Leute meinen Jungen anfassen, bringe ich dich um.« Sie schlug den Hörer auf die Gabel zurück und leerte ihr Glas mit drei gierigen Zügen.
Yarn grinste sie an. »Meinst du, daß er dir glaubt?«
»Teufel, ich glaube ihr«, sagte Tighe. »Warum sollte er nicht?«
Sie sah erst Yarn, dann Tighe an. »Um drei Uhr geht eine Maschine nach Miami.«
»Wir werden sie nehmen«, sagte Tighe.
Gladys Citron sah auf ihre Uhr. Es war zehn nach eins. »Nun«, sagte sie. »Zeit für den Mittagsschlaf.« Sie streckte die Hand aus und fuhr mit dem Zeigefinger an Yarns rechtem Unterkiefer entlang, drehte sich um und ging zu ihrem Schlafzimmer. Yarn folgte ihr, blieb aber an dem Durchgang noch einmal stehen und blickte zu Tighe zurück. »Kommst du nicht?«
»Doch, natürlich«, antwortete Tighe. »In einer Sekunde.«

Die einzigen anderen Passagiere in Flug 9 nach Tucamondos Hauptstadt Ciudad Tucamondo waren ein vierunddreißigjähriger Amerikaner und eine ärmlich gekleidete Venezolanerin, die versuchte, sich unsichtbar zu machen, und die, wie Haere vermutete, ein Kurier für irgendeinen Kokainschmuggler und jetzt auf dem Rückweg war.
Der Amerikaner und die Venezolanerin hatten sparsam Tickets für

die Touristenklasse gekauft, wurden aber sofort in den Erste-Klasse-Teil versetzt, sobald die Maschine gestartet und in der Luft war. Dort wurden alle fünf Passagiere von dem Chefsteward und seinen fünf Gehilfen umhegt und verpflegt, bis sie nichts mehr essen oder trinken konnten. Als die Crew schließlich davon überzeugt war, daß sie für die Passagiere nichts mehr tun konnte, versammelte sie sich in der vorderen Hälfte des Erste-Klasse-Abteils, um dort für den Rest des vierstündigen Flugs entweder zu schlafen oder miteinander zu schwatzen.

Nachdem der Versuch des Amerikaners, ein Gespräch zu beginnen, von der jungen Venezolanerin abgewehrt worden war, suchte der Amerikaner nach jemand anderem, mit dem er sich unterhalten könnte. Sein Blick fiel auf den melancholischen Heiligen, der für sich allein auf der anderen Seite des Mittelgangs neben den beiden übrigen Passagieren saß, der jungen Frau und dem Mann, die aneinandergelehnt schliefen. Der Amerikaner ging nach vorn, blieb neben dem Sitz des Heiligen stehen, der durch das Fenster in die Dunkelheit hinausstarrte.

Der Amerikaner räusperte sich. Draper Haere blickte zu ihm auf.

»Ihr erster Flug da hinunter?« fragte der Amerikaner.

»Mein allererster.«

»Meiner auch«, sagte der Mann und ließ sich auf dem Platz neben Haere nieder. Er streckte seine Hand aus. Als Haere nach ihr griff, sagte der Mann: »Ich bin Jim Blaine.«

Haeres Gesicht erhellte sich. »Sind Sie mit James G. Blaine verwandt?«

»Das ist mein voller Name, aber woher stammt der James G., von dem Sie sprechen?«

»Aus Maine«, antwortete Haere. »Es ist sehr lange her. Er wollte unbedingt Präsident der Vereinigten Staaten werden, hat es aber nicht geschafft.«

»Meine Verwandten sind alle aus Kansas. In Wichita, wo ich herkomme, gibt es nicht sehr viele Blaines, aber dafür in Kansas City drüben eine Masse, allerdings gehört es zum größten Teil ja nach Missouri.«

Haere nickte verständnisvoll und fragte: »Und was führt Sie nach Tucamondo hinunter?«

»Ja, das ist schon eine komische Geschichte. Ich bin ein Doktor, ein Arzt, und ich fahre für die Freunde da hin, Sie wissen schon, die Quäker.« Haere nickte wieder.

»Die Leute da unten brauchen Ärzte«, sagte Blaine, »sie brauchen sie wirklich dringend, nach dem, was ich gehört habe.« Er schüttelte bedauernd den Kopf. Es war ein ziemlich großer Kopf mit einer hohen Stirn, die durch den schnell zurückweichenden Haaransatz noch höher wurde. Blaine hatte sich unter seiner Stupsnase einen blonden Schnurrbart stehen lassen, und unter dem Schnurrbart befand sich ein kleiner, fast affektierter Mund, der sich über dem grobschlächtigen, wuchtigen Kinn nicht recht wohlzufühlen schien. Blaines Augen paßten eher zu dem Kinn als zu dem Mund. Sie waren himmelblau, blinzelten fast nicht oder blickten vielleicht nur stetig und erschienen merkwürdig skeptisch. Haere fragte sich, worauf Blaine spezialisiert sein mochte, und kam zu dem Ergebnis, was es auch sein mochte, er müßte gut darin sein.

»Werden Sie in einem Krankenhaus arbeiten?« fragte er.

Blaine nickte nachdrücklich mit seinem großen Kopf. »Eine Klinik draußen im Busch. Die Freunde haben sie da vor ein paar Jahren gegründet. Sie funktionierte bis vor etwa zwei Monaten ganz gut, bis jemand den Mann verschwinden ließ, der sie leitete.« Er schüttelte beinahe wütend den Kopf, und das große Kinn schien zu einem fast furchtlosen Rundumschlag gegen die Welt auszuholen. »Er war ein Freund von mir«, fuhr Blaine fort. »Wir begannen unser Studium gleichzeitig und besuchten gemeinsam die medizinische Fakultät. Als sie ihn dann verschwinden ließen, dachte ich, zum Teufel damit, setzte mich mit den Freunden in Verbindung, überwies meine Patienten an einen Kollegen, verabschiedete mich von der Frau und den Kindern, und jetzt bin ich hier.« Er lächelte. »Eine verdammte Dummheit von mir, wahrscheinlich.«

»Es klingt mir eher gefährlich als dumm«, sagte Haere.

»Ich bin selbst kein Quäker, verstehen Sie«, sagte Blaine und machte dann eine Pause. »Zum Teufel, ich glaube nicht, daß ich irgend etwas bin. War seit zwanzig Jahren nicht mehr in einer Kirche. Bin nicht einmal in einer getraut worden. Aber Joe Rice war Quäker.« Blaine lächelte. »Als wir klein waren, noch wirklich klein, meine ich, habe ich immer versucht, es aus ihm rauszuprügeln.« Er lachte verhalten. »Er hat mich windelweich gehauen. Das war ein Quäker.«

»Gibt es keine Nachrichten, was aus ihm geworden ist?« fragte Haere.

»Nichts. Eines Tages machte er sich mit seinem Wagen auf den Weg in die Klinik, und päng. Das war alles. Man hat nie den Wagen gefunden. Da unten gibt es kein Recht und Gesetz, wissen Sie. Ich meine, sie haben Soldaten und auch das, was sie eine Bundespolizei nennen, aber Recht und Gesetz gibt es da nicht.«

»Das habe ich auch gehört.«

»Na ja, vielleicht kann ich da ein paar Kranke heilen, ein paar gebrochene Knochen richten. Ein paar Babys in die Welt holen. Der alte Jim hat mir mal geschrieben, er würde langsam Spezialist für Schußverletzungen. Vielleicht haben sie ihn deswegen verschleppt. Er hat die falschen Leute zusammengeflickt.«

»Das könnte sein.«

Blaine legte den Kopf auf die Seite und sah Haere prüfend an. »Sie sind doch kein Missionar?«

Haere schüttelte den Kopf.

»Als ich Sie sah, dachte ich zuerst, Sie könnten einer sein. Irgendwie sehen Sie so aus, wie meiner Meinung nach ein Missionar aussehen sollte. Was machen Sie beruflich?«

»Werbebriefe«, antwortete Haere.

»So? Das muß doch sehr interessant sein«, sagte Blaine, und es gelang ihm sogar eine gewisse Überzeugung in seinen Ton zu legen. Dann gähnte er, bedeckte dabei den Mund mit der Hand, sah auf seine Uhr und sagte: »Na ja, vielleicht ist es ganz gut, wenn ich etwas zu schlafen versuche.« Er stand auf. »Es war nett, sich mit Ihnen zu unterhalten.«

»Ganz meinerseits«, sagte Haere.

Die Maschine landete eine Stunde und fünfunddreißig Minuten später auf Tucamondo International Airport. Die Venezolanerin verließ das Flugzeug als erste. Als nächster ging Dr. James Blaine die Rampe hinunter, gefolgt von Velveta Keats, Morgan Citron und Draper Haere.

Als Dr. Blaine unten an der Rampe ankam, traten ihm vier Männer in Zivil entgegen, befragten ihn kurz und führten ihn in Handschellen ab.

## 27

Weil Draper Haeres Spanisch im besten Fall als rudimentär gelten konnte, denn es bestand aus zweihundert oder dreihundert zusammengewürfelten Vokabeln, die ihm ermöglichten, ein Zimmer zu buchen, Essen und Trinken zu bestellen, einer Frau zu schmeicheln und ein Auto reparieren zu lassen, überließ er Morgan Citron die Verhandlungen am Einreise- und Zollschalter.

Citron sammelte die Pässe von Velveta Keats und Draper Haere ein, ging damit zum Fenster, als ob er sie bei besserem Licht kontrollieren wollte und trat erst dann vor den Schalter, hinter dem ein mürrischer, kahlköpfiger Mann saß, der ihn entweder gelangweilt oder verächtlich oder beides ansah.

Citron klopfte mit den drei amerikanischen Pässen auf die Schalterplatte und schüttelte bedauernd den Kopf. »Ich fürchte, daß wir vor einem Problem stehen.«

Der Kahlköpfige blühte auf, er strahlte beinahe. »Ein Problem, sagen Sie?«

»Ja. Mit unseren Visa.« Citron drehte sich um und zeigte auf Haere und Velveta Keats.

»Sie reisen zusammen?«

Citron nickte. »Wir drei.«

»Worin besteht das Problem, wenn ich fragen darf?«

»Wie ich schon sagte, es geht dabei um unsere Visa.«

»Ich verstehe. Erklären Sie es bitte.«

»Wir erhielten sie, die Visa, von Ihrem Konsulat in Los Angeles.«

»Ich weiß, daß es arbeitet.«

»Ist es manchmal ungenau?«

Der Kahlköpfige starrte Citron jetzt mit einem Ausdruck an, der Respekt nahekam. »Es kann vorkommen«, sagte er, »aber kaum sehr oft.«

»Mein Visum zum Beispiel«, sagte Citron und schob seinen Paß über die Platte dem Kahlkopf hin, der ihn aufnahm, nach rechts und links blickte, ihn aufblätterte, die gefaltete Hundertdollarnote entdeckte, den Paß sofort wieder auf die Platte legte und mit der Hand bedeckte.

»Ist es mit den anderen Pässen das gleiche?« fragte er.

»Genau das gleiche.«

»Dann haben wir, wie Sie sagen, wirklich ein Problem«, stimmte der Kahlkopf zu. »Aber es kann vielleicht nur geringfügig sein. Ich werde mit meinem Chef darüber sprechen müssen.«

Er nahm die drei Pässe, drehte sich um und verschwand durch eine Tür. Haere kam zu Citron. »Versuchen Sie, ob Sie etwas über den Mann erfahren können, der festgenommen worden ist«, sagte er. »Diesen Doktor.«

»Ist er Arzt?«

»Richtig.«

Citron nickte. »Okay.«

Der Kahlkopf kam durch die Tür zurück, jetzt strahlte er beinahe. Er griff nach einem Gumistempel und öffnete die drei Pässe. »Es war nur ein kleines Problem«, sagte er und knallte je einen Stempel in die drei Pässe. »Nur ein Schreibfehler.«

»Das erleichtert mich sehr«, sagte Citron und nahm die drei Pässe an sich. »Dieser andere Mann, der mit uns ankam, der amerikanische Arzt, der dann abgeführt wurde. Hatte auch er mit einem Problem zu tun?«

Der vergnügte Ausdruck verschwand, ein steinerner Blick trat an seine Stelle. »Gehört er zu Ihrer Gesellschaft?«

»Wir sind uns nur in der Maschine begegnet.«

»Sie sind keine Kollegen?«

»Nein.«

»Haben Sie die Absicht, ihn später wiederzutreffen?«

»Wir haben keine derartigen Pläne.«

»Gut. Seine Papiere waren nicht in Ordnung. Er mußte verhört werden.«

»Von der Polizei?«

»Warum fragen Sie?«

»Ich bin von Natur aus unziemlich neugierig. Das ist ein Fehler, fürchte ich.«

»Ja«, bestätigte der Kahlkopf. »Das kann es manchmal sein.«

»Ich danke Ihnen für Ihre Liebenswürdigkeit.«

»Willkommen in Tucamondo.«

Citron ging durch den kleinen Raum voraus zu der Tür, die als Ausgang bezeichnet war. Er öffnete die Tür. Sie führte in einen riesigen Wartesaal, der von Furcht erfüllt war. Er war auch von Menschen gefüllt, die saßen, standen und an den Wänden lehnten, die Koffer und Reisetaschen und Einkaufsbeutel und mit Bindfaden verschnürte Pappkartons umklammerten. Sechs Männer mit schwarzen Schirmmützen und in schlecht sitzenden dunkelgrünen Uniformen bewegten sich zwischen den Menschen. Dem Anschein nach willkürlich benutzte ein Offizier mit einem Sam-Brown-Koppel sein Paradestöckchen, um damit mal diese, mal jene Person zu berühren, männlich und weiblich, jung und alt, Ehemann und Ehefrau, Bruder und Schwester, Eltern und Großeltern. Die mit dem Stöckchen Berührten wurden fortgeführt, ließen ihren Besitz zurück. Niemand blickte ihnen nach. Niemand sah die uniformierten Männer an. Statt dessen starrten sie auf den Boden, an die Decke, auf die Wände, manchmal aufeinander, aber nie sahen sie sich in die Augen. Viele starrten auch auf ihre Hände und schienen überrascht zu sein, daß sie sie ineinander verschlungen hatten.

Haere entdeckte den Chefsteward, der mit ihnen in der Maschine aus Houston gekommen war. Der Chefsteward eilte auf den Ausgang zur Straße zu. Er sah weder nach rechts noch nach links. Als er vorbeikam, berührte Haere ihn an der Schulter. Der Chefsteward schauderte, hielt an und drehte sich langsam um. Erleichterung breitete sich über sein Gesicht.

»Was geht hier vor?« fragte Haere und deutete auf die zusammengedrängten Menschen.

Der Chefsteward sah nicht dorthin, wohin Haere deutete. Statt dessen blickte er zur Decke auf.

»Wie viele Leute sehen Sie hier?« fragte er.

»Ich weiß nicht. Vielleicht sechs- oder siebenhundert.«

»Und wieviel gehen an Bord einer DC 8?« fragte der Chefsteward und starrte immer noch zur Decke.

»Zweihundertfünfzig?«

»Zweihundertzweiunddreißig.«

»Was wird aus denen, die es nicht schaffen?«

»Sie warten«, antwortete der Chefsteward. »Manche warten seit sechs Wochen.«

»Was ist mit denen, die die Polizei abgeführt hat? Was wird aus ihnen?«

Der Chefsteward entschloß sich, jetzt den Fußboden zu betrachten. »Jeder Passagier erhält eine Nummer«, sagte er. »Jede Nummer wird genau in der Reihenfolge aufgerufen. Ein faires System, oder nicht?«

»Doch. Gewiß.«

»Die, die abgeführt wurden, werden geholt, weil sie vermutlich Probleme haben – mit der Steuer, mit dem Ausreisevisum, irgendein beliebiges Problem. Diese Probleme sind schnell geklärt. Dann werden die Betreffenden aufgefordert, für den Wohlfahrtsfonds der Polizei eine Spende zu geben. Wenn die Spende angemessen ist, können sie an ihren früheren Platz in der Warteliste zurück.«

»Und wenn das nicht der Fall ist?«

»Kommen sie ans Ende der Liste, wenn sie Glück haben. Die weniger Glücklichen, die kein Geld haben, also niemand weiß genau, was aus denen wird.« Zum erstenmal sah der Chefsteward Haere an. »Ich muß jetzt wirklich gehen, Mr. Haere.«

»Nein, Mr. Haere, ich fürchte, Sie verstehen es nicht.« Der Chefsteward wendete sich ab und ging schnell auf die Tür zur Straße zu. Er sah weder nach rechts noch nach links, sondern nur auf das grüne Schild über der Tür. Darauf stand: *Salida*. Ausgang.

Der Flughafen war auf einem schmalen Plateau angelegt, das aus der Bergkette herausragte, die Tucamondo sowohl geographisch als auch wirtschaftlich teilte. Der östliche Abhang verlief in einem breiten Marschland, das an die Karibische See grenzte. Der westliche Abhang senkte sich steiler und breitete sich schließlich zu niedrigen Hügeln aus, die einen Naturhafen bildeten, an den die Spanier 1519 Ciudad Tucamondo gegründet hatten.

Sie legten die elf Meilen vom Flughafen zum Rand der City im Taxi, einem acht Jahre alten Chevrolet Impala, zurück. Das erste, was der noch junge Fahrer ihnen zu verkaufen versuchte, war Rauschgift, entweder Kokain oder Marihuana. Er war ein schlechter Verkäufer, und seine Anpreisungen klangen im besten Fall halbherzig. Er wurde nur eine Kleinigkeit beredter bei seinem zweiten Vorschlag: einer Führung durch die Fleischtöpfe der City, wo er Einblicke versprach, die jeder Vorstellung spotteten.

»Da gibt es keine alten Vetteln, Señor«, erklärte er Citron, der neben ihm auf dem Vordersitz saß, »sondern junge Mädchen von dreizehn und manche vielleicht noch nicht einmal zwölf.«

»Jungfrauen selbstverständlich«, meinte Citron.

»Nur eine, aber ihre Deflorierung durch einen großen Hund ist der Höhepunkt jeder Vorstellung.«

»Wo finden sie die vielen Jungfrauen?«

»In einem armen Land wie unserem«, erwiderte der Fahrer, »werden Jungfrauen billig und reichlich angeboten.«

»Wie gehen die Geschäfte sonst?«

»Hier im Westen ist es besser als im Osten. Da drüben verhungern sie, bei uns hungern wir nur.«

Die Straße vom Flughafen war eine noch ziemlich neue, aber schon mit Schlaglöchern übersäte, vierbahnige Autostraße, weitgehend ohne jeden Verkehr, aber gesäumt von ausgebrannten Skeletten von Lastwagen und Bussen und Personenautos.

»Eine schöne Straße, nicht wahr?« meinte der Fahrer. »Sie wurde mit Geld aus Ihrem Land gebaut. Viele Verwandte des Präsidenten sind dabei reich geworden und leben jetzt in schönen Apartments in Miami. Der Präsident selbst hat es selbstverständlich nicht geschafft, seinen Anteil am Reichtum zu genießen.«

»Er wurde erschossen.«

»Ja. Von den Generälen. Vor dem Präsidentenpalast, an der Mauer. Ich zeige Ihnen die genaue Stelle, wenn wir da vorbeikommen. Sie erinnern sich sicher. Es war eine öffentliche Hinrichtung. Die Leute kamen von überall her. Es war beinahe ein Festtag. Sie brachten ihn heraus und stellten ihn an die Wand, und die Generäle selbst waren das Exekutionskommando. Zweiunddreißig waren es. Sie waren keine Meisterschützen, aber immerhin, elf Kugeln haben ihn getroffen. Ich bin selbst dagewesen. Als es vorbei war, herrschte völlige Stille. Und dann kam ein langer Seufzer – etwa so.« Der Fahrer seufzte tief auf. »Es war beinahe wie ein Windstoß. Alle waren wie erlöst.«

»Und jetzt?«

Der Fahrer hob die Schultern. Er war ein junger Mann, noch keine dreißig, mit Augen, die zu groß, und Handgelenken, die zu dünn waren. Wie der Angestellte in Houston trug er einen Schnauzbart mit sorgfältig gepflegten, nadelscharf ausgezogenen Spitzen. Citron überlegte, ob diese Schnurrbärte ein Abzeichen sein könnten, ein Erkennungssignal womöglich, oder vielleicht nur ein Zeitvertreib, der nichts kostet. Er verzichtete darauf, danach zu fragen.

»Die Generäle«, sagte der Fahrer und hob wieder die Schultern, »sie können sich nicht einigen, und deswegen haben wir keine Regierung.« Er machte eine Pause. »Nur Soldaten und Banditen.« Wieder machte er eine Pause. »Und viele Tote.« Mit einem Kopfnikken deutete er auf einen ausgebrannten Bus. »Diese Wracks. Sie waren voll besetzt mit Leuten, die zum Flughafen flohen, als der Präsident hingerichtet worden war. Die Leute in diesen Wracks wurden ebenfalls hingerichtet. Und ausgeraubt.«

»Von den Banditen?« fragte Citron.

»Oder den Soldaten. Da besteht kein großer Unterschied.«

Der Fahrer bog in die Avenue des Fünften September ein und deutete auf den Präsidentenpalast und auf die Mauer, vor der der glücklose Präsident hingerichtet worden war. Danach kam ein großer Platz, den sowohl die Kathedrale – sie war offen – als auch das barocke Nationaltheater – das mit Brettern vernagelt war – zierten, und ein Stück weiter folgte das Gebäude von *La Prensa*, der einmal hochangesehenen Zeitung, das gleichfalls mit Brettern vernagelt war.

»Wir bekommen jetzt unsere Nachrichten vom Fernsehen«, sagte der Fahrer. »Der Sender funktioniert noch. Sie bringen viele Programme aus den Vereinigten Staaten. Zum Beispiel diese Serie mit dem Rechtsanwalt Perry Mason. Die ist ein beliebtes Programm.

Aber auch die Serie mit dem Titel *Leave It To The Beaver*. Habe ich es richtig ausgesprochen?«

Citron bestätigte ihm das.

»Auch die ist sehr beliebt.« Er machte eine Pause. »In dieser Serie wird nie jemand verletzt oder geschädigt. Das sehen die Leute hier gern.«

Das Intercontinental war ein neun Stockwerke hoher Klotz aus Stahl und getöntem Glas auf einer Klippe über der See. Der Fahrer kurvte von der Avenue des Neunzehnten Januar zu ihm hinaus. Für die Fahrt vom Flughafen verlangte er fünfzehn Dollar, und Citron gab ihm zwanzig. Er bedankte sich sehr höflich und erwähnte noch einmal die Vorstellungen mit den dreizehnjährigen Jungfrauen, falls die Herren ihre Meinung ändern sollten. Und selbstverständlich auch die Dame. Citron versprach, sie würden es erwägen.

Ihr Gepäck wurde von einem Portier in die Halle getragen, der den verchromten Helm eines Konquistadors und das dazu passende Kostüm trug. Velveta Keats und Citron entschieden sich für ein gemeinsames Zimmer. Haere erhielt eines, das einige Türen weiter lag. Beide Zimmer lagen im obersten Stockwerk mit Blick auf den Ozean. Das Hotel schien fast leer zu stehen. Als Haere diese Tatsache an der Rezeption erwähnte, wies der Empfangschef darauf hin, daß die Saison noch nicht begonnen habe. Haere fragte, wann die Saison denn beginne. Der Empfangschef meinte, im nächsten Monat oder spätestens im übernächsten. Als Haere gefragt wurde, wie er bezahlen wolle, antwortete er, mit seiner Kreditkarte des American Express. Der Empfangschef sagte, das wäre akzeptabel. Sollte der Herr jedoch wünschen, mit Dollars in bar zu bezahlen, erhielte er einen Rabatt von zwanzig Prozent. Haere sagte, er wolle es sich überlegen.

Velveta Keats war im Bad, und die Tür war geschlossen, als das Telefon klingelte. Citron nahm den Hörer ab und meldete sich mit Hallo.

»Morgan Citron?« fragte eine männliche Stimme.

»Ja.«

»Ich meine, wir sollten miteinander reden.« Der Mann sprach spanisch.

»Worüber?«

»Über eine Sache von gemeinsamem Interesse.«

»Wer sind Sie?«

»Ich bin Mr. X«, antwortete die Stimme und sprach das X spanisch aus, was entweder wie »equis« oder »eckys« klingt. »Wir könnten uns in meinem Zimmer treffen, schlage ich vor.

»Ich ziehe einen anderen Ort vor.«

»Wo denn?«

»Morgen vormittag um zehn.«

»Das ist wann. Wie steht es mit wo?«

»Ich werde es Sie wissen lassen.«

Die Leitung wurde unterbrochen, und Citron legte gerade den Hörer auf, als Velveta Keats aus dem Bad ins Zimmer kam.

»Wer war das?«

»Mr. Eckys.«

»Was für ein komischer Name.«

»Ja«, sagte Citron. »Findest du auch?«

## 28

Die drei betraten an diesem Abend um neun Uhr gemeinsam das so gut wie leere Restaurant des Intercontinental. Ein bärtiger *Maître-d'* geleitete sie zu einem Tisch und legte ihnen auch die Speisekarte vor. Ein Serviergehilfe kam und erneuerte die Servietten, die nicht erneuerungsbedürftig schienen. Citron entfaltete seine auf den Knien und fing das zusammengelegte Papier auf, ehe es zu Boden fiel.

Citron sah sich um. Die beiden anderen Gäste im Saal waren ein Mann und eine Frau, die auf der anderen Seite des Raumes saßen und sich nur für ihr Essen interessierten. Citron entfaltete hinter der Speisekarte den Zettel, las ihn und steckte ihn in seine Hosentasche.

»Von wem ist er?« fragte Haere, der die Speisekarte studierte.

»Dem Mann, der angerufen hat.«

»Mr. Eckys?« fragte Velveta Keats.

»Mr. Eckys.« Citron blickte in die Speisekarte. »Es ist nach wie vor morgen vormittag um zehn Uhr«, sagte er, »aber es ist draußen auf dem Land. Ich werde einen Wagen brauchen.«

»Wir werden am Empfang einen mieten«, sagte Haere. »Was wollen Sie essen?«

»Steak.«

»Velveta?«

»Ich glaube, ich nehme das mit den Meeresfrüchten.«

Als der Kellner kam, bestellte Haere Steaks für sich und Citron und die Meeresfrüchte für Velveta Keats. Er und der Kellner berieten sich über den Wein, Haere in seinem gebrochenen Spanisch und der Kellner in einem ebenso fragmentarischen Englisch. Sie stimmten schließlich überein, daß es wahrscheinlich weise wäre, auf den Wein zu verzichten, dessen Qualität fragwürdig zu sein schien, und statt dessen das lokale Bier zu versuchen. Das Bier nannte sich »Two Brothers« und erwies sich als ungewöhnlich gut.

Haere setzte sein Glas hin und sagt: »Während Sie sich morgen mit Mr. Eckys treffen, werde ich mal die Botschaft aufsuchen und dort meine Nummer des empörten amerikanischen Bürgers vorführen.«

»Weswegen?« fragte Citron. »Wegen diesem Doktor?«

»Falls er das sein sollte.«

»Den Leuten in der Botschaft wird das gefallen. So was mögen sie immer.«

Velveta Keats sah erst Citron an, dann Haere, dann wieder Citron. Sie runzelte die Stirn. »Darf ich mal was fragen?«

»Gewiß«, sagte Citron.

»Was habt ihr zwei eigentlich wirklich vor?«

Citron neigte sich Velveta Keats zu und lächelte in einer Weise, von der er glaubte, sie könne konspirativ wirken. »Du willst selbstverständlich die Wahrheit wissen.«

Sie nickte.

»Also, die Wahrheit ist, daß wir es selbst nicht genau wissen.«

»Richtig«, sagte sie und nickte weise. »Das habe ich mir ungefähr vorgestellt.«

Citron lag nackt auf dem Bett und sah Velveta Keats zu, die gleichfalls nackt mit untergeschlagenen Beinen auf einem Sessel neben der Lampe saß und sorgfältig farblosen Lack auf ihre Fingernägel auftrug. Sie hatten eines ihrer sexuellen Phantasiestücke ausgeführt, das etwas mit einer milden Form der Unterwerfung zu tun hatte, und als das geschafft war, lag Citron erschöpft da, und sie setzte sich auf dem Bett auf, eigentlich jetzt erst richtig in Stimmung, und verkündete, sie müsse ihre Nägel wieder in Ordnung bringen. Es schien mehr als eine Notwendigkeit zu sein. Citron hatte eher den Eindruck, es wäre eine Art Besessenheit. Er lag da, beobachtete sie, die leise, fast tonlos, vor sich hinsummte und mit einem kleinen Pinsel behutsam jeden Nagel behandelte. Er fragte sich, ob es wirklich so etwas wie geborene Lügner gäbe, und falls ja, ob Velveta Keats zu ihnen gerechnet werden könnte. War dieser Zug erblich oder erworben? Mußte sie ihr Können als Lügnerin üben oder war es eine natürliche Gabe? Und warum waren gute Lügner eigentlich im allgemeinen eine angenehmere Gesellschaft als die Wahrheitsfanatiker, die, wie er meinte, nur zu oft stupid und langweilig und scheinheilig waren? Citron entschloß sich, eine weitere Darbietung herauszufordern.

»Erzähle mir etwas von ihm«, sagte er.

»Von wem?«

»Deinem Bruder.«

»Der, mit dem ich immer ins Bett gegangen bin?«

»Genau dem.«

»Das habe ich nur erfunden«, sagte sie, immer noch auf ihre Nagelpflege konzentriert. »Ich habe gedacht, das würde dich anmachen. Inzest bewirkt das bei vielen. Hast du das gewußt?«

»Ich habe so was mal gehört.«

»Er starb, als er neun und ich sieben war.«

»Woran?«

»Polio, Kinderlähmung.« Sie blies auf ihre Nägel. »Ich vermisse ihn immer noch.«

»Was ist dann aus deinem Mann geworden? Jimmy. Hieß er nicht so?«

»Jimmy. Jimmy Maneras. Jaime eigentlich.«

»Was ist aus ihm geworden?«

»Er starb.«

»Wann?«

Sie wedelte mit ihrer Hand, um den Lack zu trocknen. »Oh, ich weiß nicht genau. Vor sechs Monaten war es wohl.«

Citron seufzte. »Was soll das, Velveta?«

Sie sah ihn an und schien verletzt zu sein. »Ich sage die Wahrheit. Papa hat ihn erschossen.«

»Warum?«

»Du würdest es mir doch nicht glauben, wenn ich es dir sage.«

»Ich glaube doch.«

»Deswegen haben sie mich doch nach Malibu verfrachtet. Ich wollte zur Polizei gehen. Aber als ich aus dem blauen Himmel heraus diesen Anruf von Craigie Grey bekam, die mich einlud, zu ihr zu kommen und in ihrem Haus am Strand zu wohnen und so, da, na ja, ich wollte ja auch nicht, daß Papa wirklich Ärger mit der Polizei bekam, und da bin ich eben dahin gegangen. Er will immer noch nicht wieder mit mir reden, aber das weißt du ja.«

»Und warum hat dein Vater deinen Mann erschossen?«

Sie bearbeitete jetzt ihre andere Hand, die linke, konzentrierte sich auf jeden kleinen Pinselstrich. »Notwehr«, sagte sie. »Aber weißt du, das sollte ich dir eigentlich wirklich nicht alles erzählen.«

»Dein Mann wollte also deinen Vater umbringen?«

»Mm-hmm.« Jetzt galt ihre Konzentration absolut ihren Pinselstrichen.

»Warum?«

»Warum Jimmy ihn umbringen wollte?«

»Genau das.«

»Weil er mich mit Paps im Bett überraschte.«

Sie blies auf ihre Finger, streckte ihre linke Hand weit von sich, um ihr Werk zu bewundern, nahm die Flasche mit dem Nagellack, verschloß sie und stellte sie auf den Tisch zurück. Sie starrte Citron an. Er fand ihren Blick kalt, feindselig, aber in keiner Weise wahnsinnig. »Macht dich das vielleicht an?«

»Nein.«

»Auf manche wirkt es so. Auch auf Frauen.«

Citron setzte sich auf der Bettkante auf und betrachtete sie aufmerksam. Sie starrte zurück, die Feindseligkeit in ihrem Blick verschwand nach und nach. Er fragte bedächtig: »Diesmal sagst du mir doch wirklich die Wahrheit, oder nicht?«

»Die reine Wahrheit«, bestätigte sie. »Also, Süßer, die ganze Wahrheit ist, daß wir immer miteinander gefickt haben, seit ich dreizehn bin.« Sie wendete den Blick ab, und obwohl sich ihr kalter Ausdruck und ihr nüchterner Ton nicht änderten, begannen ihr langsam Tränen zu den Mundwinkeln hinunterzurinnen. »Und vielleicht«, sagte sie, »es kann ja sein, ist das der Grund, warum ich manchmal etwas übergeschnappt bin. Was meinst du?«

Citron legte sich wieder auf das Bett zurück, verschränkte die Hände hinter dem Kopf und starrte an die Decke, vermutete, daß ihm gerade eine große Dosis Wahrheit verpaßt worden war. Wie üblich waren Lügen schmackhafter. »Ich weiß nicht«, antwortete er behutsam in neutralem Ton auf ihre Frage. »Vielleicht ist es so.«

Die Botschaft der Vereinigten Staaten, an einer breiten, geschwungenen Avenue gelegen, die den Namen von Simon Bolivar trug, war ein großes, weitläufiges, zwei Stockwerke hohes Gebäude, zwischen zwanzig und fünfundzwanzig Jahren alt und mit einer Serie pastellfarbener, gemauerter Reliefs geschmückt, die den Einfluß von Edward Durell Stone erkennen ließen.

Ansch einend im nachhinein hatte die Botschaft sich ringsum auf allen Seiten mit einer zweieinhalb Meter hohen Mauer aus Betonsteinen umgeben, deren primitive Bauweise auf eine überhastete, wenn nicht gar panische Errichtung schließen ließ. Wie zum Ausgleich leuchteten die Glassplitter, die die Mauer krönten, in den strahlendsten Farben. Darüber hinaus zogen sich auf der Mauer noch in konzentrischen Spiralen Stacheldrahtschlangen entlang, deren scharfe Spitzen nur die eine vorstellbare Aufgabe haben konnten, tiefe und schmerzhafte Verletzungen zu verursachen.

Die amerikanischen Diplomaten wurden links von den Franzosen und rechts von den Briten flankiert. Die Franzosen hatten einen eleganten Zaun aus Eisenstäben, die in sehr scharf aussehenden pfeilartigen Spitzen endeten, errichtet. Durch die Lücken zwischen den Eisenstäben konnte man ein dreistöckiges Château bewundern, das Stein für Stein von der Loire herübergeschafft worden sein konnte. Die Briten hatten sich nicht die Mühe gemacht, eine Einzäunung aufzurichten, sondern statt dessen ihr Geld anscheinend dafür aufgewendet, eine parkartige Gartenanlage zu schaffen, die den Betrachter für die wenig inspirierte Architektur des recht beiläufig hingesetzten, zweigeschossigen Stuckbaus entschädigten.

Citron fuhr vor und hielt den von Haere durch das Hotel gemieteten Ford Fiesta auf der gegenüberliegenden Straßenseite an. Beide betrachteten kritisch die Botschaft.

»Ein tolles Ding von einer Mauer«, meinte Haere.

Citron stimmte mit einem Kopfnicken zu. Er sah auf seine goldene Rolex. »Es ist jetzt neun Uhr fünfzehn. Wann werden Sie wieder im Hotel sein?«

»Zu Mittag jedenfalls. Spätestens um eins.«

»Dann treffen wir uns zum Lunch.«

»Was ist mit Velveta?« fragte Haere.

»Sie will um zehn in die Stadt gehen, um sich dort umzusehen und einzukaufen, und wird vor zwei nicht zurück sein.«

»Ich komme entweder zu Ihnen in Ihr Zimmer oder rufe an«, sagte Haere, stieg aus dem Wagen und sah dem abfahrenden Citron nach. Er trug seinen leichten, dunkelblauen, dreiteiligen Nadelstreifenanzug, sein weißes Hemd und eine blau und rot gestreifte Krawatte. Haere überquerte schnell die breite Avenue und ging auf die Marinewache zu, die hinter dem offensichtlich verschlossenen Tor aus dicken Stahlstangen wartete. In seinem blauen Anzug und seinen glänzenden schwarzen Schuhen war Haere sich bewußt, wie er auf den Marineposten wirken mußte: wie die gute alte Zeit.

Als er das Tor erreichte, starrte er durch die Gitterstangen auf das Gebäude der Botschaft. Er ignorierte den Mariner, einen zweiundzwanzig- oder dreiundzwanzigjährigen Corporal mit einem wie handgeschnitzten Gesicht eines mexikanischen Indios und überraschend hellgrauen Augen, die für dieses Gesicht viel zu alt waren.

Der Mariner ließ eine Minute verstreichen, ehe er sagte: »Ja, Sir. Kann ich Ihnen behilflich sein?«

Haere, der immer noch das Botschaftsgebäude anstarrte, fragte: »Ist da drinnen schon jemand auf und zu sprechen?«

»Ja, Sir. Alle.«

»Ich möchte jemand sprechen, der für verschwundene oder verirrte amerikanische Bürger zuständig ist.«

»Männlich oder weiblich?«

»Warum?«

»Nun ja, Sir, im allgemeinen übernimmt Miss Teadman es, nach verschwundenen Ehefrauen zu forschen. Sie kommen hier herunter, die Ehefrauen, treffen einen Burschen mit richtig weißen Zähnen und einem Hemd, das ihm bis hierher offensteht, und ja, Sir, dann geht es ihnen so, verstehen Sie? Wie Sie schon sagten, sie gehen verloren oder sie verirren sich.«

»Und Miss Steadman forscht nach ihnen?«

»Ja, Sir.«

»Wer forscht nach Leuten, die aus dem Flugzeug steigen und von Polizisten abgeführt werden?«

Der Mariner schloß das Tor auf. »Das wäre Mr. Frohe. Frohe wie in Frohe Ostern.«

»Und was macht Mr. Frohe?« fragte Haere, sobald er durch das Tor gekommen war und der Mariner es wieder abgeschlossen hatte.

»Er ist Anwalt!«

»Wessen?«

Der Mariner lächelte beinahe. »Von Leuten, die in Schwierigkeiten sind.«

Nachdem Haere mit dem Marine-Sergeant bei der Anmeldung gesprochen hatte und als Besucher eingetragen worden war, wartete er ein oder zwei Minuten, bis eine braunhaarige Frau in den dreißiger Jahren erschien, ihn flüchtig musterte, sich als Mrs. Crane vorstellte und ihn bat, bitte, mit ihr zu kommen. Er folgte ihr durch einen Gang, eine Treppe hinaus, durch einen weiteren Gang und durch eine Tür in ein Vorzimmer mit einem kleinen Schreibtisch, auf dem ein Schild mit ihrem Namen stand. Sie klopfte an eine geschlossene Tür, öffnete sie und sagte: »Mr. Haere ist da«, trat beiseite und bedeutete Haere, hineinzugehen.

Der Mann, der sich hinter dem fast leeren Metallschreibtisch erhob, trug ein Leinenjackett, eine Krawatte und ein Lächeln. Es war eines dieser breiten, weißen, fast blendenden Lächeln, das auf der Stelle Argwohn erregt. Haere bemerkte, daß die blauen Augen über dem Lächeln auch zu lächeln schienen, vielleicht sogar zu grinsen, obwohl sich das bei all den vielen Fältchen schwer entscheiden ließ.

Der Mann mit dem Lächeln streckte eine Hand aus, als er sich über den Schreibtisch beugte, und sagte: »Ich bin Don Frohe, Mr. Haere.«

Haere schüttelte Frohes Hand. Frohe deutete auf einen Stuhl, setzte sich wieder, lächelte weiter und sagte: »Nun, wie kann ich Ihnen helfen.«

»Ich bin gestern abend mit dem Flugzeug aus Houston angekommen.«

Frohe nickte.

»Ich begegnete in der Maschine einem Doktor, einem Arzt, namens Blaine. James G. Blaine.«

Frohe lachte verhalten. »Aus Maine?«

»Aus Kansas. Er ist hierhergekommen, um eine Klinik für die Freunde, die Quäker, zu übernehmen.«

Wieder nickte Frohe. »Die Klinik von Joe Rice.«

»Er erwähnte Rice. Er sagte, sie wären alte Freunde, daß aber Rice verschwunden sei.«

Das Lächeln verschwand, und Frohe wurde ernst, sagte aber nichts.

»In der Maschine waren nur fünf Passagiere«, fuhr Haere fort. »Dr. Blaine war der zweite, der ausstieg. Er wurde festgenommen, als er unten an der Rampe ankam, und von vier Männern abgeführt, die wie Polizisten aussahen.« Haere machte eine Pause. »Ich meine, Sie sollten das wissen. Ich möchte hinzufügen, daß ich es im höchsten Maß beunruhigend finde, daß ein amerikanischer Missionsarzt von der Polizei in dem Augenblick abgeführt wird, in dem er aus dem Flugzeug steigt. Außerordentlich beunruhigend.« Haere, der sich selbst zugehört hatte, war mit dem Grad seiner Empörung beinahe zufrieden.

»Entschuldigen Sie mich eine Minute«, sagte Frohe, hob den Telefonhörer ab und wählte eine Nummer. Als sich eine Stimme mit einem schwachen Ja meldete, sagte er: »Der Name ist James G. Blaine, angeblich ein Arzt aus Kansas.« Frohe sah Haere mit einer fragend hochgezogenen Augenbraue an.

»Wichita«, sagte Haere.

»Wichita, Kansas«, sagte Frohe ins Telefon. »Sie haben die Nummer der Quäkerklinik drüben im Osten, nicht wahr? Also rufen Sie dort an und stellen Sie fest, ob dort die Ankunft von Dr. Blaine erwartet wurde oder ob er etwa dort schon sicher und gesund eingetroffen ist. Wenn nicht, rufen Sie bei Tucaereo an, ob auf den gestrigen Passagierlisten ein Dr. Blaine geführt wurde. Wenn das der Fall war, rufen Sie unseren Freund Suro an und stellen Sie fest, ob seine Leute ihre klebrigen Pfoten auf den Doktor gelegt haben und falls ja, wo sie ihn gelassen haben. Dann kommen Sie bitte herein und berichten Sie Mr. Haere und mir alles.«

Frohe legte den Hörer zurück, setzte sein Lächeln wieder auf und sah Haere an, der zu der Ansicht gekommen war, daß die sorgfältig erworbenen Sonnenbräune das Lächeln weißer erscheinen ließ, als es in Wirklichkeit war. Das Lächeln paßte gut zu den von Fältchen umgebenen Augen, dem schmalen Kiefer und der geraden Nase. Das alles wurde gekrönt von einer Tolle rötlichgelben Haares, die in einer gepflegt ungezwungenen Welle über die hohe Stirn fiel. Alles schien darauf berechnet zu sein, den Eindruck einer herzlichen, schnellen Intelligenz zu machen, und Haere wäre durchaus willens gewesen, sie zu glauben, wenn Frohe nur nicht so oft gelächelt hätte.

»Draper . . . Haere«, sagte Frohe bedächtig und dehnte den Namen unnötig lang. Er zog die Stirne kraus, als ob er sich zu erinnern versuchte, wo er ihn schon einmal gehört hatte. »Politik, nicht wahr?«

»Politik«, bestätigte Haere.

»Was, um alles in der Welt, führt Sie hierher?«

»Ein Urlaub.«

»Ausgerechnet hier?« Frohe bemühte sich nicht, seinen Unglauben zu verbergen.

»Vielleicht auch ein kleines Geschäft.«

Frohe schüttelte den Kopf, als ob Geschäfte einfach gräßlich wären. »Also, viel Glück ist alles, was ich dazu sagen kann. Aber wenn Sie einen Rat hören wollen –«

Er wurde durch das Eintreten von Mrs. Crane unterbrochen, die mit einem Notizblock in der Hand hereinkam. Sie sah Frohe an, der nickte, worauf Mrs. Crane sich an Haere wendete.

»Erstens«, sagte sie: »Die Klinik der Freunde. Sie haben nie von einem Dr. Blaine gehört, konnten ihn also auch nicht erwarten. Zweitens: Es gab gestern keinen Dr. Blaine in dem Tacuereoflug von Houston – übrigens auch am Tag vorher nicht. Drittens: Ich sprach mit

Suro, der sagte, er habe gestern versäumt, einen Gringo zu verhaften, könnte heute nachmittag nach dem Lunch aber vielleicht noch dazu kommen.«

»Commander Suro ist in gewisser Weise ein Spaßvogel«, erklärte Frohe.

»Jaja«, sagte Haere. »Es hat ganz den Anschein. Auch dieser mysteriöse Dr. Blaine. Aber was ist mit Dr. Rice? Ist er wieder aufgetaucht?«

»Von wo?« fragte Mrs. Crane.

»Von dort, wohin immer er verschwunden war.«

»Joe Rice ist nirgendwohin verschwunden«, antwortete sie. »Ich habe in der Klinik gerade mit Joe Rice gesprochen.«

## 29

Die Route, der Citron aus der Hauptstadt folgte, führte über eine schmale Teerstraße, voller Schlaglöcher und auf langen Strecken durch Split notdürftig ausgebessert, durch einen Vorort mit erbärmlichen Hütten, die aus Holzresten, Plastikplanen, Pappkartons und aufgeschnittenen Konservendosen zusammengeflickt waren. Die Straße zog sich dann in Kurven ins Gebirge hinauf, wo außer einigen wenigen ärmlichen Bauern, die auf verstreuten Feldern Mais anbauten und kleine Ziegenherden und gelegentlich Hühner aufzogen.

Diese Höfe unter dem Existenzminimum wichen einer heruntergekommenen oder aufgegebenen Kaffeeplantage. Citron kontrollierte seinen Kilometerzähler. Nach genau 3,6 Kilometern hinter der Kaffeepflanzung begann er nach einer Abzweigung Ausschau zu halten, die auf der rohen Skizze eingezeichnet war, die ihm von dem Serviergehilfen im Restaurant des Intercontinental zugesteckt worden war. Er verfehlte sie beinahe, da sie von einigen hohen, breitblättrigen Pflanzen praktisch verdeckt wurde. Citron hielt sie für Poinsettias, doch tatsächlich waren es *Higuerilla* oder Palma Christi und ganz allgemein als Rhizinuspflanzen bekannt. Citron bemerkte, daß sie dort sorgfältig angepflanzt worden waren, um die Abzweigung der Seitenstraße zu verdecken, die sich als nicht viel mehr als ein holpriger Feldweg erwies.

Citron verringerte das Tempo und steuerte den Ford langsam zwischen breitblättrigen Zweigen hindurch, die laut scharrend an den Seiten des Wagens entlangstreiften. Nachdem er 1,3 Kilometer weit auf dem holprigen Weg weitergefahren war, hielt er an und stellte den Motor ab.

Er beobachtete den einarmigen Mann, der hinter einem dichten Gebüsch auftauchte, das nach Citrons Meinung aus Kaffeesträuchern bestand. Der Mann war ziemlich groß, mindestens einsachtzig, und dünn. Ihm fehlte der rechte Arm. Der Stumpf ragte aus dem Ärmel eines sauberen blauen T-Shirts heraus. In der linken Hand hielt der Mann irgendeine Waffe. Citron erkannte, daß es ein Revolver war. Vor den Augen trug der Mann eine dunkle, goldgeränderte Fliegerbrille. Er hatte ein schmales Gesicht mit einem grimmigen Mund, und Citron hielt ihn für Mitte dreißig. Unter dem sauberen T-Shirt trug er eine weiße Hose aus grobem Leinen, die entweder von Lehm oder Öl verschmiert war.

Der Mann kam langsam auf den Fiesta zu. Seine Waffe war nicht auf Citron gerichtet, sondern eher auf das Auto, als ob der Mann bereit wäre, den Wagen zu töten, falls er eine plötzliche Bewegung machen sollte. Als der Mann die Tür auf der rechten Seite erreichte, schob er den Revolver hinter den Gürtel und öffnete mit seiner linken Hand die Tür. Er zog die Waffe wieder heraus, stieg in den Wagen und sah Citron an.

»Sie sind Citron?« fragte der Mann auf spanisch.

»Ja.«

»Ich bin Mr. X.« Diesmal sprach er das X in akzentuiertem Englisch aus.

»Sehr gut.«

»Wir warten.«

»Worauf?«

»Um zu sehen, ob Sie verfolgt worden sind.«

»Ich verstehe.«

Sie warteten fünf Minuten schweigend. Citron fand es ein geruhsames Warten, ohne Druck oder Spannung. Es war, fand er, ähnlich wie das Warten mit einem alten, beunruhigten Freund. Citron hatte in dieser Weise oft mit anderen Mr. Eckyses in anderen Ländern gewartet, bis sie sich entschließen konnten, von ihren Hoffnungen und Befürchtungen zu sprechen. Schließlich brach der einarmige Mann das Schweigen mit der Bemerkung: »Sie sprechen sehr gut Spanisch.«

»Vielen Dank.«

»Ihr Freund, Mr. Haere«, sagte er und sprach das Haere »Ha-ähree« aus, »er spricht nicht so gut Spanisch.«

»Nein, ich glaube nicht.«

Wieder folgte eine Schweigepause, die diesmal eine volle Minute dauerte. »Darum habe ich Sie angerufen.«

»Wegen meines Spanischs?«

»Ja. Mein Englisch ist nicht sehr gut.«

»Aus welchem Grund haben Sie überhaupt angerufen?«

»Das wissen Sie nicht?«

»Nicht genau.«

Mr. Eckys lächelte, ohne seine Zähne zu entblößen. Es war ein flüchtiges Lächeln, beinahe matt. »Angenommen, ich sagte, ich wäre ein Bandit und daß wir beabsichtigten, Sie festzuhalten und ein Lösegeld für Sie zu fordern.«

»Viel Glück.«

»Wollen Sie damit sagen, es gäbe niemand, der für Ihre sichere Rückkehr bezahlen würde?«

»Genau das. Nicht einen.«

»Sind Sie selbst ein armer Mann?«

»Ein sehr armer Mann.«

»Aber Sie haben da eine kostbare Uhr.«

»Ein Geschenk.«

»Von einem reichen Freund vielleicht?«

»Von meiner Mutter.«

»Dann ist ihre Mutter doch bestimmt sehr reich und würde für die Befreiung ihres Sohnes gut bezahlen.«

»Ich fürchte, daß Sie meine Mutter falsch einschätzen.«

Mr. Eckys drehte sich auf seinem Platz etwas und hob den Revolver, so daß er jetzt auf Citron gerichtet war. »Ich werde die Uhr an mich nehmen.«

Citron hob die Schultern. »Sie können sie haben«, sagte er und begann sie von seinem Handgelenk zu streifen.

»Behalten Sie sie«, sagte Mr. Eckys. »Es war nur ein Test. Ein reicher Mann hätte gezögert, ein armer nicht.«

»Warum sollte er das nicht?«

Mr. Eckys runzelte die Stirn, als ob er über die Frage nachdenke. »Ich bin mir nicht sicher«, sagte er schließlich, »aber es ist wahr. Vielleicht weil die Armen nichts zu verlieren haben als ihr Leben.«

»Ich sehe, daß Sie viel und gründlich nachgedacht haben«, sagte Citron.

»Ich denke hier«, antwortete Mr. Eckys und klopfte sich mit der Revolvermündung auf das Herz. »Sie können den Motor wieder anlassen.«

Citron nickte und drehte den Zündschlüssel. »Wo fahren wir hin?«

»Zwei Kilometer weiter.«

»Und dann?«

»Dann werde ich Ihnen zeigen, wo es gewesen ist.«

»Was?«

Mr. Eckys lächelte. Diesmal zeigte er eine Reihe großer, weißer Zähne. »Der Verrat. Das ist doch der Grund, weshalb Sie hier sind, oder nicht? Um die Einzelheiten über den Verrat zu erfahren.«

»Ja«, bestätigte Citron und legte den Gang des Fiesta ein. Genau das ist der Grund, weshalb ich hier bin.«

Sie fuhren die zwei Kilometer schweigend, bis Mr. Eckys sagte: »Halten Sie hier.«

Citron hielt den Wagen an. Mr. Eckys deutete mit dem Revolver auf eine niedrige Bodenerhöhung, nicht mehr als einen Fuß hoch, die von Kräutern bedeckt war. Die Erhöhung war zwei Meter breit und zweieinhalb Meter lang. »Da haben wir sie begraben, alle zusammen«, sagte Mr. Eckys.

»Wer?«

»Ich und meine Genossen. Wir beobachteten sie von dort drüben.« Er deutete auf eine Baumgruppe.

»Ich meine, wer wurde begraben?«

»Die Gringos. Nordamerikaner. Insgesamt neun. Sie haben sich gegenseitig umgebracht. Später wurden sie wieder ausgegraben und fortgeschafft.«

»Wann?«

Mr. Eckys überlegte. »Das war vor sechs Monaten – im Juni.« Er öffnete die Wagentür. »Ich werde Ihnen zeigen, wo es gewesen ist.«

Citron rührte sich nicht. »Ich muß Sie etwas fragen.«

Mr. Eckys, der schon halb aus dem Wagen war, drehte sich zu ihm um. »Ich will versuchen, Ihnen zu antworten.«

»Wie haben Sie von Mr. Haere und mir erfahren?« Er machte eine Pause. »Das ist meine Frage.«

»Ah, ich verstehe. Sie stehen vor einem Rätsel.«

»Ja.«

»Die Antwort ist einfach. Wir erfuhren es von Ihrer Botschaft.«

»Meiner Botschaft?«

»Der Botschaft der Vereinigten Staaten. Sie sind doch ein Bürger dieses Landes?«

»Ja.«

»Dort haben wir von Ihnen erfahren.«

»Die haben es Ihnen gesagt?«

»Uns gesagt?« Mr. Eckys war überrascht. »Uns? Wir sind das Komitee der Eintausend Jahre.«

»Ich muß um Entschuldigung bitten. Das ist mir nicht bekannt.«

Ein Leuchten erschien in Mr. Eckys' Augen. Ein patriotisches Leuchten. Begeisterung zeigte sich auf seinem Gesicht. »Und wenn es tausend Jahre dauert, wir werden unser Land zurückgewinnen und unser Volk befreien.«

Citron fand sich auf vertrautem Terrain und wurde noch gelassener. Reden dieser Art hatte er oft in anderen warmen Ländern gehört. Es war ihm nicht nur vertraut, sondern auch ermutigend, besänftigte ihn. Es gab ihm das Gefühl, zu Hause zu sein. »Sie gehören also zu den Aufständischen«, sagte er.

»Selbstverständlich.«

»Und steht der Kampf gut?«

Mr. Eckys' Gesicht verdüsterte sich. »Nicht gut genug.«

»Aber Sie waren in der Lage, meinen Namen und den von Mr. Haere zu erfahren.«

»Wir haben unsere Leute in der Botschaft, Geschirrspüler, Putzfrauen und dergleichen. Eine Akte bleibt unbewacht liegen. Das Kopiergerät steht günstig. Es dauert nur eine Minute. Die Frau, die es in diesem Fall geschafft hatte, schiebt den Kaffeewagen durch die Botschaft. Sie täuscht Unbildung vor, hat aber ein Diplom für Volkswirtschaft von der Universität von Mexiko.«

»Und was stand in der Akte über Mr. Haere und mich?«

»Das Haere die Informationen benutzen wolle, die wir haben, um die Regierung der Unterdrücker in Washington zu stürzen.«

»Das soll darin gestanden haben?«

Mr. Eckys hob die Schultern. »Worte in diesem Sinn. Ich habe selbstverständlich nur eine Übersetzung gelesen.« Ihm kam der Gedanke, der ihn veranlaßte, die Hand auf seinen Revolver zu legen. »Ist das nicht wahr?«

Citron antwortete vorsichtig. »Es ist völlig wahr. Mr. Haere hat reiche Erfahrungen darin, wie man Regierungen ins Wanken bringt. Darin ist er Fachmann. Ich bin lediglich der . . . Propagandist.«

Mr. Eckys nickte billigend. »Eine lebenswichtige Rolle.« Er wendete sich wieder ab, um aus dem Wagen zu steigen. »Kommen Sie, ich will Ihnen zeigen, wo der Verrat stattfand.«

Citron stieg gleichfalls aus und folgte dem Einarmigen zu der dichten Baumgruppe. »Was sehen Sie da?«

»Nur Bäume«, antwortete Citron.

»Kommen Sie.«

Mr. Eckys ging voraus unter die Bäume. Es waren verkrüppelte Pinien und eine Art Lorbeer und andere, die Citron nicht kannte. Sie bildeten einen dichten, fast undurchdringlichen Schirm, durch den Mr. Eckys sich hindurchzwängte. Citron war dicht hinter ihm. Dann hörten die Bäume auf.

»Sehen Sie«, sagte Mr. Eckys. »Sie haben sogar eine Planierraupe hergebracht, um das zu schaffen.«

Es sah aus wie eine Weide, die an den Rändern teilweise schon wieder von Bäumen überwuchert zu werden begann. Sie war mindestens fünfhundert Meter lang und vielleicht fünfundzwanzig Meter breit. Citron nickte. »Eine Landebahn«, sagte er.

»Genau das.« Mr. Eckys deutete auf die Bäume. »Meine Leute waren dort versteckt. Der Lastwagen der Gringos stand dort drüben.« Er deutete auf das ferne Ende der Landebahn.

»Welcher Lastwagen?«

»Der Lastwagen mit dem Kokain.«

»Ich verstehe.«

»Das Flugzeug kam so.« Mr. Eckys beschrieb mit seiner einen Hand, wie das Flugzeug eingeflogen war. »Es war eine alte Maschine mit zwei Motoren. Ein Fabrikat der Douglas Company.«

»Eine DC 3.«

»Ja. Ich glaube, das war sie. Sie rollte auf den Lastwagen mit dem Kokain zu. Ein Dutzend Gringos, alle bewaffnet, stiegen aus dem Flugzeug aus und brachten Koffer mit. Die Koffer enthielten das Geld. Das Kokain war in Fässern verpackt.«

»In Fässern?«

»Ja, Ölfässern.«

»Wieviel war es denn?«

»Kokain? Eine Tonne, glaube ich. Mindestens eine Tonne. Vielleicht zwei.«

»Und weiter.«

»Während die Fässer in das alte Flugzeug verladen wurden, wurde das Geld gezählt. Es war soviel Geld, daß sie es auf einer Spezialwaage abwogen. Dann versuchten die Gringos, die mit dem Flugzeug und dem Geld eingeflogen waren, die Gringos mit dem Kokain festzunehmen.«

»Festzunehmen?«

»Ja.«

»Und was geschah dann?«

»Die Gringos, die das Kokain gebracht hatten, weigerten sich, sich festnehmen zu lassen. Damit begann die Schießerei. Vier der Drogenkäufer wurden getötet und fünf der Drogenverkäufer. Es war großartig. Der Pilot der alten Maschine geriet in Panik. Er ließ die Motoren an. Die Drogenkäufer, die noch am Leben waren, rannten zu der Maschine und kletterten an Bord. Die Drogenverkäufer schossen weiter auf die Maschine, als sie sich in die Luft erhob. Es war ein prächtiges Bild. Überall tote Gringos.«

»Was wurde aus dem Geld?«

»Ah, ja, das. Es wurde auf den Lastwagen verladen. Die übriggebliebenen Gringos fuhren fort und ließen ihre Toten zurück. Einige meiner Leute folgten dem Lastwagen selbstverständlich. Er fuhr direkt zum Präsidentenpalast, in dem schon damals kein Präsident mehr residierte, sondern der Unterdrücker Carrasco-Corte. Inzwischen begruben wir die toten Gringos, aber erst haben wir sie fotografiert und uns an unsere kubanischen Freunde gewendet.«

»Um die Toten zu identifizieren?« fragte Citron.

»Ja.«

»Wer waren sie?«

»In dem Gefecht wurden neun getötet. Fünf waren vom CIA.«

»Und die vier anderen?«

Mr. Eckys lächelte. »Sie waren vom FBI.«

## 30

Schweigend bahnten Citron und Mr. Eckys sich ihren Weg durch das Baumdickicht zu der holprigen Fahrspur zurück. Als sie dort ankamen, wendete Citron sich an den Einarmigen. »Sie sagten, die Kubaner hätten sie identifiziert – die Toten.«

»Ja. Wir nahmen Kontakt mit ihnen auf, und sie schickten uns einen Agenten.«

»Aus Havanna?«

Mr. Eckys sah Citron mitleidig an. »Aus Havanna?« Ganz bestimmt nicht. Aus Miami.«

»Ja«, stimmte Citron zu. »Selbstverständlich.«

»Ein merkwürdiger Mann für einen Geheimagenten.«

»Wieso das?«

»Er trank. Er erlaubte sich Übergriffe gegenüber unseren Frauen. Er prahlte damit, wie reich seine Familie gewesen war, ehe Fidel aus den Bergen kam.«

»Hatte er einen Namen?«

Mr. Eckys hob die Schultern. »Er hatte viele Namen und verschiedene Pässe. Venezolanische, chilenische, amerikanische. Zuerst mißtrauten wir ihm. Er wirkte auf uns nicht sehr glaubwürdig. Aber er war gerissen. Wir machten ihn betrunken und setzten eine unserer geschicktesten Frauen auf ihn an, aber er verriet sich nicht. Alles, worüber er mit unseren Frauen sprechen wollte, waren die alten Zeiten in Havanna, als seine Familie die ganze Milch in Kuba besaß. Jedenfalls behauptete er das. Auf jeden Fall vertrauten wir ihm die Fotos von den neun toten Gringos an. Eine Woche später schickte er uns durch einen Chefsteward der Tucaereo, der einer unserer Sympathisanten ist, ihre Namen und ihre Personalien.« Mr. Eckys sah Citron mißtrauisch an. »Warum lächeln Sie?«

»Entschuldigung«, antwortete Citron. »Es war mir nicht bewußt.«

»Es war kein freundliches Lächeln.«

»Tut mir leid.«

»Ich nehme an, daß Sie die Liste haben wollen.«

»Sehr gern.«

»Kann Mr. Haere mit der Liste die faschistische Regierung in Washington stürzen?«

»Er kann es nur versuchen, aber ich kann Ihnen versichern, daß er den brennenden Wunsch dazu hat.«

»Und die neue Regierung – würde sie unsere Generäle weniger stark unterstützen?«

»Wer könnte das versprechen? Aber ich kann nicht einsehen, warum es nicht besser werden sollte. Sehr viel besser.«

Mr. Eckys dachte darüber nach. »Ja«, sagte er schließlich. »Was Sie sagen, ist richtig. Ich werde Ihnen die Liste geben.« Er griff in seine linke Hüfttasche und zog ein gewöhnliches Blatt Schreibmaschinenpapier heraus, das zweimal gefaltet war. »Vielleicht könnten Sie uns in Ihren Propagandaschriften erwähnen.«

»Das Komitee der Eintausend Jahre?«

»Ja.«

»Ich werde Sie bestimmt berücksichtigen.«

»Danke.« Mr. Eckys gab Citron das Papier.

Citron entfaltete das Blatt. Darauf standen zwei Überschriften. Die eine lautete CIA, die andere FBI. Unter der Überschrift CIA waren die Namen von fünf Männern angeführt sowie ihr Alter und ihre Heimatanschriften. Die meisten von ihnen kamen entweder aus Maryland oder Virginia. Citron fragte sich, ob der Geheimagent ihre Adressen in den Telefonbüchern nachgeschlagen hatte.

Die beiden ersten Namen der vier angeblich toten FBI-Agenten sprangen Citron in die Augen. Er spürte, wie er sich unwillkürlich aufrichtete. Der erste Name lautete John D. Yarn, der zweite Richard Tighe, keine Mittelinitiale. Die können einen wirklich überfallen, dachte er. Sie können tatsächlich richtig von dem Blatt herausspringen.

»Sie lächeln wieder«, sagte Mr. Eckys.

»Wie bitte?«

»Ich sagte, daß Sie wieder gelächelt haben. Das gleiche Lächeln. Ich habe Männer mit großer Erfahrung genauso lächeln sehen. Sie besaßen sowohl gute als auch schlechte Erfahrungen, vorwiegend schlechte.«

»Diese Liste«, sagte Citron und schwenkte sie ein wenig.

»Ja?«

»Sie wird außerordentlich nützlich sein. Ganz außerordentlich.«

»Gut. Das hatten wir gehofft.«

Sie drehten sich um und gingen über die Fahrspur zu Citrons Wagen zurück. Sie gingen schweigend. Als sie den Ford erreichten, sagte Mr. Eckys: »Hier werde ich Sie verlassen.« Er streckte seine linke Hand aus. Citron ergriff sie mit seiner eigenen Linken.

»Wer weiß«, sagte Mr. Eckys. »Vielleicht kommt etwas Gutes dabei heraus.« Es klang nicht zu hoffnungsvoll.

Mr. Eckys drehte sich um. Er drehte sich gerade so rechtzeitig um, daß er den Mann, der sich Dr. James G. Blaine genannt hatte, hinter einem dichten Gebüsch hervortreten sah, ein Gebüsch, das Citron nach wie vor für Kaffeesträucher hielt. Dr. Blaine trug einen leichten Blouson, ein blaues Hemd und eine helle Hose. An den Füßen hatte er gestreifte blaue Laufschuhe. In der rechten Hand hielt er einen Revolver Smith & Wesson Kaliber .38. Er richtete die Waffe auf Mr. Eckys. Er hielt sie gelassen in einer Hand, der rechten, ganz so, als würde er mit dem Finger deuten, und schoß dreimal, als Mr. Eckys versuchte, seinen eigenen Revolver aus dem Gürtel zu ziehen. Zwei der Kugeln trafen Mr. Eckys in die Brust, die dritte direkt über seiner Gürtelschnalle. Mr. Eckys fiel vornüber. Er versuchte seinen Fall mit seiner einen Hand aufzufangen, aber es gelang ihm nicht, und er landete mit dem Gesicht in dem roten Lehm, von wo er einmal nach seiner Mutter und zweimal Gott anrief, noch einmal zuckte und starb.

»Gut so«, sagte Blaine und drehte sich nach Citron um. »Sie sind Citron, stimmt's?«

Citron nickte. Seine Angst machte ihn entweder unwillens oder unfähig zu sprechen. Wahrscheinlich beides, dachte er, als er spürte, wie die Angst seine Lunge zusammenpreßte und aus seinen Achselhöhlen zu rinnen begann.

»Wollte mich nur vergewissern«, sagte Blaine.

»He, Hallmark!« rief eine männliche Stimme.

Blaine fuhr herum, zusammengekauert, die Waffe jetzt in beiden Händen, suchte nach jemand, auf den er schießen, jemand, den er töten könnte.

»Hinter dir, Dummkopf«, rief die Stimme eines anderen Mannes. Blaine wirbelte wieder herum und schoß in das Laub. Hinter Blaine trat aus einem Gestrüpp verkrüppelter oder kleinwüchsiger Pinien Yarn heraus. Er schoß Blaine viermal in den Rücken, zielte seine Schüsse sorgfältig, drückte jedesmal einzeln ab, ließ sich dabei Zeit. Blaine taumelte zwei Schritte vor, wendete sich mühsam um, bemüht, hinter sich zu blicken, versuchte zu entdecken, wer sein Mörder war. Der letzte Ausdruck, der auf seinem Gesicht zu bemerken war, erinnerte an Wiedererkennen. »Ah, du Scheißkerl Turkey«, stöhnte er und sank auf den roten Lehm, kaum weiter als einen Fuß von dem toten Mr. Eckys entfernt.

Auf der anderen Seite der Fahrspur, gegenüber von Yarn, trat Richard Tighe hinter einigen von Citrons Kaffeesträuchern heraus. Er ging zu Blaine, stieß ihn mit der Fußspitze an, schob seinen kurzläufigen Revolver in sein Halfter zurück und sah Yarn an. »Was hat er gesagt? Ich habe ihn nicht richtig verstanden.«

»Er hat gesagt ›Scheißkerl Turkey‹«, sagte Yarn.

»Das kommt mit auf meine Liste berühmter letzter Worte.« Tighe sah Citron an, der mit zitternden Knien neben dem Fiesta stand. Auch seine Hände zitterten, aber er hatte sie tief in seine Hosentaschen geschoben. Gegen das Zittern seiner Knie konnte er anscheinend nichts machen.

»Sie werden uns wohl kaum erkennen?« sagte Tighe.

»Ich erinnere mich an Ihre Stimmen«, antwortete Citron, der feststellte, daß seine eigene Stimme hoch und krächzend und wahrscheinlich angstvoll klang. »Mit Stimmen kenne ich mich aus.«

»Sie meinen, als Sie uns im Apartment von dem Keats-Mädchen mit dem Blumenstrauß beworfen haben?«

Citron nickte.

Tighe sah Yarn an. »Verdammt, ich glaube, wir haben nicht mehr als fünf oder sechs Wörter gesagt, was?«

Yarn hob die Schultern. »Wie er gesagt hat, er versteht was von Stimmen.«

»Aber Sie wissen nicht, wer wir wirklich sind, oder?«

»Der eine von euch behauptet, er wäre Yarn, und der andere behauptet, er wäre Tighe, aber die seid ihr in Wirklichkeit nicht, denn die beiden wurden etwa dreihundert Meter weiter dahinten begraben.«

»Ich meine nicht, wer wir zu sein behaupten«, sagte Yarn, »ich meine, wer wir wirklich sind. Das wissen Sie doch nicht, oder?«

Citron schüttelte wortlos den Kopf.

»Wir sind deine Babysitter, Freund«, sagte Tighe mit einem verhaltenen Lachen.

Yarn nickte amüsiert über diese Bezeichnung. »Das ist genau richtig, deine Babysitter.«

»Dann muß Mommy euch geschickt haben.«

»Sie macht sich deinetwegen Sorgen, Morgan.«

»Und was ist mit dem?« fragte Citron und deutete mit dem Kopf auf den toten Blaine. »Wer hat den geschickt?«

»Ihr habt euch eine Menge Feinde gemacht, du und Haere«, sagte Yarn. »Jeder von ihnen kann ihn geschickt haben.«

»Wer war er?«

»Der?« erwiderte Yarn, kam ein paar Schritte näher und sah auf die Leiche des Mannes hinab, der Mr. Eckys getötet hatte. »Nun, der war der Hallmark.« Er blickte auf. »Wie nannte er sich denn?«

»Blaine«, antwortete Citron. »James G. Blaine.«

»Sein richtiger Name war Livingstone Clerk, aber alle nannten ihn immer entweder Stony oder Hallmark.« Tighe machte eine Pause. »Er war ziemlich gut.«

»Das sagt mir noch nicht, wer er war.«

»Nun«, sagte Yarn, »der Hallmark war immer derjenige, den sie geschickt haben, wenn sie ihren allerbesten schicken wollten.«

Sie führten Citron von dem Fiesta fort und die holprige Fahrspur entlang und um eine Biegung herum, hinter der ein grüner BMW 320i stand. Sie gingen an dem BMW vorbei, und die einzige Bemerkung, die darüber fiel, kam von Tighe. »Der Hallmark hat immer eine Schwäche für gute Autos gehabt.«

Hinter einer weiteren Kurve der Fahrspur parkte ein verdreckter, viertüriger weißer Volkswagen. Tighe öffnete die eine hintere Tür und bedeutete Citron, daß er einsteigen solle. »Unserer«, sagte er. »Er folgte dir, und wir sind ihm nachgefahren.«

»Ich dachte, er wäre angeblich der beste gewesen«, sagte Citron, als er in den VW einstieg.

»Wir sind die besten«, entgegnete Tighe und setzte sich neben ihn.

Yarn setzte sich hinter das Lenkrad des VW und steuerte ihn rückwärts über die Fahrspur, bis er eine Stelle erreichte, die breit genug war, daß er wenden konnte. Sie fuhren schweigend über die holprige Fahrspur, bis Citron sagte: »Ihr könnt mich vor meinem Hotel absetzen. Das Intercontinental.«

»Ich fürchte, das geht nicht«, antwortete Tighe.

»Ich denke, ihr seid meine Babysitter.«

»Oh, das sind wir, das sind wir. Aber wir wollen nicht dahinkommen, daß wir den Rest unserer Tage in Leavenworth verbringen – auch in Atlanta nicht, was das betrifft, und Gladys will das auch nicht.«

»Besonders Gladys nicht«, bestätigte Yarn.

»Und was wird nun aus mir?«

»Also, kann sein, daß wir dich eine Weile irgendwo sicher unterbringen müssen«, meinte Tighe.

»Wo?«

»Darüber werden wir uns mit dem General unterhalten müssen«, sagte Tighe. »Sie haben da ein ganz hübsches Gefängnis direkt hier in der Hauptstadt, und es gibt noch eins drüben an der Ostküste, das nicht ganz so hübsch ist. Ziemlich heiß da drüben an der Ostküste.«

»Kein Gefängnis«, sagte Citron.

»Ach ja, richtig. Beinahe hätte ich es vergessen«, sagte Yarn. »Du bist doch gerade aus einem rausgekommen, nicht wahr? Vor einem Jahr etwa? In Afrika.«

»Ja«, bestätigte Citron. »In Afrika.«

»Jetzt sag mir mal eines«, fragte Tighe, »war dieser Oberhäuptling da drüben wirklich ein Menschenfresser, wie alle behaupten?«

»Ja.«

»Kein Witz? Also, ich weiß nicht, wie es in seinem Gefängnis zugegangen ist, aber ich kann mir vorstellen, es war wie im Ritz, verglichen mit dem hier an der Ostküste.«

»Kein Gefängnis«, wiederholte Citron.

»Hörst du das?« fragte Tighe. »Morgan gefällt die Vorstellung nicht, zwei, drei, vielleicht auch vier Jahre in einem Niggergefängnis zu sitzen.«

»Das kann ich ihm gut nachfühlen«, sagte Yarn.

»Natürlich«, fuhr Tighe fort, »brauchst du vielleicht gar nicht hin. Das hängt alles davon ab.«

»Wovon?«

»Wieviel du weißt.«

»Ich weiß überhaupt nichts.«

Tighe seufzte schwer auf. »Morgan, laß dir eines von mir sagen. In deinem eigenen Interesse. Alles, was Gladys gesagt hat, war, daß wir dich am Leben erhalten müssen. Das war alles. Ich meine, Gladys ist wahrscheinlich das Musterbild einer Mutter, aber ich habe Gründe anzunehmen, daß sie nicht der Typ ist, der den Rest seines Lebens für seinen Babyboy im Bau verbringen möchte, obwohl, wie gesagt, sie wirklich eine mustergültige Mammi sein muß.«

»Aber es liegt nicht bei uns. Das mußt du auch verstehen«, sagte Yarn.

»Bei wem liegt es denn?«

»Dem General.«

»Siehst du, Morgan«, sagte Tighe. »Der General wird wissen wollen, was du weißt.«

»Sehr wenig«, sagte Citron. »Fast so gut wie nichts.«

»Nun, ich glaube dir ja, und Yarn da vorn, er glaubt dir auch, aber der General. Er wird dich in den Keller bringen und die Scheiße aus dir rausprügeln lassen wollen und dir einen glühenden Draht in deinen Pimmel bohren lassen, nur um sicherzugehen.«

»Er ist ein sehr mißtrauischer Bursche, der General«, sagte Yarn.

»Und niederträchtig. Noch niederträchtiger kann nur ein Kubaner sein.«

»Oder ein Uruguayer. Die sind auch ganz schön niederträchtig.«

»Was wollt ihr also?«

»Erzähle uns, was du weißt«, sagte Tighe. »Erzähle uns alles, was du weißt, was du glaubst, daß du weißt, was du erraten hast und sogar das, was du glaubst, daß du es erraten hast. Dann werden wir dem General sagen, alles, was du getan hättest, wäre, daß du ein paar ziemlich wilde Vermutungen angestellt hast, und daß wir keinen Grund sehen, dich länger als höchstens einen Monat lang einzusperren und überhaupt keinen Grund dafür, dich in den Keller zu bringen und dir einen glühenden Draht in den Pimmel zu bohren.«

»Einen Monat«, sagte Citron. »Ich bin nicht sicher, daß ich einen Monat lang aushalten kann.«

»Was ist mit dem glühenden Draht?«

»Nein, das auch nicht.«

»Dann laß uns mal hören«, sagte Yarn vom Vordersitz. »Deine Version.« Er hielt den Wagen an, stellte den Motor ab und drehte sich auf seinem Platz um.

Citron holte tief Luft und blies sie langsam wieder aus. »Ihr habt sie angeschissen, wie?« sagte er. »Langley, meine ich.«

Es folgte ein langes Schweigen, bis Yarn sagte: »Das ist richtig. Wir haben sie angeschissen.«

## 31

Draper Haere ging von der amerikanischen Botschaft zu Fuß zum Intercontinental zurück. Es war ein Weg von vier Meilen, der ihn an dem Präsidentenpalast vorbeiführte. Er blieb davor stehen, um sich die Schußnarben auf der Mauer anzusehen, wo der Präsident hingerichtet worden war, und fragte sich, ob die Generäle eines Tages nicht die Stelle mit einer Gedenktafel schmücken würden.

Haere ging langsam, denn es war heiß, und das gemähliche Tempo ermöglichte ihm, alles zu betrachten, was sein Interesse weckte: ein dreihundert Jahre altes Haus im spanischen Kolonialstil, ein paar elf Jahre alte Prostituierte, ein einundvierzig Jahre alter Buick Roadmaster als Taxi und ein Mann von Ende zwanzig, der Gitarre spielte, wozu sein fünfjähriger Sohn ein trauriges Lied darüber sang, wie verzweifelt arm sie wären, und eine Reklamemütze von International Harvester hinhielt, in die niemand außer Haere Geld fallen ließ.

Gegenüber der Kathedrale befand sich an dem Platz ein großes, gut besuchtes Straßencafé. Haere fand einen freien Tisch und bestellte sich eine Tasse Kaffee. Als er die Hälfte getrunken hatte, setzte sich ein Mann neben ihn. Der Mann war jung, etwa drei- oder vierundzwanzig und trug ein kurzärmeliges weißes Hemd und eine dunkle Hose. Haere kam er irgendwie bekannt vor.

»Sie erinnern sich selbstverständlich nicht an mich«, sagte der Mann auf englisch, das er nahezu akzentfrei sprach.

»Sie kommen mir bekannt vor.«

»Wirklich? Das überrascht mich.«

»Warum?«

»An Servierhelfer erinnert man sich selten.«

Da ging es Haere auf. »Gestern abend im Hotel. Sie erneuerten die Servietten, die nicht erneuert zu werden brauchten.«

Der junge Mann lächelte höflich, als ob Haere eine Bemerkung über das Wetter gemacht hätte. »Wir werden beobachtet. In einigen Sekunden wird ein Taxi vorfahren. Ich werde in es einsteigen. Sie werden hier sitzenbleiben. Ich werde verfolgt werden. Haben Sie mich verstanden?«

Haere nickte. »Um was geht es denn?«

»Hören Sie mir bitte genau zu«, sagte der junge Mann und blickte zum Himmel auf, als ob er beurteilen wollte, welche Aussichten auf Regen bestünden. »Der Mann, mit dem sich Ihr Mr. Citron heute morgen getroffen hat, wurde ermordet. Lächeln Sie bitte.«

Haere zwang sich zu einem Lächeln. »Und Citron?«

Der Mann lächelte zurück. »Er wurde in den Präsidentenpalast gebracht, von zwei Nordamerikanern. Sie sind Anfang dreißig. Sie schossen auf den Mann, der unseren Führer ermordet hat, und töteten ihn. Lachen Sie bitte ein wenig.«

Haere lachte etwas und nickte.

»Sehr gut«, sagte der Servierhelfer. »Der Mann, der unseren Führer ermordet hat, wurde hergeschickt, um Sie beide, Sie und Mr. Citron zu töten. Lachen Sie noch einmal etwas, wenn Sie können.«

Haere lachte verhalten und verständnisvoll. »Diese beiden Nordamerikaner, die Citron in den Präsidentenpalast brachten, wissen Sie etwas über sie?« fragte er immer noch lachend.

Der Servierhelfer grinste breit und schüttelte den Kopf. »Einer hatte blaue Augen, der andere braune. Das ist alles, was ich weiß.« Er sah auf seine Uhr. »Bleiben Sie bitte sitzen, bis ich fort bin.«

Haere versuchte weiter zu lächeln, aber vergeblich, während sich der Servierhelfer mit einem Grinsen erhob und zwischen den Tischen hindurch zum Bürgersteig drängte. Ein Taxi fuhr vor. Haere erkannte den gleichen 1941er Buick Roadmaster, den er vorher schon bemerkt hatte. Der Servierhelfer griff nach dem Türgriff. Er hatte schon seine Hand auf ihn gelegt, als zwei Männer mit am Hals offenstehenden Hemden, Sportjacken und in Blue-jeans von hinten auf ihn zusprangen und ihm kurzläufige Revolver in den Rücken drückten. Der Servierhelfer versuchte, die Tür des Taxis aufzureißen, aber das alte Taxi fuhr bereits ab, als die beiden Männer mit den Revolvern zu schießen begannen.

Der eine schoß auf den Servierhelfer dreimal, der andere zweimal.

Der alte Buick raste davon, und eine Frau schrie gellend auf. Ein Teil der Gäste sprang von seinen Plätzen und rannte auf die Kathedrale zu, sei es, um Schutz zu finden, sei es, um zu beten. Andere duckten sich unter die Caféhaustische. Schreie und Rufe waren zu hören. Ein Mann fluchte stetig mit gedämpfter, ruhiger Stimme. Haere beobachtete, daß einer der beiden Revolvermänner neben dem gefallenen Servierhelfer niederkniete und ihn ins Genick schoß. Haere fragte sich, warum, da der Servierhelfer doch schon tot zu sein schien.

Der Kniende erhob sich wieder, sagte etwas zu dem anderen Revolvermann. Beide drehten sich um und sahen Haere an. Ihn weiter anstarrend, steckten sie ihre Revolver langsam in kleine Gürtelhalfter. Sie drängten sich zwischen den Tischen des Straßencafés hindurch und blieben vor Haere stehen. Er sah, daß sie jünger waren, als er angenommen hatte, keiner von beiden konnte älter als fünfundzwanzig sein. Ihre schwarzen Augen wirkten bodenlos. Keiner zeigte einen erkennbaren Gesichtsausdruck, wenn auch der eine, wie Haere bemerkte, durch den Mund atmete. Der Mundatmer war es gewesen, der niedergekniet war und den Servierhelfer ins Genick geschossen hatte.

»Verstehen Sie Spanisch?« fragte der Mundatmer.

Haere nickte. »Ein wenig.«

»Gut. Verlassen Sie unser Land. Heute noch.«

»Ja«, sagte Haere. »Ich verstehe.«

»Gut«, sagte der Mundatmer. Sie starrten Haere noch einen Augenblick länger an, dann drehten sie sich um, gingen zwischen den Tischen wieder zum Bürgersteig zurück zu der Stelle, an der der Servierhelfer noch lag. Ein neuer grüner Volvo fuhr vor. Der eine öffnete den Verschluß der Kofferhaube. Die beiden Revolvermänner bückten sich, hoben den toten Servierhelfer auf und verstauten ihn im Kofferraum des Volvo. Sie schlugen den Deckel zu, drehten sich um, sahen Haere noch einmal mit einem nachdenklichen Blick an und setzten sich dann hinten in den Volvo. Der Wagen raste davon.

Haere stand auf. Seine Knie fühlten sich an, als ob sie unter ihm nachgeben würden, darum stützte er sich mit den Händen auf den Tisch, hielt den Kopf gesenkt und schnappte in großen Zügen keuchend nach Luft. Als das Zittern schließlich nachließ, blickte er auf. Leute starrten ihn an. Sie hatten sich von ihm zurückgezogen, bis keiner mehr näher als sieben Meter von ihm entfernt war. Haere ging langsam zwischen den Tischen hindurch zum Bürgersteig. Er blickte auf die Stelle, an der der Servierhelfer gelegen hatte. Dort war eine große, dicke Blutlache. Haere starrte für ein paar Sekunden auf sie hinab, bis er nach Westen in Richtung des Intercontinental davonging.

Im Präsidentenpalast hatte man Morgan Citron fast eine Stunde lang in einem Vorzimmer vor einer fünf Meter hohen Doppeltür, durch die Tighe und Yarn verschwunden waren, warten lassen. Citron wartete nicht allein. Ihm gegenüber auf der anderen Seite des Raums saßen in Uniform ein junger Hauptmann und ein noch jüngerer Leutnant, die beide mit M-16-Gewehren bewaffnet waren. Die Gewehre waren auf Citron gerichtet, eines auf seinen Kopf, das andere auf seinen Leib. Die Finger der beiden Offiziere lagen auf dem Abzug. Die Sicherungsflügel waren umgelegt. Citron saß praktisch regungslos da, erinnerte sich daran, wie er zum letztenmal durch eine solche Doppeltür gegangen und ihm ein Diamant geschenkt worden war. Dieses Mal erwartete er kein Geschenk.

Einer der beiden fünf Meter hohen Flügel wurde geöffnet, und Tighe erschien. »Okay, Morgan.«

Citron stand auf und folgte Tighe durch die gigantische Tür in einen Raum, der für jeden anderen vorstellbaren Zweck als ein Staatsbankett zu groß war. Es war ein dunkler Raum, der durch schwere Portieren, die eine lange Fensterreihe bedeckten, noch dunkler wurde. Citron vermutete, daß die Fenster auf den Hof hinausgingen, über den man auf die Straße gelangte. Der gesamte Raum war mit dunklem Holz, das fast schwarz zu sein schien, getäfelt. Die Täfelung steigerte die Düsternis noch.

Citron folgte Tighe über mehrere große, alte und sehr kostbar wirkende Orientteppich an einem langen Bibliothekstisch vorbei, auf dem die jüngsten Ausgaben von *The Economist*, *Business Week*, *Time, National Geographic* und *People* ausgelegt waren. Citron las die Titel der Zeitschrift im Vorbeigehen auf dem Weg zu dem Schreibtisch am hinteren Ende des Raums. Der Schreibtisch hatte die Größe einer Speisesaaltafel, an der zwölf Personen bequem Platz fänden, und war aus dem gleichen dunklen Holz angefertigt wie die Täfelung.

Auf der rechten vorderen Ecke des Schreibtischs, die Beine übereinandergeschlagen, die Hände um das Knie zusammengelegt, hockte Generaloberst Rafael Carrasco-Cortes. Drei Ledersessel waren vor den Schreibtisch geschoben worden. Auf einem der Sessel saß Yarn. Carrasco-Cortes lächelte Citron entgegen und deutete auf den mittleren Sessel. »Bitte«, sagte er. Citron nahm den mittleren Sessel ein und Tighe setzte sich neben ihn.

»So«, sagte der General, »Sie sind der Sohn von Gladys, hemm?«

Citron nickte. Der General seufzte. »Was sollen wir bloß mit Ihnen machen, hemm?«

»Warum mich nicht in das nächste Flugzeug setzen, das das Land verläßt?«

Der General lächelte und ließ sich von der Schreibtischecke heruntergleiten. Er war nicht in Uniform. Statt dessen trug er einen blauen Nadelstreifenanzug mit Weste und ein weißes Hemd und eine blau und grau gestreifte Krawatte. Während er um den Schreibtisch herumging, fragte Citron sich, ob der General und Draper Haere ihre Anzüge in dem gleichen Geschäft kauften.

Der General setzte sich, öffnete eine Schublade, nahm ein Papiertaschentuch heraus, setzte seine Brille mit ungefaßten Doppelschliffgläsern ab und begann sie zu polieren. Ohne Brille sahen seine Augen beinahe verwirrt aus. Citron wußte, daß sie das nicht waren.

Immer noch seine Brille polierend, sagte der General: »Ich muß Sie bitten, Morgan, etwas zu tun.« Er blickte auf. »Hoffentlich haben Sie nichts dagegen, daß ich Sie Morgan nenne, aber ich kenne Ihre bemerkenswerte Mutter seit so vielen, vielen Jahren, daß Sie Mr. Citron zu nennen, mir das Gefühl gäbe – nun ja, alt zu sein.« Er lächelte und setzte seine Brille wieder auf.

»Um was wollen Sie mich bitten?« fragte Citron.

»Ich möchte Sie bitten, mir genau das gleiche zu sagen, was Sie schon unseren beiden Freunden hier gesagt haben.«

Citron sah Yarn an. »Dies ist nicht ganz das, was es hätte sein sollen.«

Yarn hob die Schultern. »Es ist alles wieder offen.«

»Sehen Sie, Morgan«, sagte der General, »ich versuche, zu einer Entscheidung zu kommen, ob ich Sie erschießen lassen soll. Ich muß gestehen, daß ich im Augenblick zu dieser Lösung neige. Unsere kleine Zusammenkunft hier wird ihrer Wirkung nach Ihr Prozeß sein – obwohl ich annehme, daß Kriegsgerichtsverfahren wahrscheinlich zutreffender wäre.«

Tighe wendete sich mit einem Grinsen Citron zu. »Ich bin dabei dein Verteidiger.«

Citron nickte, wendete sich an Yarn und fragte: »Und Sie – der Ankläger?«

»Richtig«, bestätigte Yarn.

»Und worauf lautet die Anklage?«
»Nennen wir es einmal Spionage und warten ab, was dabei herauskommt.«
Der General zog aus seiner Westentasche eine große goldene Taschenuhr, ließ den Deckel aufschnappen und legte sie vor sich auf den Schreibtisch. »Könnten wir mit Ihrer Aussage beginnen, Morgan, hemm? Ich habe noch einen recht anstrengenden Tag vor mir.«
»Mir bleibt keine große Wahl, wie?«
»Nein«, sagte Tighe.
»Sie sind ein großartiger Verteidiger.«
Tighe hob nur die Schultern. Citron sah den General an, der sich jetzt in seinem Sessel zurücklehnte und die Fingerspitzen seiner erhobenen Hände zusammenlegte. »Also gut«, sagte Citron. »Ich werde sagen, was ich weiß, was ich zu wissen glaube und was ich vermute. Ein großer Teil beruht auf reinen Vermutungen.«
»Selbstverständlich«, sagte der General und nickte ermutigend.
»Nachdem Sie den Präsidenten draußen an die Wand gestellt und erschossen haben, stellten Sie fest, daß die Staatskasse leer war. Das Land war bankrott, und Sie brauchten Geld. Wie ich mich erinnere, war vor Ihrem Staatsstreich das Land, vorwiegend wie ich vermute, aus Verwaltungsgründen geteilt in zwei Staaten oder Regionen – die Ostregion und die Westregion. Sie zerstückelten es in zweiunddreißig Regionen, die Sie dann auf die anderen Generäle ihrem Dienstalter entsprechend verteilten. Die größte Region – die Hauptstadt – behielten Sie für sich.«
»Das alles ist allgemein bekannt«, sagte der General.
»Vieles von dem, was ich weiß, ist allgemein bekannt.«
Der General nickte. »Fahren Sie fort.«
»Sie brauchten Geld«, sagte Citron. »Sie brauchten es für sich selbst, aber auch, um ihre Truppen zu bezahlen und um einen Anschein der Ordnung zu bewahren. Aber wegen Ihres Rufs hinsichtlich der Wahrung der Menschenrechte, der, wie ich glaube, im allgemeinen als ungeheuerlich bezeichnet wird, fiel Washington als Geldquelle aus. Die konnten Ihnen nicht einen Groschen leihen oder schenken. Der Kongreß hätte es nicht zugelassen. Darum wendeten Sie sich an Ihre Freunde bei der CIA. Sie haben doch Freunde bei der CIA, General, oder nicht?«
Der General lächelte. »Einige.«
»Nun, nicht einmal die CIA konnte Ihnen unter der Decke soviel Geld zuschustern, aber sie kamen mit etwas, das ebensogut war, wenn

auch der Himmel wissen mag, woher sie es hatten. Sie kamen mit ein oder zwei Tonnen Kokain über.« Citron sah Yarn an. »Wieviel war es? Eine Tonne oder zwei? Ich weiß es nicht genau.«

»Zwei Tonnen«, sagte Yarn, »und sie haben es als Gegenleistung für einige früher erwiesene Gefälligkeiten bekommen.«

»Wieviel bringen zwei Tonnen Kokain heute ein?« fragte Citron.

Tighe überlegte. »Auf der Straße siebenhundertfünfzig Millionen«, sagte er, »aber im Großhandel etwa fünfunddreißig bis fünfzig Millionen für die Tonne.«

»Was völlig ausreichend war, oder nicht?« fragte Citron. Niemand antwortete darauf, darum fragte er noch einmal. »Richtig?«

»Fahren Sie fort«, sagte der General.

»Sie entschlossen sich also, die zwei Tonnen Koks von der CIA mit Regierungsgeld zu kaufen, sie sich anzueignen, um sie dann in den Vereinigten Staaten abzusetzen. Und genau das haben Sie dann getan. Sie alle zusammen.«

Citron schwieg. Nachdem Sekunden verstrichen waren, wendete Yarn sich an ihn. »Ich glaube, der General würde gern ein paar zusätzliche Einzelheiten hören.«

Der General nickte.

»Wie lange kennen Sie meine Mutter schon?«

»Seit Jahren. Mindestens fünfundzwanzig. Wir haben uns in Barcelona kennengelernt.«

»Dann kannten Sie sie schon, als sie noch bei Langley war.«

Der General lächelte zustimmend. »Wir waren gute Freunde.«

»Ich kann es mir vorstellen«, sagte Citron. »Sie gingen also zu ihr und schilderten ihr, was Sie im Sinn hatten und boten ihr vermutlich eine Beteiligung an. Sie brachte Sie mit einem ehemaligen Koksgroßhändler namens B. S. Keats in Verbindung, und Keats vermittelte Ihnen dann genau die Kontakte, die Sie eigentlich suchten – zu den Brüdern Maneras, Jimmy und Bobby. Oder Jaime und Roberto.«

»Bobby war nur eine Randfigur«, sagte Tighe.

»Richtig. Reden wir also über Jimmy, der der Schwiegersohn von Keats war. Er war aber auch eine Art Doppelagent, der sowohl für Kuba als auch für das FBI arbeitete, und Jimmy muß es gewesen sein, der Sie beide hereinbrachte.« Citron sah erst Tighe und dann Yarn an. Beide nickten flüchtig.

»Sie drei haben dann die Einzelheiten ausgearbeitet. Habe ich recht?« fragte Citron.

»Wir drei und selbstverständlich auch der General.«

»Ich möchte wetten, Sie hatten sogar einen Namen für die Aktion.«

»Wir dachten daran, die Operation Spookscam zu nennen«, sagte Yarn, »aber dazu kam es dann nicht.«

»Sie war trotzdem raffiniert, die Idee«, sagte Citron. »Das FBI sollte die CIA in flagranti dabei erwischen, mit Kokain zu handeln, um die Tätigkeit einer terroristischen mittelamerikanischen Diktatur zu finanzieren. Man stelle sich diesen Schlag vor.« Er sah Tighe an. »Was war für das Bureau da drin – Südamerika?«

»Gewiß«, bestätigte Tighe. »Das war ursprünglich einmal der Gemüsegarten des Bureaus, und den wollen sie verdammt gern zurückhaben. Mittelamerika übrigens auch.«

»Auf die Weise haben Sie es ihnen also verkauft: Langley wird erwischt, wie die sich die Hände schmutzig machen, sehr schmutzig. Und auf diese Weise sind Sie zu der Tonne Geld gekommen, die Sie für das Geschäft gebraucht haben.«

Yarn lächelte. »Das haben wir nur von den Rauschgiftleuten bei der DEA geliehen. Es war beschlagnahmtes Geld. Wir haben von ihnen alles genommen, was sie hatten.« Bei der Erinnerung lächelte Yarn noch breiter.

Citron sah den General an. »Ich habe noch eine Frage«, sagte er. »Wieso steht meine Mutter mit B. S. Keats in Verbindung?«

»Das weißt du nicht?« fragte Tighe.

Citron schüttelte den Kopf.

»Sie arbeitet für ihn«, erklärte Tighe. »Als B. S. vor ein paar Jahren aus dem Kokshandel ausstieg, hatte er viele Millionen bei sich rumliegen. Damit gründete er zur Tarnung eine Holding und kaufte sich ein profitträchtiges Unternehmen oder jedenfalls eine Mehrheitsbeteiligung. Er kaufte den *American Investigator.*« Tighe schob eine Pause ein. »Er kaufte sich auch eine Kette von Schuhläden, aber die gehen nicht so besonders gut.«

»Bitte fahren Sie fort, Morgan«, forderte der General.

»Nun, von hier aus ist alles weitere ziemlich einfach. Die beiden und vielleicht ungefähr ein halbes Dutzend weitere Sonderagenten flogen mit dem Geld herunter, um das Geschäft abzuschließen. Die von der CIA hielten sie selbstverständlich für professionelle Drogendealer. Die beiden hier blieben in der Maschine, würde ich sagen, und verluden den Koks, während die anderen Unschuldslämmer vom FBI das Geld übergaben und dann versuchten, die CIA-Leute festzunehmen. Also, so wie ich es verstanden habe, hatten die CIA-Leute damit nichts im Sinn, und dann brach die Schießerei aus. Neun Beteiligte kamen ums Leben: vier FBI-Agenten und fünf von der CIA. Aber die CIA bekam trotzdem das, worauf sie es abgesehen hatten: das Geld. Die Überlebenden verluden das Geld und lieferten es hier ab. Sie haben doch das Geld bekommen, oder nicht, General?«

Der General lächelte nur.

Citron sah Yarn an. »Dann seid ihr beide mit dem Koks zurückgeflogen, habt ihn bei B. S. Keats abgeladen, damit er damit hausieren gehen konnte, und fuhrt dann weiter nach Washington mit eurer betrüblichen Geschichte, wie ihr nicht nur den Koks und das Geld verloren hattet, sondern daß bei der Schießerei mit der CIA auch vier Leute umgekommen waren. Und dann begannen die Vertuschungen.« Citron schüttelte zweifelnd den Kopf. »Haben die in Washington euch das wirklich abgenommen?«

»Es blieb ihnen nichts anderes übrig«, sagte Yarn. »Sie konnten von Amts wegen nicht gegen uns vorgehen, ohne daß die ganze Geschichte aufgeflogen wäre. Sie ließen uns einen heiligen Eid schwören, daß wir schweigen würden, und dann feuerten sie uns. Kann man sich das vorstellen?«

»Was ist mit den anderen FBI-Agenten – denen, die überlebt haben?«

»Wir haben uns ihrer angenommen, finanziell – und den Piloten haben wir auch versorgt«, erklärte Yarn. »Wenn man genug Geld hat, kann man, verdammt noch mal, mit so gut wie fast allem fertig werden.«

»Von einem abgesehen«, wendete Citron ein. »Jimmy Maneras. Mit ihm mußte etwas unternommen werden, bevor er das, was er wußte, nach Kuba weitergab.«

»Das hat B. S. für uns erledigt«, sagte Tighe. »Er ließ sich schließlich von Jimmy mit seiner Tochter, wie heißt die doch noch? – im Bett überraschen.

»Velveta«, ergänzte Yarn.

»Mit Jimmy ging sein Temperament durch, er zog eine Waffe, und B. S. erschoß ihn kurzerhand.«

»In Notwehr, selbstverständlich«, sagte Yarn gottergeben.

Citron nickte. »Danach blieb nur der Bruder Bobby – ein sehr verstörter Bruder Bobby, der sich nach Singapur absetzte, wo er das, was er wußte, einem abgehalfterten alten Gaul namens Drew Meade verkaufte, der es darauf gleich an einen politischen Typ namens Jack Replogle verhökerte. Replogle wußte genau, was er damit anfangen konnte, aber er kam in den Bergen von Colorado zu Tode, ehe er das, was er wußte, Draper Haere erzählen konnte.« Citron sah erst Yarn, dann Tighe an. »Wer hat Replogle umgebracht? Ihr zwei?«

Tighe nickte, fast kaum wahrnehmbar.

»Tja, Morgan«, sagte der General. »Und was wird nun, hemm?«

»Was soll werden?«

»Ja. Ihre Vorausschau auf das, was geschehen wird.«

»Nun ja, ich würde sagen, Sie packen Ihre Millionen ein und verschwinden schnell. Ich glaube nicht, daß Sie sich in diesem Land noch lange werden halten können. Das könnte keiner. Noch ein Monat etwa, und die Leute holen Sie hier heraus und stellen Sie draußen an die Ihnen bekannte Wand.«

»Bevor es soweit kommt, werde ich lange fort sein. Ich habe mich beinahe schon für La Jolla entschieden – zumindest für einen Teil des Jahres.«

»La Jolla ist hübsch«, bestätigte Tighe, »aber wir denken für uns eher an Buenos Aires.«

»Selbstverständlich«, sagte Yarn, »sind das Bureau und besonders Langley noch nicht ganz zufrieden mit uns, doch solange wie wir mithelfen, alles schön unter der Decke zu halten, werden sie uns keine großen Schwierigkeiten machen, sie haben schlimmere Geschichten als die sauber mit Kitt verkleistert.«

Für die nächste volle Minute hatte keiner mehr etwas zu sagen. Schließlich seufzte der General schwer auf. »Wissen Sie, Morgan, während ich jetzt hier gesessen und Ihnen zugehört habe, ist mir ständig nur ein Wort durch den Kopf gegangen: Mitwisser.«

Morgan Citron sagte nichts.

Wieder seufzte der General, diesmal noch schwerer als vorher. »Gladys wird mir niemals vergeben, aber ich fürchte, ich muß Sie trotzdem erschießen lassen.«

Citron nickte nur und wendete den Blick ab. Wie immer, dachte er, zeigte der Verurteilte keine Gefühlsregung. Er schrumpfte lediglich innerlich zusammen. Tod in einem sehr heißen Land. Schon immer seit Afrika, kam ihm zu Bewußtsein, hatte er das erwartet, oder, vielleicht treffender, befürchtet.

»Also wenigstens wirst du nicht im Gefängnis verfaulen«, tröstete Yarn.

Citron blickte ihn an, zeigte immer noch keinen Ausdruck außer vielleicht einer gewissen Leblosigkeit der Augen. »Ja«, bestätigte Citron. »Das ist wohl so.«

## 32

Die telefonische Verbindung für das Gespräch, das Draper Haere nach Los Angeles angemeldet hatte, war gerade zustandegekommen, als das Schießen begann. Er befand sich in seinem Zimmer in der obersten Etage des Intercontinental, und die Schüsse klangen, als kämen sie von Handwaffen. Sie klangen auch schwach und kamen nur sporadisch und aus sehr weiter Ferne.

»Warten Sie bitte einen Augenblick.« Er legte den Hörer hin, ging zum Fenster und blickte hinaus. Alles, was er sehen konnte, war ein prachtvoller Ausblick auf den Pazifischen Ozean. Er ging zum Telefon zurück, nahm den Hörer auf und sagte: »Gladys Citron bitte. Hier spricht Draper Haere. Es geht um Ihren Sohn.«

»Einen Augenblick«, sagte die weibliche Stimme.

Gladys Citron kam ans Telefon und meldete sich mit einer Frage. »Was ist mit Morgan?«

»Wie geht es, Gladys?«

»Mir geht es gut. Was stimmt mit Morgan nicht?«

»Er steckt in gewissen Schwierigkeiten, und ich versuche, ihn da herauszuholen. Er war heute morgen in eine Schießerei verwickelt und –«

Gladys Citron unterbrach ihn: »Ist er verletzt?«

»Das glaube ich nicht, aber ich bin nicht absolut sicher. Er ist von einem Paar Amerikanern in den Präsidentenpalast gebracht worden. Die beiden nennen sich manchmal Yarn und Tighe. Je von ihnen gehört?«

Ein paar Sekunden lang war es still, ehe Gladys Citron sagte: »Und weiter?«

»Das ist alles, was ich weiß, außer daß ich in etwa einer Stunde eine Verabredung mit dem Geschäftsträger in unserer Botschaft habe. Er heißt Rink. Neal Rink.«

»Sie sagten, daß sie Morgan in den Präsidentenpalast gebracht haben?«

»Ja, ganz richtig. Das sind meine Informationen.«

»Haben Sie versucht, mit Carrasco-Cortes zu sprechen?«

»Das war das erste, was ich versucht habe«, antwortete Haere, »aber alles, was ich zu hören bekam, war das übliche Rumgerede no habla inglés.« Er machte eine Pause. »Ich habe auch Gespräche nach Washington angemeldet, zu ein paar Senatoren, die ich kenne. Ich dachte, falls Sie jemand im Außenministerium kennen, der –« Haere brach ab, weil die Leitung plötzlich tot war. Es kam kein Klicken oder Summen, nur Stille. Haere legte den Hörer zurück, wartete zehn Sekunden und hob ihn wieder ab. Die Leitung war unverändert tot. Er legte den Hörer wieder auf und lauschte auf das Feuer von Handfeuerwaffen. Es schien jetzt lauter und näher zu sein und nicht mehr ganz so sporadisch.

Gladys Citron wartete hinter ihrem Schreibtisch, bis ihre chinesische Sekretärin mit ihrem Bericht kam. »Alle Verbindungen nach da unten sind kaputt«, sagte sie. »Nichts geht hinaus oder kommt herein.«

Gladys Citron drehte ihren Sessel so, daß sie zum Fenster hinaussehen konnte. Als sie sich wieder umwendete, war ihr Gesicht resigniert. Sie blickte ihre Sekretärin an.

»Buchen Sie mir einen Platz in der nächsten Maschine nach Miami. Die allernächste.«

Die Sekretärin nickte. »Soll ich Mr. Keats anrufen und ausrichten, daß er jemand zum Flugplatz schicken soll, um Sie abzuholen?«

»Nein. Lassen Sie das. Was Sie tun sollen, ist, jedes Gespräch für mich anzunehmen und den Anrufern zu sagen, daß Sie nicht wissen, wohin ich gefahren bin oder wie lange ich fort sein werde. Das gilt für jeden.«

»Auch für Mr. Keats?«

»Auch für ihn«, bestätigte Gladys Citron.

Draper Haere ging durch den Korridor des Hotels, bis er das Zimmer erreichte, in dem Morgan Citron und Velveta Keats logierten. Er klopfte an die Tür. Sie wurde von einem kleinen plumpen Schwarzen geöffnet.

»Wer, zum Teufel, sind Sie denn?« fragte Draper Haere.

»Ich?« entgegnete der Mann. »Ich bin Cecilio. Und Sie?«

Ehe Haere antworten konnte, war Velveta Keats an der Tür. »Ist schon gut, Cecilio. Das ist Mr. Haere.« Zu Haere sagte sie: »Morgan ist noch nicht zurück. Aber kommen Sie herein.«

Haere betrat das Zimmer und stellte fest, daß noch ein weiterer schwarzer Mann anwesend war, ein großer dünner. »Dies ist Jacques«, sagte sie. »Er und Cecilio arbeiten für meinen Papa, und er hatte sie hergeschickt, ich weiß nicht warum, als Babysitter für mich, nehme ich an.« Sie machte eine Pause. »Sie stammen aus Haiti und sie sprechen erheblich besser Französisch als Englisch. Können Sie Französisch?«

»Nur ein paar Worte«, sagte Haere.

»Unser Englisch wächst«, sagte Cecilio.

»Das kann ich sehen«, sagte Haere und wendete sich an Velveta Keats. »Wir stehen vor einem Problem.«

»Ein Problem!« sagte Jacques. »Darum sind wir hier. Lassen Sie es uns reparieren.«

Haeres Stirn runzelte sich zweifelnd. Cecilio sah gekränkt aus. »Ich kann sehen Ihr Gesicht, Sie haben viel Zweifel. Warum? Weil unsere Haut schwarz, unser Englisch schlecht, aber wachsen?«

»Sie kennen das Problem noch nicht, Freund.«

Jacques nickte verständnisvoll. »Das ist wahr. Erzählen Sie.«

Wieder sah Haere Velveta Keats skeptisch an, die darauf sagte: »Papa schwört auf die beiden, Draper.«

»Okay«, sagte Haere. »Also, das Problem ist folgendes. Citron ist heute morgen in eine Schießerei hineingeraten. Er ist in den Präsidentenpalast gebracht worden. Er kann noch dort sein. Er kann aber auch im Gefängnis sein. Ich möchte herausfinden, wo er ist und ihn herausholen.«

»Wurde er verletzt?« fragte Velveta Keats.

»Nein, ich glaube nicht.«

»Schießerei?« sagte Cecilio in fragendem Ton, der eine Übersetzung forderte.

»Päng-päng«, erklärte Haere.

»Ah. Bitte hören.« Cecilio deutete auf das Fenster. Die Schüsse waren ganz deutlich zu hören. Sie klangen sogar noch näher.

»Wissen Sie, was da draußen vorgeht?« fragte Haere.

Cecilio nickte, und auch Jacques, der sagte: *»La contre-révolution.«*

»Ist das wirklich der gleiche Monsieur Citron, der so gut Französisch spricht?« fragte Cecilio.

»Er spricht Französisch, Spanisch und ich weiß nicht, was sonst noch alles«, sagte Haere.

»Eindeutig Englisch«, sagte Jacques und wendete sich an Cecilio. Sie berieten sich in ihrem schnellen Französisch mit dem weichen Kreolenakzent fast eine Minute lang. Als sie ihre Beratung abgeschlossen hatten, wendeten sie sich wieder mit überwältigend zuversichtlichem Ausdruck an Haere.

»Wir haben Erfahrungen ganz beträchtlich in solchen Sachen, Cecilio und ich«, versicherte Jacques. Cecilio nickte bestätigend, und Jacques fuhr fort. »Geld ist wichtig.«

»Für Bestechungen?«

»Aber selbstverständlich.«

Haere sah wieder Velveta Keats an. Sie hob die Schultern. »Ich weiß nur, daß Papa auf sie schwört.«

Haere sah erst den Hydranten Cecilio und dann die Bohnenstange Jacques an. »Und Sie kennen Citron?«

»Er ist unser teurer Freund«, versicherte Cecilio.

Haere begann seine Weste und sein Hemd aufzuknöpfen. Als beides offenstand, enthüllten sie einen Geldgürtel aus hautfarbenem Nylon. Haere verschob den Gürtel, damit er den Verschluß öffnen konnte. Er nahm den Gürtel ab, zog den Reißverschluß auf, zählte tausend Dollar in Fünfzigernoten ab, legte sie zusammen und steckte sie in seine Hosentasche. Den Geldgürtel reichte er darauf Jacques. »Hier sind neuntausend Dollar drin«, sagte er. »Sehen Sie zu, was Sie damit machen können.«

»Wir sind weise im Geldausgeben«, versicherte Jacques, der den Geldgürtel streichelte.

Die beiden schwarzen Männer wendeten sich zur Tür, hielten aber inne, als Haere sagte: »Noch etwas.«

»Ja?«

»Wie gut ist Ihr Spanisch?«

»Ausgezeichnet«, antwortete Jacques. »Beinahe so gut wie unser wachsendes Englisch.«

»Von einem kleinen kubanischen Akzent abgesehen«, ergänzte Cecilio.

»Wir arbeiten, ihn zu verbessern.«

Sie gingen zur Tür hinaus und schlossen sie hinter sich.

Haere wendete sich Velveta Keats zu und sah, daß ihr die Tränen über die Wangen liefen.

»Das hilft auch nicht«, sagte er, weil ihm wirklich nichts Besseres einfiel.

»Ich kann's nicht verhindern.«

Haere fand sein Taschentuch und reichte es ihr. »Hier. Putzen Sie sich die Nase damit oder tun Sie sonst was.«

Sie wischte sich die Tränen ab und schneuzte sich geräuschvoll. »Was machen wir jetzt nur?«

»Sie und ich?«

Sie nickte.

»Wir gehen zur Botschaft und schlagen einen Höllenkrach.«

»Wird das Morgan helfen?«

»Wahrscheinlich nicht.«

Sie schneuzte sich noch einmal. »Draper?«

»Ja?«
»Sie werden Morgan doch nicht erschießen oder ihm sonst was antun?«
»Das weiß ich wirklich nicht«, antwortete er.

Das Gefängnis, in das der junge Hauptmann und der noch jüngere Leutnant Morgan Citron brachten, war vor 206 Jahren auf einer Klippe über dem Ozean errichtet worden. Es hatte hohe Mauern, war feucht und stank nach faulendem Fisch und menschlichen Absonderungen.

Citron stand im Dienstzimmer des Kommandanten, die Hände mit Handschellen auf dem Rücken gefesselt. Der Kommandant studierte an seinem Schreibtisch die Anweisungen für die Behandlung des Gefangenen. Der Kommandant war ein Major der Armee mit Namen Torres. Er war fett und für seinen Rang zu alt. Eine Spur Speichel erschien in seinem linken Mundwinkel. Er wischte sie mit einem grünen Seidentuch fort. Nachdem er mit den Papieren fertig war, blickte er auf und sah Citron an. Dann lehnte er sich auf seinem Sessel zurück, und sein Blick wanderte zu dem jungen Hauptmann. Citron fand, daß die Augen des Kommandanten Korrumpiertheit verrieten. Er hoffte, daß er sich nicht irrte.

»Die Telefone sind tot«, sagte Major Torres in unverbindlichem, fast gleichgültigem Ton.

»Wann sind sie das einmal nicht?« fragte der Hauptmann.

»Und die Schießerei? Sie scheint näher vom Zentrum der Stadt zu kommen.«

Der Hauptmann hob nur die Schultern. »Eine kleine Bande Trunkenbolde mit alten M-1-Gewehren und acht Schuß Munition für jeden.«

Major Torres nickte. »Und das Fernsehen?«

»Ich habe es mir nicht angesehen«, sagte der Hauptmann.

»Nichts als Episoden aus *Gunsmoke*. Auch im Radio kommen keine Nachrichten. Nur Marschmusik. Jedesmal, wenn ich es einschalte, spielen sie den Washington-Post-Marsch.«

»Er besänftigt nicht nur, er inspiriert auch«, sagte der Hauptmann.

»Und was ist mit dem General?«

»Er ist wohlauf und hat die Situation fest im Griff. Er hat bereits Korrektivmaßnahmen angeordnet.«

Major Torres nickte zweifelnd, wischte sich wieder über den

Mund und deutete mit dem Kinn auf Citron. »Und der da. Er soll morgen früh erschossen werden. Warum nicht auf der Stelle? Dann haben wir es hinter uns.«

»Morgen früh«, sagte der Hauptmann fest. »Alles muß genauso erfolgen, wie es befohlen wurde. Es ist ein besonders delikater Fall.«

Major Torres grunzte. »Hinrichtungen sind nie delikat.« Er musterte Citron. »Ist er reich?«

»Nein«, sagte der Hauptmann.

»Wichtig?«

»Er ist ein überführter Spion. Mehr brauchen Sie nicht zu wissen.«

Wieder grunzte Major Torres. »Wenn er weder reich noch wichtig ist, sollten wir ihn sofort erschießen.«

»Sie haben Ihre Befehle, Major«, sagte der Hauptmann.

Torres ignorierte den Hauptmann und sah Citron prüfend an. »Nun, Spion, was haben Sie zu sagen?«

»Ich habe nicht den Wunsch, erschossen zu werden.«

»Sie sprechen sehr gut Spanisch.«

»Vielen Dank.«

»Haben Sie Geld?«

»Keins.«

»Wenn Sie Geld hätten, könnten Sie sich eine gute letzte Mahlzeit bestellen.«

»Ich habe kein Geld.«

»Dann werden Sie essen, was die anderen auch essen.« Major Torres drückte auf einen Knopf auf seinem Schreibtisch. Ein Wachmann kam. Der junge Leutnant stand auf und schloß Citrons Handschellen auf. Der Wachmann sah Major Torres fragend an.

»Er wird morgen früh erschossen«, sagte Torres. »Bringen Sie ihn in eine ordentliche Zelle.«

Der Wachmann nickte, ergriff Citron am linken Arm und führte ihn fort.«

Die Zelle lag auf der dem Ozean zugewendeten Seite des Gefängnisses. Hoch oben befand sich ein vergittertes Fenster. Die Zelle war klein, nicht größer als 1,60 mal 2,10. Sie wurde durch eine einzelne Birne beleuchtet und enthielt einen Plastikeimer, einen Tonkrug mit Wasser und eine flache Steinpritsche. Auf der Pritsche lag eine zusammengefaltete Decke.

»Ich kann Ihnen Zigaretten und Essen und auch Schnaps verkaufen, wenn Sie Geld haben«, sagte der Wachmann.

»Ich habe kein Geld«, antwortete Citron. »Was ich hatte, wurde mir abgenommen.«

Der Wachmann hob bedauernd die Schultern, zog die Zellentür zu und schloß sie ab. Die Tür bestand aus Eisenstangen. Citron sah sich in der Zelle um und setzte sich auf die steinerne Pritsche. Er blieb dort annähernd eine Stunde sitzen und starrte vor sich auf den Boden, den Kopf gesenkt, die Arme auf die Knie gestützt, dachte an vergangene Fehler, alte Lieben, nicht eingeschlagene Wege und an die abschließende Demütigung, die er zu erdulden hatte, den Tod. Danach gab es keine Überraschungen mehr. Er sprach sich selbst von allen Sünden frei, falls es Sünden gewesen waren, vergab beinahe, wenn auch nicht ganz, seinen Feinden, stand auf und urinierte in den Plastikeimer. Als er damit fertig war, setzte er sich wieder auf die Steinpritsche, zog seinen rechten Schuh aus. Dann rollte er die Socke herunter und streifte die goldene Rolex von seinem Fußknöchel. Er versteckte die Uhr in dem Plastikeimer. Er wußte, dort würde sie sicher sein, jedenfalls für eine Weile.

Das Büro war groß genug, um darin auf und ab zu gehen. Es gehörte dem Geschäftsträger der amerikanischen Botschaft, der hinter seinem Teakschreibtisch saß und den Mann in dem dreiteiligen blauen Nadelstreifen beobachtete, der dort auf und ab schritt, wobei er schmeichelte, flehte und sogar drohte.

Der Geschäftsträger war Neal Rink. Er war neunundfünfzig Jahre alt und hatte es soweit gebracht, wie er es im auswärtigen Dienst der Vereinigten Staaten bringen konnte. Drohungen, selbst Drohungen von einem so gewieften Hans Dampf in allen Gassen wie diesem Draper Haere berührten ihn nicht mehr. Vor zehn Jahren, dachte er, hättest du vielleicht noch Hoffnungen gehabt; vor fünfzehn Jahren wärst du losgegangen. Jetzt lächelte er, lehnte sich in seinem Sessel zurück und sagte: »Jetzt sind wir also auch schon soweit.«

Haere hielt in seinem Auf und Ab inne und sah Rink an. »Wie weit?«

»Bei Drohungen.«

»Ich habe Ihnen nicht gedroht, Mr. Rink. Ich habe lediglich –«

Immer noch lächelnd unterbrach Rink. »Sie drohen mir, Mr. Haere. Sie haben mir mit verschiedenen Mitgliedern des Senatsausschusses für Auswärtiges gedroht, mit einer Schar Kongreßabgeordneter, die Sie anscheinend in Ihrer Hosentasche haben, mit einer

Kreuzigung sowohl in der *New York Times* als auch in der *Washington Post* und mit Ungnade, Schande und möglichem Bankrott.«

Rink griff in seine unterste Schublade und brachte eine Flasche Scotch zum Vorschein. »Womöglich sollte ich Ihnen erklären, daß ich eine reiche Frau habe, daß ich in genau zwei Monaten und neun Tagen aus diesem Stümperbetrieb ausscheiden und in den Ruhestand gehen werde. Mit diesen Fakten vor Augen sind Sie vielleicht bereit, mir bei einem Glas Whisky Gesellschaft zu leisten. Ich bin sicher, daß Miss Keats auch gern einen Schluck mittrinkt.«

Velveta Keats nickte. »Ja, Sir, sehr gern.« Sie blickte von ihrem Sessel vor Rinks Schreibtisch zu Haere auf. »Das hat alles ganz schrecklich wütend geklungen, Draper.«

Haere grinste. »Ich habe verkauft. Ich klinge immer sehr wütend, wenn ich etwas verkaufe.«

»Sie sind wirklich sehr gut«, bestätigte Rink, während er den Scotch einschenkte und Wasser aus der Karaffe vom Schreibtisch zufügte. »Ich bin überzeugt, daß es sehr wirkungsvoll ist, wenn Sie es mit Kandidaten für öffentliche Ämter zu tun haben.«

»Es war eines der ersten Dinge, die ich lernte«, sagte Haere und nahm das von Rink angebotene Glas entgegen. »Wenn man wütend klingt, klingt man auch überzeugend. Die Leute lieben Überzeugung. Besonders in der Politik, wo sie ein verhältnismäßig rarer Artikel ist.« Haere trank einen großen Schluck von seinem Drink, setzte sich in den Sessel neben Velveta Keats und sah Rink an. »Okay. Lassen Sie hören. Was können Sie für Citron unternehmen?«

Rink trank selbst einen Schluck von seinem Scotch. Er schien ihm zu schmecken. Dann seufzte er und sagte: »Nichts.«

»Überhaupt nichts?«

»Nichts, solange Frohe nicht herausgefunden hat, was sie mit ihm angefangen haben. Wir müssen wissen, wo er sich befindet.« Er lächelte Velveta Keats zu. »Ich meinte das selbstredend nicht buchstäblich.«

»Nein, Sir. Das glaube ich auch.«

»Es besteht aber noch ein weiteres Problem.« Rink neigte den Kopf dem Fenster zu. »Hören Sie das?«

Haere und Velveta Keats nickten beide. Das Gewehrfeuer klang zwar immer noch fern, seine Intensität schien aber zuzunehmen. »Das ist der Klang der Gegenrevolution«, sagte Rink. »Eine, die eine Erfolgschance von mindestens sechs zu fünf hat. Im Interesse von Mr. Citron hoffen Sie am besten auf ihren Erfolg.«

Noch ehe sie ihn nach dem Grund für diese Vermutung fragen konnten, klopfte es an der Tür, und Rink rief: »Herein.« Die Tür wurde geöffnet und Don Frohe kam herein. Sein Haar war durcheinander, seine Krawatte gelockert, und er sah verstört aus. Sein Lächeln zeigte er nicht.

»Nun?« fragte Rink.

»Ich komme direkt vom Palast.«

»Waren Sie in der Lage, den General zu sprechen?«

»Nein, Sir, das war unmöglich. Dort scheint plötzlich eine Art Belagerungszustand zu herrschen. Aber ich konnte mit Colonel Velasco sprechen.«

Rink sah Haere an. »Velasco ist der Chefadjutant des Generals.« Er wendete sich wieder Don Frohe zu. »Ja, aber weiter, Don. Lassen Sie hören.«

»Sie machten Citron heute morgen den Prozeß. Sie verhörten ihn, sprachen ihn schuldig und verurteilten ihn.«

»Wie lange hat er bekommen?« fragte Rink.

»Bis morgen früh. Morgen um sechs Uhr soll er erschossen werden.«

»Gott Allmächtiger«, sagte Rink.

## 33

Das erste, was die beiden Haitianer mit den 9000 Dollar taten, war, daß sie den stellvertretenden Manager einer Niederlassung der Avis bestachen. Die Haitianer wollten einen Dodge-Lieferwagen mieten. Der stellvertretende Manager zeigte sich abweisend. Er war überzeugt, daß die Gegenrevolution erfolgreich verlaufen würde und daß die Personenwagen und Lastwagen der Avis von dem neuen Regime sofort beschlagnahmt werden würden. Er würde auf jeden Fall stellungslos sein, weil seine politischen Neigungen unglücklicherweise nicht linksorientiert gewesen waren. Jetzt mußte er an seine Zukunft denken. Cecilio fragte den stellvertretenden Manager, ob 500 Dollar seine Aussichten verbessern könnten. Der stellvertretende Manager bekannte, daß durch einen seltsamen Zufall genau das der Betrag wäre, den er im Sinn gehabt hätte. Jetzt konnte er ihnen mit reinem Gewissen den Lieferwagen überlassen.

Im hinteren Lagerraum eines kleinen Ladens, der im allgemeinen lederne Sandalen verkaufte, erstanden die beiden Haitianer zwei

Kartons Balantine Schwarzmarkt-Scotch und zehn Stangen Marlboro. Der Whisky kostete sie 75 Dollar die Flasche, die Zigaretten kamen auf 100 Dollar die Stange. Mit dem Whisky und den Zigaretten hinten in dem Lieferwagen war ihr nächstes Ziel der Präsidentenpalast. Einen Block von den Palasttoren entfernt wurde der Lieferwagen von einem jungen Soldaten, der mit einem M-16-Gewehr bewaffnet war, angehalten.

»Rauchst du, tapferer, junger Soldat?« fragte Jacques. Der tapfere, junge Soldat bestätigte, daß er rauche. Jacques bedachte ihn mit einer Stange Marlboros und befragte ihn nach dem gegenwärtigen Aufenthalt seines vorgesetzten Offiziers. Der Soldat sagte, daß Capitano Vadillo sich auf einer Bank im Park ausruhe.

Cecilio und Jacques parkten den Lieferwagen und schlossen ihn ab. Sie betraten den Park, und nach mehrmaligem Nachfragen wurden sie zu Capitano Vadillo geführt, der dösend in der Sonne saß und seine Kräfte für kommende Schlachten schonte.

Jacques sprach den Capitano mit Namen an und sagte: »Wir haben ein merkwürdiges Anliegen.«

Der Capitano musterte sie mit unverhohlenem Argwohn. »Um was geht es?«

»Wir kommen vom Intercontinental-Hotel, wo ein verrückter Nordamerikaner uns ein kleines Vermögen dafür bezahlt hat, daß wir einen Karton Scotch Whisky und drei Stangen Marlboro Zigaretten einem seiner Freunde bringen. Der Freund ist ein anderer Nordamerikaner mit einem seltenen Namen.«

»Und welchen seltenen Namen hat dieser Freund?«

»Morgan Citron.«

»Und wo soll er angeblich sein?«

»Im Präsidentenpalast«, sagte Cecilio. »Er wird dort für irgendeinen geringfügigen Verstoß festgehalten.«

»Seid ihr Kubaner?« fragte der Capitano. »Ihr sprecht wie Kubaner.«

»Sehen wir wie Kubaner aus?« fragte Cecilio.

»Es gibt viele schwarze Kubaner.«

»Wir sind Haitianer.«

»Ich würde euch nicht helfen, wenn ihr Kubaner wärt.«

»Wir würden es dann auch nicht von Ihnen erwarten«. Cecilio sah den Hauptmann lächelnd an. »Wollen wir sagen, zwei Flaschen Scotch Whisky und zwei Stangen Marlboro-Zigaretten?«

»Drei«, antwortete der Hauptmann, »drei von jedem.«

»Abgemacht.«

»Wartet hier auf mich«, sagte der Capitano.

Fünfzehn Minuten später kam er aus dem Präsidentenpalast zurück und sagte ihnen: »Der Nordamerikaner ist nicht mehr im Palast.«

»Ah«, sagte Jacques.

»Er ist im Bundesgefängnis.«

»Gut.«

»Er wird morgen früh erschossen.«

»Bedauerlich«, sagte Cecilio. Er sah Jacques an, der über die Neuigkeit bedrückt nickte. »Dann müssen wir ihm den Whisky und die Zigaretten noch heute bringen«, sagte Jacques.

Die beiden Haitianer drehten sich um und machten sich auf den Weg zu ihrem Lieferwagen. Jacques drehte sich mit einem Lächeln noch einmal um. »Kommen Sie mit, Capitano?« fragte er.

Der Capitano eilte hinter ihnen und dem versprochenen Whisky und den Zigaretten her.

Morgan Citron stand mit dem Rücken zu der hohen Mauer und sah zu, wie die Soldaten des Exekutionskommandos an ihren Gewehren fummelten. Irgend etwas stimmte mit den Waffen nicht. Die Läufe waren krumm und verbogen, wie Kerzen, die der Sonne ausgesetzt worden waren. Eine weibliche Stimme sagte: »Sie sind immer noch viel zu dünn.« Er drehte sich um und sah zur Krone der Mauer hinauf. Dort saß rittlings Miss Cecily Tettah von amnesty international und ließ eine Strickleiter mit gläsernen Sprossen herunter. Citron hatte Bedenken, ob die gläsernen Sprossen sein Gewicht tragen könnten, als er in seiner Zelle im Bundesgefängnis erwachte.

Er setzte sich auf der Kante der Steinpritsche auf. Es überraschte ihn nicht, daß er geschlafen hatte. Fast die Hälfte der Zeit, die er im Gefängnis des Kaiser-Präsidenten verbracht hatte, hatte er geschlafen – in schneller Zeit, wie Gefangene überall es nannten. Er griff in den Plastikeimer und holte die goldene Rolex heraus. Er wischte sie am Hosenbein des Anzugs ab, den er bei Hensheys in Santa Monica gekauft hatte. Der Uhr zufolge hatte er eine Stunde geschlafen.

Citron brauchte nur zwei Minuten, um das Gliederarmband von der Rolex abzumachen. Die Uhr selbst legte er wieder in den Eimer zurück, stand auf, ging zu der Gittertür und begann nach dem Wachmann zu rufen.

Nach fünf Minuten kam der Wachmann schlurfend durch den Gang und blieb vor der Zellentür stehen. Er zeigte deutliche Ansätze zu einem Schmerbauch, hatte runde, hängende Schultern und trübe Augen. Seine Uniform paßte ihm nicht mehr richtig. Citron schätzte das Alter des Wachmanns auf einige Jahre über vierzig, was er gut fand. Sein Ehrgeiz war verbraucht und gab nicht mehr viel her. Ein jüngerer Mann mochte vielleicht noch Hoffnungen hegen.

»Sie brauchen nicht so zu schreien«, tadelte der Wachmann. »Mein Platz ist nur ein paar Meter weit entfernt.«

»Woher sollte ich das wissen?« erwiderte Citron.

Der Wachmann dachte darüber nach und nickte dann. »Stimmt.« Er machte eine Pause. »Was wollen Sie?«

»Ich will zu essen und Bier und Kaffee.«

Der Wachmann lächelte beinahe. »Vielleicht ein ordentliches Steak?«

»Ich will bezahlen.«

»Womit?«

Citron hob das Uhrarmband hoch. »Mit Gold.«

Der Anblick von Gold brachte die übliche Reaktion. Der Wachmann grinste und kniff die Augen zusammen und leckte sich über die Oberlippe. Er blickte schnell nach rechts und links,dann wieder auf das goldene Armband, das in einem kleinen Bogen unter Citrons Finger pendelte. »Echtes Gold?« fragte der Wachtmann lüsternd.

»Achtzehn Karat.«

»Vielleicht ein paar Bohnen und Reis zu Ihrem Steak?«

»Und Bier und Kaffee«, sagte Citron.

»Ja, selbstverständlich, Bier und Kaffee. Ich bin in dreißig Minuten wieder da.« Er drehte sich um, blieb aber auf Citrons Anruf stehen

»Warten Sie.«

»Was noch?«

»Haben Sie irgendwelche Verwandten?«

»Ja, viele.«

»Und will vielleicht einer von ihnen in die Vereinigten Staaten auswandern?«

»Meine jüngste Schwester und ihre Kusine.«

»Bringen Sie mir ein Notizbuch und einen Stift, damit ich schreiben kann. Wenn Ihre Schwester mit ihrer Kusine in die Vereinigten Staaten kommen, können sie das Notizbuch einem Mann in Kalifornien bringen, der sie dafür bezahlen wird. Er wird ihnen mindestens zweitausend Dollar dafür geben.« Citron machte eine Pause. »Vielleicht mehr. Der Mann ist großzügig.«

Der Wachmann zögerte. »Was wollen Sie in das Notizbuch schreiben?«

Citron lächelte. »Eine Geschichte«, antwortete er.

Nachdem der Wachmann das Essen und die Getränke und das Notizbuch und einen Kugelschreiber gebracht hatte und nachdem er in das goldene Armband gebissen hatte, um dessen Qualität zu prüfen, und nachdem das Essen verzehrt und das Bier und der Kaffee getrunken waren, setzte Citron sich mit dem Notizbuch auf die Pritsche. Er öffnete es und schrieb auf das erste Blatt Draper Haeres Namen und seine Adresse in Venice und dazu: »Draper, bitte bezahle dem Überbringer (oder den Überbringern) hierfür 2000 Dollar – oder mehr, wenn Dir ihr Aussehen gefällt. Grüße. Morgan Citron.«

Danach schrieb Citron stetig vier Stunden lang. Und weil es eine seltsame Geschichte war, die einen kühlen und logischen Stil verlangte, schrieb er auf französich.

Als Gladys Citron auf Miami International Airport angekommen war, ging sie in eine Telefonzelle und rief mit Hilfe ihrer Telefonkreditkarte einen Mann in seinem Haus in Middleburg, Virginia, an. Der Mann lebte jetzt nach langjährigen Diensten in einem Regierungsamt seit annähernd vier Jahren im Ruhestand. Gladys Citron kannte ihn seit nahezu vierzig Jahren. 1944 hatte sie ihm in der Nähe von Cannes einmal das Leben gerettet. Als der Mann zu zögern schien, das zu tun, um was sie ihn bat, erinnerte sie ihn an 1944 in Cannes.

»Gladys«, sagte der Mann darauf, »wenn ich auf all das zurückblikke, dann hast du mir in Wirklichkeit gar keinen Gefallen getan.«

»Was soll das, Harley?«

»Wenn du mir wirklich einen Gefallen tun wolltest, würdest du zu mir hierherkommen und wir würden ein paar Gläser miteinander trinken, und dann würde ich dir meine Flinte geben, die Purdey, die ich fünfundvierzig in London gekauft habe, erinnerst du dich? Und dann könntest du mir wirklich einen Gefallen tun.«

»Ruf' sie an, Harley.«

Der Mann seufzte. »Melde dich in dreißig Minuten«, sagte er und hängte ein.

Gladys Citron betrat eine der Cocktaildielen des Flughafens und bestellte sich einen Martini, den ersten Martini, den sie sich seit fünf Jahren gönnte. Ein vierzigjähriger Kubaner mit Augen in der Farbe von warmem Pflaumenmus versuchte sie anzumachen, und das half ihr, die Zeit zu vertreiben. Sie beendete diesen Versuch damit, daß sie beide Getränke, sowohl ihres als auch das des Kubaners, bezahlte, ging wieder in die Telefonzelle und rief noch einmal den Mann in Middleburg an. Er meldete sich auf das erste Klingeln des Telefons.

»Ich habe schlechte Nachrichten«, sagte er. »Bist du bereit?«

»Zu allem.«

»Einem Kabel zufolge, daß sie von dem Geschäftsträger dort unten bekommen haben, einem Mann namens Rink, kein schlechter Mann übrigens, hat der gute General deinen Sohn heute morgen vor ein Kriegsgericht gestellt, und sie werden ihn morgen früh um sechs Uhr erschießen, was sieben Uhr Eastern Standard Time entspricht.«

»Ich verstehe«, sagte Gladys Citron.

»Das ist meine Gladys«, sagte der Mann. »Sag ihr, heute mittag um zwölf geht diese Scheißwelt unter, und sie antwortet: ›Ich verstehe.‹«

»Ist sie zuverlässig, diese Information?« fragte sie.

»Sie haben mir dieses Scheißkabel vorgelesen, Gladys. Dieser Rink berichtet, er glaube, daß der General selbst jeden Augenblick fällig ist. Da unten ist eine Gegenrevolution im Gange, und Rink meinte, daß sie erfolgreich sein könnte.«

»Ich verstehe«, sagte Gladys Citron. »Nun, vielen Dank, Harley.«

»Wofür?«

Nachdem Gladys Citron eingehängt hatte, blieb sie noch mindestens zwei Minuten lang in der Telefonzelle, ehe sie eine weitere Münze in den Apparat und aus dem Gedächtnis die Nummer von B. S. Keats wählte. Als Keats sich meldete, sagte sie ihm, sie wäre gerade auf dem Flughafen angekommen, und schlug ihm vor, sie sollten sich in einer Stunde in dem Lokal treffen, wo sie im allgemeinen zusammenkamen, wenn sie vermeiden wollten, daß jemand etwas von ihrer Begegnung erfuhr. Keats fragte, ob sie irgend etwas erfahren hätte, und sie antwortete, sie hätte etwas gehört, und das sei der Grund, weshalb sie ihn sprechen wolle. Sie fuhr in ihrem gemieteten Chevrolet an Bob's Big Boy Restaurant vorbei und parkte erst einen Block weiter entfernt. Sie ging zu dem Restaurant zurück, bestellte sich eine Tasse Kaffee und trug sie zu der Nische hinüber, in der B. S. Keats mit einer Coca-Cola vor sich schon wartete.

Gladys Citron stellte ihren Kaffee auf den Tisch und nahm gegenüber von Keats in der Nische Platz. Ihre große Handtasche lag auf ihrem Schoß.

»Nun?« begann Keats.

»Sie werden ihn morgen früh erschießen. Meinen Sohn.«

»Das stimmt nicht, Gladys.«

»Er läßt ihn erschießen. Unser Freund, der General.«

»Das wird nie passieren. Niemals.«

»Hast du ihn da reingerissen – meinen Sohn?«

»Ich? Lieber Himmel, mein kleines Mädchen ist doch auch da unten. Ich habe sogar meine zwei französischen Nigger hingeschickt, um zu verhindern, daß ihr oder ihm etwas passiert. Da muß irgend was durcheinander geraten sein, Gladys. Was anderes gibt's doch gar nicht.«

»Ich weiß, daß du ihn da reingerissen hast, B. S.«, sagte sie, nahm die Colt-Pistole Kaliber .32 aus ihrer Handtasche und schoß unter der Tischplatte dreimal auf ihn. Keats preßte die Hände gegen den Leib, sagte etwas, das sie nicht verstand, sank vorwärts über den Tisch und stieß dabei sein Coca-Cola um. Gladys Citron stand auf und schoß ihn noch einmal in den Kopf, drehte sich dann um und verließ das Restaurant. Drei andere Gäste in Bob's Big Boy Restaurant und das Personal waren anwesend. Keiner versuchte, sie aufzuhalten.

Sie lieferte den gemieteten Wagen beim Flughafen ab und buchte einen Platz in der nächsten Maschine, die abflog. Es war Flug 138 der American ohne Zwischenlandung nach Kansas City. Sie bezahlte ihren einfachen Flugschein erster Klasse in bar und gab ihren Namen als Mrs. Gordon Percy an.

Auf ihrem Platz im Bereich erster Klasse der DC 9 trank sie ihren zweiten Martini, den sie sich seit fünf Jahren erlaubt hatte. Sie kam bei ihren Überlegungen zu dem verständlichen Ergebnis, daß sie wohl völlig verrückt geworden sei. Ihre Gedanken wendeten sich dann der tröstlichen Vorstellung eines Selbstmordes zu. Wenn sie in Kansas City ankäme, wollte sie in einem netten Hotel absteigen, vielleicht dem Muehlbach, falls es noch in Betrieb sein sollte, ein Abendessen und eine gute Flasche Wein auf ihr Zimmer bestellen, ein langes Bad nehmen und weiter über die Möglichkeit des Selbstmords nachdenken. Das mochte ihr dabei helfen, die Nacht zu überstehen. Inzwischen half der Gedanke ihr, den Flug nach Kansas City hinter sich zu bringen, wo sie, als sie das Flugzeug verließ, von zwei Detektiven des Morddezernats festgenommen wurde.

## 34

Draper Haere und Velveta Keats gingen von der amerikanischen Botschaft zu Fuß zum Intercontinental zurück. Sie gingen, weil Taxis verschwunden zu sein schienen und weil Haere sagte, er wolle zu Fuß gehen. Die Straßen waren so gut wie verlassen, abgesehen von Jeeps und Lastwagen voller Soldaten, von denen die meisten erst sechzehn Jahre alt zu sein schienen. Manchmal machte Velveta Keats mit ihrer Polaroidkamera Schnappschüsse von ihnen. Keines der Bilder wurde sehr gut. Velveta Keats schien das nichts auszumachen. Nachdem sie jedes Bild betrachtet und Haere gezeigt hatte, warf sie es weg.

»Warum machst du diese Aufnahmen?« fragte er.

»Ich sehe gern, ob das, was ich sehe, auch das ist, was andere Leute sehen.«

»Und ist es so?«

»Ich finde, nicht. Ich finde, andere Leute sehen mehr als ich. Wenn ich die Bilder ansehe, entdecke ich eine Menge, was mir vorher entgangen ist. Darum benutze ich eine Polaroid. Ich warte nicht gern. Auf nichts.« Sie blieb stehen, drehte sich um und richtete die Kamera auf Haere. Er blickte in das Objektiv, ohne zu lächeln. Sie drückte auf den roten Knopf. Die Kamera surrte, und die Aufnahme wurde herausgedreht. Sie gingen weiter, wobei Velveta Keats beobachtet, wie sich das Bild entwickelte.

Sie blieb stehen, blickte von dem Bild auf Haere und wieder auf das Bild. »Du bist wirklich traurig, was? Ich meine ganz tief innen drinnen.«

Haere lächelte, nahm ihr das Bild ab und sah es an. »Siehst du das darauf?«

Sie nickte. »Ich dachte, es wäre nur das, was dein Gesicht so zeigt, verstehst du, rein zufällig. Aber du bist wirklich traurig. Nicht deprimiert. Einfach traurig.«

Haere wußte nicht, was er dazu sagen sollte, darum gab er ihr das Bild zurück. »Ich glaube, das hebe ich auf«, sagte sie und steckte es in ihre Handtasche. Schweigend gingen sie weiter und lauschten auf das ferne Gewehrfeuer.

»Wie weit entfernt sind sie?« fragte sie.

»Vielleicht eine Meile. Es kann auch weniger sein.«

»Ich möchte wissen, was Morgan wohl macht.«

»Ich weiß es nicht.«

Sie blieb wieder stehen und sah Haere an. »Wir werden doch nicht zulassen, daß sie ihn erschießen? Wir werden ihn doch herausholen? Irgendwie.«

»Selbstverständlich«, log Haere. »Irgendwie.«

Die Halle des Intercontinental war gestopft voll von Zeitungsreportern und Fernsehberichterstattern und deren Teams. Die meisten waren Amerikaner, aber auch ein paar vereinzelte Europäer waren darunter. Sie alle drängten sich vor dem Empfang, schrien ihre Forderungen, drängten sich gegenseitig beiseite, fluchten auf das Management des Hotels und betonten ihre persönliche Rolle und ihre Bedeutung als Gruppe.

»Lieber Himmel«, sagte Velveta Keats. »Wo sind die bloß alle hergekommen?«

»Ich nehme an, sie wollen bei dem Todesstoß dabeisein«, sagte Haere. Er sah sich in der Halle um und entdeckte einen großen düsteren Mann in beinahe schon mittleren Jahren, der nachdenklich aus einer Taschenflasche Smirnoff-Wodka nippte. Haere wandte sich an Velveta Keats. »Warum gehst du nicht in dein Zimmer hinauf, während ich hier versuche herauszufinden, ob diese Burschen irgend etwas wissen.«

Velveta Keats ging zu den Fahrstühlen, während Haere die Halle zu dem großen Mann hinüber durchquerte und sagte: »Sie hatten aber einen weiten Weg von St. Louis hierher, Nessie.«

Der große Mann drehte sich um und blickte von der Höhe seiner einsfünfundneunzig auf Haere hinab. Überraschung trat an die Stelle seiner betrübten Miene. Er lächelte sogar. Der Mann war Nestor Leed und hatte fast schon solange, wie Haere sich erinnern konnte, für die *St. Louis Post-Dispatch* über die Politik im Mittelwesten berichtet.

»Draper«, sagte er. »Mein Gott. Soweit ist es mit Ihnen also gekommen – zetteln Revolutionen in Bananenrepubliken an.«

»Ich doch nicht«, entgegnete Haere. »Ich bin als Tourist hier. Was, zum Teufel, verstehen Sie denn von Mittelamerika?«

»Nichts. Absolut nichts. Es ist eine Lehrveranstaltung für mich. Nächsten Monat trete ich in die Geschäftsleitung ein, und da dachten sie, ich könnte ein bißchen Auslandserfahrung brauchen. Ich hatte London vorgeschlagen, aber als das hier losging, haben sie mich hierher verfrachtet – auf die billige Tour.«

»Sind Sie mit den übrigen geflogen?«

»Gerade eben so. Wir charterten alle zusammen eine Maschine in

Miami. Zuerst wollten sie uns nicht landen lassen, dann besetzten die Rebellen den Flughafen, und so sind wir hier.«

»Wann haben sie ihn genommen – den Flughafen?«

Leed sah auf seine Uhr. »Etwa vor zwei Stunden. Nachdem wir gelandet waren, hielten sie eine Pressekonferenz ab – das Komitee der Tausend Jahre. Sie behaupten, sie werden morgen früh die ganze Hauptstadt haben. Spätestens mittags. Für einen so zusammengewürfelten Haufen geben sie sich schrecklich zuversichtlich.« Er bot Haere seine Wodkaflasche an. Haere nippte daran und gab sie zurück. Er sagte: »Es sollte eine großartige Story abgeben.«

Leed schüttelte den Kopf, und die Düsternis erschien wieder auf seinem Gesicht. »Wissen Sie, was das ganz Gräßliche an der Geschichte ist, Draper? Es ist mir völlig gleichgültig, wer gewinnt. Ich gebe keinen Rattenschwanz dafür. Das ist doch wirklich gräßlich, oder etwa nicht?«

»Na ja, London hätte vielleicht mehr geboten«, meinte Haere.

Leed nickte. »Ja, das könnte wohl so sein.«

Haere klopfte an Velvetas Tür, die gleich darauf von Jacques geöffnet wurde, der einen Finger auf seine Lippen legte. »Scht«, warnte er. »Es gibt Trauer. Ein Todesfall.«

»Wessen?« fragte Haere.

Velveta Keats stand am Fenster und drehte sich um. In der Hand hielt sie ein Blatt Papier. Cecilio stand neben ihr. Velveta Keats winkte mit dem Papier. »Die Botschaft hat mir das gerade durch einen Boten zugeschickt.«

»Wer ist tot?« fragte Haere.

»Papa. Er ist gestorben. Jemand hat ihn in Bob's Big Boy erschossen. Mamas Anwalt hat das Außenministerium angerufen und sie schickten ein Kabel an Mr. Rink in der Botschaft, und da die Telefone außer Betrieb sind, hat er einen Boten herübergeschickt.«

Haere nickte. »Es tut mir leid«, sagte er.

»Warum?« entgegnete sie. »In einem Bob's Big Boy. Das war doch vorauszusehen.«

Jacques räusperte sich. »Das ändert die Lage.«

»Inwiefern?« fragte Haere.

»Nach dem Tod von Monsieur Keats müssen wir uns zurückziehen.«

»Ihr Englisch wird von Tag zu Tag besser«, lobte Haere. »Wovon zurückziehen?«

»Von der Affäre morgen früh«, sagte Cecilio.

»Welcher Affäre.«

Jacques zeigte sich überrascht. »Die Rettung unseres teuren Freundes Monsieur Citron selbstverständlich. Es ist alles arrangiert. Hatten wir nicht gesagt, daß wir es arrangieren würden?«

»Vielleicht, mein Freund«, erwiderte Haere vorsichtig. »Aber vielleicht sollten Sie es mir genauer erklären.«

»Sie müssen verstehen, daß wir die gesamten neuntausend Dollar einsetzen mußten«, sagte Cecilio.

Haere lächelte. »Schildern Sie es mir.«

»Aber gewiß«, sagte Jacques. »Wir werden Ihnen sogar eine Kartenskizze zeichnen.«

Morgan Citron war mit dem Durchlesen dessen, was er in das Notizbuch geschrieben hatte, um elf Uhr am Abend fertig. Er erhob sich von der Steinpritsche, ging zu der Gittertür und rief nach dem Wachmann. Als der Wachmann erschien, schob Citron das Notizbuch zwischen den Stäben hindurch.

»Hier«, sagte er. »Geben Sie das Ihrer Schwester und Ihrer Kusine, und beide werden um zweitausend Dollar reicher sein, wenn sie es dem Mann in Los Angeles abliefern.«

Der Wachmann blätterte in dem Notizbuch. »Das ist kein Spanisch«, sagte er.

»Nein.«

»Englisch ist es auch nicht. Ich kann ein paar englische Wörter lesen.«

»Es ist Französisch«, sagte Citron.

»Ich kann kein Französisch lesen.«

»Es ist eine schöne Sprache.«

»Das habe ich gehört.« Der Wachmann steckte das Notizbuch in seine Tasche. »Wollen Sie einen Priester?«

»Ich bin nicht gläubig.«

»Er wäre jemand, mit dem Sie reden können.«

»Danke, aber ich will lieber nicht.«

Der Wachmann nickte. »Nun ja, im allgemeinen ist er um diese Zeit sowieso betrunken, aber wenn Sie Ihre Meinung ändern, kann ich ihn morgen früh noch holen.«

»Wann soll es denn sein?«

»Um sechs. Ich werde Sie um fünf Uhr wecken, wenn es Ihnen recht ist.«

»Wahrscheinlich bin ich um diese Zeit ohnehin schon wach.«

»Ja, das ist wohl wahr. Also, wenn Sie Ihre Meinung wegen dem Priester...«

»Ich glaube nicht.«

Der Wachmann überlegte, ob ihm noch etwas einfiele, doch es gelang ihm nicht, und schließlich begnügte er sich mit einem Gute Nacht. Nachdem er gegangen war, hockte Citron sich wieder auf die Steinpritsche. Er dachte eine Weile über den Tod und das Sterben nach, stellte aber fest, daß er nur in abstrakten Begriffen daran denken konnte. Irgendwie erschien es äußerst unpersönlich zu sein. Er fragte sich, wann die Angst einsetzen würde. Wahrscheinlich gegen drei Uhr am Morgen, sagte er sich, wenn du anfangen wirst zu beten und nach dem Priester zu rufen. Plötzlich erkannte er, daß sie ihn tatsächlich töten würden. Auch ein Gefühl von annäherndem Wohlbehagen überkam ihn, als ihm bewußt wurde, daß er daran absolut nichts ändern konnte.

Er beugte sich vor, griff in den Abfalleimer aus Plastik holte die Rolex heraus, wischte sie an seinem Hosenbein ab und steckte sie in die Tasche seines Hemdes. Wenn sie auf das Herz zielen, dachte er, werden sie die Uhr treffen. Wenigstens würden sie die Uhr nicht mehr bekommen. Er lachte leise vor sich hin, als er sich auf der Steinpritsche ausstreckte, unter dem Kopf als Polster die zusammengelegte Jacke. Der Gedanke an die Uhr brachte ihn zum Lächeln, als er zu der hohen Steindecke hinaufstarrte. Er lächelte immer noch etwas, als er einschlief.

Die drei nahmen ihr Abendessen von Tabletts in dem riesigen Raum im Präsidentenpalast ein, als der junge Hauptmann hereinkam. Generaloberst Carrasco-Cortes sah von seinem Tablett auf und fragte: »Nun. Was gibt's?«

Dem jungen Hauptmann schien es unbehaglich zu sein. »Eine Meldung über Funk von Colonel Velasco. Es gibt eine geringe Verzögerung. Ein mechanisches Problem. Mit dem Rotor, sagte der Colonel.«

»Wie geringfügig?« fragte Carrasco-Cortes.

Der junge Hauptmann wirkte sogar noch unbehaglicher. »Eine Stunde. Vielleicht weniger.«

»Damit wird es furchtbar knapp«, sagte Tighe.

Der General sah ihn wütend an. »Haben Sie was vorzuschlagen?«

»Boot?« meinte Tighe.

»Ihre Jacht da draußen«, sagte Yarn.

Der junge Hauptmann räusperte sich. Der General hob seine Gabel, schob einen Brocken Fleisch in den Mund, sah den jungen Hauptmann an, kaute und nickte dem Hauptmann zu, er solle sprechen. »Die Jacht wurde vor einer Stunde von Admiral Beccio ausgeliefert«, sagte der Hauptmann.

»Beccio«, sagte der General. »Dieses schwule Schwein.«

»Wir warten also auf den Hubschrauber«, sagte Yarn.

»Wie lange haben wir noch, mein Junge, hemm?« fragte der General.

»Höchstens drei Stunden, Exzellenz.«

»Sie werden mit uns gehen, verstanden?«

»Ich verstehe.«

»Halten Sie uns auf dem laufenden.«

»Ja, Exzellenz.«

Der junge Hauptmann machte kehrt und ging durch die ganze Länge des riesigen Raums zu der Doppeltür. Er drehte sich um, blickte zurück auf die drei Männer, öffnete einen der Türflügel und ging hindurch in den Vorsaal, wo sechs Männer standen, die ihm entgegensahen. Drei der Männer trugen Uniformen der Armee. Zwei waren Majore, der dritte war der ganz junge Leutnant. Alle Offiziere waren mit M-16-Gewehren bewaffnet. Die drei anderen Männer, Zivilisten, trugen dunkle T-Shirts und Khakihosen. Um den Hals hatten sie leuchtendgrüne Schals. Die Zivilisten waren gleichfalls bewaffnet: zwei mit Pistolen Kaliber .45, der dritte mit einem langläufigen Colt-Revolver Kaliber .38. Die Waffen steckten in ihren Gürteln. Die Zivilisten waren alle Ende dreißig, von den Armeeoffizieren war keiner älter als neunundzwanzig.

»Nun?« fragte der älteste der Zivilisten.

»Sie glauben, daß der Hubschrauber noch kommt«, sagte der Hauptmann. »Ich habe ihnen gesagt, er würde innerhalb einer Stunde eintreffen.«

»Und haben sie Ihnen geglaubt?« fragte der ältere der beiden Majore.

Der Hauptmann nickte. »Sie haben weitergegessen.«

»Dann haben sie ihm geglaubt«, sagte der andere Major.

»Sind sie bewaffnet?« fragte der älteste Zivilist.

»Die beiden Gringos haben Pistolen«, antwortete der Hauptmann.

»Und der General?«

»In seiner Schreibtischschublade liegt eine Pistole.«

Der älteste Zivilist nickte und wendete sich an den ältesten der beiden Majore. »Wir wollen sie unverletzt«, sagte er.

Der Major nickte. »Ich verstehe.«

Der älteste Zivilist gab dem jungen Hauptmann ein Zeichen. Er drehte sich um, faßte die Klinke der hohen Tür und stieß sie weit auf. Die beiden Majore und der junge Leutnant rannten hindurch in den riesigen Raum hinein, hatten ihre Gewehre erhoben und zielten auf die drei Männer auf der anderen Seite des Raums. Carrasco-Cortes hatte gerade mit der Gabel ein weiteres Stück Fleisch in den Mund geschoben. Er blickte auf, war offensichtlich überrascht, schien sogar schockiert zu sein. Er kaute einmal auf dem Fleisch, dann beugte er sich vor und spuckte es auf seinen Teller.

Der älteste Zivilist kam an dem langen Bibliothekstisch vorbei. »Sie stehen unter Arrest«, rief er. »Sie alle drei.« Er hielt jetzt seine Pistole in der Hand. Die Hand zitterte merklich.

»Unter Arrest?« fragte der General.

»Auf Befehl des Komitees der Tausend Jahre«, erklärte der Zivilist und ließ den Namen in hohem Maß selbstbewußt tönen.

Yarn hatte sich auf seinem Stuhl gedreht, starrte auf die Offiziere und die Zivilisten. Dann sah er Tighe an. »Schöne Scheiße, Partner«, sagte Tighe.

## 35

Kurz vor der Dämmerung schlenderte der fette Kommandant des Bundesgefängnisses, Major Torres, durch den steinernen Korridor auf den schlafenden Wachmann zu. In der rechten Hand hatte er einen Zahnstocher, mit dem er ein Loch in einem Backenzahn von einem Fitzelchen Speck befreite. In der Ellbogenbeuge des linken Arms trug er eine doppelläufige Flinte mit abgesägtem Lauf.

Als Major Torres den Wachmann erreichte, stieß er ihn mit der Flinte an. Der Wachmann erwachte und blickte schläfrig auf. Er wollte sich erheben, aber Major Torres drückte ihn mit der Flinte zurück. Der Major steckte den Zahnstocher für eine spätere Wiederverwendung ein und zog aus einer anderen Tasche eine Hundertdollarnote, die er dem Wachmann gab.

»Sie schlafen weiter, mein Freund«, sagte er. »Die nächste Stunde werden Sie mit fest geschlossenen Augen weiterschlafen. Verstanden?«

»Ja«, sagte der Schließer. »Ich habe verstanden. Ganz genau.« Zum Beweis legte er den Kopf wieder auf das kleine Pult, bedeckte ihn mit seinen Armen und preßte die Augen so fest zu, daß sich seine Stirn krauste.

Major Torres ging weiter durch den Gang, bis er Citrons Zelle erreichte. Durch die Gitterstäbe der Tür konnte er Citron auf der Kante seiner Pritsche hocken sehen. Citron blickte zu ihm auf.

»Auf, Spion«, sagte Torres. »Es ist Zeit.«

»Jetzt schon?«

»Ja.«

»Der Schließer hat gesagt, um sechs. So spät ist es noch nicht.«

»Der Schließer hat sich geirrt«, erwiderte Torres, während er die Zellentür aufschloß und weit öffnete. »Er ist ein einfacher Mensch und irrt sich oft. Sonst würde er nicht nur Schließer sein. Kommen Sie. Strecken Sie Ihre Hände aus.«

Citron stand auf, ging langsam auf die offene Zellentür zu und streckte die Hände vor sich aus. Torres drückte die Flinte mit einem Arm an seine Seite und ließ mit der anderen ein Paar Handschellen um Citrons Handgelenke zuschnappen.

»Nur Sie und ich?« fragte Citron.

Torres lächelte. »Was hatten Sie erwartet?«

»Ich weiß nicht. Mehr Leute, nehme ich an.«

»Einen Arzt. Einen Priester. Wachen. Ein Exekutionskommando. Einen langsamen Gang durch einen schlecht beleuchteten Korridor. Ganz wie im Kino, nicht wahr?«

»So ähnlich«, gab Citron zu.

»Tut mir leid«, sagte Torres. »Nur Sie und ich. Und selbstverständlich Carmelita hier.« Torres tätschelte seine Flinte.

»Eine mit abgesägtem Lauf«, sagte Citron.

»Schmerzfrei, kann ich Ihnen versichern. Gehen wir.«

Sie gingen durch den steinernen Gang, Citron voran. Sie kamen an dem Wachmann vorbei, dessen Kopf mit festgeschlossenen Augen fest auf dem Pult ruhte. Als sie zehn Schritte weit an dem Wachmann vorbei waren, öffnete er die Augen und richtete sich auf. Er sah den davongehenden Torres und Citron nach. Dann sah er auf seine linke Hand, die fest zur Faust geballt war. Langsam öffnete er sie. Die Hundertdollarnote war noch da. Langsam bekreuzigte sich der Wachmann.

Es begann gerade hell zu werden, als Citron und Major Torres aus dem Zellenbau herauskamen und den Gefängnishof betraten, der kaum größer als zwei Basketballfelder war. An drei Seiten war der Hof von den Gebäuden des Gefängnisses umschlossen, die vierte Seite bildete eine Steinmauer, die mindestens sechs Meter hoch war.

Citron sah über die Schulter zu Major Torres zurück. »Wohin?« fragte er.

»Zur Mauer«, antwortete Torres und deutete mit der Flinte auf eine Stelle.

Langsam überquerten sie den Gefängnishof, bis sie die Mauer erreichten.

»Ich werde die Uhr jetzt an mich nehmen«, sagte Torres.

»Welche Uhr?«

»Die goldene Uhr, die zu dem Armband gehört, das sie dem Wachmann für Ihr Essen und die Getränke gegeben haben. Ich kann sie jetzt nehmen oder später.«

Citron griff mit seinen gefesselten Händen in seine Hemdtasche, nahm die Uhr heraus und reichte sie Torres, der sie lächelnd nahm. »Eine goldene Rolex.«

»Ein Geschenk meiner Mutter.«

»Arme Frau. Sie hat mein Mitgefühl.«

»Sie würde es nur zurückweisen.«

»Drehen Sie sich bitte um und knien Sie nieder. Mit dem Gesicht zur Mauer.«

Citron drehte sich um und kniete nieder. Er schloß die Augen. Er konnte hören, wie die Hähne der Flinte gespannt wurden, einer nach dem anderen. Und dann vernahm er eine vertraute Stimme. »He, Morgan«, rief die Stimme.

Citron blickte auf. Das mußte selbstverständlich ein Traum sein. Denn er wußte, nur im Traum würde ein zweiundvierzigjähriger Mann mit einem trauervollen Gesicht in einem makellosen dreiteiligen blauen Nadelstreifenanzug, weißem, durchgeknöpftem Hemd und ordentlich geknüpfter Krawatte rittlings auf einer Gefängnismauer sitzen und einen aufgerollten Gartenschlauch aus grünem Plastik in den Händen halten.

»Fangen Sie den verdammten Schlauch auf«, rief Haere ihm zu und ließ den Schlauch zu ihm herunter.

Citron erhob sich langsam. Er drehte sich um und sah Major Torres, der sich abgewendet hatte, um seine Nachfrühstückszigarre anzuzünden. Citron wendete sich wieder der Mauer zu und packte den Gartenschlauch mit seinen gefesselten Händen. Langsam, mühsam, mit viel Schnaufen und Fluchen zog Haere Citron an der Mauer herauf. Sobald Citron oben auf der Mauer saß, blickte er noch einmal zu Major Torres hinunter, der jetzt gelassen über den Gefängnishof zur Tür zurückschlenderte. Unterwegs schwenkte Torres, ohne sich umzusehen, seine Flinte. Es war sein Abschiedswinken.

Citron sah Haere an. »Sind Sie sicher, daß Sie nicht nur eine Traumerscheinung sind?«

»Kein Traum«, versicherte Haere, während er Citrons Handschellen aufschloß. »Ein Alptraum vielleicht. Aber weiter.« Er deutete auf eine Aluminiumleiter, deren oberes Ende gegen die Mauer lehnte und die unten auf dem Verdeck des Dodge-Lieferwagens stand.

Citron kletterte als erster die Leiter hinunter. Haere folgte ihm und warf die Leiter in den Spalt zwischen dem Lieferwagen und der Mauer, wo sie klappernd zu Boden fiel. Beide Männer sprangen von dem Lieferwagen herunter und liefen auf die rechte Tür zu. Velveta Keats saß am Steuer des Dodge. Der Motor lief.

»He, Morgan«, sagte sie.

»Wie gut«, sagte Citron, »Velveta.«

»Steigen Sie ein«, sagte Haere zu Citron und machte die Wagentür auf. Velvetas Polaroidkamera fiel heraus und auf den Boden. Haere hob sie auf. Citron stieg in den Lieferwagen. Haere schlug die Tür hinter ihm zu.

»Bis bald, Morgan«, sagte Haere, als der Lieferwagen anfuhr.

Velveta Keats fuhr nicht besser, als sie es je gekonnt hatte, aber Citron fragte nur: »Kommt Haere nicht mit?«

»Nein«, antwortete sie. »Er hat noch etwas zu erledigen.«

»Wohin fahren wir?«

»Zum nächsten Grenzübergang«, antwortete sie und sah ihn mit einem glücklichen Lächeln an. »Bist du überrascht, mich zu sehen?«

»Ja«, gestand Citron. »Sehr sogar.« Und zu seiner Überraschung stellte er fest, daß das stimmte.

Draper Haere ging zum Haupteingang des Gefängnisses zurück. Es war ein annähernd zwei Häuserblocks weiter Weg. Als er am Tor ankam, fragte ihn ein Aufseher, was er wolle.

»Major Torres«, sagte Haere und fügte hinzu: »Ich bin Draper Haere.«

Der Aufseher telefonierte zweimal, und kurz nachdem das zweite Gespräch beendet war, erschien ein zweiter Aufseher und bedeutete Haere, ihm zu folgen. Sie gingen durch drei Türen und zwei Korridore und erreichten schließlich das Dienstzimmer von Major Torres.

»Bitte«, sagte Torres auf englisch und deutete auf einen Stuhl.

Haere lehnte mit einem Kopfschütteln ab, griff in seine Brusttasche, holte einen dicken Umschlag heraus und reichte ihn Torres. Der Major nahm gebündelte Fünfzigdollarnoten aus dem Umschlag und zählte sie schnell, aber aufmerksam auf seinen Schreibtisch.

»Alles da«, sagte er, als er mit zählen fertig war. »Die Haitianer haben gesagt, daß alles da sein würde.« Er schob das Geld zusammen, steckte es in den Umschlag zurück und holte einen Schlüsselring aus seiner Tasche. »Ich habe gehört, daß die Kämpfe jetzt auch den Fernsehsender erreicht haben«, sagte er, während er einen kleinen Schlüssel an dem Bund heraussuchte, eine Schublade aufschloß und das Geld hineinlegte.

»Wer wird Ihrer Meinung nach gewinnen?« fragte Haere.

»Die Rebellen.«

»Und was bedeutet das für Sie?«

Major Torres stand lächelnd auf. »Ich bin überzeugt, die Rebellen werden mich mit vielen, vielen Kunden beliefern, vorausgesetzt natürlich, daß sie nicht alle erschießen. Nun, ich meine, es ist alles sehr schön glatt verlaufen, finden Sie nicht auch?«

»Doch«, bestätigte Haere. »Das muß man sagen.«

»Und die beiden Haitianer?« fragte Torres.

»Sie haben sich entschlossen, nach Miami zurückzukehren.«

»Charmante Burschen«, sagte der Major. »Kann ich Ihnen eine Fahrt zu Ihrem Hotel anbieten?«

»Nein, danke«, sagte Haere. »Ich gehe lieber zu Fuß.«

Der Major klopfte auf seinen riesigen Bauch. »Ich sollte das auch tun, mehr zu Fuß gehen.« Er nahm die neuerworbene Rolex aus der Tasche und sah nach der Zeit. »Sie müssen Ihren Weg am Präsidentenpalast vorbei nehmen.«

»Warum?«

»Interessieren Sie sich für historische Ereignisse?«

»Sehr.«

»Dann gehen Sie unbedingt am Präsidentenpalast vorbei.«

Eine Menschenmenge von fünftausend bis sechstausend Personen hatte sich bereits vor dem Präsidentenpalast angesammelt, als Haere dort ankam. Es war eine merkwürdige stille Menge. Die Anwesenden, falls sie überhaupt miteinander sprachen, flüsterten nur. Mit M-16-Gewehren bewaffnete Zivilisten, die grüne Halstücher trugen, hielten einen Raum vor dem Palasttor frei. Der Raum hatte die Form eines eingedrückten Hufeisens.

Als einer der großen Zuschauer des Lebens drängte Haere sich mit geübter Leichtigkeit durch die dichte Menge bis in die vorderste Reihe vor. Etwas klopfte gegen seinen Oberschenkel. Er blickte hinab und fand zu seiner Überraschung, daß er noch immer Velveta Keats Polaroidkamera herumtrug.

»In einer Minute werden Sie etwas sehen, das sich zu fotografieren lohnt«, murmelte ein Mann neben ihm.

»Was?« fragte Haere.

»Warten Sie es ab.«

Die Tore wurden aufgerissen, und die Menge seufzte auf. Die drei älteren Zivilisten, die grüne Halstücher trugen, kamen als erste durch das Tor. Ihnen folgten Generaloberst Carrasco-Cortes in voller Paradeuniform, die Hände auf dem Rücken gefesselt. Als nächstes kamen die beiden Männer, die sich manchmal John D. Yarn und Richard Tighe nannten, gleichfalls mit auf dem Rücken gefesselten Händen. Nach Tighe und Yarn kamen die vier jungen Offiziere: die beiden Majore, der junge Hauptmann und der sehr junge Leutnant. Die Armeeoffiziere übernahmen das Kommando und führten den General und die beiden Amerikaner vor die Palastmauer. Die drei Gefangenen wurden umgedreht, so daß sie der Menschenmenge gegenüberstanden. Der ältere der beiden Majore sah sich wie um Bestätigung suchend nach dem ältesten Zivilisten um. Der Zivilist runzelte die Stirn und schüttelte den Kopf. Er ging zu den drei Gefangenen und schob sie an der Mauer entlang bis zu genau der Stelle, an der der ehemalige Präsident hingerichtet worden war. Die Menge murmelte zustimmend.

Es wurden keine Reden gehalten. Die Zivilisten und die vier jungen Offiziere stellten sich in einer Reihe vor dem General und den beiden Amerikanern auf. Keine sieben Meter trennten die Gefangenen und ihre Bezwinger. Die Augen der beiden Amerikaner schweiften verstört nach Rettung suchend über die Menge. Yarns Augen entdeckten Haere.

»Um Gottes willen, Haere!« Es kam aus Yarns Kehle, halb Schreien, halb Kreischen.

Haere hielt dem starrenden Blick stand. Die vier Offiziere und die drei Zivilisten legten ihre Waffen an.

»Gottverdammt, Haere, bitte!« Diesmal war es ein richtig gellender Schrei.

Haere hob die Polaroidkamera, richtete sie und drückte auf den roten Knopf, unmittelbar nachdem die Zivilisten und die Offiziere abgedrückt hatten. Die Kamera surrte, das Bild rollte heraus. Yarn fiel als erster, dann Tighe. Der General, von drei Kugeln getroffen, blieb noch stehen. Er rief: »Lang lebe –«, war aber nicht mehr fähig, seinen letzten Befehl zu beenden. Statt dessen fiel er gegen die Mauer zurück, glitt in eine unbeholfene sitzende Stellung hinab und blieb so, bis er wenige Sekunden später starb.

Draper Haere nahm das Bild aus der Kamera. Er drehte sich um und drängte sich durch die unverändert schweigende Menge. Das Bild entwickelte sich langsam. Es erwies sich als eine ausgezeichnete Aufnahme.

## 36

Neun Tage nach dem Erntedankfest, einem Sonnabend, wachte Draper Haere zu seiner üblichen Zeit um sechs Uhr dreißig in seinem riesigen Wohnraum auf. Hubert, der Kater, kauerte Haere auf der Brust und sah ihn ungehalten an. Der Kater saß oft an dieser Stelle, wenn Haere aufwachte. »Morgen«, sagte Haere. Hubert schnurrte laut.

Haere schob Hubert beiseite, stand von seinem Bett auf, ging in die Küche, schaltete die Kaffeemaschine an und begab sich in das große Bad. Als er neun Minuten später wieder herauskam, war er geduscht, rasiert und bekleidet mit einer grauen Flanellhose, einem Tweedjackett und einem blauen Oxfordhemd, aber ohne Krawatte. Das war sein Sonnabendkostüm und für Haeres Begriffe verwegen informell.

Nach zwei Tassen Kaffee und drei Zigaretten, legte Haere eine Schürze an und schlug zwei Eier in die Pfanne, in der die Butter bereits brutzelte. Gerade als die Eier anfingen zu braten, erklang der Summer von der Haustür unten. Haere ging zur Gegensprechanlage und fragte: »Wer ist da?«

Eine weibliche Stimme antwortete auf spanisch, aber Haere konnte nicht genau verstehen, was sie sagte. Er drückte auf den Türöffner und ging zu seinen Eiern zurück. Einige Sekunden später klopfte es leise an der Tür. Haere ging hin, um aufzumachen. Sie waren zu zweit, keine der beiden älter als siebzehn. Sie waren auch etwas füllig, erträglich hübsch und völlig eingeschüchtert.

»Señor Haere?« fragte die eine.

Haere nickte. Die eine, die gesprochen hatte, hielt ihm eine braune Papiertüte hin.

»Einen Augenblick«, sagte Haere auf spanisch, eilte zu seinen Eiern zurück und wendete sie mit einem Pfannkuchenspatel. Er ging wieder zu den beiden jungen Mädchen und sagte: »Bitte«, und bedeutete ihnen, daß sie hereinkommen sollten. Sie kamen nur vorsichtig zögernd in den riesigen Raum und starrten alles verwundert an.

Haere öffnete die Tüte und zog ein Notizbuch mit einem Spiralrükken heraus. Er klappte auf und las die erste Seite: »Draper, bitte bezahle dem Überbringer (oder den Überbringern) hierfür 2000 Dollar – oder mehr, wenn dir ihr Aussehen gefällt. Grüße. Morgan Citron.«

Haere schlug andere Seiten auf und stellte fest, daß sie auf französisch geschrieben waren. Haere sagte: »Scheiße«, lächelte den beiden jungen Mädchen zu und sagte wieder auf spanisch: »Einen Augenblick.« Er drehte sich um, ging ins Bad, nahm unter dem falschen Boden des Medizinschränkchens 2000 Dollar heraus. Er wollte schon das Bad verlassen, hielt aber inne, drehte sich um, fügte weitere 500 Dollar hinzu und ging dann an seinen Schreibtisch, wo er das Päckchen Banknoten in einen Umschlag steckte.

Er ging wieder zu den beiden nach wie vor völlig verstörten jungen Mädchen zurück, verbeugte sich leicht, sagte auf spanisch »Ich danke Ihnen sehr« und reichte der weniger hübschen der beiden den Umschlag. Sie sah nach, was in ihm war und kicherte. Sie zeigte es ihrer Kusine. Auch die Kusine kicherte. Draper Haere lächelte, ging zur Tür und öffnete sie. Die beiden jungen Mädchen wendeten sich ihr zu, doch die hübschere der beiden griff nach Draper Haeres Hand, hob sie an die Lippen und küßte sie. Haere wünschte ihnen, Gott möge sie geleiten. Dann eilten die beiden schnell, unentwegt kichernd, die Treppe hinunter. Haere schloß die Tür und nahm den Geruch seiner angebrannten Eier wahr.

Er lief zu seinen Eiern, kippte sie in den Abfallschacht, zündete sich eine weitere Zigarette an, hob das Telefon an der Küchenwand ab und wählte eine Nummer. Nach dem fünften Rufzeichen meldete sich der neugewählte Gouverneur Baldwin Hodson persönlich mit einem schläfrig gemurmelten Hallo.

»Hier ist Draper, Baldy. Laß mich mit Louisa sprechen. Es ist sehr dringend.«

»Ach du lieber Himmel, Draper. Warte einen Augenblick.«

Gleich darauf meldete Louisa Hodson sich am Apparat. »Hallo?«

»Citron hat geliefert«, sagte Haere.

Es herrschte kurz Stille, ehe Louisa Hodson mit sehr gedämpfter Stimme sagte: »Kein Scheiß?«

»Ich brauche dich«, sagte Haere.

»Gib mir eine Stunde«, sagte sie. »Es kann auch zwei dauern.«

»Okay«, sagte Haere und hängte ein, drehte sich um und tat frische Butter in die Pfanne.

Der Summer an der Haustür unten wurde wieder betätigt, als Haere gerade das letzte Stück von seinem Frühstücksgeschirr spülte. Wieder ging er zur Sprechanlage, drückte auf den Knopf und sagte in fragendem Ton: »Ja?«

Die Stimme eines Mannes kam über die Sprechanlage. »Hier ist MacAdoo, Mr. Haere. Wir sind uns in Houston begegnet. Auf dem Flughafen.«

»Der aus Woodrow Wilsons Verwandtschaft?«

»Eben der, Sir.«

»Was wollen Sie?«

»Fünf Minuten Ihrer Zeit. Das ist alles.«

»Das ist auch alles, was Sie haben können«, antwortete Haere und drückte auf den Knopf für den Türöffner.

Als MacAdoo in den ungeheuren Raum kam, sah er sich mit unverhohlener Bewunderung darin um. »Also, lieber Gott, das ist doch wirklich mal was, oder?«

»Kaffee?« bot Haere an.

»Nehme ich dankbar an.«

»Setzen Sie sich.«

MacAdoo ging weiter in den Wohnbereich und nahm dort im Huey-Long-Sessel Platz. Seine Blicke schweiften durch den ganzen Raum und über die ausgefallenen Möbelstücke, während Haere zwei Becher mit Kaffee füllte.

»Wie nehmen Sie Ihren?« fragte Haere.

»Schwarz.«

Haere reichte MacAdoo den Becher mit Kaffee. MacAdoo nahm ihn mit der rechten Hand entgegen und klopfte mit seiner linken auf die Armlehne des Sessels.

»Schönes altes Möbel«, sagte er.

»Gehörte mal Huey Long.«

»Im Ernst? Dem Kingfish?« MacAdoo schlürfte an seinem Kaffee. »Das ist mal guter Kaffee.«

Haere sagte nichts.

»In gewisser Weise ist sie ja wohl Ihr Lebensinhalt, Mr. Haere, nicht wahr? Politik, meine ich.«

Haere nickte nur.

»Er ist Ihr Freund, Mr. Citron?«

Wieder nickte Haere stumm.

»Falls Sie es nicht wissen sollten: Er ist in Sri Lanka. Mit dem Keats-Girl. Der Frau, meine ich. Velveta. Velveta Keats. Das klingt doch eigentlich ganz hübsch, wenn man nicht gerade an den Käse und all das denkt.«

»Sehr«, bestätigte Haere.

»Von Gladys Citron haben Sie gehört, nehme ich an.«

»Ich habe gehört, daß sie in ihrer Zelle in Kansas City gestorben ist.«

»Herzversagen«, sagte MacAdoo in beinahe trauerndem Ton.

»Herzanfall«, berichtigte Haere automatisch.

»Worin besteht der Unterschied?«

»Jeder stirbt an Herzversagen.«

MacAdoo dachte über die Bemerkung nach. »Sie haben recht.« Er trank einen Schluck Kaffee. »Ich vermute, daß Sie jetzt weitgehend ein vollständiges Bild haben, oder?«

Haere nickte. Das Nicken war eine Lüge, aber er sah keinen Grund, MacAdoo die Wahrheit zu gestehen.

»Werden Sie davon Gebrauch machen?«

»Das weiß ich noch nicht.«

»Wir möchten es Ihnen ausreden.«

»Wir?«

»Ja, Sir. Wir.«

»Langley, meinen Sie.«

MacAdoo lächelte flüchtig.

»Wie stellen Sie sich das vor? Es mir auszureden?«

MacAdoo runzelte die Stirn. »Das wissen wir wirklich nicht, Mr. Haere. Darum bin ich ja hier, um festzustellen, was Sie wollen.«

»Ich will nicht besonders viel«, sagte Haere. »Außer neunzehnhundertvierundachtzig einen neuen Präsidenten. Können Sie und Ihre Leute das schaffen?«

MacAdoo seufzte, stellte seinen Kaffeebecher hin und stand auf. »Ich habe gefürchtet, daß Sie etwas Derartiges sagen würden. Besteht keine Möglichkeit, Sie für eine Änderung Ihrer Ansicht zu gewinnen?«

Haere schüttelte den Kopf, stand gleichfalls auf und begleitete

MacAdoo zur Tür. Der große Mann öffnete sie, drehte sich um und musterte Haere mit düsteren Blicken. »Mr. Haere, es tut mir leid, aber ich sehe einfach nicht, wie wir die Möglichkeit haben sollen, Sie in Ruhe zu lassen.«

»Versuchen Sie es«, sagte Haere.

MacAdoo nickte, drehte sich um und ging die Treppe hinunter. Haere sah ihm nach. Als MacAdoo die Tür zur Straße erreichte, öffnete er sie und hielt sie dann für jemand auf. Haere konnte MacAdoos höfliches, gedämpftes »Ma'am« hören.

Louisa Hodson kam mit einem kleinen Koffer in der Hand durch die Haustür herein. Langsam stieg sie die Treppe hinauf. Als sie oben auf dem Vorplatz angekommen war, drängte sie sich an Haere vorbei in den riesigen Raum. Er schloß die Tür hinter ihr. Louisa Hodson sah sich in dem Raum um.

»Welchen von diesen Schränken kann ich für mich haben?« fragte sie.

Haere trat zu ihr und nahm ihr den Koffer ab. »Hast du ihn verlassen?«

»Ich habe ihn verlassen.«

»Für immer?«

»Jedenfalls zum Besseren oder zum Schlechteren.«

»Was hat er dazu gesagt?«

»Das, was man von ihm erwarten konnte. Er schrie immer noch, als ich aus dem Haus ging.« Sie lächelte. Es war ein klägliches Lächeln. »Nun, freust du dich? Du hast noch nichts gesagt.«

Draper Haere legte seine Arme um sie, zog sie an sich und küßte sie. Es war ein langer, zärtlicher Kuß, voller Verheißung. Als der Kuß zu Ende war, gab Haere ihr das eine Versprechen, von dem er glaubte, daß er es halten könnte. »Es wird nicht langweilig werden.«

Louisa Hodson lächelte. »Das weiß ich«, sagte sie. »Das ist wahrscheinlich der wirkliche Grund, weshalb ich hier bin.«

Louisa Hodson brauchte über eine Stunde, um für Haere laut zu übersetzen, was Morgan Citron in das Notizbuch geschrieben hatte. Als sie fertig war, sah sie Haere an und fragte: »Allmächtiger Gott! Hast du das alles gewußt?«

»Eine Menge, aber nicht alles.«

»Wirst du davon Gebrauch machen?«

»Was meinst du dazu?«

Louisa Hodson dachte länger als eine Minute darüber nach, ehe sie antwortete. »Benutze es, Draper.«

Er nickte, stand auf und ging zu dem Wandtelefon in der Küche. »Gehe an den Nebenanschluß«, sagte er.

Louisa Hodson wartete, bis Haere elf Ziffern gewählt hatte. Dann nahm sie den Hörer des anderen Apparats ab. Das Rufzeichen kam dreimal, ehe sich eine weibliche Stimme mit Hallo meldete.

»Hier ist Draper Haere, Jean. Ist er da?«

»Ja, selbstverständlich, Draper. Einen Augenblick, bitte.«

Der Senator kam ans Telefon. »Hallo, Draper.« Er hatte eine tiefe, beinahe schroffe Stimme.

»Ich muß Ihnen eine Frage stellen, Senator.«

»Schießen Sie los.«

»Würde es Ihnen gefallen, Präsident zu werden?«

Fast zehn Sekunden vergingen, ehe der Senator in gedämpftem Ton antwortete: »Sehr.«

»Dann sollten wir uns bald einmal unterhalten, meine ich«, sagte Draper Haere.